Lioba Albus

Zusammen ist man weniger gemein

Weitere Titel der Autorin:

Älter werde ich später

Titel auch als Hörbuch erhältlich.

Lioba Albus

ZUSAMMEN IST MAN WENIGER GEMEIN

Roman

lübbe

Dieser Titel ist auch als Hörbuch und E-Book erschienen.

Die Bastei Lübbe AG verfolgt eine nachhaltige Buchproduktion. Wir verwenden Papiere aus nachhaltiger Forstwirtschaft und verzichten darauf, Bücher einzeln in Folie zu verpacken. Wir stellen unsere Bücher in Deutschland und Europa (EU) her und arbeiten mit den Druckereien kontinuierlich an einer positiven Ökobilanz.

FSC
www.fsc.org
MIX
Papier aus verantwortungsvollen Quellen
FSC® C014496

Originalausgabe

Lektorat: Dr. Stefanie Heinen
Umschlaggestaltung: ZERO Werbeagentur, München
Einband-/Umschlagmotiv: © shutterstock.com: Nik Merkulov | Olga_Angelloz | VectorShow | Master_shifu
Satz: Dörlemann Satz, Lemförde
Gesetzt aus der Minion Pro
Druck und Einband: GGP Media GmbH, Pößneck]

Printed in Germany
ISBN 978-3-7857-2814-7

2 4 5 3 1

Sie finden uns im Internet unter luebbe.de
Bitte beachten Sie auch: lesejury.de

Willst du schnell gehen, geh allein.
Willst du weit gehen, geh mit anderen.
Afrikanisches Sprichwort

Für meinen Tourbegleiter Raimund,
der mich seit Jahrzehnten mit fürsorglicher Solidarität
durch Nacht und Wind von Auftritt zu Auftritt kutschiert
und der nichts, aber wirklich gar nichts mit dem Franz
dieses Romans gemeinsam hat.

GLÜCKS VERLUST

Etta Glück zog die Schultern hoch. Dortmund empfing sie heute mit Nieselregen. Sieben elfenbeinfarbene Taxen parkten in Reih und Glied auf dem Bahnhofsvorplatz und warteten auf Fahrgäste. Sie sahen aus wie satte, schläfrige Hausgänse. *Selbst im Schlaf immer in Alarmbereitschaft,* dachte Etta und blieb stehen.

Rechts und links von sich setzte sie ihre zwei Koffer ab, so riesig, dass sie notfalls auch ein paar Tage darin wohnen könnte. Vorsichtig legte Etta sich die weite Kapuze ihres edlen grauen Wollmantels über die Frisur. Sie wartete, doch keiner der Taxifahrer stieg aus, um ihr entgegenzukommen.

Das kann doch nicht wahr sein! Indigniert winkte und gestikulierte sie in Richtung der Taxis. Keine Reaktion. *Typisch Dortmund.* Im gleichen Augenblick wusste sie, wie ungerecht dieser Gedanke war. Die Berliner Taxifahrer beispielsweise waren für ihre Unfreundlichkeit ja regelrecht berühmt.

Seufzend rollte sie ihre beiden Koffer in Richtung des ersten Taxis. Als sie sich gerade herunterbeugen wollte, um an die Scheibe zu klopfen, setzte der Fahrer den Blinker, scherte nach links aus und fuhr davon.

Der Taxifahrer dahinter hatte diese Szene beobachtet. Er stieg aus. »Brauchen Sie ein Taxi?«

»Nein, ich hatte vor, auf meinen Koffern nach Hause zu fliegen«, sagte sie gereizt.

Der Fahrer blieb ungerührt. Er sah schon so aus wie einer, den so leicht nichts aufregt: etwas dicklich, klein, mit wachen dunklen Augen und einer Lederjacke, die schon bessere Zeiten erlebt hatte.

Ohne Anstalten zu machen, ihr Gepäck in den Kofferraum zu hieven, strich er sich über einen ungepflegten Oberlippenbart, der aussah wie eine Wurzelbürste. Etta wurde ungeduldig. »Worauf warten wir?«, fragte sie. »Natürlich brauche ich ein Taxi, wonach sieht es denn sonst bitte aus?«

Auch jetzt reagierte der Fahrer nicht auf ihren ruppigen Ton, sondern fragte nur: »Kann ich Ihnen mit dem Gepäck behilflich sein?«

Herr im Himmel' wie begriffsstutzig kann man sein? Sie ließ die beiden Koffergriffe los und bedeutete dem Taxifahrer mit einer unmissverständlichen Geste, er möge die Koffer im Wagen verstauen.

Der Taxifahrer hob den ersten ächzend an und verfrachtete ihn in den Kofferraum. Damit war dieser voll. »Den zweiten auf den Rücksitz?«, fragte er in Ettas Richtung.

»Auf den Schoß wollte ich ihn nicht nehmen«, sagte Etta und setzte sich auf den Beifahrersitz.

Der Taxifahrer stieg ein. »Wo soll es denn hingehen?«

Etta nannte ihm die Straße, er stellte das Taxameter ein, und sie fuhren los. Endlich!

»Ganz schön schwer, Ihre Koffer«, sagte der Taxifahrer, der offenbar Konversation betreiben wollte. »Haben Sie Steine da drin?«

»Nein«, antwortete Etta, »dann hätten Sie die ja wohl kaum hochbekommen. Sie haben ja eh schon reichlich gestöhnt. In den Koffern sind lediglich meine Kleider.«

Konnte es tatsächlich sein, dass dieser unsensible Tölpel sie nicht erkannte? Nicht, dass sie unbedingt erkannt werden wollte, nein, ganz bestimmt nicht – aber sie war es einfach nicht gewohnt, so ignoriert zu werden. Und das, obwohl sie noch gestern Abend im Fernsehen zu sehen gewesen war! In einer sehr schönen Rolle. Im *Tatort*.

Jawohl! Etta hob das Kinn ein wenig höher. Sie hatte die

leicht schizoide Gattin des Hauptverdächtigen gespielt, der dann nicht der Mörder gewesen war. Eine gute Folge, wie sie fand. Und sie war mit ihrer Arbeit sehr zufrieden. *Vielleicht guckt dieser armselige Tropf von einem Taxifahrer einfach keinen Tatort*, versuchte sie, sich zu trösten.

Trotzdem war es ihr irgendwie unheimlich, dass er sie offenbar so gar nicht erkannte. Er schien auch nicht großartig an ihr interessiert zu sein. Im Gegenteil. Er starrte auf die regennasse Fahrbahn, zupfte an ein paar schwarzen Haaren, die unappetitlicherweise aus seiner Nase wucherten, und summte unmelodisch vor sich hin.

Vielleicht muss ich meine Kapuze abnehmen. Sie nahm ihre Kapuze herunter und drehte ihr Gesicht ein wenig in seine Richtung.

Keine Reaktion.

Mein Gott, ist das ein Bauerntrampel! Aber gut. Ich wollte ja ohnehin ein paar ruhige Wochen im Ruhrgebiet verbringen.

Etta ließ sich zurück in ihren Sitz sinken und schaute betont gleichgültig aus dem Fenster. Als sie endlich am Ziel angekommen waren, öffnete sie ihre Handtasche dennoch so, dass einige ihrer Autogrammkarten aus der Tasche rutschten.

Der Fahrer hob die Karten auf. »Ah, Se sind Autogrammsammlerin. Schönes Hobby, doch, doch! Ich selbst sammle ja eigentlich keine Autogramme. Aber eins habe ich mal ungefragt gekriegt, und jetzt raten Se mal, von wem?«

»Was weiß denn ich«, antwortete Etta.

»Da wären Se auch nie drauf gekommen.« Er öffnete die Klappe seines Handschuhfachs, stieß dabei an ihre Knie, ohne sich zu entschuldigen, und zog eine Autogrammkarte heraus. »Ja, da sind Se platt«, sagte er, und hielt ihr eine Postkarte mit einer sichtlich bearbeiteten Fotografie des Mändlers unter die Nase.

Etta hätte fast einen Ganzkörperherpes bekommen. Ausgerechnet der Mändler, dieser selbstverliebte Berufsjugendliche, der so stark geliftet war, dass er wahrscheinlich beim Lachen das Knie heben musste!

»Jetzt gucken Se aber mal, was da draufsteht.« Stolz hielt der Taxifahrer ihr die Karte entgegen. »Da steht: ›Für den lieben Heribert nach einer angenehmen Fahrt durch Dortmund von dem Maxi.‹ Ja, jetzt staunen Se aber. Und das Verrückte war, ich hatte den gar nicht um das Autogramm gebeten. Meine Musik ist dem sein Geträller eigentlich nicht, ich höre lieber Andrea Berg. Die hat ja die wirklich niveauvollen Texte. Der Mändler ist da ja insgesamt eher flach. Aber das konnte er ja nicht wissen, und dann hat er mir die Autogrammkarte einfach so gegeben. Weil der mich so gut leiden mochte. Ich hab den zur Westfalenhalle gefahren, zu 'ner Kinderbenefizgala. Ist doch 'n schöner Zug von ihm, hab ich gedacht, dass er bei so was mitmacht, hab ich gedacht. Dass er so ein großes Herz für Kinder hat. Muss man aber auch verstehen, wo er doch selbst mit 'nem halben Kind zusammen ist. Hahaha, haha, nein, nicht böse sein. War 'n Scherz. Ich gönn dem doch seine Kleine. Aber das Autogramm halte ich in Ehren. Ist vielleicht mal was wert, wenn der so richtig berühmt wird.« Damit reichte er ihr ihre eigenen Autogrammkarten. »Und von wem sammeln Sie Autogramme? Egal? Einfach so blind drauflos? Oder nur von dieser hübschen Dame da? Wer ist das denn eigentlich? Müsste man die kennen?«

Etta spürte, wie ihr heiß wurde. So gelangweilt, wie sie nur eben konnte, antwortete sie: »Ich sammle keine Autogramme. Ich *gebe* Autogramme. Die Frau auf dem Foto bin ich. Ich bin Schauspielerin, und wenn Sie gestern Abend *Tatort* geschaut haben, dann haben Sie mich dort gesehen.«

»Ach was«, antwortete Heribert, der fast beste Freund vom Mändler. »Da sind Se 'ne waschechte Schauspielerin. Und beim *Tatort* arbeiten Se, sagen Se? Dann muss ich Ihnen aber mal was sagen. Wenn Se den nächsten *Tatort* in Dortmund drehen, dann richten Se Ihren Chefs mal einen schönen Gruß aus, und sagen Se denen mal, dass wir in Dortmund alles andere als begeistert von diesem Scheiß sind, den die sich da immer so zusammendrehen. Als wenn Dortmund nichts weiter wäre als ein dreckiges, drogenverseuchtes Loch mit lauter kriminellen Ausländern und Nazis. Das passt uns hier nicht! Das können Se Ihren feinen Chefs gerne mal von mir ausrichten. Sagen Se denen ruhig 'nen schönen Gruß von Heribert Machowski, das bin ich, und das hier ist mein eigenes Taxi.«

Damit drehte er sich herausfordernd ganz zu Etta. »Und? Ist das sauber, dieses Taxi? Haben Se was auszusetzen an dem Wagen? Oder an mir? Bin ich mit Drogen vollgepumpt, oder spreche ich gebrochen Deutsch, oder bin ich Ihnen an die Wäsche gegangen? Nein, das bin ich nicht. Weil wir Dortmunder anders sind. So, das können Se beim nächstens *Tatort* mal schön den Herren Chefs ausrichten. Nicht, dass Se mich falsch verstehen. Ich meine, Sie machen ja auch nur Ihre Arbeit. 17,80 macht das. Brauchen Se 'ne Quittung?«

»Ja, bitte.« Mehr fiel Etta dazu nicht ein. Hätte sie sich doch die Aktion mit den Autogrammkarten gespart! *Blöde Eitelkeit.* »Hier sind zwanzig Euro. Wenn ich noch zehn drauflege: Wären Sie dann so gut, mir die Koffer in die Wohnung zu tragen? Ist auch nur der erste Stock. Danke.«

Ehe Heribert, der fast beste Freund des Mändler, es sich anders überlegen konnte, drückte sie ihm dreißig Euro in die Hand und ging voran Richtung Haustür.

Er wuchtete nacheinander die beiden schweren Koffer die Treppe zu ihrer Wohnung hoch und wischte sich anschließend mit dem Ärmel seiner speckigen Jacke den Schweiß von der Stirn.

»Na denn!«, verabschiedete er sich pathetisch schnaufend. Auf halber Treppe drehte er sich noch einmal herum: »Und nicht vergessen: Beim nächsten *Tatort* in Dortmund gucken Se den Jungs mal 'n bisschen auf die Finger, damit da nicht wieder so 'n schmuddeliger Mist bei rauskommt. Und wenn Se ein paar schöne Ecken hier in Dortmund zum Drehen suchen, dann sollen Se sich ruhig an mich wenden. Heribert Machowski. Ich fahre euch an Plätze, da werden euch aber de Augen aus dem Kopp fallen, so schön, wie das da ist! Tschüss, die Dame.«

Etta ließ erleichtert die Wohnungstür zufallen. Uff, zu Hause! Zumindest in ihrer zweiten Heimat. Als ihr eigentliches Zuhause betrachtete sie Berlin, wo sie sich in Wedding eine Wohnung mit ihrem Freund Poldi teilte. Dort aber hatte sie sich aus dem Staub machen müssen. Poldi hatte im Herbst geheiratet und sie gefragt, ob sein Mann bei ihnen miteinziehen könne. Ja, was sagt man da als gute Freundin? Natürlich sagt man da Ja. Aber innerlich war sie in sich zusammengesunken. Sie hatte so gar keine Lust, einem Paar – egal, ob schwul oder heterosexuell – bei der Beziehungsführung zu applaudieren. Oder es zu trösten. Je nachdem, wie die Wetterlage in der Beziehung gerade so war.

Etta selbst hatte schon lange keine feste Beziehung mehr gehabt. Eine lockere auch nicht, wenn sie ehrlich war. Nicht, dass sie keine Angebote mehr bekam, aber sie wurden seltener. Und waren in der Regel, das musste Etta sich eingestehen, auch eher scherzhaft.

Natürlich flirteten immer wieder Männer mit ihr. So machte man das in ihrer Branche. Aber die ernst gemeinten Möglichkeiten hatten seit ihrem sechzigsten Geburtstag abgenommen, und der war inzwischen sechs Jahre her.

Etta betrachtete sich im Flurspiegel. Sie sah nicht aus wie Mitte sechzig, und in der Öffentlichkeit wusste niemand über ihr wahres Alter Bescheid. Das hatte sie immer verschwiegen. Zum Glück, denn für Frauen ist es in der Filmbranche ab einem gewissen Alter schwierig. Je älter du wirst, desto unappetitlicher werden die Rollen. Wenn überhaupt noch Angebote kommen. Etta seufzte. Wie oft sie in den letzten Jahren demente, verblühte oder krebskranke Frauen hatte spielen müssen, die tapfer vor sich hin kämpften!

Bei Männern war das anders. Die konnten sich in Falten legen wie ein Plisseerock, die konnten dick werden und bei jeder Bewegung schnaufen, und trotzdem bekamen sie interessante Rollen. Wie oft sich ein seniler Kollege im Film ein attraktives, mittelaltes oder sogar junges Frauchen an Land ziehen konnte! Er durfte in fremden Ländern als Journalist um Gerechtigkeit kämpfen oder ein knarziger Kommissar mit Ecken und Kanten sein. Frauen blieb all dies verwehrt. Dabei hatte sich Etta wirklich gut in Schuss gehalten. Sie war schlank und beweglich – wofür sie ihrer Personal Trainerin Bente sehr dankbar war –, hatte, obwohl sie mit unverschämt dünnem, flusigem Haar geschlagen war, die Haare stets gut frisiert und gefärbt. Und auch für die Bekämpfung von Falten und schlaffer Haut gab sie einiges aus. Mit Erfolg, wie sie selbst fand.

Sie stemmte ihre Hände in die Hüften und drehte sich vor dem Spiegel hin und her. Ihr größtes Kapital waren ihre großen grünen Augen, die einen schönen Kontrast zu ihrem rotbraun gefärbten Haar bildeten. Wenn sie lächelte, hatte sie in der linken Wange ein Grübchen, was ihr etwas Neckisches verlieh. Da sie eher klein geraten war, trug sie stets Schuhe oder Stiefel mit hohen Absätzen, egal, wie sehr ihr Rücken von Zeit zu Zeit dagegen protestierte. Ihre Haut hatte immer noch einen rosigen Schimmer, und wenn sie sich günstig schminkte, fielen ihre Falten kaum auf.

Na gut, heute sah sie etwas benutzt aus, das musste sie zugeben. Das hatte man davon, wenn man quasi im Morgengrauen in den Zug stieg. Etta war keine Frühaufsteherin. Trotzdem hatte sie sich aufgerafft und den Sechs-Uhr-Zug nach Dortmund genommen. So hatte sie dramatischen Abschiedsszenen entgehen können. Dafür sah sie jetzt nicht nur müde, sondern auch ziemlich derangiert aus.

Nun denn … Etta wandte sich ab. *Aber dass dieser dämliche Taxi-Heribert mich auf meinem eigenen Foto nicht erkannt hat, bleibt eine Frechheit!*

Entschlossen rollte sie ihre Koffer ins Schlafzimmer. Zufrieden stellte sie fest, dass es überall in der Wohnung blitzsauber war und angenehm frisch duftete. Da hatte ihre liebe Frau Pohlmann ganze Arbeit geleistet. Frau Pohlmann kümmerte sich, auch in Zeiten ihrer Abwesenheit, um die Wohnung. Sie machte sauber, versorgte die Blumen, nahm Post aus dem Briefkasten, und wenn sie erfuhr, dass Etta plante zu kommen, kaufte sie auch für sie ein.

Ein Blick in ihren Kühlschrank zeigte Etta, dass ihre Haushaltsfee auch dieses Mal nichts vergessen hatte. Sie nahm sich ein wenig Obst und Gemüse aus dem Long-fresh-Fach und beschloss, sich einen Smoothie zu machen. Sie hatte noch nicht gefrühstückt, und nun, am frühen Vormittag, meldete sich ihr Magen. Um den Smoothie in Ruhe zu trinken, setzte sie sich in ihren Entspannungssessel in ihrem Erker und legte die Beine hoch. Sie liebte diesen Platz. Auch wenn ihr Blick von hier aus nur in den Hinterhof ihres Wohnblocks ging, gab es dort immerhin einen uralten Ahornbaum. Außerdem konnte sie, wenn sie ihrer Neugierde nachgab, auch ziemlich direkt in die Wohnung ihrer Nachbarin sehen, die im rechten Winkel ums Eck wohnte.

Viel wusste Etta nicht über ihre Nachbarn, und eigentlich liebte sie die Anonymität. Ihr Beruf war mit viel Trubel und Aufregung und ständig wechselnden Sozialkontakten verbunden. In Berlin ging sie gern und oft in einschlägige Restaurants, Bars und Künstler-Cafés, wo sie sich sicher sein konnte, den ein oder anderen Kollegen zu treffen oder wenigstens zu sehen.

Sehen und gesehen werden – das war das Spiel, und meistens spielte sie es bereitwillig mit.

Aber Dortmund war anders. Um in Dortmund auf offener Straße erkannt zu werden, musstest du schon ein Fußballstar sein oder der Mändler, wie sie seit heute wusste. Sie wäre nie darauf gekommen, sich ausgerechnet hier eine zweite Wohnung einzurichten, wenn sie nicht vor mehr als siebzehn Jahren eine ebenso heiße wie heimliche Affäre mit einem ehemaligen Fußballstar gehabt hätte, der damals eine wichtige Funktion im Vorstand des BVB hatte. Der Mann bestand darauf, dass ihre Affäre unentdeckt blieb, weil er verheiratet war. Ihr war das mehr als recht. Sie wollte nicht mit einem deutlich jüngeren Sportpromi in die Klatschblätter geraten.

Damit sie sich heimlich und unerkannt treffen konnten und nicht auf Hotels angewiesen waren, hatte er die riesige Altbauwohnung in einem der begehrten In-Viertel Dortmunds auf ihren Namen gekauft. Die Beziehung mit diesem Mann war absolut entzückend gewesen, und als sie sich aus Gründen, die sie längst vergessen hatte, im Guten trennten, hatte er gefragt, ob sie die Wohnung nicht ganz übernehmen wollte. Damals verdiente sie noch so gut, dass sie sich die hohen monatlichen Abtragungen durchaus leisten konnte. Außerdem hatte sie zu dem Zeitpunkt bereits gelernt, dass das Leben in einer eher provinziellen Ruhrgebietsstadt mit uneingeschränktem Fußballfimmel für sie viele Vorteile barg. Sie konnte sich vom ewig aufgedrehten Öffentlichkeitshype erholen, war innerhalb kürzester Zeit in Köln, und – das war das Wichtigste – sie hatte inzwischen in der Nähe für ihre zunehmend dement werdende Mutter eine wunderschöne Altersresidenz gefunden.

Etta nippte an ihrem Smoothie und schloss die Augen. Nun rächte sich ihr früher Aufbruch aus Berlin. Sie war gerädert und merkte, dass ihr Schlaf fehlte. Der Nieselregen hatte sich mittlerweile in einen ausgewachsenen Schneeregen verwandelt, doch ihre Wohnung war warm, und als sie den Smoothie ausgetrunken hatte, döste sie ein wenig vor sich hin.

Von draußen hörte sie ein regelmäßiges Tropfen. Vielleicht war die Dachrinne nicht ganz dicht. Während sie in einen leichten Schlaf glitt, sah sie vor ihrem inneren Auge noch einmal das schwarze Haar, das aus dem Nasenloch des Taxifahrers gequollen war wie die zerfaserten Reste eines Topfschwamms.

Sie schreckte hoch, als es an ihrer Tür klingelte. Da sie niemanden erwartete, beschloss sie kurzerhand, nicht zu öffnen. Aber das Klingeln wurde penetranter.

Seufzend erhob sie sich nun doch aus ihrem Sessel und drückte den Türöffner. Eilige Schritte auf der Treppe waren zu hören. Sie sah durch den Spion an ihrer Wohnungstür und traute ihren Augen nicht. Das war doch wieder dieser stumpfe, nasenhaarige Taxifahrer. Dieser Heribert! Was wollte der denn bei ihr?

Da sie die Wohnungstür nicht sofort öffnete, klopfte er energisch und rief: »Hallo? Hallo! Gute Frau, machen Sie auf, ich hab was für Sie.«

Oh Gott, will er mir vielleicht sein scheußliches Mändler-Autogramm schenken?, dachte sie und öffnete die Tür einen winzigen Spalt.

»Keine Angst, ich bin es nur. Der Heri, Ihr Taxifahrer. Ich glaube, Se haben Ihr Smartphone im Sitz liegen lassen. Gucken Se doch mal, ob das Ihres ist.« Damit hielt er ihr ein Handy durch den Türschlitz.

Etta öffnete die Tür nun ganz. Tatsächlich, das war ihr Telefon. Wie hatte sie das nur verlieren können? Und vor allem: Wie hatte sie das noch nicht mal bemerken können? Dankbar nahm sie es entgegen.

»Das ist aber furchtbar nett von Ihnen, Herr Heribert«, sagte sie und steckte ihr Smartphone erleichtert in ihre Rocktasche.

»Das ist doch ’ne Selbstverständlichkeit, gute Frau«, antwortete Heribert. »Wir sind eben ein durch und durch ehrliches Völkchen, hier in Dortmund. Nichts für ungut, aber das können Se ja den Herren Chefs vom *Tatort* vielleicht auch noch erzählen. Wie vertrauenswürdig hier bei uns auch die Taxifahrer sind. Ich bin jetzt schon gespannt, ob's was bringt, wenn Se den Herren mal Bescheid stoßen. Den nächsten *Tatort* aus Dortmund, den gucke ich ganz bestimmt. Se können mir ja mal zuzwinkern. Ich wünsche Ihnen noch einen schönen Tag.« Er tippte sich an die Stirn und schickte sich an, die Treppe hinunterzulaufen.

»Halt!«, sagte Etta. »Nicht so eilig. Lassen Sie mich Ihnen wenigstens einen kleinen Finderlohn geben.«

Sie wollte sich umdrehen, um nach ihrer Handtasche zu suchen, aber Heribert unterbrach sie: »Nicht nötig, gute Frau. Machen Se einfach, dass der Dortmunder *Tatort* besser wird, das wäre mir mehr wert. Und jetzt muss ich machen …« Eilig lief er die Treppe hinunter.

*Ach, du guter Gott! Jetzt guckt der arme Kerl den nächsten Dortmund–*Tatort *und denkt ernsthaft, ausgerechnet ich hätte Einfluss auf die Handlung und das Setting.* Etta runzelte die Stirn. *Hoffentlich steige ich nie wieder versehentlich ausgerechnet in Heriberts Taxi, sonst macht der mich total zur Schnecke.*

Aber dass sie ihr Handy wiederhatte, war fantastisch. Nur, dass sie es überhaupt hatte liegen lassen, machte ihr zu schaffen.

Hoffentlich werde ich nicht langsam tüdelig, so hat es damals bei Mama auch angefangen, dachte sie und versuchte, sich zu beruhigen. Jeder ließ ja wohl mal etwas liegen. Und letztlich war es doch eigentlich auch nur ein positives Zeichen, wie wenig abhängig sie sich von ihrem Handy fühlte.

Sie schaltete ihr Telefon ein und ging in die Küche, um sich einen Kaffee aus ihrer teuren Maschine zu ziehen. Während die Maschine aufheizte, kontrollierte sie ihre Mailbox.

Siebzehn Anrufe in Abwesenheit. Na, das war ja toll. Ausgerechnet heute war sie offensichtlich höchst gefragt.

Während der Kaffee in ihre Tasse plätscherte, schaute sie nach, wer angerufen hatte.

Zweimal Poldi. Gut, der wollte wissen, ob sie gut angekommen war. Dann stutzte sie. Vierzehn Anrufe aus Eikes Büro!

Eike war ihr Agent, ein guter Freund und, ja, das auch: ein früherer Liebhaber. Aber das war lang her. Sehr lang. Davon waren nur ihre Freundschaft und die außergewöhnlich enge Zusammenarbeit übrig geblieben. Bestimmt wollte er mit ihr über das Drehbuch sprechen, das er ihr vor etlichen Tagen gemailt hatte. Sie hatte es mit wenig Begeisterung gelesen. Wieder die Rolle einer alten kranken Frau, die ihrem großartigen umtriebigen Ehemann hinterherjammert, der sie für eine Jüngere verlassen hat! Originell wie eine Packung Knäckebrot.

Etta hatte extrem wenig Lust auf diese Rolle – aber sie musste schließlich Geld verdienen. Und wenn Eike schon so oft versucht hatte, sie zu erreichen, schien es dringend zu sein.

Sie schnappte sich die Kaffeetasse und ging mit Kaffee und Handy bewaffnet wieder zu ihrem Relaxsessel im Erker. Sie ließ sich nieder, nippte an dem herrlich heißen und starken Kaffee und drückte die Rückruftaste.

Während sie dem Freizeichen lauschte, sah sie aus dem Augenwinkel, wie ihre langjährige Nachbarin in der Wohnung gegenüber ebenfalls telefonierend auf und ab ging.

* * *

Dani Dies bemerkte nicht, dass sie beobachtet wurde. Es wäre ihr auch gleichgültig gewesen. Jedenfalls in diesem Moment. Normalerweise genoss sie die seltsame anonyme Freundschaft, die sie mit ihrer Nachbarin verband.

Schon seit mehr als fünfzehn Jahren hatten sie ihre Wohnungen über Eck. Beide waren sie Nachteulen, und sie hatten einander oft bei einem letzten Absacker durch die Scheiben mit Rotwein zugeprostet. Dani war sich ziemlich sicher zu wissen, wer ihre Nachbarin war. Auch wenn der Name Iravani an der Klingel stand.

Ja, auch wenn es albern war, hatte Dani irgendwann einmal das Klingelschild ihrer Nachbarin inspiziert. Der Name darauf passte nicht, aber davon abgesehen war sie sich so gut wie sicher, dass es sich bei der Frau um Etta Glück handelte, die Schauspielerin. Auch das Verhalten passte zu einer etwas exzentrischen Künstlerin. Manchmal hatte Dani nachts gesehen, wie ihre Nachbarin ganz allein durch die riesige Wohnung tanzte.

Danis Wohnung war deutlich kleiner. Aber das störte sie nicht. Sie liebte ihre kleine sonnendurchflutete Wohnung. Es war nicht leicht gewesen, hier überhaupt eine bezahlbare Wohnung zu ergattern, da der Stadtteil so beliebt war. Hier lebten Lehrer, Architekten, Ärzte, Freaks, Musiker, Künstler und Lebenskünstler bunt durcheinander. Früher waren viele der wunderschönen Altbauten heruntergekommen gewesen. Doch nach und nach war die ehemalige Polit- und Besetzerszene zu Geld gekommen und in gut bezahlten Berufen gelandet. Investoren hatten ganze Häuserzeilen gekauft und edel saniert, und auch viele der ehemaligen Besetzer und Freaks hatten sich ihre eigene Wohnung oder sogar ein ganzes Haus gekauft. Dafür musste man allerdings gute und zuverlässige Kohle verdienen.

Dani verdiente seit zwanzig Jahren als freiberufliche Solo-Komikerin nicht schlecht. Zum Kauf einer Immobilie hatte es zwar nicht gereicht. Es hatte ihr aber auch nie gefehlt. Sie war glücklich, dass sie sich ihre wunderschöne Wohnung und ein freies und sorgenfreies Leben leisten und sich ein kleines finanzielles Polster zulegen konnte, um mögliche Krisen im Job oder etwaige Erkrankungen überbrücken zu können.

Bis gestern hätte sie ihr Leben deshalb als nahezu perfekt bezeichnet.

Heute aber, an diesem verregneten, graukalten 10. März, konnte davon keine Rede mehr sein.

Das Unglück hatte gestern Abend seinen Lauf genommen. Zusammen mit Franz war sie in der Nähe von Frankfurt gewesen, wo sie einen Auftritt mit ihrem neuen Chanson-Programm hatte. Franz war ihr langjähriger Tourtechniker und inzwischen so etwas wie ein guter Freund. Er war still, kompetent, zuverlässig – und stand bedingungslos auf ihrer Seite. Liefen Auftritte einmal nicht so, wie sie sollten, wusste Franz sie zu trösten. Dann lästerten sie auf der nächtlichen Rückfahrt im Auto gern ein bisschen über das lahme Publikum oder den doofen Veranstalter, und danach war wieder alles gut.

Gestern aber hatte es weder an einem sperrigen Publikum noch am Veranstalter gelegen, dass der Auftritt kein Erfolg war. Das neue Programm, das Dani nun seit drei Wochen spielte, war alles andere als beliebt. Auch gestern hatte der Kartenvorverkauf sehr zu wünschen übriggelassen, und an der Abendkasse hatte sich nicht mehr viel getan. Das war für die erfolgsverwöhnte Dani der erste Schock.

Möglicherweise hatten sich ihre Fans von den verheerenden Kritiken abschrecken lassen, oder es war genau das eingetreten, was ihre Agentin Paula schon seit Monaten hatte kommen sehen. Immer und immer wieder hatte sie Dani bekniet, sich von der Idee eines Chanson-Programms zu verabschieden. »Die Leute wollen lachen und dich nicht singen hören, Mädel! Was soll dieser Blödsinn? *Never change a winning team.* Das ist das eiserne Gesetz. Mach ein schönes, lustiges Wortprogramm, und leb deine verflixte, verspätete Midlifecrisis gefälligst privat aus.«

Wie es schien, hatte Paula recht behalten. Doch das half Dani jetzt nicht. Sie war schon immer ein Dickschädel gewesen, und sie war den Zwang, lustig sein zu müssen, einfach leid.

Sie liebte es zu singen und hatte ein heimliches Faible für alte Schlager und Chansons. Also hatte sie sich zu ihrem sechzigsten Geburtstag eine kleine Extratour gegönnt, sich eine Pianistin gesucht, Lieder zusammengestellt, die mit ihrem begrenzten Stimmumfang machbar waren, und hatte sich mit Feuereifer in ihr neues Projekt gestürzt. Die Premiere im Februar war noch gut besucht gewesen. Aber dann kamen erst die schlechten Kritiken und danach die Einbrüche beim Kartenverkauf.

Der gestrige Auftritt in der schlecht geheizten Mehrzweckhalle eines hessischen Kaffs war der traurigste gewesen. Die wenigen Zuschauer hatten nur verhalten applaudiert, und eine Zugabe hatten sie auch nicht gefordert. Beklommen und schweigend hatten Franz und Dani danach ihre sieben Sachen zusammengesucht, während sich ihre Pianistin mit einem Schulterzucken verabschiedet hatte, um ins Hotel zu gehen.

Franz und Dani hatte ein Blickwechsel gereicht, um zu entscheiden, dass sie noch nach Hause fahren würden. Es gibt nach einem unerfreulichen Abend nun einmal nichts Besseres, als sich ins eigene Bett zu kuscheln und dort die Wunden zu lecken.

Sie hatten gerade das Auto fertig beladen, als der Veranstalter sie noch zu sich bat. »Ich will Sie ja nicht verletzen, aber das war leider so gar nicht das, was ich erwartet habe«, kam er direkt zur Sache. »Das Publikum sieht das offenbar ähnlich. Was ist denn in Sie gefahren, dass Sie so sehr von Ihrer gewohnten Linie abweichen?« Er räusperte sich und sah Dani kurz so an wie früher ihr Lateinlehrer, wenn sie einen Vokabeltest verhauen hatte. »Frau Dies, ich meine es wirklich gut mit Ihnen.«

Vor lauter Eifer war sein seltsames Toupet leicht verrutscht, und weiße Speichelreste hatten sich in seinem Mundwinkel gesammelt. Er beugte sich vor und tätschelte Danis Knie. »Frau Dies, haben Sie vielleicht eine Lebenskrise? Sie waren doch immer so eine lustige und – wenn ich das als Mann sagen darf –

attraktive, fröhliche Frau. Dieses unfröhliche Gezwitscher passt doch gar nicht zu Ihnen.«

Seine Hände waren weich, matschig und feucht. Sein Atem roch nach Mottenkugeln. Dani wurde es regelrecht übel. Gerade wollte sie ansetzen, diese unattraktive Kulturkröte in die Schranken zu weisen, als Franz ihr resolut zu Hilfe kam.

Er klapperte mit dem Autoschlüssel, räusperte sich und fragte: »Können wir dann mal? Dani, du bist müde, das sehe ich. Den Rest könnt ihr morgen telefonisch mit der Agentin besprechen.«

Dani atmete auf. In solchen Dingen war Franz klasse. Wurde ein Veranstalter oder ein Pressefritze übergriffig, konnte er für seine Verhältnisse sehr deutlich werden. Manche hielten Franz deshalb für Danis Lebensgefährten, und sie klärten den Irrtum nie auf – obwohl Franz seit mehr als zwanzig Jahren in festen Händen und Dani an ihm als Mann nie interessiert gewesen war.

Der Veranstalter runzelte verärgert die Brauen. »Eine Sache muss ich aber noch ansprechen.« Er nahm seine dicke Patschhand von Danis Knie und lehnte sich zurück. »Mit Ihrer Gage, Frau Dies, werden Sie mir dieses Mal entgegenkommen müssen. Ich habe nicht einmal die Hälfte davon eingenommen. Da müssen wir einen Kompromiss finden, sonst fahre ich Verluste ein, und das kann ich mir nicht leisten. Sie wollen bestimmt auch nicht, dass meine Kleinkunstreihe scheitert und ich Sie demnächst, wenn Sie endlich wieder etwas Fröhliches zu bieten haben, nicht mehr buchen kann.«

Dani war perplex. Da versuchte diese widerliche, schmierige Ratte doch tatsächlich, sie mit der Gage zu drücken! Und das, obwohl sie ihm nun schon seit fünfzehn Jahren regelmäßig den Saal knallvoll machte und er dicke Gewinne eingestrichen hatte.

Bevor sie irgendetwas sagen konnte, zog Franz sie von ihrem Stuhl. »Wir fahren jetzt. Auch Gagenverhandlungen sind ausschließlich Angelegenheit der Agentur. Gute Nacht.«

Sie hätte vor Dankbarkeit heulen können.

Als sie wenig später im dunklen, kalten Auto saßen, sagte keiner ein Wort. Dani saß am Steuer. Sie fuhr gerne nachts, während Franz zumeist auf der Hinfahrt das Steuer übernahm und anders als sie um diese Uhrzeit müde war.

Die Stille zwischen ihnen hatte etwas Bedrückendes. Der Scheibenwischer surrte rhythmisch, und die emotionslose Stimme des Navis gab die Richtung vor. Sie waren bereits auf der Höhe von Siegen, und Dani dachte schon, Franz sei eingeschlafen, als er auf einmal sagte: »Was ein Arsch!«

Dani schwieg zunächst, wechselte auf die rechte Spur und sagte dann leise: »Ganz unrecht hat er allerdings nicht. Alle buchen mich, weil sie davon ausgehen, dass mein neues Programm genauso unterhaltsam ist wie die davor. Stattdessen bekommen sie eine Mogelpackung. Die Veranstalter wären mit Sicherheit begeistert, wenn Publikum und Presse es auch wären. Aber die sind es nicht … Ich hätte auf Paula hören sollen.«

Auch darauf sagte Franz nichts.

Dani schaute auf den Tacho. Sie wusste, dass man in solchen Situationen zu Raserei und aggressiver Fahrweise neigte, und fuhr deshalb bewusst langsam. Auf der linken Spur sausten die anderen Autos an ihr vorbei, und die Reifen machten auf der nassen Fahrbahn ein schmatzendes Geräusch.

Schließlich seufzte Franz. »Solche Phasen, Dani, muss man einfach aussitzen. Was glaubst du, wie oft ich in meinem Leben schon in Situationen gesteckt habe, wo ich gedacht habe, da komme ich nicht wieder raus. Häufig lösen sich die Probleme mit der Zeit von ganz allein. Jedenfalls die meisten.«

Dani wusste genau, worauf seine letzte Bemerkung abzielte. Franz war ein wunderbarer Mensch, feinfühlig, loyal und ein hervorragender Techniker. Und seit Jahren in einer komplizierten Beziehung mit Eleni gefangen.

Eleni war Griechin und besaß einen Imbiss, den sie von ihren Eltern geerbt hatte. Sie arbeitete viel und wusste genau, was sie wollte. Das Problem war ihr überbordendes Temperament. Sie war, schlicht gesagt, ein furchtbares Donnerwetter. Immer wieder hatte Dani mitbekommen, wie sie Franz am Telefon oder auch von Angesicht zu Angesicht angeschrien hatte. Manchmal beschimpfte sie ihn als Techniknerd und Langweiler; sie hatte ihm auch schon vorgeworfen, sich einen feuchten Kehricht um ihre Bedürfnisse zu kümmern. Franz blieb dabei meist ruhig. Aber ganz prallten Elenis Attacken nicht an ihm ab, und er hatte schon etliche Male versucht, sich von Eleni zu trennen. Er war jedoch immer wieder zu ihr zurückgekehrt.

Dani seufzte nun ebenfalls. In der Dynamik von Beziehungen gab es einfach Geheimnisse, die man von außen nicht entschlüsseln konnte. Vielleicht war der Sex mit Eleni so traumhaft, dass er Franz für den restlichen Stress entschädigte.

Leise sagte sie in die Dunkelheit: »Ich bin anders als du, Franz. Ich halte nichts einfach so lange aus, bis es wieder besser ist. Ich glaube auch nicht daran, dass irgendetwas von allein besser wird. Ich muss mir was einfallen lassen. Sonst stecken wir beide mächtig in der Klemme. Vielleicht modle ich mein neues Programm ein bisschen um. Was weiß ich … ein paar alte, lustige Nummern zwischen die Lieder schieben oder so. Vielleicht merkt das Publikum dann nicht so, dass es anders ist. Wie bisher geht es jedenfalls nicht weiter. Stell dir vor, ich fahr die Geschäfte mit meinem Dickschädel so vor die Wand, dass wir beide kein Geld mehr verdienen. Dann müsstest du am Ende doch bei Eleni im Grill mitarbeiten, und das willst du bestimmt nicht.«

Franz zog scharf die Luft ein.

Dani wusste, dass es für ihn eine Horrorvorstellung war, im Imbiss zu arbeiten. Obwohl Eleni ihm damit schon seit Jahren in den Ohren lag, weil ihre Hüftprobleme immer schlimmer wurden und die Arbeit für sie allein zu anstrengend, hatte Franz sich stets herausgewunden. Er ekelte sich vor dem Geruch des Frittenfetts – und liebte und brauchte seine Ruhe. Die aber hatte er nur, wenn er mit Dani auf Tour war.

Plötzlich drehte sich Franz in Danis Richtung. Sie konnte im Dunkeln spüren, dass er sich einen Ruck gab, bevor er anfing zu sprechen. »Dani, ich weiß, dass der Zeitpunkt nicht schlechter sein könnte, aber ich muss dir was sagen.«

Dani spürte einen spitzen Schmerz im Brustraum und bekam sofort feuchte Hände. *Nein, bitte nicht! Bitte, lass ihn jetzt nicht kündigen! Bitte, er darf mich nicht ausgerechnet jetzt im Stich lassen!*

»Ich … also … Es ist so …«

Franz stammelte normalerweise nicht. Nie! Dani machte sich auf das Schlimmste gefasst.

»Also, ich wollte dich eigentlich fragen, Dani, ob ich für eine Weile bei dir wohnen kann.« Franz stieß einen lauten Seufzer aus. Bestimmt hatte es ihn Überwindung gekostet, um diesen Gefallen zu bitten. »Es ist so, dass es zwischen Eleni und mir in der letzten Zeit immer wieder zum Äußersten gekommen ist, und ich kann einfach nicht anders … Ich muss jetzt einen Schlussstrich ziehen. Sonst eskaliert das Ganze und wird gefährlich.«

»Oh Gott! Das tut mir leid!« Dani war voller Mitgefühl. »Du hast Eleni nicht geschlagen, oder?«

»Nein, im Gegenteil«, sagte Franz, und an seinem Ton konnte sie merken, wie unangenehm es ihm war.

Dennoch war sie entsetzt. »Was willst du damit sagen? *Umgekehrt?* Wie meinst du das? Du willst mir doch nicht etwa sagen, dass Eleni dich … Das glaube ich jetzt nicht! Eleni schlägt dich? Ehrlich? Aber da kann sich ein Mann doch wehren. Das kann doch nicht –«

»Natürlich könnte ich mich wehren«, fiel Franz ihr ins Wort. »Aber genau das will ich um jeden Preis vermeiden. Bisher habe ich es geschafft, sie nur festzuhalten, wenn ihr die Sicherungen durchgebrannt sind. Aber sie schaukelt sich immer weiter hoch und wirft mit Sachen nach mir. Gestern hat sie einen großen Topf nach mir geworfen und mich nur knapp verfehlt. Das geht nicht mehr lange gut. Sie müsste in Therapie, aber wenn ich ihr das sage, rastet sie komplett aus. Ich muss da weg. Und wir müssen unbedingt vor ihr geheim halten, wohin ich mich geflüchtet habe. Sonst hast auch du noch Stress mit ihr. Ich suche mir auch ganz schnell was Eigenes, versprochen. Aber für die erste Zeit –«

»Natürlich kannst du bei mir bleiben.« Dani war erleichtert und alarmiert zugleich: erleichtert, weil Franz nicht kündigte, und alarmiert, weil er in der letzten Zeit offensichtlich schlimme Dinge ausgehalten hatte, ohne sie ins Vertrauen zu ziehen.

»Franz, ich unterstütze dich, wo ich nur kann«, sagte sie und wagte einen kurzen Blick auf ihn. »Versprochen. Eleni wird sich zwar bestimmt denken, dass du bei mir bist, aber mach dir darum keinen Kopf. Wenn sie mir deshalb die Hölle heiß macht, dann komme ich damit zurecht. Das Wichtigste ist jetzt erst einmal, dass du aus diesem Wahnsinn rauskommst. Meine Couch ist bequem und steht dir zur Verfügung. Und morgen rufe ich Paula an und sage ihr, dass ich mein Programm ändere. Dann wird alles gut. Bestimmt.«

»Danke«, sagte Franz leise. Seine Stimme war belegt, und Dani fragte sich, ob er im Schutz des dunklen Autos heimlich weinte.

* * *

Franz erwachte mit starken Rückenschmerzen. Ohne die Augen zu öffnen, hörte er, dass es draußen regnete. Er drehte sich auf den Rücken und lauschte, ob Dani schon aufgestanden war. Ja, sie sprach leise im Nebenraum, telefonierte wahrscheinlich. Normalerweise, das wusste er, ging sie jeden Morgen eine halbe Stunde joggen, bevor sie duschte und sich den ersten Kaffee kochte. Er hatte aber nichts gehört. Entweder war er gegen Morgen doch noch fest eingeschlafen, oder Dani war so mit ihrer vertrackten Lage beschäftigt, dass sie sich zum Joggen nicht hatte aufraffen können.

Durch die zugezogenen Vorhänge kam nur wenig Licht, und Franz ließ seinen Blick langsam durch das dämmrige Zimmer schweifen. Es war vollgestopft, ein wenig chaotisch und roch nach Danis Parfüm. Franz liebte Ordnung und zurückhaltende Farben, doch Dani war anders. Ihre bunte, fast schrille Einrichtung wirkte im Hellen auf ihn nicht sehr ästhetisch, war jetzt im Halbdunkel aber einigermaßen erträglich.

Franz' Blick blieb an der offenen Tür eines Kleiderschranks hängen. Er hatte noch nie bei Dani übernachtet, denn Eleni neigte zu furchtbarer Eifersucht. Es hatte ihr schon immer mächtig gestunken, wenn er und Dani mehrere Tage, manchmal sogar Wochen am Stück auf Tour waren. Zwar buchte Dani stets Einzelzimmer, aber Eleni hatte ihm dennoch immer wieder eine Affäre mit Dani unterstellt.

Völlig abwegig war die Idee nicht, denn Dani war nett, lustig, lebensfroh und auf ihre Art durchaus attraktiv. Hochgewachsen und knochig, wie sie war, wirkte sie mit ihren kurz geschnittenen roten Haaren, dem breiten Mund, den blitzenden blauen Augen und dem ganzen Gesicht voller Sommersprossen wie eine erwachsene Pipi Langstrumpf. Ähnlich selbstbewusst war sie auch. Doch genau das war der Grund, warum er sich für sie als Frau nie interessiert hatte. Von selbstbewussten Frauen fühlte er sich immer schnell an die Wand gedrängt.

Auch Eleni war ihm eher passiert, so wie eigentlich alle Frauen in seinem Leben. Er fühlte sich selbst nicht begehrenswert und hätte sich nie getraut, aktiv um eine Frau zu werben. Ob ihm die selbstbewusste Eleni damals gefallen hatte, konnte er nicht genau sagen. Als sie sich kennenlernten und näherkamen, befand er sich gerade in einer sehr seltsamen Lebensphase: Seit dem Tod seiner Mutter lebte er allein im Haus seiner Eltern. Mehr aus Pflichtgefühl denn aus Begeisterung betrieb er den Laden für Radio- und Fernsehgeräte, den sein Vater seinerzeit aufgebaut und den er auf Wunsch seiner Mutter nach dessen Tod weitergeführt hatte.

Seine Mutter war lange depressiv gewesen, und obwohl ihn alles in die Ferne zog, hatte er sich nicht getraut, sie alleinzulassen. Die Geschäfte liefen schlecht. Franz war kein Geschäftsmann, und die Radio- und Fernsehbranche befand sich in einem großen Umbruch. Da hätte jemand mit Elan und Begeisterung den Laden umkrempeln müssen.

Als seine Mutter starb, war er insgeheim erleichtert, dass das quälende Zusammenleben mit ihr ein Ende gefunden hatte, und schämte sich zugleich für dieses Gefühl. Auch fehlte ihm jede Idee, was er mit seiner neuen Freiheit anfangen sollte. Natürlich war er auch traurig, das war ja klar. Dazu quälten ihn Schuldgefühle. Hätte er seiner Mutter helfen können, wenn er mit mehr Nachdruck auf einen anderen Arzt oder Psychologen bestanden hätte? Hatte sie die vielen Tabletten am Tag ihres Todes absichtlich genommen oder aus Versehen? An welchem Punkt ihres Lebens hätte er noch eine Chance gehabt, ihr aus ihrer Depression herauszuhelfen?

Damals war er fast jeden Tag zum Essen in den griechischen Grill nebenan gegangen. Eigentlich mochte er weder Gyros noch Tsatsiki, und schon gar keine Pommes frites. Aber so antriebsarm und kraftlos, wie er war, erschien ihm der kürzeste Weg als der einzig machbare. Weil er fast täglich im *Akropolis* aß, blieb es ihm nicht verborgen, dass es zwischen Alexandros und Eleni – dem Besitzerehepaar – häufig zu heftigem Streit kam. Worüber sie sich lautstark auf Griechisch stritten, verstand er zum Glück nicht. Sein eigenes Leben war zu dieser Zeit kompliziert genug. Da wollte er sich in das Leben anderer nicht unbedingt einmischen.

Eines Abends aber hatte er beim Betreten einen verwaisten Imbiss vorgefunden. Er wollte gerade wieder gehen, als er hinter dem Verkaufstresen ein erbärmliches Wimmern und Schluchzen hörte. »Hallo?«, hatte er vorsichtig gefragt. Und noch einmal: »Hallo?«

Schließlich hatte Eleni sich erhoben. Sie hatte furchtbar ausgesehen: verquollen, verheult und verzweifelt. »Heute kannst du hier nicht essen, Franz«, hatte sie gejammert. »Ich bin fertig. Ganz und gar fertig. Ich habe mein Leben vor die Wand gefahren, verstehst du?«

Wenn Franz irgendetwas zutiefst verstand, dann das Gefühl, sein Leben vor die Wand gefahren zu haben. Außerdem hatte er ein mitleidiges Herz, und mit weinenden Frauen kannte er sich auch aus. Darum sagte er selbstbewusster, als es sonst seine Art war: »Komm, schließ die Tür ab, und dann setz dich hin. Was du brauchst, ist ein Ouzo. Und dann erzählst du mir, was los ist.«

Welch schicksalhafte Entscheidung! Er hätte gehen sollen, einfach murmeln: »Ich komme ein andres Mal wieder«, aber so war Franz nicht.

Also hatte Eleni geredet, und sie hatten Ouzo getrunken. Eher eine Flasche als ein Glas. Eleni hatte erzählt, dass Alexandros sie verlassen und ihre gemeinsamen Söhne mitgenommen hatte. »Nach Griechenland, zu seiner Familie. Ende. Aus.«

Franz hatte versucht, sie zu trösten, und sie hatte weiter geheult und getrunken, und er hatte weiter getröstet und mitgetrunken – und als er am nächsten Mittag mit einem ausgewachsenen Kater in ihrem Bett aufwachte, war ihm sofort klar, dass er eventuell einen Fehler gemacht hatte. Wieder einmal.

All dies ging ihm nun, in Danis überfülltem Zimmer durch den Kopf. Und noch eine andere Geschichte kam ihm in den Sinn:

Vor vielen Jahren hatte er mit Eleni auf Antiparos Urlaub gemacht. Es war Herbst gewesen, und der größte Touristenansturm war längst vorbei. Eine Cousine von Eleni betrieb auf der Insel eine kleine Pension, wo sie unterkamen. Franz erinnerte sich nicht genau, nahm aber an, dass Eleni und er damals wieder einmal versucht hatten, Ordnung und Ruhe in ihre Beziehung zu bringen. Er hatte die Insel gemocht, aber der Beziehung hatte der Urlaub nicht geholfen. Eleni war aufgeblüht und hatte es sichtlich genossen, sich endlich einmal wieder ins griechische Leben zu stürzen. Sie hatte mit ihrer Cousine in der Sprache ihrer Heimat gesprochen, und er, der außer den üblichen Touristenfloskeln kein Griechisch konnte, hatte sich ausgeschlossen gefühlt. Abends war er zumeist die einzige Hauptstraße der Insel hinuntergeschlendert und auf der Platia gelandet. Dort gab es einen großen alten Baum, in dem Hunderte von Spatzen saßen und wild und fröhlich lärmten. Im Schatten dieses Baums hatte er mit einigen Inselbewohnern Wein getrunken und Tavli, ein Brettspiel, gespielt. Sie hatten schweigend getrunken und gespielt und sich ab und zu anerkennend auf die Schulter geklopft. Dafür war nicht viel Griechisch erforderlich.

Am Rande des Platzes hatten einige Jungs jeden Abend Fußball gespielt. Immer wenn ihr Ball versehentlich in den Spatzenbaum gekracht war, waren Hunderte von Vögeln aufgeregt schimpfend aufgeflogen.

Genauso wild und ungeordnet kam Franz das Durcheinander in seinem Kopf vor. Er schaute auf sein Handy. *Kurz vor elf.* Eleni hatte mit Sicherheit noch keinen Verdacht geschöpft.

Eigentlich hätte er die letzte Nacht im Taunus verbracht und wäre heute von dort mit Dani direkt nach Siegburg weitergefahren, wo der nächste Auftritt gebucht war. Eleni würde ihn also frühestens heute Nacht erwarten.

Trotzdem wusste er, dass er vorher mit ihr sprechen sollte. Einfach nicht nach Hause zu kommen war gemein. Sie würde sich Sorgen machen, und das wollte er nicht. Sowieso wäre es ihm am liebsten, wenn die Trennung möglichst friedlich verlief. Er wollte endlich seine Ruhe haben und nicht mehr Elenis unberechenbaren Attacken und dem ständigen Streit ausgeliefert sein.

Er seufzte. Der Wunsch nach einer friedlichen Trennung gehörte ins Land der Illusionen. Eleni würde toben, ihn suchen, zu verhandeln versuchen, ihm schmeicheln – und Druck machen. Er kannte das schon. Schließlich war es nicht sein erster Versuch, sich aus ihrem Leben davonzustehlen.

Diesmal ist es endgültig, schwor er sich. Trotzdem war es strategisch vielleicht günstig, ihr im Laufe des Tages schon einmal zu schreiben. Dann konnte sie toben, wie sie wollte, während er mit Dani nach Siegburg fuhr. Und wenn Eleni morgen hier aufkreuzen sollte, um ihn zurückzuholen, würde er sich weigern, mit ihr zu reden. Oder er würde ihr sagen, er sei nur bereit, mit ihr zu sprechen, wenn sie ruhig und sachlich … Wobei das lächerlich war. Eleni konnte einfach nicht ruhig und sachlich bleiben.

Vielleicht wäre es doch besser, seinen Freund Udo zu fragen, ob er vorübergehend bei ihm unterkommen könnte. Aber Udo war mit Evi zusammen, die Franz nicht ausstehen konnte. Und dann würde er wieder unter der Fuchtel einer schlecht gelaunten Frau leben müssen …

Franz schüttelte sich. Der Sturm in seinem Kopf kam einfach nicht zur Ruhe.

Dani hatte bestimmt nichts dagegen, wenn er jetzt aufstand

und für sie und sich einen Kaffee kochte. So gut kannte er sich in ihrer Küche aus. Und wenn Dani noch joggen wollte, dann konnte sie das ja auch nach ihrem Kaffee noch tun.

Franz stand auf, zog sich seinen Hoody über und ging leise Richtung Bad, wo er sich im Badezimmerspiegel musterte. Seine grauen Locken, die langsam dünner wurden, standen wild vom Kopf ab. Er war schon immer blass, aber heute sah er aus wie ein Gespenst, und die Ränder unter seinen Augen zeugten von seiner fast schlaflosen Nacht. Eilig spritzte er sich ein paar Spritzer kaltes Wasser ins Gesicht, trocknete sich mit dem Handtuch ab, das Dani ihm letzte Nacht gegeben hatte, und schlich in die Küche.

Dort prallte er regelrecht zurück. Dani saß am Küchentisch, den Kopf in die Hände gestützt. Vor ihr stand eine Tasse mit irgendeinem Gebräu, das ekelhaft nach gesund oder doch eher nach krank roch.

Als sie ihn sah, hob sie den Kopf und lächelte kläglich. »Sorry, wollte dich nicht wecken.«

»Um Gottes willen, was ist denn mit deiner Stimme passiert?« Franz war schlagartig klar, dass Dani so heute auf keiner Bühne stehen konnte.

»Selbstboykott, Akt zwei«, krächzte sie. »Halsentzündung. Da ist nichts mit Programm ändern und Schaden begrenzen.« Sie versuchte, sich zu räuspern. Das Sprechen fiel ihr ganz offensichtlich schwer. »Da werden wir erst mal alles absagen müssen. Was für eine Scheiße! Paula bringt mich um.«

»Jetzt mach mal halblang«, versuchte Franz, sie zu trösten. »Du kannst doch nichts dafür, dass du 'ne Erkältung hast. Hast du Paula schon benachrichtigt? Die heutige Vorstellungen zumindest muss ja so schnell wie möglich abgesagt werden.«

»Ich hab mich noch nicht getraut. Ich hab gehofft, durch dieses ekelhafte Gesöff könnte ich meinen Hals vielleicht versöhnen.« Sie zeigte auf die Teetasse.

Franz grinste schief. Er kannte Dani gut genug, um zu wissen, dass ihre berüchtigten Halsentzündungen immer etwas Längerfristiges waren.

»Ich koche uns mal lieber einen Kaffee. Ist ja keinem geholfen, wenn du auch noch kotzen musst«, sagte er, nahm ihr die Tasse weg und kippte den Inhalt ins Waschbecken. Während er sich an der Kaffeemaschine zu schaffen machte, sagte er über die Schulter: »Wenn du willst, rufe ich Paula an. Schließlich hast du keine Stimme.«

Sie wussten beide, dass Dani sich darauf nicht einlassen würde. Immerhin ging es bei dem anstehenden Telefonat keineswegs nur um die Halsentzündung und die deshalb nötigen Terminverschiebungen.

Also seufzte Dani, zog ihre nackten Füße auf den Stuhl und flüsterte: »Erst Kaffee, dann Paula. Ich bin krank, aber nicht blöd!«

* * *

In der Wohnung gegenüber wartete Etta in ihrem Relaxsessel darauf, dass in Eikes Büro jemand ans Telefon ging. Es war inzwischen fast elf Uhr, da musste Rosi längst am Schreibtisch sein.

Rosi arbeitete schon seit der Steinzeit für Eike. Sie war schon seine Sekretärin gewesen, als Etta vor vielen, vielen Jahren in Eikes Leben und in seine Schauspielagentur gekommen war. Tipptopp gepflegt und mit völlig undurchschaubarer Miene saß sie an ihrem Platz, wann immer Etta die Agentur besuchte. Sie ordnete, organisierte, sie telefonierte, sie zog im Vordergrund und im Hintergrund die Strippen und wirkte so, als habe sie kein eigenes Leben. Auch ihr Alter war schwer einzuschätzen. Manchmal hatte Etta sich gefragt, ob Rosi wohl irgendwann einmal heimlich in Eike verliebt gewesen war. Oder ob sie vielleicht gar nicht auf Männer stand und stattdessen mit einer Frau zusammenlebte.

Wenn Eike, der eigentlich mit Vornamen Adolf hieß und aus naheliegenden Gründen auf keinen Fall so genannt werden wollte, auf Rosi angesprochen wurde, sagte er immer: »Manche wollen regieren, und andere wollen dienen. Rosi will Letzteres, mehr muss man über sie nicht wissen.« Das war typisch Eike. Und so hatte Etta all die Jahre nichts über Rosi erfahren. Sie war ein Mysterium. Ein verlässliches und unerschütterliches Mysterium.

Umso mehr erschreckte es Etta, als am anderen Ende der Leitung eine fremde Frau abhob. Jedenfalls glaubte sie das, denn die Stimme kam ihr gänzlich unbekannt vor, auch wenn sie sich wie sonst Rosie meldete: »Agentur Eikelbaum, was kann ich für Sie tun?«

Als Etta nach Eike fragte, war es eine Weile still am anderen Ende der Leitung. Etta wollte schon ansetzen zu erklären, wer sie war. Vielleicht wurde gerade eine neue Bürokraft eingearbeitet, die noch nicht alle Schauspieler der Agentur kannte.

Doch in dem Moment fragte die fremde Stimme: »Etta, bist du das? Etta! Endlich! Ich habe schon zigmal versucht, dich anzurufen«, und dann brach die Frau am anderen Ende der Leitung in hemmungsloses Schluchzen aus.

Das war merkwürdig.

»Hallo? Wer ist denn da?«, fragte Etta leicht besorgt.

»Ich bin's doch, Etta: Rosi. Dass du mich nicht erkannt hast! Etta …« Es folgte wieder ein grauenhaftes Schluchzen.

Allmählich wurde Etta das Ganze unheimlich. Vielleicht war Eike gestorben. Bei seiner ausufernden Lebensweise musste man immer mit dem Schlimmsten rechnen.

»Etta, weißt du, wo Eike ist? Hast du irgendeine Ahnung, wo er sich versteckt haben könnte?« Rosis Stimme war wirklich kaum wiederzuerkennen. Sie schien schon eine ganze Weile geweint zu haben.

Etta schüttelte den Kopf. Warum sollte Eike sich verstecken? Vielleicht war Rosi verrückt geworden.

Wie lange klammert man sich an abstruse Hoffnungen? Wie lange braucht man, um zu erkennen, dass das vermeintlich Verrückte manchmal einfach die Realität ist? Es dauerte jedenfalls, bis Etta ein Licht aufging, dass nicht Rosi verrückt war, sondern die Situation, in der Eike Rosi, die Agentur und ihre Künstler zurückgelassen hatte.

Immer wieder von heftigen Weinkrämpfen unterbrochen, erzählte ihr Rosi, dass Eike sich mit ziemlicher Sicherheit aus dem Staub gemacht hatte. »Seit sechs Tagen war er nicht mehr im Büro«, klagte sie. »Du weißt, er ist auch sonst häufig auf Reisen. Aber normalerweise meldet er sich zwischendurch. Oder ist zumindest erreichbar.«

Jetzt aber war er nicht an sein Handy gegangen. Gleichzeitig hatte sein Steuerberater immer und immer wieder angerufen. Es schien dringend zu sein, doch Rosi hatte keine Ahnung, worum es gehen konnte, denn schon seit einigen Jahren bereitete nicht mehr sie die Steuererklärungen für das Büro vor, sondern Eike selbst. »Und nun sind auch noch die Geschäftskonten gesperrt«, schluchzte Rosi.

Obwohl er zur Verschwiegenheit verpflichtet war, hatte der Steuerberater ihr auf ihr Drängen hin verraten, dass Eike mit Steuernachzahlungen in immenser Höhe in Verzug war. Das Finanzamt hatte seine Konten gepfändet, und auch der Steuerberater hatte Eike seitdem nicht erreicht.

»Erst da ist uns der Verdacht gekommen, Eike könnte möglicherweise Dummheiten gemacht haben. Vielleicht hat er sich sogar ins Ausland abgesetzt«, schloss Rosi ihren Bericht. »Etta, kannst du bei dir mal nachschauen, ob alles in Ordnung ist? Du hast doch auch noch ein Konto mit ihm, oder?«

Etta nickte beklommen. Eike und sie hatten tatsächlich ein gemeinsames Konto. Das stammte noch aus der Zeit, als sie ein Paar gewesen waren und Eike ihre Finanzen geregelt hatte. Er hatte Teile von Ettas Gagen in Immobilien auf Mallorca investiert, um für ihr Alter oder Zeiten vorzusorgen, in denen sie nicht mehr so viel verdiente. Die Einnahmen aus der Vermietung flossen zurück auf das gemeinsame Konto.

Einen Teil des Geldes hatte er verwendet, um Kredite zu tilgen; einen weiteren Teil hatte er schließlich an sich selbst und Etta ausbezahlt. Für Etta war das wunderbar gewesen: Es ermöglichte ihr ein sorgenfreies Leben, ohne dass sie sich selbst um die leidigen Geldangelegenheiten kümmern musste. Eike war ihr engster Vertrauter und war es auch geblieben, nachdem sie kein Liebespaar mehr waren.

Ihre Gagen waren auch danach noch auf das gemeinsame Konto gegangen, und Eike hatte sich selbst nur ausgezahlt, was ihm als ihr Agent an Provision zustand. Daran und an seiner bedingungslosen Loyalität und Ehrlichkeit hatte sie nie gezweifelt. Nun aber breitete sich ein leichter Nebel des Zweifels in Ettas Hirn aus.

Nach dem Telefonat mit Rosi ging es in Ettas Kopf zu wie in einem überfüllten Hotelfoyer. Gedanken flogen wild durcheinander: War Eike zu solch einer Dummheit fähig? War ihm ihre Freundschaft in der Not nichts mehr wert? Hatte er sich am Ende aus Verzweiflung gar etwas angetan?

Sie seufzte. Sie würde nicht darum herumkommen, sich Klarheit zu verschaffen. Nachdem sie Eike erfolglos wieder und wieder versucht hatte zu erreichen, beschloss sie, sich mit ihren Bankberatern in Verbindung zu setzen.

Die Ernüchterung folgte rasch.

Glück im Unglück

Alles weg. Diese Erkenntnis lief wie eine Schallplatte, die einen Sprung hatte, in Dauerschleife durch Ettas Kopf. *Weg, weg, weg.*

Keinen Cent hatte er übrig gelassen. Schlimmer noch: Schon vor Wochen hatte Eike hinter ihrem Rücken sämtliche Immobilien verkauft. Ob er dafür ihre Unterschrift gefälscht oder ob sie sogar versehentlich selbst unterschrieben hatte, konnte Etta nicht mit Sicherheit sagen. Fest stand: Sie war pleite. Ruiniert. Aus und vorbei. Vielleicht sollte sie ihren Künstlernamen »Glück« ab sofort in »Unglück« ändern. Etta Unglück, die selten dämliche Pute, die aus Faulheit, falscher Vertrauensseligkeit und Naivität alles verloren hatte. *Ich doofe, doofe Kuh*, dachte sie. Und: *Dieser miese, ekelhafte, verschlagene Scharlatan!*

Die Beschimpfungen taten ihr gut. Auch wenn sie wie benommen war, spürte sie, wie sich im hintersten Winkel ihres verletzten Egos der Stolz bemerkbar machte. Und obwohl dieser Tag bis jetzt ein schwarzer gewesen war, beschloss sie im schwindenden Tageslicht, sich nicht klagend mit der Niederlage abzufinden. Irgendwie musste es ihr gelingen, aus dieser Demütigung als Siegerin hervorzugehen. Nicht umsonst war ihr Lebensmotto stets gewesen: Man darf fallen, aber man sollte immer versuchen, dabei gut auszusehen.

Schon vor einundvierzig Jahren, als sie noch ein ziemlicher Frischling in der Filmbranche gewesen war, hatte der große Staatsschauspieler und Filmstar Tillmann von Hochstedt ihr diese wichtige Lektion mit auf den Weg gegeben. Er war zuvor übel in die Schlagzeilen der Klatschpresse geraten, weil er im Morgengrauen von einem Fotografen mit heruntergelassener Hose schlafend auf einer Parkbank gefunden worden war. In den Zeitungen war über sein sich ebenfalls im Tiefschlaf befindliches Gemächt ein schwarzer Balken gelegt worden. Damals war man noch verklemmter mit Nacktheit umgegangen, vor allem mit männlicher Nacktheit. Dafür hatte in der übelsten Klatschzeitung, der berühmten mit den vier Buchstaben, als Überschrift gestanden: *Wer lang hat, kann lang raushängen lassen*, und die Unterzeile lautete: *Berühmter Schauspieler sinkt tief und tiefer! Wen hat er heute Nacht im Englischen Garten mit seinen nackten Tatsachen beglückt?*

Ausgerechnet am Tag nach diesem Desaster hatte Etta mit von Hochstedt drehen müssen. Sie hatte nur eine kleine Rolle gehabt, doch als sie ihm vor der Maske begegnete, hatte sie vor Peinlichkeit nicht gewusst, wohin sie blicken sollte. Er hatte sie zur Seite genommen und gefragt: »Und, Kleine, was macht dir jetzt mehr zu schaffen? Dass du nun genau weißt, was ich in der Hose mit mir herumtrage, oder dass du glaubst, mit einem Gescheiterten im selben Film zu erscheinen?«

Noch bevor sie antworten konnte, hatte er ergänzt: »Mach dir mal keine Sorgen, Kleine. Ich bin nicht gescheitert. Gescheitert bist du in unserem Geschäft erst, wenn keiner mehr über dich schreibt. Wenn sie Schlimmes oder gar Peinliches bringen, ist das nur unangenehm, aber keine Katastrophe.«

Und dann hatte er ihr die wichtigste Lektion für ihre künftige Laufbahn mit auf den Weg gegeben: »Wenn du in unserem Beruf überleben willst, musst du fallen können. Das ist wie beim Kampfsport. Mir hat mal einer beigebracht, wenn du einen Kampfsport lernen willst, musst du als Erstes fallen lernen. Immer und immer wieder. Erst wenn du perfekt fallen kannst, lassen sie dich kämpfen. Ich weiß nicht, ob das stimmt. Ich habe mich nie für Kampfsport interessiert. Aber für unseren Beruf, da bin ich mir absolut sicher, stimmt das unbedingt. Alle, die dich mit Preisen überhäufen und hoffen, dass sie auf tollen Partys mit dir anstoßen dürfen, warten insgeheim darauf, über deinen Untergang berichten zu können. Sie würden viel lieber deinen Untergang feiern als deine Siege.«

Er sah ihr in die Augen. »So sind die Menschen, Kleines. Das änderst du nicht. Verehrung hat immer auch Neid mit im Gepäck. Darum musst du fallen können. Dann bist du ihnen immer einen Schritt voraus. Während sie noch über deinen Sturz schreiben, hast du es dir längst auf dem Boden nett gemacht und ein Fläschchen Schampus geöffnet. Fallen ist nie ein Problem. Du musst dabei nur gut aussehen und so tun, als sei dein Missgeschick für dich selbst der größte Spaß. Damit nimmst du ihnen den Wind aus den Segeln. Du musst immer so tun, als hättest du schon den nächsten Trumpf im Ärmel. Wer auf Podeste will, darf keine Höhenangst haben. Von hoch oben fallen tut immer weh. Nur ansehen darf dir das nie einer. Merk dir das, Kleine. Immer, wenn sie dich mitleidig ansehen, dann musst du lachen! Lachen, lachen, lachen ...«

Damit war er in der Maske verschwunden, und wenig später hatte er, wie immer, vor der Kamera gestanden, als gehörte ihm die Welt.

Daran musste Etta nun denken. Tillmann von Hochstedt war längst tot. Seine Worte aber waren in ihr lebendig – in dieser Situation mehr als je zuvor. Sie würde diesem miesen Tag die Zunge herausstrecken und feiern. Mit sich selbst.

Sie ging in die Küche. Mal sehen, was noch im Kühlschrank war. Kochen war ihr stets eine gute Therapie gegen alles Herzeleid gewesen.

Sie fand eine bildschöne, glänzende violette Aubergine. Parmesan und Mozzarella hatte sie auch. Und im Vorratsschrank eine Dose Tomaten. Das würde köstliche Melanzane alla Parmigiana geben, einen italienischen Auberginenauflauf. Der war auf Partys immer ihr besonderer Renner.

Etta schnitt die Aubergine in dünne Scheiben und briet sie

sanft in Olivenöl an. Dann hackte sie Zwiebeln und Knoblauch, ließ sie kurz in der Pfanne glasig werden und gab die Auberginen mit den Zwiebeln und dem Knoblauch in eine feuerfeste Form. Sie öffnete die Dose Tomaten, verteilte sie über den Auberginen, mischte geriebenen Parmesan unter, würzte mit Salz, Chili und Pfeffer und belegte den Auflauf zum Schluss mit Mozzarellascheiben.

Während ihre Melanzane bei hundertachtzig Grad im Backofen vor sich hinschmorte, öffnete sie einen wunderbar weichen Cabernet Sauvignon und gab ihn in den Dekanter. Sie ging unter die Dusche, wusch sich die Haare, pflegte und schminkte sich, als ginge sie auf ein Fest. Dann zog sie ihr schönstes Winterkleid an: dunkelblaue Mohairwolle mit silbernen Fäden. Das war warm kuschelig und passte hervorragend zu ihrem braunen Haar und ihren grünen Augen.

In der Wohnung roch es inzwischen verlockend nach Knoblauch und Gemüse. Etta legte eine CD von Omara Portuondo auf, drehte die Musik so laut, dass sie durch die ganze Wohnung klang. Dann deckte sie sich den Tisch, zündete Kerzen an und schenkte sich ein erstes Glas Rotwein ein. Inzwischen war es dunkel.

Gerade als sie sich an den Tisch setzen wollte, sah sie ihre Nachbarin auf den kleinen Balkon treten, der über Eck an ihren grenzte. Aus den Augenwinkeln hatte Etta gesehen, dass gegenüber heute wohl Tag der offenen Tür gewesen war. Ein Mann, den sie vorher noch nie bei ihr gesehen hatte, schien sogar dort übernachtet zu haben.

Da hatte sich ihre Nachbarin wohl einen neuen Lover gegönnt. Normalerweise übernachtete von Zeit zu Zeit ein anderer Kerl dort, ein breitschultriger, hochgewachsener Glatzkopf. Dieser hier wirkte hingegen eher schmächtig und sah auf dem Kopf aus wie eine Pusteblume, so wild, wie ihm die dünnen grauen Locken vom Kopf abstanden.

Könnte tatsächlich ein Neuer sein, dachte Etta. Oder ihre Nachbarin fuhr zweigleisig. Sollte sie ruhig.

Im Laufe des Tages waren außerdem noch eine ältere pummelige Frau und ein jüngerer Mann in der Wohnung der Nachbarin herumgesprungen. Vielleicht hatte sie ja Geburtstag.

Obwohl … Etta schaute noch einmal genauer hin. Inzwischen schien der Besuch bis auf den Mann mit der Pusteblume auf dem Kopf wieder fort zu sein. Der trat jetzt ebenfalls auf den Balkon. Beide waren in dicke Schals gewickelt und zündeten sich gerade eine Zigarette an.

Au ja!, schoss es Etta durch den Kopf. *Eine Zigarette wäre jetzt genau das Richtige.*

Obwohl Etta schon seit dreißig Jahren nicht mehr rauchte, hatte sie plötzlich eine unwiderstehliche Lust auf eine Zigarette. Sie wollte sie nicht unbedingt ganz rauchen, aber zwei-, dreimal feste daran ziehen und den Rauch tief inhalieren. Kurz entschlossen warf sich Etta ihren dicken Wollmantel über, zog sich die Kapuze über den Kopf und ging ebenfalls auf den Balkon.

»Guten Abend«, sagte sie.

Die beiden schauten erstaunt zu ihr herüber und grüßten dann ebenfalls freundlich.

»Jetzt wohnen wir schon so viele Jahre genau gegenüber«, sagte Etta, »und trotzdem haben wir noch nie ein Wort miteinander geredet. Ich heiße Iravani.« Das war ihr bürgerlicher Name, den sie immer verwendete, wenn sie hier in Dortmund war.

»Freut mich«, antwortete ihre Nachbarin mit heiserer Stimme. »Ich bin die Dani. Also Dani Dies. Und das hier ist mein Mitarbeiter, Herr Döbler.«

Aha, ein Mitarbeiter. Da kannst du mir viel erzählen, dachte Etta. *Und wenn du so schlimm erkältet bist, wie du dich anhörst, solltest du nicht rauchen.*

»Entschuldigung, wenn ich so dreist bin«, sagte sie stattdessen, »aber könnte ich vielleicht eine Zigarette von Ihnen schnorren? Ich rauche normalerweise nicht, aber jetzt …«

Der Mann, der bisher geschwiegen und sie nur ehrfürchtig angestarrt hatte, holte sofort eine Packung Zigaretten aus seiner Jackentasche und reichte sie ihr gemeinsam mit einem Feuerzeug. Während Etta sich gierig eine Zigarette anzündete, sagte die Frau: »Wir rauchen normalerweise auch nicht. Außerdem bin ich so grauenhaft erkältet, dass ich gar nicht rauchen dürfte. Aber dieser Tag war so unfassbar furchtbar, dass wir beide gerade Lust hatten, unvernünftig zu sein. Das sind sozusagen echte Krisenzigarettchen.«

»Willkommen im Club«, sagte Etta, zog noch einmal richtig kräftig an der Zigarette, inhalierte tief und drückte den Rest in einem Blumenkübel aus. Ihr war genauso schwindelig, wie sie gehofft hatte. »Ich hatte heute auch einen Tag, den man getrost in die Top Ten der schlimmsten Tage aufnehmen könnte.«

Warum erzähle ich das? Zu ihrer eigenen Überraschung redete sie gleich weiter: »Haben Sie schon zu Abend gegessen? Ich habe einen hoffentlich köstlichen Gemüseauflauf im Ofen und einen wunderbaren Rotwein dekantiert. Wenn ich Sie dazu einladen darf?«

Die beiden schauten so überrascht, dass Etta richtig Spaß hatte. *Ich kann es noch. Ich kann noch spontan und unvernünftig sein. Wie schön!*

»Das hört sich ganz fantastisch an«, krächzte ihre Nachbarin. »Aber ich will Sie nicht anstecken.«

»Ich glaube, das wäre heute tatsächlich das kleinste Übel«, antwortete Etta. »Außerdem werde ich mich schon nicht anstecken. Wir werden uns ja nicht gleich um den Hals fallen.«

Allgemeines Kichern. Die Frau sah ihren Freund an, und als sie das Strahlen in seinem Gesicht sah, sagte sie: »In dem Fall denke ich, dass wir mit Kusshand annehmen. Wir hatten nämlich gerade überlegt, uns eine Pizza zu bestellen.«

»Die kann ich mit meiner Melanzane locker überbieten. So selbstbewusst bin ich jetzt einfach mal. Kommen Sie rüber, und klingeln Sie bei Iravani.«

»Einfach so?« Die Frau wirkte leicht verunsichert. »Also, wir sind jetzt nicht besonders angezogen. Und sollen wir irgendwas mitbringen?«

»Jetzt seid's nicht so förmlich!« Automatisch war Etta in einen leichten bayerischen Akzent verfallen und zum Du übergegangen. Sie fühlte sich herrlich jung. »Kommt's rüber, und lasst uns gemeinsam diesem hässlichen Tag kräftig in den Hintern treten.«

* * *

Franz schlug das Herz bis in den Hals hinauf, als sie durch das wunderschöne Altbau-Treppenhaus in den ersten Stock stiegen. Er war sich sicher, in der Frau vom Balkon Etta Glück erkannt zu haben. Dani hatte ihm schon vormittags verraten, dass sie der Überzeugung war, dass die bekannte Filmdiva in der Wohnung gegenüber wohnte.

»Auch wenn ein anderer Name an der Klingel steht«, hatte Dani gesagt. »Sie sieht von Weitem so aus, die Wohnung scheint riesengroß zu sein, und wenn sie sich dort aufhält, was nicht so häufig der Fall ist, hat sie einen ähnlichen Rhythmus wie ich. Wir haben uns nachts oft mit einem Rotwein von Fenster zu Fenster zugeprostet, quasi einen Absacker miteinander getrunken. Ich glaube, sie ist ganz nett.«

Normalerweise hatte Franz mit Promis und dem Hype um sie und ihrer Lebensführung nicht das Geringste zu tun. Etta Glück aber fand er schon seit so vielen Jahren umwerfend – er hatte kaum einen Film mit ihr verpasst. Und nun war er auf dem Weg, mit diesem beeindruckenden Star ein Abendessen einzunehmen. Wenn sie es denn wirklich war …

Sobald er die Wohnung betrat, verflog der letzte Zweifel. Das *musste* Etta Glück sein! Alles war genau so, wie er sich eine Künstlerwohnung vorstellte. Auch wenn er vom Eingang aus nicht alle Zimmer erkennen konnte, machte sie auf ihn den Eindruck eines kleinen Palastes. Geschmackvoll eingerichtet war sie auch, in einer sorgfältig gewählten Mischung aus Alt und Modern. Sofort war ihm auch die hohe Wand neben der Wohnungstür aufgefallen, die über und über mit lustigen, originellen oder aufwendigen Hüten behängt war. Unter ihnen waren Garderobenhaken angebracht, die aussahen wie bunte Gummistiefel mit Sporen in der Hacke. An diese konnte man seine Jacke oder den Mantel hängen. Die Wand gegenüber zierten vier große gerahmte Filmplakate. In allen Filmen hatte Etta Glück die Hauptrolle gespielt.

Etta hatte seinen Blick beobachtet und lächelte. »Ich weiß, es wirkt furchtbar eitel, die eigenen Filme an die Wand zu hängen. Aber es sind die, die ich von all den vielen Filmen, die ich bisher gedreht habe, am meisten mochte.«

Franz wurde es mit einem Mal sehr warm. »Oh ja, das … Das kann ich bestens nachvollziehen«, stotterte er. »Die habe ich alle vier auch mit Begeisterung … mehrmals … gesehen. Obwohl ich zugeben muss, dass mein absoluter Lieblingsfilm *Regen im Kopf* war.«

Er merkte selbst, dass er glühend rot wurde. *Ich höre mich an wie ein verschwärmter Pennäler,* schoss es ihm durch den Kopf. *Ist das peinlich!* Auch Danis Blick wirkte unangenehm berührt.

Etta Glück aber lächelte noch breiter als zuvor. »Da habe ich doch tatsächlich einen echten Filmliebhaber in der Nachbarschaft! Das freut mich sehr. Ich habe diesen Film auch sehr gemocht, obwohl es einer meiner ersten großen Filme und ich mit meiner Leistung nicht rundum zufrieden war. Mein Gott, das ist alles so lange her! Dass du mich trotzdem erkannt hast …« Sie strich sich durch die Haare und machte eine leichte Drehung in Richtung Wohnung. Wahrscheinlich war sie gerade im Begriff, Dani und ihn ganz hineinzubitten.

Trotzdem platzte es aus Franz heraus: »Sie sehen immer noch genauso faszinierend aus wie vor dreißig Jahren, Frau Glück. Und heute Abend … so ein schönes Kleid … Bestimmt haben Sie auf elegantere Gäste gehofft.« Er hätte sich am liebsten auf die Zunge gebissen. Was ritt ihn nur, dass er so einen schleimigen Blödsinn von sich gab!

Etta schien sich an seinen unbeholfenen Komplimenten nicht im Geringsten zu stören. Sie lachte klingend und sagte an Dani gewandt: »Da hast du dir ja einen richtigen Charmeur an deine Seite geholt. Wie nett.« Und in Franz' Richtung: »Ich finde, man kann besser zusammensitzen und essen, wenn man sich duzt, ich komme mir sonst so alt und förmlich vor. Außerdem bin ich es in meiner Branche nicht anders gewohnt. Im Film duzt man sich sofort.«

»Das ist in meiner Branche nicht anders«, krächzte Dani.

Etta führte sie in ihr Wohnzimmer. Franz starrte staunend auf den großen Tisch, der aussah wie eine riesige Schultafel; unter dem Lack standen lateinische Verben und Matheaufgaben auf der Platte. *Sehr originell*, fand Franz.

Etta wandte sich an Dani: »In welcher Branche bist du denn, wenn ich mal so neugierig sein darf?«

Franz sah, wie Dani sich streckte und nicht ohne Stolz sagte: »In einer ganz ähnlichen wie Sie … äh, du, natürlich. Ich bin Komikerin. Eher Bühne als Fernsehen. Obwohl ich natürlich auch manchmal im Fernsehen zu sehen bin.«

Etta wirkte überrascht: »Das ist aber ein lustiger Zufall! Du musst entschuldigen, dass ich dich nicht kenne. Ich schaue so gut wie keine Comedy im Fernsehen. Aber es freut mich natürlich, so etwas wie eine Kollegin in der Nachbarschaft zu haben. Darum haben wir uns also nachts immer so nett zuprosten können: Du bist auch eine Nachtarbeiterin.« Sie wies auf den bereits hübsch für drei Personen eingedeckten Tisch. »Setzt euch, und fühlt euch wie zu Hause. Ich hole den Wein und die Melanzane. Hoffentlich ist das euer Geschmack.«

»Für mich vielleicht besser keinen Wein.« Danis Stimme klang inzwischen nach mehreren durchzechten Nächten. Sie war im Laufe des Tages immer heiserer geworden.

Franz betrachtete sie einen Augenblick mitleidig. Dani ging es echt nicht gut. Er hingegen fühlte sich pudelwohl, und die Aufregung des Tages fiel langsam von ihm ab.

Er unterdrückte ein Seufzen. Er hatte sich so fest vorgenommen, Eleni endlich über seine Trennungsabsichten zu informieren, aber dann hatten sich die Ereignisse regelrecht überschlagen. Kaum hatte Dani ihre Agentin am Telefon, hatte die auch schon ihren Besuch angekündigt. Das war ungewöhnlich. Paula hätte normalerweise betroffen auf die Nachricht reagiert, dass Dani eine Halsentzündung hatte. Auftritte abzusagen war für eine Bühnenkünstlerin immer ein *worst case*. Aber dieses Mal hatte sie völlig anders reagiert. Die Halsentzündung sei das Beste, was Dani in der derzeitigen Situation hätte passieren können, hatte Paula überraschend gesagt. Und ehe Dani sich hätte wehren können, hatte sie ihren Besuch angekündigt.

Da die Anreise von Köln etwa eineinhalb Stunden dauern würde, hatte Franz Dani geholfen, die Wohnung einigermaßen in Ordnung zu bringen. Er hatte Badezimmer und Toilette geputzt und Staub gesaugt, während Dani versucht hatte aufzuräumen. Und dann war Paula auch schon wie ein wandelnder Kugelblitz bei ihnen eingefallen. Sie hatte ihren vierundzwanzigjährigen Sohn Gérôme im Schlepptau und auch sofort erklärt, warum.

»Dani, wir werden dich eine Weile aus dem Verkehr ziehen«, hatte sie gesagt, und ihr Ton hatte an ihrer Entschlossenheit keinen Zweifel gelassen. »Dein neues Programm ist ein

Desaster, wie ich es befürchtet habe. Jetzt geht es um Schadensbegrenzung. Du lässt dich erst mal für ein paar Tage krankschreiben. Die Veranstaltungen habe ich alle schon abgesagt. Danach werden wir dir ein Problem mit den Stimmbändern andichten. Knötchen auf den Stimmbändern, etwas in der Art.«

Paula hatte nur kurz Luft geholt und sogleich weitergesprochen: »Dann werden wir deinen Fans mit Bedauern mitteilen, dass du mindestens ein halbes Jahr nicht auftreten kannst. Und vor allen Dingen, dass du *nie wieder* singen kannst. In der Zwischenzeit schreibst du dir ein schön leichtes, lustiges neues Bühnenprogramm. Wenn dir selbst nicht genug einfällt, setze ich ein paar von unseren Autoren dran. In einem halben Jahr denkt keiner mehr an deinen peinlichen Ausflug in die Trällerbranche. Und dann: *Tadaaa!*, kommst du mit den gewohnt lustigen Dani-Dies-Knallern wieder aus der Versenkung hervor. Das ist die einzige Möglichkeit, deine Karriere zu retten. Bin ich gut, oder bin ich gut?« Beifall heischend hatte sie von einem zum anderen geschaut.

Dani hatte Franz unendlich leidgetan. Er sich selbst allerdings auch. Ein halbes Jahr kein Geld zu verdienen, konnte er sich nicht leisten. Erst recht nicht, wenn er sich von Eleni trennen würde.

Im ersten Moment hatte er auf Danis Dickschädel gehofft. Das würde sie sich doch bestimmt nicht gefallen lassen! Als er Dani ansah, kamen ihm jedoch Zweifel. Sie wirkte völlig verdattert, kleinlaut und verschreckt.

Tatsächlich krächzte sie nur: »Ein halbes Jahr? So lange? Und wovon soll ich leben?«

»Du wirst ja wohl Rücklagen haben. Oder du leihst dir was, was weiß ich. Eine andere Chance hast du jedenfalls nicht. Du kannst dir gar nicht vorstellen, wie erleichtert die Veranstalter waren, als ich die Shows abgesagt habe. Miese Presse und mangelndes Interesse verbreiten sich schneller als jedes Lauffeuer.«

Paula sah ihr streng in die Augen. »Entweder du gehst mit mir diesen Weg und wir retten, was zu retten ist, oder du musst ohne mich weitermachen.«

Dani hatte nur den Kopf hängen lassen und gemurmelt: »Wenn du meinst!«

»Oh ja, ich meine.« Paulas Stimme klang wie ein Fanfarenstoß. »Das ist auch der Grund, warum ich Gérôme mitgebracht habe. Wir werden jetzt zwei kleine Videos drehen. Im ersten wirst du den Fans verkünden, dass du keine Stimme mehr hast –«

»Wie soll ich denn …«, unterbrach Dani.

»Habe ich schon dran gedacht«, antwortete Paula. »Wir haben dir Texttafeln vorbereitet, auf denen steht, dass du eine Halsentzündung hast und keinen Ton mehr sprechen kannst.«

Sie zog aus ihrer Tasche einige große Schilder und hielt sie Dani entgegen. »Die hältst du in die Kamera. Das erste Filmchen werden wir noch heute über die sozialen Medien verbreiten. Und dann produzieren wir gleich auch noch ein zweites Video, in dem du mit deiner Säuferstimme sagst, dass du leider schlechte Nachrichten hast: dass der Arzt Knötchen auf deinen Stimmbändern diagnostiziert hat und du in den nächstens Monaten nicht auftreten darfst. Und dann sagst du, sie sollen dir die Daumen drücken, dass du in einem halben Jahr und mit Hilfe eines guten Logopäden … bla, bla, bla. Was man so sagt.«

Ohne Luft zu holen, sprach sie weiter: »Sag ihnen, sie sollen nicht traurig sein. Sobald du wieder darfst, wirst du sie mit einem superlustigen neuen Programm überraschen, denn singen wirst du nicht mehr dürfen. Kapiert? Dieses zweite Video senden wir in zwei Wochen, das erhöht die Glaubwürdigkeit. Und du bleibst immer schön brav in der Wohnung und sprichst in der Zwischenzeit mit niemandem laut, klar?«

Dani hatte genickt und sich ohne Widerspruch in Paulas Anweisungen gefügt. Das erste Video drehten sie mit der ungeschminkten und krank aussehenden Dani. Für das zweite Video zog sie sich hübsch an und schminkte sich und sprach, wie Paula es verlangt hatte, mit der kaputten Krächzstimme, die sie ihrer Halsentzündung verdankte.

Franz war entgeistert. *So geht das also mit den Fake-News*, hatte er gedacht.

Als Paula und Sohn endlich wieder abgezwitschert waren, hatten Dani und er sich gefühlt, als wäre eine Planierraupe über ihrer beider Leben gefahren. Sie hatten Kassensturz gemacht und festgestellt, dass sie beide in der Klemme saßen. Dani hatte für die Proben an ihrem Musikprogramm fast zwei Monate Auftrittspause genommen und dafür große Teile ihrer Reserven aufgebraucht.

Dasselbe galt für Franz. Zwar hatte er in der Zwischenzeit bei Eleni ausgeholfen, aber da hatte er natürlich nicht wirklich viel verdient. Für Rücklagen hatte sein Job eh nie gereicht. Er würde zudem auch noch eine eigene Wohnung finden müssen, wodurch Kosten für Renovierung und Kaution entstehen würden. Eigene Möbel besaß er nicht, und selbst wenn er sich einen neuen Job suchen würde, so wäre er in den nächsten Wochen zunächst einfach bankrott. Auch Dani konnte er nicht ewig auf der Pelle hängen, zumal sie sicherlich Schwierigkeiten haben würde, weiterhin ihre recht hohe Miete aufzubringen.

Während Dani mit ihrem Hausarzt telefonierte, um für den nächsten Tag einen Termin auszumachen und ein Attest zu bekommen, hatte Franz wie gelähmt auf sein Smartphone gestarrt und überlegt, ob er sich eine Trennung überhaupt leisten konnte. *Aus finanziellen Gründen an einer desaströsen Beziehung festzuhalten wäre allerdings das Armseligste, was man sich vorstellen kann*, hatte er gedacht.

Trotz allem Elend hatte er sich nicht überwinden können, sich bei Eleni zu melden. Stattdessen hatte er die schwachsinnige Idee gehabt, am nächstgelegenen Kiosk Zigaretten zu holen. Und letztlich hatten ausgerechnet diese Krisenzigaretten dazu geführt, dass er nun in dieser wunderschönen Wohnung bei dieser beeindruckenden Schauspielerin saß und köstliches Essen und einen fantastischen Wein genoss. Wie verrückt das Leben sein konnte!

Etta Glück schien die Gesellschaft ebenfalls zu genießen. Sie strahlte, trank und aß und sprach mit ihm über Filme und Schauspielerei, als sei er vom Fach. Nur Dani wirkte nach wie vor wie ein begossener Pudel. Sie trank Wasser und stocherte in ihrem Essen herum.

* * *

Dani fühlte sich völlig außen vor. Ihr Schädel brummte, und ihr Hals schmerzte inzwischen so, als hätte sie mit Rasierklingen gegurgelt. Bestimmt war das Essen köstlich, aber sie schmeckte kaum etwas.

Erstaunt stellte sie fest, welche Veränderung gerade mit Franz vor sich ging: Der sonst eher maulfaule und schüchterne Mann schwärmte eloquent und enthusiastisch von Filmen, von denen Dani noch nicht einmal gehört hatte. Wie unverhohlen er diese Frau anhimmelte! Und wie offensichtlich die das zu genießen schien! An Ettas Körpersprache war deutlich zu erkennen, wie sehr sie im Licht der Bewunderung zu funkeln begann.

Was ist die eitel!, empörte Dani sich insgeheim. *Oder bin ich am Ende eifersüchtig? Quatsch, nein.* Sie schüttelte unwillkürlich den Kopf. Das konnte nicht sein. Sie gönnte Franz diese Auszeit von seinem sonst eher tristen Alltag. Sein Job als Tourtechniker war nicht gerade aufregend, und Franz' Liebesleben war seit jeher ein Desaster. *Er wird noch früh genug auf dem harten Boden der Realität aufsetzen. Da kommen auf uns alle beide knallharte Zeiten zu.*

Sie hatte schon überlegt, sich Geld von ihrem Ex, dem Vater ihrer beiden erwachsenen Töchter, zu leihen. Mit dem verstand sie sich nach wie vor blendend, und er würde ihr mit Sicherheit aushelfen. Aber was, wenn ihr kein neues, witziges Wortprogramm mehr einfiel? Fremdautoren waren teuer. Dann würde sie immer weiter in die Schulden hineinrutschen.

Plötzlich merkte sie, dass Etta und Franz sie erwartungsvoll anschauten. Sie war so in Gedanken versunken gewesen, dass sie nicht mitbekommen hatte, dass Etta sie angesprochen hatte.

»Vielleicht willst du ja auch nicht darüber sprechen«, sagte diese gerade.

»Was? Worüber?«, krächzte sie.

»Etta hat gerade gefragt, warum unser Tag so eine Katastrophe war«, antwortete Franz an Ettas Stelle. Er sah Dani an. »Soll ich erzählen? Ich meine, weil du so gut wie gar keine Stimme mehr hast. Oder möchtest du lieber gar nicht …«

»Nein, Quatsch. Erzähl ruhig. Ich bin nur so still, weil ich wirklich Halsschmerzen habe.«

Und dann begann Franz zu erzählen. Von ihrem Programm, das leider ein großer Flop gewesen war. Von den ausgebliebenen Zuschauern, den enttäuschten Veranstaltern. Er formulierte so vorsichtig und liebevoll, dass Dani fast die Tränen der Rührung kamen.

Etta hörte aufmerksam und reglos zu. Erst als Franz von Paulas Überfall und ihrem Vorschlag erzählte, runzelte sie schließlich doch die Stirn.

Dani grinste schief. Franz' Schilderung war durchaus komisch, vor allem als er Paula als »unsensiblen Mistkäfer«, als »Naturgewalt« und »verbale Dampfwalze« bezeichnete.

Als Franz ihre Schieflage hinreichend beschrieben hatte, fragte Etta zielsicher: »Und bei dir, Franz? Sieht man vom Verdienstausfall ab: Was ist dein Problem? Ich meine, du kannst doch bestimmt aushilfsweise für andere arbeiten, zumindest vorübergehend.«

Das war eine Punktlandung. *Doof ist sie nicht*, dachte Dani. *Alle Achtung.*

Und Franz drückte sich nicht, sondern erzählte von seiner komplizierten Beziehung und seinen Trennungsabsichten. »Und jetzt weiß ich nicht, ob ich meine Pläne wirklich durchziehen kann«, schloss er.

Etta lachte. »Da solltest du dir lieber nichts vormachen, Franz. Wenn man gehen will, dann muss man gehen. Für alles andere gibt es immer irgendeine Lösung. Das weiß ich aus Erfahrung.«

Erst als Dani viel später mit einem dicken Schal um den Hals in ihrem Bett lag und vor sich hin fröstelte, fiel ihr auf, dass weder Franz noch sie Etta nach dem Grund ihrer eigenen Bauchlandung gefragt hatten.

Was sind wir egomane Idioten, war das Letzte, das ihr durch den Kopf schoss, bevor sie in einen unruhigen Fieberschlaf fiel.

* * *

Etta konnte nicht einschlafen. Die Ereignisse des Tages rauschten im Schnelldurchlauf immer wieder durch ihren Kopf. Dank der drei oder vier Gläser Rotwein, die sie sich gegönnt hatte, war sie müde und aufgekratzt zugleich. Der Abend mit ihren Nachbarn war schön gewesen. Franz mit der eigenartigen Pusteblumenfrisur war ziemlich niedlich, und Dani war bestimmt auch nett. Die war halt krank und am Boden zerstört.

Sie stand noch einmal auf, um sich einen Tee aufzubrühen. Irgendwie musste sie ja zur Ruhe kommen. Schließlich gab es auch in ihrem Leben einige Probleme zu lösen. Dass Eike so mir nichts dir nichts mit ihrem Vermögen verschwunden war!

Als sie im Bademantel mit ihrem Tee in der Hand im dunklen Wohnzimmer stand, sah sie, dass auch in der Wohnung gegenüber jemand nicht schlafen konnte. Im Dämmerlicht, nur von unten vom Displaylicht seines Handys angeleuchtet, saß Franz dort am Küchentisch.

Wir alle haben Probleme, dachte Etta. Und plötzlich schoss ihr eine Idee durch den Kopf. Eine verrückte Idee. Eine Idee, wie man ihre Probleme vielleicht alle gleichzeitig lösen könnte.

GLÜCKSKLEE

Jedes Mal, wenn ihr Handy vibrierte, durchzuckte es Pia. Immer noch hoffte sie, dass Isi anrief. Oder eine Textnachricht schickte. Oder am besten: heulend und voller Reue plötzlich in der Tür stand. Darauf zu warten war bekloppt, und sie wusste das. Aber sie konnte die Hoffnung einfach nicht aufgeben. Isi war und blieb ihre Traumfrau. Schließlich hatten sie mehr als zehn Jahre zusammengelebt. Gut zusammengelebt, wie Pia fand.

Zugegeben, Isi war in den letzten Monaten oft mürrisch gewesen. Eigentlich eher in den letzten Jahren. Aber das hatte Pia hauptsächlich auf Isis Arbeit geschoben. Seit ihre Freundin in der Kleintierpraxis in der Innenstadt angeheuert hatte, hatte sie keinen Zweifel daran gelassen, dass diese Art von Arbeit für sie nur eine Zwischenstation sein konnte. Sie war als Tierärztin mit ganz anderen Träumen gestartet und hatte sich immer und immer wieder über die Fließbandarbeit in der Praxis beschwert. Auch an Pias Lebensführung hatte Isi immer häufiger etwas auszusetzen gehabt.

Pia war ebenfalls einmal mit großen Träumen gestartet. Nach etlichen Jahren des Jobbens und Herumziehens hatte sie ihre Leidenschaft fürs Nähen entdeckt und irgendwann angefangen, eigene Mode zu entwerfen. Da sie selbst eher kurvig und üppig und zusätzlich recht klein war, hatte sie oft genug am eigenen Leib erfahren, wie unerfreulich das Modeangebot von der Stange für alle Frauen war, die nicht riesengroß und *size zero* waren.

Zunächst hatte sie Kleider und Röcke für sich selbst entworfen und war immer wieder darauf angesprochen worden, wo sie die tollen Klamotten herhabe. Schließlich hatte sie eine Marktlücke für sich gesehen und ihr eigenes Label gegründet: *Pik Dame.* »Pik« wählte sie als Abkürzung für Pia Kaizik, ihren Namen – und weil die Pik-Dame im Kartenspiel immer die unbeliebtere, dunkle Schwester der Herz-Dame war. Das wollte Pia ändern.

Isi hatte das toll gefunden und sie unterstützt, wo sie nur konnte. Sie hatten zusammen im Dortmunder Norden eine Wohnung gemietet, an die ein überdachter Glasaufbau über einer Garage angrenzte. Diesen Anbau hatten sie ebenfalls mieten können. Er sollte Pias Reich zum Nähen werden und hatte später sogar als kleiner Showroom fungiert.

Pia ging mit viel Enthusiasmus an die Sache, und die Geschäfte liefen erfreulich. Da sie besser entwerfen als nähen konnte, bat sie einen befreundeten afghanischen Schneider, ihre Modelle anzufertigen. Er verlangte keine überzogene Beteiligung und war angenehm und freundlich. Doch Pia war wie Quecksilber – es fiel ihr schwer, bei irgendetwas am Ball zu bleiben. Und so hatte sie nach einigen Jahren der intensiven Aufbauarbeit ein wenig den Biss verloren. Hatte nicht immer zur rechten Zeit geliefert, hatte vergessen, Rechnungen zu schreiben, und auch in Buchführung war sie eine Katastrophe. Nach und nach wurden die Aufträge weniger.

Um trotzdem Geld zu verdienen, machte sie zusätzlich einen Hundesitter-Service auf. Sie hatte ein ausgesprochen glückliches Händchen mit Hunden und baute sich mit Isis Hilfe schnell einen Kundenstamm auf. Die Hundehalter waren ebenso glücklich wie die Hunde, die Pia betreute.

Als Nächstes entdeckte sie eine Leidenschaft fürs Kochen und Backen. Sie ging völlig darin auf, für Isi und sich zu kochen und zu backen und eine heimelige Atmosphäre zu schaffen. Irgendwann hatte sie Isi schließlich in den Ohren gelegen, ob sie nicht ein Kind zusammen bekommen könnten. Es gab schließlich genug lesbische Beziehungen, die schon so lebten. Sie bot, obwohl sie die Ältere war, sogar an, die Schwangerschaft und Geburt zu übernehmen. Damals wäre das biologisch noch gegangen. Da war sie erst Anfang vierzig gewesen. Und Isi erst Mitte dreißig. Aber Isi hatte davon nichts wissen wollen. Sie hatte ihr vielmehr vorgeworfen, eine stinkbiedere, langweilige Kleinfamilienidylle anzustreben. Ohne persönlichen Ehrgeiz, ohne eigene Visionen.

Pia war der Ansicht, dass ein eigenes Kind durchaus ein Ziel, eine Vision war. Sie wollte einfach eine kleine, gemütliche Insel für sich und Isi – am liebsten eben mit Kind oder auch mit zweien. Sie fand daran nichts verkehrt.

Pia seufzte und starrte aus dem Fenster. *Inzwischen bin ich dafür ohnehin zu alt.* Zumindest war ihr Zyklus nicht mehr regelmäßig.

Da Isi so ablehnend reagiert hatte, hatte sie sich schweren Herzens von diesem Traum verabschiedet – und geglaubt, dass ihre Freundin nun zufrieden war.

Dass sie sich auch von Isi würde verabschieden müssen, wäre ihr in ihren schlimmsten Horrorfantasien nicht eingefallen. Doch seit dreieinhalb Wochen war sie nun allein. In einer Wohnung, die ihr viel zu groß war. Und ohne Isi viel zu teuer. Zu dreckig, zu vermüllt, zu ungemütlich. So wie das Bett zu groß war und inzwischen streng roch, weil sie es derzeit nur noch verließ, um mit den Hunden rauszugehen. Die ließ sie neuerdings sogar zu sich ins Bett. Jedenfalls drei von den vieren, die sie täglich betreute. Buddy war dafür zu groß – und ohnehin nicht so anhänglich wie die kleineren. Stulle, Fussel und Tölke aber waren völlig verschmust und trösteten sie, wenn sie wieder eine Heulattacke hatte.

Sie war schon vorher nicht gut drauf gewesen, weil Isi ihren ganzen Urlaub dazu verwendet hatte, um ihren alten Vater in seiner Landtierarztpraxis im Sauerland zu vertreten. Isis Vater, den sie unter sich immer heimlich den »Stinkstiefel« genannt hatten, weil er ein ewig schlecht gelaunter, egoistischer Patriarch war, hatte einen schweren Herzinfarkt gehabt, und sein Kompagnon, Isis alter Sandkastenfreund Achim, hatte Isi gebeten, ihn in der Praxis zu unterstützen. Zumindest so lange, bis geklärt war, wie es mit Ewald, Isis Vater, weitergehen würde.

Pia hatte Isi bekniet, sich nicht vor den Karren spannen zu lassen. Sie hatte sie daran erinnert, wie unwohl sie sich immer in ihrem Elternhaus gefühlt hatte. Wie sehr sie sich stets mit dem Vater gezofft hatte, der nicht hatte wissen dürfen, dass sie mit einer Frau zusammenlebte. Der seine asbachuralten Lebensvorstellungen vor sich hergetragen hatte wie eine muffige Pferdedecke, wonach er meistens auch gerochen hatte. Für ihn war Pia nur eine Freundin gewesen, die Isi deshalb auch nur selten in ihr Elternhaus begleiten durfte. Zu seinen knochenkonservativen Anschauungen hatte sogar gehört, dass er Isi seine Praxis nicht überschreiben wollte – weil sie eine Frau war.

»Großtiere sind nichts für Frauen«, hatte er bei mehr als einer Gelegenheit verkündet. »Punkt. Ende der Diskussion.« Er hätte die Praxis am liebsten Egbert übergeben, Isis älterem Bruder. Aber der war genauso stur wie sein Vater und hatte durchgesetzt, dass er Anwalt wurde.

Pia fasste es nicht, dass Isi wegen dieses unsympathischen Knarzkopfs für Wochen alles liegen und stehen ließ und ins Sauerland eilte. Um gemeinsam mit diesem Achim die Praxis zu führen, solange Ewald in der Reha war. Aber sie nahm es hin.

Als Isi Wochen später endlich zurückkam, freute sich Pia wie eine Schneekönigin. Doch Isi kam nicht, um zu bleiben – sondern um ihre Sachen zu packen und ihr mitzuteilen, dass sie für immer ins Sauerland gehen würde.

An diesem Sonntag war für Pia die Welt in tausend Teile zerfallen. Sie hatte in ihrer heillosen Verstörtheit sogar angeboten, mit ins Sauerland zu kommen. Sie hätte dieses unglaubliche Opfer gebracht, obwohl sie dieses Kaff stets abgrundtief gehasst hatte. Diese ewig verregnete Schlechtelaunehochburg, wo es aus jeder Haustür nach Kohl, Schweiß und Biederkeit muffelte.

Aber Isi hatte nur komisch geguckt, weiter ihre Klamotten in Koffer und Kisten geworfen und gemurmelt, sie habe das alles offensichtlich nicht richtig verstanden. »Ich gehe nicht für ein paar Monate. Das ist keine Zwischenstation, sondern meine Zukunft. Ich will dort leben. Für immer. Mit Achim. Wir haben uns ineinander verliebt, wir wollen uns gemeinsam ein Leben –«

Noch bevor Isi ausgesprochen hatte, war bei Pia das Gewitter losgebrochen. Sie hatte getobt und geschrien und Sachen umgeworfen und Isi geschüttelt und angefleht und damit nur erreicht, dass Isi sich noch mehr beeilt hatte.

Seither hatte sich Pia nicht die Mühe gemacht, die Verwüstung zu beseitigen, die sie angerichtet hatte. Sie hatte nichts dagegen, komplett zu verwahrlosen. Sie würde sich und ihr Leben so lange schleifen lassen, bis Isi endlich einsah, dass sie einen Fehler gemacht hatte. Dass sie Pia nicht verlassen *konnte*, weil das für sie beide in einer schlimmen Katastrophe enden würde.

So hockte sie nun Tag für Tag in ihrem verschmuddelten Riesenbett, betrachtete die wachsende Menge leer gegessener Puddingschälchen und Pizzakartons neben dem Bett und verließ die Wohnung nur noch, um Buddy, Stulle, Fussel und Tölke in den Park zu führen. Mit vier Kackbeuteln bewaffnet und mit dem Handy in der Anorakinnentasche, um bloß nicht den Anruf zu verpassen, auf den sie so verzweifelt wartete.

Isi wird ihren Fehler eingestehen und fragen, ob ich mir einen Neuanfang vorstellen kann, stellte sich Pia in ihren Wunschträumen vor. Sie würde nicht sofort Ja sagen, das war klar. *Ich mache es ihr nicht zu leicht.* Aber letztlich würde sie nach

Hause rennen, die Wohnung auf Vordermann bringen, einkaufen gehen und Isis Lieblingswein kaufen und grüne Bohnen mit Kartoffelpüree und Bratwurst machen, Isis Lieblingsessen. *Und danach heulen wir beide vor Erleichterung, und es gibt den sensationellsten Versöhnungssex aller Zeiten. Und dann sagt Isi, dass sie genau das an der Seite von diesem Tierarzt am meisten vermisst hat ...*

Pia war sich sicher, dass es so kommen würde. Sie musste nur geduldig auf Isis Anruf warten.

Noch während sie darüber nachdachte, klingelte das Telefon. Pia griff gespannt nach ihrem Smartphone. Es war in den letzten drei Wochen immer wieder vorgekommen, dass jemand anrief. Bisher waren das allerdings nur ihr dämlicher Vermieter gewesen, der sich aufgeregt hatte, dass die Miete seit zwei Wochen überfällig war, und Katrin, die Besitzerin von Buddy und Fussel, die ihr ankündigte, mit den Hunden in einem Monat nach Göttingen zu ziehen. Auch ihre Mutter hatte versucht, sie zu erreichen, aber da war Pia nicht rangegangen. Ihrer Mutter wollte sie nun wirklich nicht die Ohren vollheulen. Die würde vor lauter Mitleid nur gleich mitheulen und sie bemuttern, und dann würde Pia am Ende rückfällig und zu ihrer Mama zurückziehen. Und über ihre enge Beziehung zu ihrer Mama und Pias Unfähigkeit, sich abzunabeln, hatte sich Isi immer lustig gemacht.

Sofort sah Pia, dass die Nummer im Display auch dieses Mal nicht Isis war, und sie entschied, einfach nicht ranzugehen. Doch das Telefon klingelte im Laufe des Tages immer wieder, und irgendwann wurde sie doch schwach. Schließlich war es durchaus möglich, dass Isi sich eine neue Handynummer zugelegt hatte oder für die Arbeit in der Praxis ein Zweithandy besaß.

Vielleicht ist sie verzweifelt, wenn ich nicht rangehe. Vielleicht ist ihr was Schlimmes passiert und sie braucht dringend Hilfe!

»Ja, hallo?« Pia merkte selbst, dass sie atemlos klang.

»Pia, gut, dass ich dich endlich erreiche!«

Vor Enttäuschung wäre Pia fast schon wieder in Tränen ausgebrochen. Es war nicht Isi. Nicht Isi unter neuer Nummer, und nicht Isi von einem Zweithandy. Es war Dani.

Schlagartig fiel Pia ein, dass Dani vor Monaten zwei Bühnenkostüme bei ihr in Auftrag gegeben hatte. Und sie hatte noch nicht einmal einen ernstzunehmenden Entwurf vorzuweisen. Dani würde sauer sein. Zu Recht. *Das auch noch!*

Aber Dani war nicht sauer. Im Gegenteil, sie wirkte schuldbewusst und faselte irgendetwas von »völlig vergessen anzurufen«, weil ihr gerade das Leben um die Ohren geflogen sei.

»Ich bin jedenfalls völlig pleite, und da wollte ich fragen … also … ob ich eventuell den Auftrag stornieren könnte«, druckste sie herum. Als Pia völlig überfordert von der Situation schwieg, fügte sie rasch hinzu: »Natürlich nur, wenn du noch keine Arbeitszeit oder gar Unkosten investiert hast. Das alles tut mir natürlich unendlich leid, und wenn es mir wieder besser geht, mache ich alles wieder gut.«

»Stopp!« Pia hatte Mühe, Danis Redefluss zu unterbrechen. Dass auch Danis Leben gerade im Müllsack gelandet war, interessierte sie. Und es tröstete sie. Nicht, dass sie anderen etwas Schlechtes wünschte. Ganz sicher nicht. Aber dass sie nicht die Einzige war, die aus dem Kreisverkehr des Lebens geflogen war, tat irgendwie gut.

Sie fragte nach, erfuhr in Kurzfassung den Grund für Danis Misere und erzählte sofort, dass sie noch gar nicht angefangen hatte, Danis Kostüme zu entwerfen, weil es ihr selbst gerade ganz und gar und rundherum total beschissen ging.

Dani war mitfühlend und interessiert. »Jetzt weine doch nicht«, hatte sie versucht, Pia zu trösten, als die so heftig in Tränen ausgebrochen war, dass sie kaum sprechen konnte. »Was hältst du davon, wenn ich gleich zu dir rüberkomme, und dann erzählst du mir alles ganz ruhig?«

Pia gefiel die Vorstellung, sich einmal so richtig ausheulen zu dürfen und nicht nur von den Hunden getröstet zu werden, plötzlich richtig gut. Ob es Dani etwas ausmache, dass es bei ihr gerade etwas chaotisch sei.

»Nein, nein, das macht mir nichts. Wir sehen uns gleich.« Im nächsten Moment hatte Dani aufgelegt.

Wenig später klingelte es, und Dani stand mit einem kleinen Strauß Tulpen und einer Tüte Zimtschnecken vor der Tür.

Pia öffnete ihr verlegen. So richtig gut kannte sie Dani nicht, und sie fragte sich, wie viel Verwahrlosung sie einer entfernten Bekannten überhaupt zumuten konnte.

Die Hunde begrüßten die Besucherin begeistert, und Dani streichelte alle vier ausgiebig. »Du hast vier Hunde?«, fragte sie.

»Nein, nein«, sagte Pia schnell. »Das sind nicht meine eigenen. Die werden gegen fünf Uhr alle wieder abgeholt. Ich jobbe nebenbei als Hundesitterin. Bringt ein bisschen Geld. Komm doch rein, ich koche uns einen Kaffee.«

Als Dani in die Wohnung trat, war ihr der Schock über das Durcheinander anzumerken. Sie folgte Pia in die Küche, wo es nach Schimmel und Moder roch und sich das Geschirr von Wochen stapelte.

Pia spülte rasch die Kaffeekanne aus, wusch zwei Teller und zwei Löffel ab und drehte sich mit einem entschuldigenden Schulterzucken zu Dani um. Die schob einen Stapel Zeitschriften von einem Stuhl, setzte sich und fragte: »Sag mal, wann genau hat dich deine Frau verlassen?«

»Vor dreieinhalb Wochen«, antwortete Pia, und sofort stiegen ihr wieder Tränen in die Augen.

»Du denkst aber nicht darüber nach, dich umzubringen oder so?«, fragte Dani, und Pia konnte ihrem leicht panischen Gesichtsausdruck ansehen, dass sie das durchaus für möglich hielt.

Um Zeit zu gewinnen, holte Pia einen Sack Hundefutter aus einem der Küchenschränke und füllte von den vier Hunden umtanzt die Futternäpfe. Als der Kaffee durchlief und sie ein Glas für die Tulpen gefunden hatte, ließ sie sich auf den Wäschestapel fallen, der sich auf dem Küchensofa angehäuft hatte.

»Natürlich bringe ich mich nicht um«, antwortete sie und biss herzhaft in eine der Zimtschnecken, um ihren Lebenswillen zu beweisen. »Ich habe einfach etwas den Boden unter den Füßen verloren. Aber mach dir keine Sorgen: Ich saufe nicht, ich nehme keine Pillen und stehe auch nicht stundenlang auf Autobahnbrücken. Ich hänge halt durch.« Sie biss noch einmal in ihre Zimtschnecke. »Isi kommt sicher bald zurück. Die ist für ein Leben in ihrem dusteren Elternhaus und in diesem verpupsten Sauerland einfach nicht geschaffen. Ich muss nur durchhalten, dann wird das schon wieder«, quetschte sie aus vollem Mund hervor.

Als Dani zweifelnd die Augenbrauen hochzog, setzte sie sofort nach: »Keiner kennt Isi so gut wie ich. Sie ist wahnsinnig sensibel, und sobald ihr grauenhafter Vater aus der Reha ist, wird sie mit wehenden Fahnen zurückkommen. Und diese komische Geschichte mit diesem Achim –«

»Achim?«, fragte Dani.

»Ja, Isi bildet sich ein, sie habe sich in ihren Sandkastenfreund Achim verliebt. Der ist ebenfalls Tierarzt und der Praxiskompagnon von Isis Vater. Das kann sie mir aber nicht erzählen. Das ist 'ne pure Übersprunghandlung. Sie hat sich einsam und überfordert gefühlt, und da hat sie geglaubt, so eine starke, männliche Schulter … Aber das ist Quatsch. Ich muss nur durchhalten, bis der Spuk zu Ende ist. Vor allem brauche ich Geld. Isi bezahlt momentan die Miete für unsere Wohnung nicht, und ich habe nur die paar Euro vom Hundesitten. Genäht oder entworfen habe ich ja schon länger nichts mehr. Als Isi noch hier gewohnt hat, bin ich irgendwie zu gar nichts gekommen. Ich habe versucht, Isi den Rücken freizuhalten, und habe mich um den Haushalt und das Kochen und alles andere gekümmert. Da bleibt einfach nicht viel Zeit für alles –«

»Stopp, stopp, stopp! Moment mal!«, fiel Dani ihr ins Wort. »Ich fasse das Ganze jetzt mal zusammen, nur für 'ne doofe Außenstehende wie mich: Du hast deine eigenen Geschäfte mehr und mehr vernachlässigt und hast für deine Isi das Hausmütterchen gespielt. Und jetzt sitzt du starr vor Schreck und Kummer in einer totalen Messiwohnung, heulst dir die Augen aus dem Kopf und wartest zwischen Schimmel und Hundefutter darauf, dass deine verhinderte Göttin aus den Armen eines anderen wieder angetaumelt kommt und ihr das völlig dämliche Vierbeiner-Leben wiederaufnehmen könnt, das dieser Isi vorher offensichtlich auch schon nicht gefallen hat. Sag mal ehrlich, Pia, spinnst du?«

Pia war beleidigt. So hatte sie sich das nicht vorgestellt. Trost, Zuspruch, Mut machen – das wäre in ihren Augen derzeit angemessen. Sie hatte Dani eingeladen, ja, aber dass die sie jetzt anpflaumte, ging dann doch zu weit. Sie musste sehen, dass sie Dani so schnell wie möglich wieder loswurde.

»Du hast recht«, sagte sie deshalb und schenkte ihnen beiden Kaffee in die frisch gespülten Tassen. »Ich muss mich zusammenreißen. Ich komme schon wieder auf die Beine. Ich muss nur irgendwo das Geld für die Miete auftreiben. Sonst muss ich hier ausziehen. Falls Isi nämlich doch zurückkommen sollte …«

Als sie sah, dass Dani Luft holte, um sie ein weiteres Mal zurechtzustutzen, setzte sie schnell nach: »Ich weiß, ich weiß, du glaubst nicht daran. Du kennst Isi auch nicht – aber egal. Ich möchte diese Wohnung jedenfalls gern behalten. Ich meine, was wäre auch die Alternative, so ohne Kohle? Ich könnte höchstens vorübergehend wieder zu meiner Mutter ziehen, die würde mich mit Kusshand aufnehmen, aber dann müsste ich der erzählen, was Isi mir angetan hat, und dann würde meine Mutter ausrasten, weil sie Isi sowieso nie leiden konnte, und dann wäre in Richtung Isi endgültig alles Porzellan –«

»Moment mal.« Dieses Mal unterbrach Dani sie mit einer erstaunlichen Schärfe in der Stimme. »Das habe ich hoffentlich nicht richtig verstanden! Du denkst nicht ernsthaft darüber nach, deiner Frau Mama wieder unter den Rock zu kriechen! Sag mal, wie alt bist du eigentlich?«

»Ich bin neunundvierzig, und nein, ich will unter niemandes Rock kriechen. Ich habe nur gesagt, dass ich derzeit kaum eine andere Möglichkeit habe.«

»Sagte ich doch«, brauste Dani auf. »Keine andere Möglichkeit, als deiner eigenen, wahrscheinlich auch nicht mehr ganz jungen Mutter unter den Schürzenkittel zu krabbeln! Sag mal im Ernst, Pia, ich verstehe ja, dass es einem nach 'ner Trennung dreckig geht. Ich habe selbst schon einige hinter mir. Aber dass man mit fast fünfzig Jahren auch nur eine Sekunde darüber nachdenkt, sich der eigenen Mutter wieder ans Bein zu hängen … Tut mir leid, dafür habe ich echt nicht das geringste Verständnis.«

Sie nahm Pias Hand. »Mensch, Pia. Du bist doch 'ne tolle Frau. Jedenfalls habe ich dich immer so erlebt. Kreativ, lustig und ausgeschlafen. Es kann doch nicht sein, dass du das jetzt alles einfach so hinschmeißt und dich in ein Mauseloch verkriechst. Räum die Wohnung auf, mach Kassensturz, dusch dich vor allem. Und dann mach dir einen Plan B und einen Plan C und von mir aus auch noch einen Plan D. Ich glaube nicht, dass deine Isi zurückkommt. Selbst wenn sie käme – woher weißt du, dass sie nicht die nächste Gelegenheit ergreift, um dich doch wieder auf den Pott zu setzen? Keiner, ob Mann oder Frau, sollte ab einem gewissen Alter von irgendjemandem abhängig sein. Rappel dich auf! Ich helfe dir, wenn du Hilfe brauchst und annehmen kannst.«

Pia hielt die Luft an. Was fiel der ein, sich so in ihr Leben einzumischen! Als hätte sie jemals ernsthaft in Erwägung gezogen, für längere Zeit bei ihrer Mutter unterzukriechen!

»Ich habe momentan keine andere Wahl. Ich kann eigentlich nur zu meiner Mutter, kapierst du das nicht?« *Ups!* Entsetzt raufte sich Pia die Haare. Das hatte sie gar nicht laut aussprechen wollen. *Wenn doch nur Dani jetzt endlich abhauen könnte!*

Den Gefallen tat ihre Besucherin ihr nicht. Stattdessen sagte sie plötzlich ganz ruhig: »Man hat immer eine andere Möglichkeit, als zur eigenen Mutter zurückzugehen. Das ist Punkt eins. Das solltest du dir mit Rotstift hinter die Ohren schreiben. Als Nächstes räumst du hier auf und kündigst die Wohnung. Für dich allein ist die eh zu groß. Die drei Monate Kündigungsfrist nutzt du, um dir was Kleines zu suchen – oder einen ganz anderen Weg zu gehen. Ich hätte sogar eine Idee, aber die müsste ich erst mal mit zwei anderen besprechen.«

Dani stand auf. »Ich gehe jetzt. Und du versprichst mir, dass du dich wäschst und die Wohnung wieder bewohnbar machst. Ich melde mich bei dir. Wahrscheinlich morgen. Alles klar?«

Pia war erleichtert. Gleich hatte sie wieder ihre Ruhe. Trotzdem beschloss sie, zumindest zu duschen. Und vielleicht noch abzuwaschen und den Müll rauszubringen. Sie brachte ihren Besuch zur Tür. »Tschüss, Dani.«

»Tschüss, Pia.« Mit einem Lächeln wandte sich Dani ab.

Pia seufzte. Endlich! Die war ja schlimmer als 'ne Stechmücke im Schlafzimmer.

* * *

»'ne Lesbe mit Liebeskummer. Hältst du das für eine gute Idee, Dani? Entweder heult die uns die Ohren voll, oder sie macht sich an eine von uns beiden ran. Beides keine schöne Aussicht.« Etta schob Franz und Dani die Zuckerdose rüber.

Schon vor ein paar Tagen hatte sie ihre Nachbarn auf einen Kaffee zu sich gebeten, um ihnen ihre vielleicht ein wenig ungewöhnliche Idee zu unterbreiten.

»Was haltet ihr davon, wenn wir hier, in meiner Wohnung, eine Wohngemeinschaft auf Zeit gründen?«, hatte sie gefragt. Sie selbst hatte bei der Vorstellung, künftig mit fast fremden Menschen zusammenzuwohnen, ein leichtes Grummeln in der Magengegend. Doch die finanzielle Entlastung wäre nicht zu verachten. Genau dieses Argument konnten auch die anderen nicht von der Hand weisen.

Franz schien sofort von der Idee begeistert. Dani hingegen hatte zunächst eher zögerlich reagiert, bevor sie sich doch für die Idee erwärmte.

Jetzt saßen sie erneut zusammen, um die Details ihres zukünftigen WG-Lebens zu besprechen. Warum Dani dabei mit dieser Pia um die Ecke kam, leuchtete Etta nicht ein. Natürlich wäre es nicht schlecht, noch ein drittes Zimmer vermietet zu bekommen, aber etwas sträubte sich bei der Erwähnung der besagten Dame in ihr. Die brachte sicherlich nichts als Ärger.

»Sag mal, spinnst du jetzt?«, fragte Dani auch sofort. »Ich hätte dich wirklich nicht für so stockkonservativ gehalten, Etta. Glaubst du, nur weil Pia auf Frauen steht, fällt sie gleich jede Frau an, die nicht bei drei auf den Baum kommt? Das ist ja so was von bescheuert! Außerdem ist Pia viel jünger als wir. Die kann sich bestimmt was Besseres vorstellen als uns alte Schlachtschiffe. Das Argument mit dem Liebeskummer ist eh Quatsch. Franz ist auch frisch getrennt und heult uns nicht die Ohren voll.«

Noch bevor Etta sich verteidigen konnte, ergriff Franz das Wort: »Also, unabhängig vom Liebeskummer finde ich vor allem das Argument Nonsens, dass Pia euch an die Wäsche wollen könnte. Schließlich stehe auch ich auf Frauen, und bei mir habt ihr keine Angst, dass ich euch nachts in euren Betten anfalle.«

Sowohl Ettas als auch Danis Kopf drehten sich sofort in seine Richtung. Etta musste grinsen. Die Vorstellung, dass Franz plötzlich den hormongesteuerten Allesbefruchter geben würde, war einfach zu komisch. Trotzdem wollte sie Danis Vorwurf nicht auf sich sitzen lassen.

»Dani, was du mir da unterstellst, ist völliger Blödsinn«, erklärte Etta ernst. »Daran sieht man, dass wir uns noch nicht gut kennen. Man mag mir einiges vorwerfen können, aber dass ich erzkonservativ bin, nun ganz sicher nicht. Ich habe in Berlin schließlich jahrelang mit meinem schwulen Freund zusammengewohnt. Mir ist doch egal, ob jemand schwul, lesbisch, bi oder asexuell ist. Ich selbst hatte schon die ein oder andere nette Geschichte mit einer Frau. Darum geht es mir also ganz sicher nicht. Aber sie muss zu uns passen. Ich bin nicht scharf auf emotionale Verwicklungen untereinander. Und dass wir beide alte Schachteln sind … Also bitte! Wir stehen doch wirklich beide noch sehr gut im Fell! Stimmt doch, Franz, oder nicht?«

Franz wand sich verlegen auf seinem Stuhl. Etta fand es einfach zu süß, dass er so leicht in Verlegenheit zu bringen war.

»Jetzt zwing doch den armen Franz nicht, uns Komplimente zu machen«, ereiferte sich Dani. »Erst hast du Angst, in der eigenen Bude angebaggert zu werden, dann bringst du Franz mit deiner Koketterie in Verlegenheit!«

»Ich bringe niemanden in Verlegenheit. Ich stelle nur Dinge richtig«, widersprach Etta. »Was den Liebeskummer angeht, ist Franz ein ganz anderer Fall als deine Pia. Schließlich hat Franz sich selbst und aus eigener Überzeugung von seiner Frau getrennt. Da wird er uns nicht mit einem Tränenmeer überschwemmen. Deine Pia hingegen ist verlassen worden und scheint darunter mächtig zu leiden.«

Sie schüttelte unwillig den Kopf. Sie würde sich von Dani nicht in die Rolle der herzlosen Burgherrin drängen lassen.

»Also erstens ist Pia nicht *meine* Pia, und zweitens ist sie aus anderen Gründen in einer ähnlichen finanziellen Schieflage wie wir drei«, erklärte Dani. »Bestimmt würde sie ihr seelisches Tief mit ein bisschen Beistand viel besser überwinden.«

»Das hier ist aber kein Heim für fallengelassene Mädchen«, sagte Etta und seufzte theatralisch, bevor sie ihrer zukünftigen Mitbewohnerin ihr Friedensangebot unterbreitete. »Wenn du unbedingt willst und ihr meine Vorbehalte nicht teilt, können wir uns ja mal mit dieser Pia zusammensetzen. Aber ich gebe zu bedenken, dass eines der Zimmer, die ich zu vergeben habe, ein Durchgangszimmer ist.«

Dani lächelte sichtlich erleichtert. »Das würde mich nicht stören. Ich könnte dieses Zimmer nehmen. Ich habe ohnehin einen Schlaf wie ein Murmeltier. Neben meinem Bett kannst du 'ne Party veranstalten. Wenn ich müde bin, dann penne ich. Dann lade ich Pia also mal ein. Unverbindlich. Ist klar. Nur eins noch: Pia betreut tagsüber als Hundesitterin vier Hunde.« Dani sah sichtlich nervös in Ettas Gesicht.

Etta musste gegen ihren Willen grinsen. »Besser als vier Kinder, oder? Nein, im Ernst, wenn die Hunde sich benehmen können, ist mir das egal. Ich mag Hunde. Außerdem wird das den ollen Bumske schön auf die Palme bringen.«

»Bumske?« Franz und Dani sahen Etta fragend an.

»Bumske heißt eigentlich Bunske und wohnt mit seiner Frau, einem ultrascheuen Pantoffeltierchen, unten im Erdgeschoss. Er ist unser Hausverwalter – und mein Erzfeind. Benimmt sich wie ein Blockwart anno dazumal und macht ständig alle Leute an. Mich hat er besonders auf dem Kieker.« Sie kicherte. »Wenn plötzlich drei Leute und vier Hunde bei mir ein und aus gehen, wittert der das reinste Sodom und Gomorrha. Das könnte lustig werden.«

Auf einmal hatte Etta das prickelnde Gefühl von Aufbruch und Ausbruch in sich, das sie früher so genossen hatte. Sie war zwar immer noch nicht überzeugt, dass diese Pia wirklich die Richtige für ihre WG war. Vielleicht war das aber erst einmal nicht so wichtig. Immerhin war Glücksklee ja schließlich auch vierblättrig.

EIN ZERKNITTERTER TAG

Dani hatte einen ganz und gar zerknitterten Tag hinter sich, und es war ihr trotz aller Bemühungen nicht gelungen, ihn bis zum Abend glattzustreichen. Franz hatte ihr eigentlich helfen wollen, ihren Kleiderschrank und ihr Bett auseinanderzubauen, damit sie morgen alles in Ettas Wohnung hinüberschaffen konnten. Alle anderen Möbelstücke würde sie für ihre Untermieterinnen in der Wohnung lassen, aber von Bett und Schrank wollte sie sich auf keinen Fall trennen. Da Franz von seinem Treffen mit Eleni bisher nicht zurückgekommen war, hatte Dani irgendwann allein begonnen, an ihrem Kleiderschrank herumzuschrauben. Wäre sie doch nur geduldiger gewesen!

Dani betrachtete zerknirscht ihren schmerzenden Fuß. Allein war sie nicht stark genug gewesen, und so war ihr eine Schranktür auf den Fuß gerutscht. Inzwischen war der mittlere Zeh so dick und heiß, dass sie fürchtete, ihn sich gebrochen zu haben. Auch das Kühlpack hatte bisher nicht viel geholfen.

Und alles umsonst!, dachte Dani grimmig. Eben hatte nämlich zu allem Unglück eine der beiden chinesischen Studentinnen angerufen, die für sechs Monate ihre Wohnung zur Zwischenmiete übernehmen wollten. Sie kämen nun doch erst einen Monat später, hatte sie Dani mitgeteilt.

Als Franz endlich zurückkam und sich zu ihr in die Küche setzte, sah Dani, dass auch sein Tag ausgesprochen zerknittert gewesen sein musste. Er saß so zusammengesunken auf seinem Stuhl, als hockte ihm jemand oder etwas im Nacken. Dani erinnerte er an einen der riesigen Vögel im Tierpark, die immer reglos herumstanden und ihren Kopf fast ganz unter den Flügeln verstecken konnten.

Dani wusste nicht, wie die Vögel hießen, doch für sie waren sie der Inbegriff von Traurigkeit. Sie wirkten immer bedrückt, vielleicht weil ihnen das Leben in Gefangenschaft zusetzte oder einfach weil es nicht schön war, ein großer Vogel zu sein.

Der große bedrückte Franz hatte seine Schultern hochgezogen und den Kopf gesenkt. Zum ersten Mal fiel Dani auf, dass sein Haar dünn wurde. Eine Stelle in der Mitte seines Kopfes sah aus wie der Ellbogen einer alten Lederjacke. Abgewetzt. Vielleicht hatte Franz sich so oft die Haare gerauft, dass sein Kopf nun auch abgewetzt war.

Dani überkam Mitleid, und trotzdem hätte sie jetzt gern mit Franz gemeckert. Schon allein, weil ihr Fuß so pochte und sie deshalb sauer war. Er hatte sich zwar schon dreimal dafür entschuldigt, dass er Dani hatte sitzenlassen, aber mit dem Grund war er nicht herausgerückt. Den rollte er in seinem Mund herum wie eine heiße Kartoffel.

»Steigst du aus?«, fragte Dani unvermittelt.

Franz schreckte hoch und sah sie erschrocken an. »Aussteigen? Woraus?«

Er versucht, Zeit zu schinden. Bestimmt traut er sich nicht, mir zu sagen, dass er zu Eleni zurückwill. Dani atmete tief ein und aus. »Hallo! Franz! Komm mal auf die Erde zurück. Ich bin's, Dani. Wir wollten zusammen mit Etta eine WG gründen, schon vergessen?«

Franz trank einen Schluck Tee und räusperte sich. »Mach dich nicht über mich lustig, Dani. Ich stehe zu unserem Projekt. Schließlich habe ich meine Sachen schon in das kleine Zimmer geräumt. Also jedenfalls meine Klamotten und eine Matratze. Mehr habe ich gerade eh nicht. Dass ich dich heute versetzt hab …« Er seufzte tief, trank den restlichen Tee und fuhr fort: »Es kommt nicht wieder vor, ehrlich, Dani. Aber das war heute mit Eleni alles andere als leicht.«

»Das weiß ich doch, Franz. Ich will nicht auch noch Druck

machen. Aber Eleni ist nun mal Eleni und wird sich nicht ändern. Ist sie wieder so ausfallend geworden?«

Franz sackte noch weiter in sich zusammen. Er wühlte sich durch die Pusteblume auf seinem Kopf, hob dann den Blick und begann, an seiner linken Augenbraue zu zupfen. Dort steckten all seine ungelösten Probleme. Wenn er anfing, sich dort zu zupfen, ging es ihm wirklich nicht gut.

»Du zupfst«, sagte Dani.

Franz schaute sie verwundert an, grinste schief und nahm seine Hand herunter. Stattdessen stand er auf und ging ans Fenster. Es war mittlerweile fast dunkel. Bei Etta gegenüber brannte in allen Zimmern Licht.

Franz drehte sich um, und seine Stimme klang heiser: »Sie hat eben nicht getobt und gewütet. Sie hat die ganze Zeit nur geweint und mich fast auf Knien angefleht, ihr noch eine Chance zu geben.«

»Was du hoffentlich nicht getan hast?«

Franz schwieg. Damit war die Frage eigentlich beantwortet. Erst als Dani zu einer Standpauke ansetzen wollte, sagte er: »Es geht nicht um eine oder zwei oder drei Chancen. Sie muss unbedingt was ändern, am besten mit Hilfe eines Psychologen. Ich selbst kann da nichts tun. Aber wenn ich sie ganz ohne Hoffnung sitzen lasse, komme ich mir vor wie damals bei meiner Mutter.«

Bevor Dani etwas sagen konnte, hob er abwehrend die Hand. »Ich weiß, dass das nicht dasselbe ist. Aber für mich fühlt es sich gleich an. Ich habe ihr versprochen, noch einmal über alles nachzudenken. Und das habe ich auch vor. Doch erst muss der aufgescheuchte Spatzenschwarm in meinem Kopf zur Ruhe kommen.« Er sah sie an. »So, und jetzt zu deinem Schrank. Wie weit bist du gekommen?«

»Meinen Fuß habe ich besser auseinanderbekommen als den Schrank.« Dani grinste schief. »Aber wir haben jetzt keinen

Zeitdruck mehr, China startet seine freundliche Übernahme einen Monat später als geplant. Also sing den Spatzen ein schönes Schlaflied. Den Schrank knöpfen wir uns morgen vor.«

»Okay, Dani.« Franz nickte. »Dann kümmere du dich in Ruhe um deinen Fuß.« Er schnappte sich seinen Parka und ging zur Tür.

»Du schläfst schon drüben?« Dani bemühte sich, unbeteiligt zu klingen, aber in ihr brodelte heiß und giftig die Empörung. Sie hatte damit gerechnet, dass sie den Tag gemeinsam ausklingen lassen würden, sich gegenseitig ein bisschen bedauerten und zusammen versuchten, den zerknitterten Tag zu glätten. Dass Franz einfach nach drüben ging, fühlte sich für Dani fast an, als ginge er fremd.

»Komm doch einfach mit. Dann trinken wir noch einen Absacker mit Etta«, sagte Franz.

Geh ruhig ohne mich, dachte die ungefähr dreijährige, beleidigte Dani. Die erwachsene sagte: »Ich bleibe lieber hier. Muss mich noch ein bisschen von meiner Wohnung trennen und ein wenig vor mich hin räumen und aussortieren. Wir verbringen ja bald noch genug Zeit miteinander.«

»Gute Nacht!« Sichtlich erleichtert wandte Franz sich ab, und schon zog er die Tür zu. Kurz drauf sah sie, wie Etta und Franz drüben im Erker saßen, redeten und einen Wein zusammen tranken.

Allein, allein, allein, allein, wir sind allein! Wer hatte dieses Lied noch seinerzeit gesungen?

Dani googelte und fand, was sie suchte: Polarkreis. Sie klickte den Song bei YouTube an und stellte ihn ganz laut. Wenn sie den Tag nicht glattgestrichen bekam, dann konnte sie ihn vielleicht mit ein bisschen Selbstmitleid wenigstens noch mehr zerwühlen.

* * *

Als Franz vor Ettas Wohnungstür stand, wusste er nicht, ob er klingeln oder zum ersten Mal seinen neuen Schlüssel benutzen sollte. Schließlich klingelte er und ließ sich direkt im Anschluss selbst ein. Das fühlte sich nach diesem traurigen Tag irgendwie tröstlich an. Er hatte den Schlüssel zu einer Wohnung, in der es keine Eleni und keine Vorwürfe gab.

Etta stand mit einem riesigen Kleiderberg bepackt im Flur. Sie lächelte, als Franz ein wenig unschlüssig im Eingang stehen blieb. »Schläfst du heute hier?«

Franz drehte den Schlüssel verlegen in seiner Hand. »Wenn das okay ist?«

»Du wohnst jetzt hier, schon vergessen? Du hast deine Sachen hier, und wo deine Sachen wohnen, da wohnst du auch.« Damit ging sie in ihr Schlafzimmer, wo sie den Kleiderberg schwungvoll auf ihr Bett warf.

Franz wusste noch immer nicht recht, wie er sich verhalten sollte. Zum ersten Mal spürte er mit jeder Faser, dass er und Etta einander noch gar nicht wirklich kannten. Alles, was ihm auch sonst bei Begegnungen mit fremden Menschen im Weg stand – seine übergroße Schüchternheit zum Beispiel –, umhüllte ihn gerade wie ein nasses Badetuch. Bisher war immer Dani dabei gewesen, wenn er Etta getroffen hatte. Auch jetzt wäre er lieber bei Dani geblieben, doch die war furchtbar schlecht gelaunt. Zu Recht. Bestimmt hatte sie die Nase von der gezwungenen Nähe zu ihm nach nunmehr sechs Wochen gestrichen voll.

Franz unterdrückte einen Seufzer. Irgendwann musste er den Schritt in sein neues Leben wagen. Er zog seinen Parka aus und hängte ihn vorsichtig an die Gummistiefelgarderobe.

»Du siehst ziemlich beschissen aus. Schlimmen Tag gehabt?«, fragte Etta über die Schulter.

»Oberbeschissen«, antwortete Franz und wollte in seine kleine, noch völlig chaotische Kammer gehen.

»Willkommen im Club«, erwiderte Etta. »Ich habe mich heute nur gestritten. Mit meinem Berliner Mitbewohner, der mir auseinandergesetzt hat, wie dämlich er meinen Umzug nach Dortmund findet. Mit meinem Bankberater, der meint, ich solle alles verkaufen, was ich nicht unbedingt brauche. Mit Rosi aus meiner Agentur, die immer noch im Büro sitzt und findet, wir müssten uns gemeinsam um den verwaisten Laden kümmern. Und zur Krönung vorhin noch so richtig mit Bumske. Aber das kam mir eigentlich fast noch gut aus, weil ich den dann so angebrüllt habe, wie ich es bei allen anderen gern getan hätte.«

Franz musste gegen seinen Willen lächeln. Dass Etta den Hausverwalter aus dem Erdgeschoss immer beharrlich »den Blockwart« und »Bumske« nannte, war zwar amüsant, aber er hatte ein wenig Sorge, er könnte sich an den falschen Namen gewöhnen und den Mann irgendwann versehentlich selbst so ansprechen.

»Alkohol und zusammen schimpfen oder lieber gleich ins Bett und allein grollen?«, fragte Etta.

Eigentlich hatte Franz sich zurückziehen und noch einmal mit Eleni telefonieren wollen, um zu hören, ob die sich inzwischen beruhigt hatte. Dennoch antwortete er wie aus der Pistole geschossen: »Alkohol und schimpfen klingt gut.«

Etta ging in die Küche, nahm einen kalten Grauburgunder aus dem Kühlschrank, entkorkte die Flasche und deutete mit der Schulter auf den Küchenschrank: »Weißweingläser sind da.«

Sie ging in den Erker und ließ sich in ihrem Lieblingssessel nieder. Franz folgte mit den Gläsern, setzte sich ihr gegenüber auf einen Stuhl, und bevor er einen ersten Schluck mit Etta trank, stellte er mit klopfendem Herzen sein Handy aus. Das hatte er bisher so gut wie nie gemacht.

»Hast du heute wenigstens was gegessen?«, fragte Etta. »Ich

will nicht wie deine Mutter klingen, aber Ärger und Alkohol auf nüchternen Magen könnten gewaltig nach hinten losgehen.«

Franz merkte plötzlich, dass sein Magen gefährlich grummelte. Konnte er einfach an den Kühlschrank gehen? Darüber und über die Frage, wer wann einkaufte, hatten sie noch gar nicht gesprochen. Automatisch begann er wieder, an seiner linken Augenbraue zu zupfen.

Etta sah ihn kurz an, stand auf und kam nach einer Weile mit einem Tablett mit Käse, Oliven, Salzmandeln und Grissini wieder. »Nur ein Angebot, du musst nicht.«

»Wir müssen das mit dem Einkaufen und der Kostenaufteilung noch besprechen«, murmelte Franz.

Etta lachte schallend. »Darum bist du so schüchtern! Keine Angst, das regeln wir alles, sobald Dani eingezogen ist. Bei Pia wird es noch ein wenig dauern. Aber sobald wir hier zu dritt wohnen, machen wir selbstverständlich Putz- und Einkaufspläne und klären das Finanzielle. Wie 'ne richtige WG. Heute bist du mein Gast. Und frag bloß nicht, ob ich mir das leisten kann. Mehr als bankrottgehen kann frau nämlich nicht.«

Ettas Heiterkeit wirkte ansteckend. Dankbar hobelte Franz sich einige Scheiben Tête de Moine ab und fragte glücklich kauend: »Was war denn der Grund für deinen Streit mit dem Hausverwalter?«

Etta nahm einen großen Schluck Wein, nahm sich eine Grissinistange und knabberte nachdenklich daran. »Bumske ist ein Arsch. Entschuldige die drastische Ausdrucksweise, aber du wirst schon noch merken, dass ich recht habe. Er drangsaliert alle im Haus, wo er nur kann. Am meisten ärgert es mich, dass er immer so gemein zu Hilda ist.«

Als Franz fragend die Augenbrauen hob, fuhr sie fort: »Hilda lebt mit ihrer Mutter im Dachgeschoss. Sie hat Trisomie 21 und ist tagsüber normalerweise unterwegs. Ich glaube, sie macht eine Lehre irgendwo. Jedenfalls vergisst Hilda manchmal ihren Schlüssel, und dann wartet sie im Treppenhaus auf ihre Mutter, die in einer Apotheke hier im Viertel arbeitet. Dabei singt sie gern – durchaus auch schon mal lauter. Sie hat eine Karaoke-App auf ihrem Smartphone und steht, leider, auf Schlager. Wenn du also irgendwann im Hausflur sehr laut und durchaus schön Andrea Berg oder Helene Fischer hörst, ist das Hilda. Sie ist wirklich sehr entzückend. Aber Bumske scheucht sie immer auf und meckert rum. Der ist einfach ein Oberekel.«

»Aber du sitzt ja nicht singend im Hausflur«, entgegnete Franz. »Außerdem gehört diese Wohnung dir. Da kann dieser … äh … Bumske dir doch gar nichts. Also, ich meine, wenn er dich ärgert –«

»Es ist ein ewiger Krieg zwischen uns, schon lange«, fiel Etta ihm ins Wort. »Bumske ist ziemlich rechts, und er denkt aufgrund meines Nachnamens, ich wäre Ausländerin. Iravani klingt 'n bisschen anders als Bunske, nicht wahr?«

Franz guckte betreten, und Etta lachte. »Nein, im Ernst. Ich habe nie aufgeklärt, dass ich lediglich den persischen Namen meines Ex-Manns behalten habe. Wozu auch? Ist doch völlig wurscht, wo einer herkommt. Über uns wohnt eine Familie, die türkische oder kurdische Wurzeln hat. Der Vater ist Chirurg und arbeitet in einer Klinik. Seine Frau betreibt dieses nette Lesecafé in Hombruch, ich weiß nicht, ob du das kennst?«

Als Franz mit den Schultern zuckte, fuhr Etta fort: »Egal, die haben einen Sohn, Ferhat, der ist etwa fünf. Ein kleiner Professor, wenn du mich fragst. Wenn du es eilig hast, darfst du dich nicht von ihm anquatschen lassen. Der fragt dir Löcher in den Bauch. Den hat Bumske auch auf dem Kieker. Ferhat macht natürlich viel Quatsch wie alle Jungs in dem Alter. Obwohl es nicht erwünscht ist, spielt er mit seinen Freunden im Hof Ball und lässt sein Fahrrad manchmal einfach im Hausflur liegen. Dann geht Bumske richtig steil. Der schreit sich in Rage, das kannst du dir nicht vorstellen. Und deswegen kann ich den ums Verrecken nicht ausstehen.«

»Lass mich raten, er liebt dich auch nicht besonders? Unabhängig von deinem ausländisch klingenden Namen, meine ich.« Franz merkte, dass ihm der Wein trotz Käse und Oliven schon leicht zu Kopf gestiegen war.

Etta grinste. »Richtig. Ich ärgere ihn aber auch gern. Wenn er mich auf ein Fehlverhalten aufmerksam macht, gucke ich jedes Mal ganz betroffen und sage zu ihm: ›Wenn das der Führer wüsste.‹ Dann wird er dunkelrot und kreischt: ›Ordnung hat es in Deutschland auch ohne Hitler immer gegeben!‹«

»Leg dich bloß nicht mit den Rechten an.« Franz sah Etta ernst an. »Wir haben hier leider ein echtes Problem mit Neonazis. Die können verdammt unbequem werden!«

»Ach, Bumske ist einfach nur ein strunzdoofer, unangenehmer Zeitgenosse. Der ist nicht organisiert. Glaub mir. Und selbst wenn …« Etta trank noch einen Schluck Wein. »Man darf sich nicht alles gefallen lassen. Heute habe ich gewagt, meine ganze Wäsche auf dem Dachboden aufzuhängen. Nicht nur in dem mir zugewiesenen Teil, sondern überall. Ich sortiere gerade aus, weil ich mindestens zwei Drittel meiner Klamotten verkaufen will. Und dafür sollte das natürlich gewaschen sein. Der Dachboden war jedenfalls absolut leer. Also habe ich alles vollgehängt. Und dann kam Bumske und hat mir die Hölle heißgemacht.«

Etta erhob sich von ihrem Sessel und schob ihren Bauch weit vor, um Bumske zu parodieren: »Frau Iravani, ich will wirklich nicht wissen, woher Sie kommen, aber hier bei uns, da respektiert man Regeln! Regeln, verstehen Sie? Ist das Wort für Sie schon ein Fremdwort?«

Etta hatte wütend gelispelt und mit ihrem Zeigefinger vor Franz herumgestochert. Dass sie Leute parodieren konnte, war deutlich zu spüren. Jetzt beugte sie sich dicht vor Franz' Gesicht und zischelte: »Wenn das jeder machen würde, Frau Iravani.«

Etta ließ sich wieder in ihren Sessel sacken. »Wenn es nicht so lästig wäre, wäre das richtig lustig mit Bumske. Meinen Namen spricht er immer falsch aus. Irrrravani, sagt der immer. Mit ganz vielen R. So ein Alfred Tetzlaff für Arme ist das. Aber dann habe ich ihn gefragt, ob er keine Angst hat, vor künstlicher Wichtigkeit zu platzen, und da hat er doch tatsächlich vor meine Füße gespuckt und wollte gerade gehen …«

Etta grinste. »Ich fürchte, ich war nach den vorangegangenen Telefonaten nicht in der richtigen Stimmung, um diesen unappetitlichen Ausfall unseres Blockwarts widerspruchslos hinzunehmen. Ich bin ziemlich ausfallend geworden. Danach habe ich allerdings doch ein wenig Angst bekommen, dass das ein Nachspiel hat. Darum habe ich meine Wäsche halb nass wieder abgenommen. Nicht, dass der mir heimlich Nazisprüche auf meine Designerklamotten sprüht! Zuzutrauen wäre es ihm. Jetzt liegen die feuchten Sachen auf meinem Bett. Doof. Ich muss die gleich noch irgendwie aufhängen.«

»Komm, das machen wir lieber sofort«, sagte Franz und sprang eilfertig auf.

Auf einmal wirkte Etta ungewohnt zerknirscht. »Ich habe gar keinen Wäscheständer.«

»Dann lass uns improvisieren. Darin bin ich gut.« Franz fühlte sich regelrecht belebt.

Eine halbe Stunde später hingen in jeder Ecke, an jedem Schrank, an jeder Tür und an provisorisch gespannten Leinen feuchte Kleidungsstücke. Die eigentlich so elegante Wohnung sah dadurch aus wie eine enge italienische Gasse, in der die Bewohner ihre Wäscheleinen von Haus zu Haus spannten.

Etta und Franz ließen sich lachend und erschöpft aufs Sofa fallen. Das Eis zwischen ihnen war endgültig getaut.

Und weil die Flasche Wein nicht angebrochen rumstehen sollte und der Tag plötzlich doch nicht mehr ganz so zerknittert war, fiel Franz irgendwann leicht angesäuselt auf seine Matratze und schlief ein, ohne sein Handy noch einmal einzuschalten.

Während Franz leise schnarchte und Etta zufrieden über den erfreulichen Start mit Franz in ihr Kingsize-Bett fiel, über dem diverse Kleidungsstücke am Kronleuchter baumelten, legte Eleni ihr Handy nach vierzig fehlgeschlagenen Versuchen, Franz zu erreichen, verzweifelt zur Seite.

Dani versuchte angestrengt, sich nicht einsam und verraten zu fühlen und nicht dauernd in die gegenüberliegende Wohnung zu starren, wo alles voller Kleidungsstücke hing und das Licht inzwischen gelöscht war.

Pia hingegen hatte sich auf dem Sofa ihrer Mutter eingerollt und grübelte, warum die so zurückhaltend auf ihre Bitte reagiert hatte, ihr vorübergehend tausend Euro zu leihen.

So ist das im Leben: Zerknitterte Tage lassen sich für die meisten Menschen leider nicht einfach glattstreichen.

* * *

Zumindest für Pia begann auch der nächste Morgen zerknittert. Zunächst war sie gerührt, weil ihre Mutter Hanne sich in aller Herrgottsfrühe mit einer Tasse Kaffee zu ihr setzte und ihr einen herrlich süßen Kakao mit Sahne und zwei noch warme Schokocroissants neben die Couch stellte. Frühstück im Bett – das hatte es schon lange nicht mehr gegeben. Vielleicht eine kleine Entschuldigung, weil ihre Mutter gestern auf ihre WG-Pläne und ihre Bitte, sie finanziell zu unterstützen, so reserviert reagiert hatte. Als sich Pia begeistert und erleichtert über die Croissants und den Kakao hermachte, sah Hanne sie allerdings nur nachdenklich an und schwieg.

Zuerst dachte Pia, es läge daran, dass ihr versehentlich Schokokrümel ins Bettzeug geraten waren, die nun hässliche braune

Flecken hinterließen. »Oh, 'tschuldigung!«, murmelte sie. »War wirklich keine Absicht.«

Hanne seufzte, strich ihr liebevoll mit der Hand über die krümelige Wange. »Ich muss mit dir reden, meine Motte.«

Beim Klang des zärtlichen Kosenamens schossen Pia Tränen in die Augen. Wie hatte sie sich nach dieser Geborgenheit und der bedingungslosen Akzeptanz ihrer Mutter gesehnt! Warum nur hatte sie so lange gezögert, ihr Isis scheußlichen Verrat und die Trennung zu beichten?

»Wenn das mit dem Geld ein Problem ist, Mutti, dann leihe ich mir woanders was«, sagte sie, fest damit rechnend, dass ihre Mutter sogleich widersprechen würde. Um noch ein bisschen kläglicher zu wirken, ergänzte sie: »Ich hätte dich nie und nimmer darum gebeten, aber Isi will heute die Möbel abholen. Und ich kann nichts dagegen machen, weil Isi damals alles bezahlt hat. Und ich brauche doch für meinen Neuanfang wenigstens ein Bett und einen Schrank!«

Hanne erhob sich und trat ans Wohnzimmerfenster. Sie stellte das Fenster auf kipp, und sofort drang das morgendliche Vogelkonzert aus dem angrenzenden Garten herein. Sie drehte sich zu Pia. »Um das Geld geht es mir nicht. Ich würde dir gern helfen, wenn ich sicher sein könnte, dass du ab dann wirklich allein zurechtkommst und dich nicht sofort an andere dranhängst. Was mir Sorgen macht …«

Sie hob die Hand, als sie sah, dass Pia ansetzte, sich zu verteidigen. »Nein, lass mich jetzt bitte ausreden. Ich habe schon eine ganze Weile vor, mit dir zu reden – also ernsthaft zu reden, meine ich. Irgendwie habe ich es immer vor mir hergeschoben. Aber jetzt –«

»Mutti!« Pia fiel ihr ins Wort, und ihre Stimme klang in ihren eigenen Ohren beinahe hysterisch. »Du machst mir Angst, wenn du so offiziell wirst. Bist du krank? Ist irgendwas Schlimmes?«

Hanne setzte sich zu ihr auf die Sofakante. »Nein … also … äh, ja. Nicht direkt. Es ist jedenfalls nicht so schlimm, wie du jetzt denkst. Mach dir keine Sorgen. Trotzdem werde ich mein Leben in den nächsten Wochen radikal verändern. Meine Arthrose ist inzwischen so schlimm, dass ich die Schneiderei ganz an den Nagel hängen werde. Anders geht es nicht. Aber ich finde, dass man mit dreiundsiebzig Jahren auch durchaus ein Recht hat, sich selbst in die Rente zu entlassen.«

Pia nahm ihre Mutter in den Arm und setzte an, sie zu trösten. »Mutti, du wirst –«

Hanne schob sie sanft von sich weg: »Jetzt lass mich mal zu Ende … also …« Sie räusperte sich. »Ich habe mir vorgenommen, mindestens ein Jahr lang zu verreisen. *Wir* haben uns das vorgenommen, Diddi und ich. Du weißt, dass Diddi sich von der Lungenentzündung im letzten Jahr nicht richtig erholt hat, und wir wollen uns mal eine richtige Auszeit gönnen. Träume verwirklichen.«

Diddi war Hannes älterer Bruder und wohnte seit dem Tod seiner Frau vor vier Jahren bei ihr. Hanne hatte Diddi wieder aufgepäppelt, als er nach Walburgas Tod völlig deprimiert und antriebslos gewesen war.

Einen kurzen Augenblick war Pia schockiert. Dann kam ihr eine Idee. Könnte sie nicht für die Dauer von Hannes und Diddis Auszeit einfach die Wohnung übernehmen? Dann müsste sie keine Miete zahlen, und es gäbe keinen Grund, sich auf diese WG einzulassen, die ohnehin nicht mehr als eine Notlösung war.

Sie lächelte. »Und jetzt willst du mich fragen, ob ich für eine Weile auf eure Wohnung –«

»Nein«, unterbrach Hanne ungewohnt scharf. »Jetzt hör mir doch mal zu! Genau das wollte ich dich *nicht* fragen. Ich will, dass du mit deinen fast fünfzig Jahren endlich einmal wirklich und ganz und gar auf eigene Füße kommst. Werd erwachsen,

Motte! Manchmal frage ich mich, was aus meiner Globetrottertochter geworden ist, die in jungen Jahren so unbefangen durch die Weltgeschichte gereist ist und mal auf Kreta und mal in England gejobbt hat. Du wirkst inzwischen oft so … so verzagt. Ich weiß, dass du es nicht leicht hast. Dass du dich immer noch schämst wegen deiner Legasthenie und dass du zu wenig Selbstbewusstsein hast, weil Vati dich früher immer so getriezt hat. Aber du kannst mir nicht ewig am Rockzipfel hängen. Das ist nicht gesund.« Hanne sah sie an und seufzte. »Ich gebe zu, dass ich deine Nähe genieße. Nach Papas plötzlichem Tod warst du mir eine großartige Stütze. Aber das ist sechzehn Jahre her. Ich lebe nicht ewig, und Diddi und ich haben uns überlegt –«

»Du hast mit Onkel Diddi über mich gesprochen?« Pia war empört. Onkel Diddi war lieb, aber in ihren Augen ein Weichei und Loser. Er hatte während seiner Ehe mit Walburga immer unter dem Pantoffel gestanden und hing seither an ihrer Mutter wie eine Klette. Wie konnte der sich erdreisten –

»Ich rede mit Diddi über alles, was mich beschäftigt«, unterbrach Hanne die Gedanken ihrer Tochter. »Ich mache mir Sorgen um dich und will trotzdem gern auch einmal ganz unbeschwert nur für mich selbst sorgen.«

»Ja, bitte schön!« Pia war nun richtig sauer. *Lasst mich doch ruhig alle hängen!*, schimpfte sie innerlich, sagte aber, so ruhig es ihr möglich war: »Fahrt nur unbeschwert in eure neue Lebensphase, Onkel Diddi und du. Ich stehe euch ganz bestimmt nicht im Weg. Wenn ich nicht auf eure Hütte aufpassen soll, ziehe ich in diese WG, von der ich erzählt habe. Ich komme schon klar. Das kannst du deinem Berater gerne ausrichten. Wenn du es dir anders überlegst und du doch keine Fremden als Untermieter hier haben willst, sag mir Bescheid. Nur bitte rechtzeitig. Ich muss mich nämlich auch um mein eigenes Leben kümmern. Wie ich das schon immer getan habe, wenn du dich bitte erinnern willst.«

Mist, sie fing schon wieder an zu heulen!

Hanne seufzte noch tiefer. »Niemand wird hier zur Untermiete wohnen. Das versuche ich dir schon die ganze Zeit zu sagen. Ich verkaufe die Wohnung. Deine Cousine Anke bezahlt mir den marktüblichen Quadratmeterpreis. Das ist für mich eine tolle Chance.«

Sie sah Pia an, die protestieren wollte. »Was glaubst du, wie ich sonst eine Weltreise finanzieren kann? Ich möchte dir aber einen Vorschlag machen: Nimm dir, was du an Möbeln brauchst. Mein Bett ist rückenfreundlich und so gut wie neu. Da kannst du 'ne Menge Geld sparen. Die restlichen Möbel kannst du gern verkaufen und das Geld für deinen Neustart verwenden.«

Hanne stand auf. »Das war es, was ich dir vorschlagen wollte. Lass es sacken, und denk drüber nach, Pia-Maus. Sechs Wochen Zeit hast du, bis dahin muss die Wohnung leer sein. Ich gebe dir auch Ankes Telefonnummer. Vielleicht vertragt ihr euch einfach wieder, dann wird Anke dich sicherlich unterstützen.«

Sie ging zur Tür und wandte sich noch einmal um. »Wie gesagt: Denk drüber nach. Und wenn gleich die Hunde gebracht werden und du mit ihnen rausgehst, der Schlüssel liegt im Flur. Ich bin jetzt mit Diddi beim Arzt. Das kann dauern.«

Pia blieb wie vor den Kopf geschlagen auf der Bettcouch sitzen und starrte verwirrt auf die schokoverschmierte Bettwäsche. So eine deutliche Ansage war sie von ihrer Mutter nicht gewohnt. Zielsicher hatte sie zudem Salz in mehrere offene Wunden gestreut. Ausgerechnet jetzt, wo sie sich ohnehin mit Selbstzweifeln und Herzschmerz abquälte!

Sich mit Anke vertragen! Pfft! Wütend schleuderte Pia ihr Kissen Richtung Wohnzimmertür.

Anke, diese selbstgerechte, blöde Kuh! Hielt sich für etwas Besseres, schon immer. Auf Hannes siebzigstem Geburtstag hatte sie Pia gefragt, wie ihre Modelinie für kurvige Frauen lief. Gerade zu dieser Zeit hatte Pia begonnen, ihre Geschäfte zu vernachlässigen. Darum hatte sie eher zögerlich reagiert. Und dann hatte Anke prompt ins Wespennest gestochen.

»Kann es sein, dass du dir selbst immer noch nicht zutraust, erfolgreich zu sein? Hast du Angst, wegen deiner Legasthenie als Geschäftsfrau mit anderen nicht mithalten zu können? Ich habe gerade eine super interessante Fortbildung genau zu dem Thema gemacht. Man ist da ja heute schon so viel weiter als zu deiner Schulzeit. Es gibt fantastische Förderprogramme, auch für Erwachsene. Wenn du magst, kann ich dir gerne Material –«

Weiter war Anke nicht gekommen. Pia hatte sie mit schneidender Stimme unterbrochen: »Förderprogramme? Für die arme Cousine, die den Arsch nicht richtig hochkriegt? Sag mal, Anke, hörst du dir eigentlich selbst zu? Du bist so eine eingebildete Pute! Die tolle Frau Förderschullehrerin mit den hochbegabten Kindern und dem feministisch angehauchten Mann, der für die Kindererziehung auf eine halbe Stelle gegangen ist! Toll, Anke! Ganz toll! Ihr seid so eine Bilderbuchfamilie! Und dann bist du sogar noch so großherzig und willst deiner armen, förderbedürftigen Cousine unter die Arme –«

An dieser Stelle war Onkel Diddi dazwischengegangen. »So hat Anke das doch gar nicht gemeint. Ihr seid beide wunderbare Frauen. Aber wenn es die Möglichkeit gibt, dein angeknackstes Selbstbewusstsein durch ein gezieltes Förderprogramm ein bisschen …«

Hanne hatte ganz unglücklich aus der Wäsche geschaut, aber darauf hatte niemand mehr geachtet. Auch Pia ignorierte es. Sie sprang mit hochrotem Kopf auf und brüllte: »Ich brauche kein verdammtes Förderprogramm! Ich habe keine Probleme mit dem Selbstbewusstsein, und wenn, dann wärst du der Letzte, Onkel Diddi, der dazu was zu sagen hätte! Du hast dich doch wie ein Ertrinkender an Mutti gehängt, nachdem Tante Walburga … Ach, egal! Ihr habt alle keine Ahnung. Ich bin sehr glücklich mit meinem Leben und brauche von keinem von euch auch nur das kleinste bisschen Nachhilfe in puncto Lebensoptimierung!«

Anke, die inzwischen ebenfalls aufgestanden war, hatte Pia mit funkelnden Augen angeblitzt. »Dass du jetzt auch noch Papa an die Gurgel gehst, ist wirklich gemein. Du bist so dermaßen daran gewöhnt, von Tante Hanne mit Glacéhandschuhen angefasst und betüdelt zu werden, dass du sogar eifersüchtig bist, wenn sie es wagt, auch für andere da zu sein. Eine verwöhnte, egozentrische und empathielose Zicke bist du, sonst nichts!«

Isi, die bis zu dem Zeitpunkt kein Wort gesagt hatte, hatte an Pias Arm gezerrt und mit kalter Stimme gesagt: »Pia, wir gehen jetzt. Du redest dummes Zeug, wenn du was getrunken hast.« Sie hatte Pia aus der Tür gezerrt und im Gehen Hanne zugerufen: »Entschuldige, Hanne. Jetzt haben wir dir den Geburtstag verdorben.«

So waren sie von der Feier abgerauscht und hatten – auch daran erinnerte sich Pia mit Schaudern – auf der Fahrt nach Hause weitergestritten. Isi hatte ihr vorgeworfen, kindisch reagiert zu haben, und den Verdacht geäußert, dass Anke mit ihren Vorwürfen recht gehabt haben könnte. Pia wiederum war wütend, weil sie fand, dass Isi nicht zu ihr gehalten hätte. Sie hatten danach tagelang nur das Nötigste miteinander gesprochen. Irgendwann hatte sich alles wieder eingerenkt. Nur mit Anke wollte sie seither nichts zu tun haben.

Und ausgerechnet diese blöde Vorzeigetochter wollte jetzt die Wohnung kaufen. Es war nicht zu fassen.

Ein Blick auf die Uhr zeigte Pia, dass es höchste Zeit war, sich anzuziehen. Gleich würden nach und nach die Hunde bei ihr abgegeben werden. Sie hatte die Halter gebeten, die Tiere bis auf Weiteres hierher zu bringen. In ihrer alten Wohnung konnte sie schließlich nicht bleiben, wenn Isi die Möbel erst einmal abtransportiert hatte. Deshalb hatte sie ihre Mutter auch um Asyl gebeten.

Pia zog die Nase hoch. Dass aus dieser einfachen Bitte so ein Desaster werden könnte, hätte sie im Traum nicht gedacht. Eilig schlüpfte sie in ihre Jeanslatzhose und bürstete sich ihr dickes, widerspenstiges Haar zu einem Pferdeschwanz. Kaum hatte sie ihre Harry-Potter-Brille aufgesetzt, klingelte es auch schon an der Wohnungstür, und Stulle und Tölke stürmten in die Wohnung. Hundeliebe war so wunderbar bedingungslos!

ALLES AUF ANFANG

»Ey, da müsste Musik sein, überall wo du bist. Und wenn es am schönsten ist, spiel es wieder und wieder …« Hildas Stimme klang klar und rein aus dem Flur in Ettas Wohnung.

Etta lächelte. Das Mädchen sang wirklich schön, nur die Auswahl des Repertoires ließ ein wenig zu wünschen übrig. Schon länger hatte sie den Verdacht, dass Hilda nicht jedes Mal den Schlüssel vergessen hatte, wenn sie im Flur sang. Bestimmt war die Akustik dort einfach zu verlockend.

Sie saß am Kopfende des Esstischs. Am anderen Ende thronte Pia, als wollte sie signalisieren, dass jeder im Raum gleichberechtigt war, und auf den Längsseiten hatten Dani und Franz einander gegenüber Platz genommen. Sie alle wohnten jetzt wirklich und tatsächlich in ihrer Wohnung; Pia war gestern Abend als Letzte eingezogen. Deshalb hatte Etta für heute eine erste Vollversammlung anberaumt. Schließlich gab es viel zu regeln, zu organisieren und zu klären.

Sie selbst hatte hinreichend Erfahrungen mit Wohngemeinschaften. Die meiste Zeit ihres Lebens hatte sie in unterschiedlichen Konstellationen mit Menschen zusammengewohnt, mit denen sie nicht verwandt war. Zum einen war das für sie immer praktisch gewesen, da sie viel unterwegs war und so nicht immer organisieren musste, wer ihre Blumen goss und den Briefkasten leerte. Zum anderen war es ihr jedes Mal ein Gräuel, von einem Dreh in eine gähnend leere und grabesstille Wohnung zurückzukehren.

Oft wurden die Kollegen und die Crew am Set zu einer Art Saisonfamilie – vor allem, wenn die Dreharbeiten länger dauerten und sie zwangsläufig für längere Zeit miteinander auskommen mussten. War ein Film abgedreht, gab es meist tränenreiche Abschiede. Niemand wusste ja, wann er wen das nächste Mal traf.

Um nach einer solchen Phase der ungeheuren Nähe nicht völlig allein mit sich zu sein, hatte Etta es immer vorgezogen, mit anderen zusammenzuwohnen. Mit ihrem Freund Poldi teilte sie sich sogar schon seit neunzehn Jahren die Wohnung in Berlin.

Etta hatte sie noch vor der Wende gekauft. Das Haus war hässlich und stand in unmittelbarer Nähe der Mauer in Wedding. Deshalb hatte sie die Wohnung damals für kleines Geld bekommen. Als die Mauer fiel, lag das Haus, und damit die Wohnung, jedoch plötzlich in einer äußerst begehrten Wohngegend. Gemeinsam hatten die Bewohner in die Hände gespuckt und das Haus und ihre Wohnungen saniert. Etta hatte sich von diesem Fieber anstecken lassen, die kleine Nachbarwohnung dazugekauft und mit einem Durchbruch ihre Wohnung vergrößert. Als ihre damalige Mitbewohnerin Irmi – ihre Freundin seit Kindheitstagen – irgendwann der Liebe wegen zurück nach München gezogen war, hatte sie sich gefragt, ob sie dieses Schmuckstück, das ihr allein zu groß war, überhaupt behalten sollte.

Dann war Poldi in ihr Leben getreten, der lustigste und lebensfroheste Mensch, der ihr jemals begegnet war. Sie hatte ihn bei Dreharbeiten kennengelernt. Poldi war Maskenbildner, und obwohl er auf Männer stand, war es bei ihnen beiden Liebe auf den ersten Blick. Da Poldi immer wieder wechselnde Beziehungen hatte und sich nie ernsthaft festlegen wollte – eine Lebensform, die Etta ebenfalls bevorzugte –, hatten beide irgendwann beschlossen, dass Poldi bei Etta einziehen sollte.

Er hatte damals gerade geerbt und war dadurch in der Lage, Etta die Hälfte der Wohnung abzukaufen. Sie hatten sich immer blendend verstanden, obwohl sie sich in vielerlei Hinsicht unterschieden: Etta war eher unordentlich, Poldi ein Pedant. Etta konnte gut und vielseitig kochen, Poldi wusste noch nicht einmal, wie man ein Spiegelei brät. Auch hatte Etta sich immer schon mit Sport fit gehalten – sie joggte, machte Pilates, hatte ein Rudergerät und tanzte für ihr Leben gern –, während Poldi Sport hasste und regelmäßig über die vielen Treppen meckerte, die in die Wohnung im sechsten Stock hinaufführten.

In all diesen Gegensätzen hatten sie sich immer perfekt ergänzt oder zumindest liebevoll toleriert. Ihr gut eingespieltes Miteinander war auch durch ihre jeweiligen Liebschaften nie in Gefahr geraten. Poldi hatte sich mit Eike gut verstanden, und als der keinen Platz mehr in Ettas Bett hatte und von anderen Liebhabern abgelöst wurde, war auch das kein Problem. Genauso hatte sich Etta mit Poldis wechselnden Lovern verstanden. Zwischen ihnen war es ein ungeschriebenes Gesetz, dass eine geschlossene Schlafzimmertür bedeutete, dass der andere nicht gestört werden wollte. Erst als vor zwei Jahren Sergej in Poldis Leben getreten war, hatte sich vieles verändert.

Sergej war früher einmal Tänzer gewesen und unterrichtete inzwischen Ballett und Ausdruckstanz an einer Berliner Tanzschule. Doch obwohl er ebenfalls ein Künstler war, war Sergej ganz und gar nicht Ettas Kragenweite. Dafür war er zu launisch und benahm sich zu oft wie eine Diva. Offenbar war ihm nur allzu bewusst, wie bildschön er trotz seiner fünfzig Jahre war. Poldi aber betete Sergej an und ließ sich zu Ettas Ärger von ihm vollkommen unterdrücken. Wollte Sergej nachts kochen, wurde nachts gekocht. War Sergej auf Diät, wurde nur noch Diätfutter eingekauft. War Sergej deprimiert, mussten alle auf Zehenspitzen herumschleichen, weil er sonst Migräne bekam.

Das Schlimmste aber war, dass Sergej beim Sex unglaublich laut war. Kam er zum Höhepunkt, brüllte er das halbe Haus zusammen, egal zu welcher Tages- oder Nachtzeit. Anschließend lief er nackt durch die Wohnung und teilte jedem Anwesenden theatralisch mit: »Der Sex mit diesem Mann bringt mich um! Der bringt mich schlicht und ergreifend um!«

Eine Information, die Etta definitiv nicht brauchte. Poldi kam dann jedes Mal – ebenfalls nackt – hinter Sergej her, kicherte begeistert und versicherte: »Du bist aber auch mit Abstand das heißeste Ding, das mir jemals zwischen die Beine geraten ist!«

Das alles hatte Etta die letzten zwei Jahre mehr oder weniger zähneknirschend in Kauf genommen. Zum Glück gab Sergej ab und zu auch Kurse im Ausland und war dann wochenlang verreist. Während dieser Zeit genoss Etta die ungestörte Zweisamkeit mit Poldi. Doch auch das war jetzt vorbei.

Etta seufzte. Seit Sergej und Poldi vor vier Monaten geheiratet und sie gebeten hatten, dass Sergej dauerhaft bei ihnen einziehen dürfe, fühlte sie sich in ihrem eigenen Zuhause nicht mehr wohl. Nie hätte sie es über sich gebracht, Poldi diesen Wunsch abzuschlagen. Er war ihr bester Freund, und es freute sie, dass er mit seinen sechsundfünfzig Jahren offensichtlich endlich die ganz, ganz große Liebe gefunden hatte. Und doch hatte sie das Gefühl, aus der gemeinsamen Wohnung regelrecht herausgerammelt worden zu sein.

Sie schaute ihre neuen Mitbewohner der Reihe nach an: erst Pia, dann Dani und Franz. Diesen einen Fehler würde sie ganz gewiss nicht noch einmal machen. Niemand, der mit ihr zusammenwohnte, sollte sich nackt in der Wohnung bewegen. Auf keinen Fall sollte einer einen Sexualkontakt mit nach Hause bringen, ob er nun dauerhaft oder eher sporadischer Natur war.

Im Flur war Hilda inzwischen bei Sarah Connor angelangt. »Mit all deinen Farben …«, trällerte sie gerade lauthals.

Etta räusperte sich, trank einen großen Schluck Wasser und sagte feierlich: »Ich freue mich riesig, dass wir in dieser bunten Konstellation zusammengefunden haben. Ich wünsche uns allen eine grandiose Zeit miteinander. Damit es so reibungslos klappt, wie wir es uns alle vorstellen, habe ich aber ein paar Punkte vorbereitet, die wir besprechen müssen.« Sie schlug die Kladde mit ihren Notizen auf.

»Lass es uns doch um Himmels willen nicht so förmlich angehen!«, brach es aus Pia heraus, noch bevor Etta zu ihrem Anliegen kommen konnte. »Herrgott noch mal! Entweder wir verstehen uns, dann ist alles gut, oder wir zoffen uns, und dann geht jede wieder ihres Weges.« Sie sah Franz an und ergänzte: »Und jeder. Du warst natürlich mitgemeint.«

Während Franz nur mit den Schultern zuckte, setzte Etta ein weiteres Mal an. Ihr Ton war jetzt leicht gereizt: »Ich habe um dieses Gespräch gebeten, damit wir die schlimmsten Streitpunkte von vornherein vermeiden können. An Kleinigkeiten scheitert die große Idee viel zu oft. Das hat nichts mit Förmlichkeit zu tun, Pia.«

Jetzt war es an Pia, mit den Schultern zu zucken.

»Ist doch klar, Etta. Leg einfach los«, sagte Dani.

Etta holte Luft, schaute kurz in ihre Kladde und begann: »Erstens, und das ist mir besonders wichtig: Alles, was wir hier an Privatem besprechen und erleben, bleibt unter uns. Nichts verlässt diese vier Wände.«

Draußen erklang *Lieblingsmensch* von Namika. *Passt*, dachte Etta. Als niemand widersprach, fuhr sie fort: »Als Nächstes müssen wir über das Finanzielle reden. Da ich derzeit so gut wie abgebrannt bin, ist es für mich wichtig, dass ihr alle eure Miete zuverlässig bezahlt und zusätzlich einen noch festzulegenden Betrag in die gemeinsame Haushaltskasse einzahlt. Ist das für irgendwen ein Problem?«

»Wie sieht es denn genau mit deiner Finanzlage aus?«, fragte Pia. »Ist ja nicht fair, wenn wir alle die Hose runterlassen, und du ergehst dich in Andeutungen.«

Etta bemühte sich, sich ihre Ungeduld nicht anmerken zu

lassen. Sie hätte auf ihr Bauchgefühl hören sollen. Diese Pia schien wirklich eine Troublemakerin zu sein.

»Ich habe mit meiner Hausbank verhandelt, die daraufhin die monatlichen Kreditzahlungen für diese Wohnung herabgesetzt hat«, erklärte sie. »Ich zahle vorübergehend monatlich fünfhundert Euro. Zwei Drittel der Wohnung sind bereits abgezahlt. Darum hat sich die Bank darauf eingelassen. Ich werde meinen Freund Poldi bitten, mir meinen Anteil an der Wohnung in Berlin abzukaufen. Wenn er sich darauf einlässt, bin ich wieder flüssig. Regelmäßige Einkünfte habe ich zurzeit nicht, und da ich gerade meine Agentur verloren habe, habe ich auch keine Drehtage in Aussicht. Reicht dir das an Informationen, Pia?«

»So, jetzt ich«, sagte Dani, kaum hatte Etta ihren Monolog beendet. »Ich habe mir für meine unfreiwilligen Sabbatmonate beim Vater meiner Kinder zehntausend Euro geliehen. Damit muss ich auskommen, während ich mir möglichst schnell ein neues Programm einfallen lasse. Ab dem Herbst muss ich all meine abgesagten Termine nachholen. Ich bin also in gewisser Weise eine Risikopatientin, denn jedes Mal, wenn ich was schreiben will, ist mein Kopf zurzeit von buddhistischer Leere.« Sie zog eine verzweifelt komische Grimasse.

Pia schaute sie mitfühlend an.

Aha, dachte Etta, *zwischen denen funktioniert es also besser, immerhin.*

Franz hatte die ganze Zeit heftig an seiner Problembraue gezupft. Als er jetzt das Wort ergriff, sprach er so leise, dass er kaum den glockenhellen Gesang aus dem Flur übertönte. »Hier meldet sich der nächste Problemfall«, sagte er knapp. Dann räusperte er sich und wurde eine Spur lauter. »Ich habe vor Kurzem meinen Wohnsitz hier angemeldet. Das war die Voraussetzung dafür, dass ich Hartz IV beantragen konnte. Auf Arbeitslosengeld habe ich keinen Anspruch, da ich als Honorarkraft bei Dani selbstständig arbeite. Hätte ich auf dem Papier noch mit Eleni zusammengelebt, hätte ich auch auf Hartz IV keinen Anspruch gehabt. Bis das Geld fließt, wird es aber sicherlich dauern. Ich habe niemanden, bei dem ich mir etwas leihen könnte. Ich werde natürlich versuchen, mir vorübergehend schwarz einen Job zu suchen. Ich nehme alles an, was an Gelegenheitsjobs infrage kommt. Auch das muss dann allerdings bitte hier in diesen vier Wänden und unter uns bleiben.« Er schwitzte und hatte dabei fast seine Augenbraue zerlegt.

Könnte man Augenbrauen melken, wäre er bestimmt steinreich, dachte Etta. Als Pia Anstalten machte, sich nun ebenfalls zu offenbaren, lehnte sie sich zurück. Sie wollte ihrer neuen Mitbewohnerin schließlich nicht das Gefühl geben, sich verteidigen zu müssen.

Pia trank einen Schluck von ihrem Kaffee, dann begann sie: »Also gut. Auch ich bin vorläufig ziemlich ruiniert. Regelmäßige Einkünfte habe ich durchs Hundesitting. Das sind derzeit um die achthundert Euro im Monat. Zwei der Hunde werden aber bald nicht mehr kommen, weil die Besitzerin wegzieht. Darum werde ich mich wieder mehr um mein Modelabel kümmern. Dani wird mir helfen, eine Internetstrategie zu erstellen. In drei Wochen geht meine Mutter auf Weltreise, und ich darf ihren Hausstand verkaufen. Dadurch kommt auch Geld rein. Ich bin also eher kein Problemfall. Reicht das?«

Etta war sauer. Franz war es so offensichtlich schwergefallen, seine Situation offenzulegen. Was machte Pia da einen auf dicke Hose! »Finanziell magst du kein Problemfall sein, aber emotional bist du von uns allen am wackligsten«, zischte sie.

Patsch, die Backpfeife saß! Das sah sie an Pias und Danis Gesichtsausdruck. Franz scharrte verlegen mit den Füßen. Sein Gesichtsausdruck war nicht zu erkennen. Er hatte den Kopf so gesenkt, dass seine Stirn fast die Tischplatte berührte.

Dani bemühte sich um eine sanftere Tonart: »Wir alle bringen mit, was wir sind. Wenn wir uns darauf nicht einlassen wollen, brauchen wir es erst gar nicht zu versuchen.«

»So meinte ich das auch nicht«, ruderte Etta zurück. Es war vielleicht doch keine so gute Idee gewesen, Pia eine reinzuwürgen. »Ich sage das nur, weil wir jetzt zu einem für mich ganz wichtigen Punkt kommen. Für mich funktioniert das hier nämlich nur, wenn wir uns alle an eine entscheidende Regel halten: Kein Sex in diesen vier Wänden, und keiner rennt nackt durch die Wohnung.«

Bevor ihr jemand ins Wort fallen konnte, fuhr sie eilig fort: »Ich bin, was das betrifft, ein gebranntes Kind, und deshalb ist das für mich absolut nicht verhandelbar. Ihr lebt hier für, nebenbei bemerkt, wenig Geld zur Untermiete, und das ist meine einzige Bedingung. In dieser Wohnung ist absolut verkehrsberuhigte Zone. Wer sich daran nicht hält, muss ausziehen.«

Sechs Augenpaare richteten sich mehr oder weniger entgeistert auf Etta. Pia war als Erste zu einer Reaktion fähig. Sie prustete los.

Beinahe hysterisch, dachte Etta konsterniert.

Als Pias Lachanfall sich beruhigt hatte und sie langsam wieder Luft bekam, keuchte sie: »Sorry, ich glaub, ich mach mir in die Hose. Du bist so bekloppt, Etta! Ich habe echt 'ne Sekunde geglaubt, du meinst das ernst. Ha, ha, ha, verkehrsberuhigte Zone! Alle Achtung, so viel Humor hätte ich dir nicht zugetraut.«

Verärgert zog Etta die Augenbrauen zusammen. Das konnte doch nicht wahr sein!

Dani bemerkte die Missstimmung und drehte sich zu Pia: »Ich glaube, du vertust dich! Etta meint das ernst.«

Pia kicherte noch mehr. »Das ist ja wie in 'nem erzkatholischen Internat! Und das in deinem Alter, Etta! Da sollte man doch vor wilden Sexorgien keine Angst mehr haben!« Sie rang um Fassung. »Sorry, aber Franz ist frisch getrennt, Dani hält ihr

Sexleben, falls sie eins hat, streng unter Verschluss, und ich bin noch halb taub vor Liebeskummer. Da erscheint deine alberne Forderung doch wirklich überflüssig.«

»Jetzt leidest du noch unter Herzschmerz, Pia, das ist uns allen klar«, sagte Etta leise, um Pia zu besänftigen. »Aber wenn der erste Schmerz abklingt, hat man manchmal das Bedürfnis, sich mit einer kleinen Affäre zu therapieren. Du bist eine bildschöne Frau. Ich kann mir vorstellen, dass die Frauen bei dir Schlange stehen, wenn du so weit bist. Deshalb bleibt meine Bedingung.«

Angesichts des unverhofften Kompliments wurde Pia flammendrot. Etta nahm es zufrieden zur Kenntnis. Da hatte sie wohl ins Schwarze getroffen.

Pia strich sich die dicken schwarzen Haare aus dem Gesicht und fasste sie hinter dem Kopf zu einem unordentlichen Knoten zusammen. Dann setzte sie ihre Brille auf und atmete hörbar aus. »Okay. Wir kennen uns kaum. Darum verstehe ich deine Befürchtung. Zumindest ein bisschen. Aber ich bin keine, die sich mal eben mit 'ner anderen tröstet. Deswegen … also … an mir soll es nicht scheitern. Verkehrsberuhigte Zone und kein FKK.«

Etta sah Franz und Dani an. Beide zuckten mit den Schultern. »Gut, dann ist das abgemacht«, sagte sie und schob drei Ausführungen des Mietvertrags über den Tisch.

Hilda war inzwischen bei Mark Forster angelangt. »Ich trink auf dich mein Freund, auf jeden Tag aus unserer Zeit …«, jubilierte sie.

Der Text passt ja, dachte Etta und lächelte. *Hoffentlich ist das ein gutes Omen.*

Bevor Pia, Dani und Franz zum Stift greifen konnten, um ihre Verträge zu unterzeichnen und damit die WG-Gründung zu einem offiziellen Abschluss zu bringen, knallte im Flur eine Tür.

»Jetzt hör endlich auf mit deinem nervtötenden Geplärre!« Bunskes Stimme überschlug sich fast vor Wut.

Hilda verstummte schlagartig.

Bunske aber hatte erst gerade richtig angefangen. »Jeden Nachmittag hockst du hier im Flur und heulst uns mit deinem schauerlichen Gesang die Ohren voll!«, brüllte er. »Ich habe endgültig die Schnauze voll. Ich habe deiner Mutter schon tausend Mal gesagt, dass sie gefälligst dafür sorgen soll, dass du jederzeit in eure Wohnung kommst. Da kannst du von mir aus rumjaulen, bis du Schimmel auf den Stimmbändern hast.«

Während sich Bunske in Rage schrie, lief Buddy, der größte und imposanteste von Pias Betreuungshunden, zur Wohnungstür, wo er dunkel und drohend knurrte.

Blitzschnell sprang Etta auf und riss die Wohnungstür auf. Im selben Moment stürzte Buddy laut bellend in den Flur, und Hilda, von der seit Bunskes Auftritt kein Laut mehr zu hören gewesen war, fing laut und schrill an zu schreien.

Als Etta den Flur betrat, stand Buddy bereits kläffend vor Bunske. Der hatte sich an die Hauswand gedrückt und schaute völlig verängstigt. Regelrecht panisch aber war Hilda. Sie wedelte hektisch mit den Armen und kreischte: »Weg, weg, weg!«

Das war natürlich nicht der Effekt, den Etta hatte erreichen wollen. Beherzt griff sie nach Buddys Halsband. Da aber war Pia schon hinter sie getreten und hatte den Hund mit einem einzigen leisen Pfiff zur Ruhe gebracht.

»Aus, und rein mit dir«, kommandierte Pia, und sofort trottete der Hund brav wie ein Lämmchen zurück in die Wohnung.

Etta ging zu Hilda und nahm sie in den Arm. »Keine Angst, mein Mädchen. Der Hund hat nur was gegen hysterisch schreiende Hausverwalter und wollte dir helfen.«

Hilda weinte leise. Bunske hatte sich allerdings schon wieder unter Kontrolle. Dass er so offensichtlich Angst vor dem Hund gehabt hatte, hatte ihn wohl noch wütender gemacht.

»Darf man fragen, was diese lebensgefährliche Bestie hier bei Ihnen in der Wohnung macht, Frau Iravani?«, blaffte er.

»Keine Sorge, der Hund –«

Bevor Pia ihren Satz beenden konnte, fiel Etta ihr ins Wort: »› … ist perfekt erzogen‹, wollte meine Freundin sagen. Allerdings hat er eine Aversion gegen Männer mit schlechten Manieren. Wenn Sie hier im Hausflur herumkrähen wie ein wild gewordener Hahn, dem gleich die Kehle herumgedreht werden soll, kann es daher sein, dass der Hund sich nicht mehr im Griff hat. Da können wir leider nichts für Sie tun, Herr Bumske.« Etta streichelte der weinenden Hilda über die Schultern und sah den Hausverwalter kampflustig an.

»Wie oft soll ich Ihnen noch sagen, dass ich Bunske heiße, *Bunske*!« Erregt trat er einen Schritt auf sie zu. »Sie wissen genau, dass wir uns im Haus geeinigt hatten, keine Hunde zu halten. Wenn Sie sich einen angeschafft haben, ist das illegal und wird Konsequenzen haben.«

»Ich habe mir keinen Hund angeschafft«, sagte Etta würdevoll. »Und wenn ich es wollte, wäre es ein Leichtes, diese *Vereinbarung* zu kippen. Diese Wohnung gehört mir, und wenn ich Hunde halten möchte, kann mich nichts und niemand daran hindern. Aber zu ihrer Beruhigung, Herr Bumske … äh, Entschuldigung, Pumske ist Ihr richtiger Name, richtig?«

Bunske setzte bereits an, sie wieder zu korrigieren, aber Etta sprach unbeirrt weiter: »Die Hunde, die tagsüber in meiner Wohnung sind, sind nur zu Besuch. Aber wo wir schon dabei sind, Dinge zu klären: Es mag Sie interessieren, dass wir ab sofort zu viert sind. Und meine Mitbewohner haben gerade eben noch gesagt, wie sehr sie Hildas Gesang genießen. Singen im Flur ist absolut nicht verboten, und jetzt lassen Sie gefälligst diese arme junge Frau in Ruhe. Sie sehen doch, wie sehr Sie die erschreckt haben. Ach, und übrigens haben Sie Ihren Hosenstall auf.«

Sichtlich verunsichert nestelte Bunske an seiner Hose herum. Diesen Moment der Irritation wollte Etta nutzen, um Hilda in Richtung ihrer Wohnungstür zu schieben. Hilda weigerte sich allerdings, auch nur einen einzigen Schritt zu machen.

»Nicht … nicht zu dem Hund«, sagte sie mit bebender Stimme. »Ich … mag keine Hunde.«

»Da hören Sie ja, wer dem Mädchen Angst gemacht hat«, polterte Bunske, der sich die Gelegenheit offenbar nicht entgehen lassen konnte. »Und hier im Flur wird nicht gesungen. Nicht, solange ich für dieses Haus verantwortlich bin. Das gilt für jede Form von Lärmbelästigung. Da haben auch Sie sich dran zu halten, Frau Iravani. Und wenn Sie gefährliche Hunde bei sich beherbergen, erstatte ich schneller Anzeige, als Sie bis drei zählen können. Ich habe eine kranke Frau zu Hause, und es ist ja wohl nicht zu viel verlangt, dass sich jeder hier an ein Mindestmaß an Anstand und Ordnung hält. Das gilt auch für Behinderte.«

Er war schon fast wieder in seiner Wohnung verschwunden, als Hilda ihm nachrief: »Ich bin nicht behindert. Ich bin besonders. Frag meine Mutter.«

»Leckt mich doch alle am Arsch!«, murrte Bunske und warf endlich seine Wohnungstür hinter sich zu.

»Was war das denn?« Pia starrte Etta ungläubig an. Sie hatte Buddy offenbar in ihrem Zimmer eingesperrt und stand jetzt in der offenen Tür. Hinter ihr hatten sich Dani und Franz aufgebaut.

»Tja, das war unser reizender Hausverwalter Bumske in Hochform. Jetzt wisst ihr, warum ich ihn so liebe.« Etta grinste schief.

Pia schien es sehr leidzutun, dass Hilda so verängstigt zur Wohnungstür schielte. »Du hast Angst vor Hunden, Hilda, stimmt's?«, fragte sie und streckte ihr die Hand entgegen. »Ich bin Pia. Wir wohnen jetzt hier. Die Hunde da drinnen gehorchen mir aufs Wort und sind eigentlich ganz, ganz lieb. Buddy hat sich nur aufgeregt, weil der blöde Kerl dich angeschrien hat. Da wollte er dich retten. Magst du mit uns reinkommen und dir die Hunde genauer anschauen?«

»Ich mag keine Hunde.«

Pia lächelte sie an. »Vielleicht magst du ja meine. Komm, ich lasse die Hunde jetzt einfach eine Weile in meinem Zimmer, und wir essen auf den Schreck erst mal Kekse und trinken eine heiße Schokolade. Wenn wir uns alle entspannt haben, dürfen meine Hunde dich vielleicht ein wenig kennenlernen, ja? Nur, wenn du willst.«

* * *

Kaum hatten sie die Wohnungstür hinter sich geschlossen, um sich gemeinsam wieder an den großen Tisch zu setzen, klingelte Franz' Handy. *Eleni.*

Franz entschuldigte sich knapp und zog sich mit dem Telefon in sein kleines Zimmer zurück. »Eleni«, meldete er sich.

»Nicht zu glauben, dass du dich mal herablässt, ans Telefon zu gehen! Fordert dich diese Schlampe so, dass du noch nicht mal Zeit hast, mit mir zu telefonieren?«

Schon an ihrem aggressiven Ton hörte Franz, dass Eleni in keiner guten Verfassung war. Am liebsten hätte er sofort aufgelegt, aber er wollte sie nicht noch wütender machen. Darum ließ er sich seufzend auf seiner schmalen Matratze nieder und ließ ihren Wortschwall auf sich einprasseln. Mit *Schlampe* war natürlich Dani gemeint. Eleni war der festen Überzeugung, dass er sich ihretwegen getrennt hatte.

»Komm mir jetzt nicht mit diesem ganzen Nur-Freunde-Scheiß daher«, nahm Eleni jeden potenziellen Einwand vorweg. »Den glaubt dir sowieso kein Mensch. Diese hinterhältige Schlampe konnte es doch kaum erwarten, dich in ihr Bett zu ziehen. Das ist so billig! Nur weil wir gerade eine kleine Krise haben … Aber jetzt hat sie, was sie schon immer wollte –«

»Stopp, stopp, Eleni!« Nun unterbrach Franz sie doch. »Nicht schon wieder diese endlose Litanei. Wie oft soll ich dir denn noch sagen, dass zwischen Dani und mir nichts, aber auch wirklich gar nichts ist. Nein, Ruhe! Jetzt hör mir endlich zu: Ich habe mich *nicht* wegen irgendeiner Frau von dir getrennt, und wir haben keine *kleine* Krise. Das weißt du genau. Wir haben uns die letzten Jahre nur noch gestritten, und du wirst immer aggressiver. Ich habe es schlicht nicht mehr bei dir ausgeh–«

Ein langanhaltender, hoher Heulton zeigte Franz, dass Eleni nahtlos von Angriff zu tiefstem Kummer gewechselt hatte. Sie schluchzte in einer Lautstärke, dass er sich das Handy vom Ohr weghalten musste.

»Sag nicht so was Schreckliches, *arkoudaki*! Du weißt, wie sehr ich dich liebe. Wir haben uns nicht getrennt, das hast du selbst gesagt. Wir machen eine Pause, hast du gesagt. Und die Pause ist schon lang, ich vermisse dich. Komm zurück, *arkoudaki*! Ich habe mich gebessert, wirklich. Ich bin ganz sanft geworden. Komm wieder!«

»Eleni.« Franz ertappte sich dabei, dass er an seiner Problemaugenbraue zupfte, und ließ die Hand sinken. »Hör doch bitte auf zu weinen. Das hatten wir alles schon tausend Mal. Und nenn mich nicht mehr *arkoudaki*. Ich bin nicht dein ›Bärchen‹. Ich bin gar nichts mehr. Ich bin einfach ein müder alter Mann, der seine Ruhe braucht. Verstehst du, Eleni? *Ruhe* brauche ich. Also lass uns *bitte* nicht mehr streiten …«

»Ruhe?« Ihre Stimme wechselte sofort wieder zu schriller Aggression. »*Ruhe* brauchst du? Deswegen bist du zu dieser Schlampe gezogen? Weil du da deine *Ruhe* hast? Ich weiß genau, was du unter Ruhe verstehst! Ihr kommt doch gar nicht mehr aus dem Bett raus, darum gehst du nie ans Telefon. Als wenn ich das nicht wüsste! Ruhe, dass ich nicht lache!«

»Eleni, kann es sein, dass du betrunken bist? Du sollst doch keinen Alkohol mehr trinken. Das war abgemacht. Du wolltest nicht mehr trinken und keine Schlaf- und Schmerzpillen mehr nehmen. Du wolltest zu einem Arzt gehen. Das war doch die Bedingung dafür, dass ich uns eventuell *irgendwann* überhaupt noch mal eine Chance einräume. Und jetzt kreischst du betrunken ins Handy –«

»Ich bin nicht betrunken, *thisabre mou*, ich bin ganz nüchtern.« Jetzt weinte sie wieder.

Franz fühlte sich zu Tode erschöpft. Wenn Eleni ihn mit griechischen Kosenamen überschüttete, war sie angetrunken. Das kannte er zu Genüge. Gleich würde sie mit Selbstmord drohen. Auch das gehörte zum »Spiel« zwischen ihnen. Aber weil er sich nie sicher sein konnte, dass sie sich wirklich nichts antat, schwebte er in ständiger Sorge. Er musste dieses Telefonat so schnell wie möglich beenden.

Gerade war sie bei der Aufzählung angekommen, was sie alles für ihn getan hatte und in Zukunft für ihn tun würde. Er unterbrach sie barsch: »Warum genau hast du angerufen? Wir hatten eine Telefonpause vereinbart. Es sei denn, es gibt einen wichtigen Grund.«

»Meine Verzweiflung ist kein wichtiger Grund? Dass ich nicht mehr leben will, ist kein wichtiger Grund? Warum hast du dich in den Armen dieser Schlampe zu einem so kalten –«

Franz drückte das Gespräch weg. Er hatte einen bitteren Geschmack im Mund, als hätte er mit Glaubersalz gegurgelt.

Müde ließ er den Blick durch sein Zimmer wandern: Ein Kleiderschrank aus Stoff, schmal wie eine Besenkammer. Ein Bücherregal mit seinen Lieblingsbüchern und seiner Schachliteratur. Ein Holzklappstuhl, den er sich ans schmale Fenster gestellt hatte, um die Vögel in der Kastanie auf der Straße zu beobachten. Alles war provisorisch und spartanisch. Doch genau das gab ihm das Gefühl, endlich angekommen zu sein. Er brauchte nur die Tür zu öffnen, falls ihm der Sinn nach Gesellschaft stand, aber wenn er hier in seiner Kammer war und die Tür zuzog, war er vor Störungen sicher. Es sei denn, er war so blöd, ans Telefon zu gehen.

Franz schaltete das Telefon aus und stand auf. Er würde jetzt zu den anderen zurückgehen. Besser, sich mit deren Problemen auseinanderzusetzen als mit seinen.

Als Franz ins Wohnzimmer zurückkehrte, bot sich ihm ein ganz anderes Bild als noch eine Viertelstunde zuvor: Hilda saß lachend und kauend im Kreis seiner Mitbewohnerinnen. Vor ihr standen ein Teller mit einem halben Kuchenstück und eine Tasse mit Kakao. Eng an sie geschmiegt hockte neben dem Stuhl ausgerechnet Buddy, der sie vorhin noch in Angst und Schrecken versetzt hatte. Dabei war der normalerweise der zurückhaltendste von Pias Hunden und nicht unbedingt ein Freund von viel Körperkontakt. Hilda kaute mit vollen Backen und hatte gleichzeitig eine Hand auf Buddys Kopf gelegt.

Als Franz mit erstauntem Blick stehen blieb, sagte Etta: »Franz, ich hoffe, es war in Ordnung, dass wir deinen Marmorkuchen angeschnitten haben. Ich hätte dich gefragt, aber wir wollten dich nicht beim Telefonieren stören.«

Franz winkte ab. »Kein Problem. Der Kuchen war ja für heute Nachmittag gedacht. Wenn er Hilda schmeckt, umso besser. Ich bin nur erstaunt, wie schnell Buddy und sie Freunde geworden sind.«

»Buddy hat sich in mich verliebt. Hat Pia gesagt. Der will mein Freund sein.« Hilda sprach mit vollem Mund, ohne die Hand von Buddys Kopf zu nehmen. Der saß weiter vollkommen reglos neben Hilda und ließ sich ihre Zärtlichkeiten gefallen.

Als Franz fragend in Pias Richtung schaute, zuckte die mit den Schultern. »Buddy verschenkt sein Herz normalerweise nicht so leicht, aber Hilda scheint es ihm angetan zu haben. Soll ich dir auch ein Stück von deinem Kuchen geben, Franz?«

Sie nahm das Messer in die Hand, schnitt ein üppiges Stück Kuchen ab und legte es Franz auf den Teller. Sofort schob Hilda ihren näher. »Ich nehme auch noch eins.«

In dem Moment klingelte es an der Wohnungstür. Stulle und Fussel bellten kurz auf, wurden aber von Pia sofort zur Ruhe gerufen. Trotzdem zog Hilda erschrocken ihre Hand von Buddys Kopf. Während Etta zur Tür ging, um zu öffnen, stupste Buddy Hilda sanft an und legte seine Pfote auf ihr Bein. Hilda lachte laut.

Etta ließ unterdessen eine etwa 50-jährige große schlanke Frau mit grauem Pagenschnitt ein. Noch bevor sie ihren Gast vorstellen konnte, rief Hilda: »Mami guck mal, ich hab einen Freund!«

Ihre Besucherin, offenbar Hildas Mutter, sah völlig überrascht aus. »Hilda, ich hab dich gesucht. Was machst du denn hier? Und seit wann hast du keine Angst mehr vor Hunden?«

»Ich hab immer noch Angst vor Hunden«, stellte Hilda richtig. »Aber Buddy liebt mich. Da brauch ich ja keine Angst zu haben. Pia hat gesagt, der hat sich in mich verliebt.«

»Frau Kovač, setzen Sie sich doch zu uns.« Etta wies einladend auf den Tisch. »Wir machen gerade einen kleinen Kaffeeklatsch. Dieser unsägliche Bunske hat sich vorhin mal wieder einen seiner Tobsuchtsanfälle geleistet und Hilda damit Angst gemacht. Da sind wir dazwischengegangen. Vor allem Buddy, der hat beschlossen, Hilda laut bellend zu verteidigen. Und deshalb … Bitte, setzen Sie sich doch.«

»Ich hatte gar keine Angst vor dem Bunske, der brüllt ja immer«, korrigierte Hilda. »Ich hatte Angst vor dem Hund. Da wusste ich ja noch nicht, dass der sich in mich verliebt hat.« Mit ziemlich rustikaler Geste klopfte sie Buddys Rücken, was dieser ohne Weiteres geschehen ließ.

Hildas Mutter sah immer noch irritiert von einem zum anderen. Dann setzte sie sich endlich. Etta legte ihr ein Stück Marmorkuchen auf den Teller und bot ihr Kaffee an.

»Danke, ja. Einen Kaffee nehme ich gerne. Ob ich dieses riesige Kuchenstück schaffe, weiß ich allerdings nicht«, sagte sie mit Blick auf ihren Teller.

Hilda schob ihr ihren Teller entgegen: »Gib mir ruhig was ab, Mami. Ich habe noch Hunger.«

Verlegen sah die Frau sich um. »Entschuldigen Sie bitte. Ich bin ja furchtbar unhöflich, lasse mich hier mit Kaffee und Kuchen versorgen und stelle mich noch nicht mal vor. Also, mein Name ist Martha, Martha Kovač. Ich wohne mit Hilda im Dachgeschoss.« An Hilda gewandt fuhr sie fort: »Und du hörst jetzt bitte auf, weiter Kuchen in dich reinzustopfen.«

Als Franz ein mitfühlendes Grinsen nicht unterdrücken konnte, beeilte sie sich zu erklären: »Hilda soll eigentlich nicht so viel essen. Schon gar nicht so viel Zuckerkram.«

Hilda zog einen Flunsch. »Aber der Kuchen ist lecker. Und gesund ist der auch. Der ist nämlich selbst gebacken. Hat die Frau gesagt.«

»Entschuldigung, dass wir da einfach so, ohne zu fragen …« Etta war die Situation sichtlich unangenehm.

Dani, die bisher nur schweigend und kauend zugehört hatte, legte die Kuchengabel zur Seite. »Es war eine Ausnahme, ganz bestimmt. Versprochen. Wir brauchten auf den Schreck vorhin im Flur alle eine kleine Zuckertherapie. Ich bin die Dani. Unsere Hundeflüsterin da vorne«, sie zeigte auf Pia, »das ist Pia. Und den traumhaften Kuchen hat Franz gebacken. Wir sind gerade erst hier eingezogen, Franz, Pia und ich. Wir kannten diese Aussetzer von diesem cholerischen Kerl noch nicht und waren ziemlich geschockt. Und dann wollte Buddy deine Tochter verteidigen und hat sie damit erschreckt. Und deshalb haben wir uns hier mit Kuchen getröstet.«

»Außerdem ist in dem Kuchen wirklich nicht viel Zucker, jedenfalls kein weißer Industriezucker«, verteidigte Franz sich und den Kuchen. »Ich backe immer mit braunem Zucker, da sind wenigstens noch Vitamine drin.«

»Alles gut, alles gut.« Martha hob abwehrend die Hände. »Das sollte auf keinen Fall ein Vorwurf sein. Ich finde es toll, dass Sie meine Tochter so vehement vor Herrn Bunske verteidigt haben. Hilda weiß eigentlich, dass sie im Hausflur nicht singen soll. Wenn sie ihren Schlüssel vergessen hat, kann sie auch den Ersatzschlüssel nehmen. Sie weiß ja, wo wir ihn versteckt haben. Aber sie hält sich nicht dran.«

»Zum Glück«, sagte Etta. »Wir würden alle etwas vermissen, wenn Hilda nachmittags nicht mehr ihre Konzerte geben würde.«

»Ob das alle im Haus so sehen?« Martha schaute zweifelnd in die Runde.

»Das kann man doch leicht rausfinden.« Franz war selbst erstaunt, dass er sich so aus dem Fenster lehnte. »Wir können die anderen ja einfach mal fragen, wen der Gesang stört. Ich möchte wetten, außer dem Brüllaffen unten hat keiner was dagegen.«

Hilda lachte. »Der hat Brüllaffe gesagt.«

»Ja, aber das sagen wir nur hier unter uns.« Franz spürte, wie er flammend rot wurde. Es war hochgradig unpädagogisch, sich in Hildas Beisein so über Bunske zu äußern.

Das schien Etta anders zu sehen. Sie lachte begeistert mit. »Die armen Brüllaffen! Wenn die das wüssten, wären die ganz schön beleidigt. Affen sind ja viel schöner als der olle Bumske.«

»Der heißt aber nicht Bumske.« Hilda wurde auf einmal ernst. »Der heißt Herr *Bunske*. Ich sag manchmal heimlich Brummske.« Jetzt kicherte sie haltlos.

»Oje, das kann ja was werden, wenn wir Herrn Bunske das nächste Mal begegnen.« Martha seufzte. »Unsere Wohnung gehört Hildas Großeltern, müsst ihr wissen«, erklärte sie. »Also den Eltern ihres Papas. Und die sind sehr darauf bedacht, alles richtig zu machen. Nicht, dass ich hier noch vor die Tür gesetzt werde!«

»Wenn wir zusammenhalten, kann der Kerl uns keine großen Probleme machen. Hunde, die bellen, beißen nicht«, beschwichtigte Pia Marthas Sorgen. »Apropos Hunde: Ich muss noch einen kleinen Spaziergang mit den Hunden machen, bevor sie abgeholt werden. Hilda, kommst du mit?«

»Hilda ist leider keine Freundin von allzu viel Bewegung«, bemerkte Martha.

Pia grinste breit. »Dann ist es Zeit, dass sich das ändert. Komm, Hilda, wir ziehen zusammen um die Häuser. Wir können dabei auch singen, wenn du Lust hast.«

BETTGEFLÜSTER

Dani hatte sich mit einer Tasse Milchkaffee in den Sessel im Erker zurückgezogen. Den Fuß hatte sie hochgelegt, denn wenn sie viel gelaufen war, tat er noch immer manchmal weh.

Sehnsüchtig sah sie in das hell erleuchtete Fenster ihrer ehemaligen Küche. Die beiden chinesischen Studentinnen flitzten hin und her und schienen miteinander zu kochen. Wie sehr sie sie beneidete! Nicht um ihre Jugend oder wegen des Auslandsaufenthalts, den sie sich ermöglicht hatten. Nein, so etwas hätte Dani ohnehin nie gewollt. Aber in ihre Wohnung wäre sie liebend gern so schnell wie möglich zurückgekehrt.

Sie hatte sich das Zusammenleben mit den anderen irgendwie schöner vorgestellt: Belebend. Lustig. Inspirierend. Momentan war sie zu ihrer eigenen Überraschung eher außen vor. Zwischen Etta und Pia war die Stimmung immer wieder latent gereizt. Und weil sie letztlich dafür gesorgt hatte, dass Pia mit eingezogen war, fühlte sich Dani bemüßigt, bei Streitereien für Pia Partei zu ergreifen. Etta war bisweilen sehr dominant, und Pia wirkte nach wie vor wie ein verletztes Tier, das zu Angstbeißerei neigt. Die sensible und verletzte Seele, die Pia unter ihrer Ruppigkeit zu verbergen versuchte, berührte Dani und weckte ihren Beschützerinstinkt.

Franz, mit dem sie schon so viele Jahre eng zusammenarbeitete, schien sich dafür ziemlich gut mit Etta zu verstehen. Die beiden lachten viel miteinander, unterstützten sich gegenseitig beim Kochen, und oft saßen sie abends zu zweit bei einem Glas Rotwein vor dem Fernseher und schauten alte Filme. Da wollte Dani nicht stören, zumal alte Filme eh nicht so ihr Ding waren.

Pia wiederum zog sich häufig zurück. Wahrscheinlich

fürchtete sie, als Heulsuse dazustehen, wenn sie ihren Liebeskummer zu offen zeigte. Außerdem hatte sie sich ein wenig mit Hilda und Martha angefreundet. Seit dem großen Streit mit Bunske begleitete Hilda Pia oft auf ihrer letzten Hunderunde. Ihre Angst hatte sie fast ganz überwunden, und Buddy wich ihr nach wie vor kaum von der Seite.

Dani seufzte. Sie war offenbar die Einzige, die bisher einen Preis für ihre neue Wohnkonstellation zu zahlen hatte. Zwar hatte sie sich widerspruchslos auf Ettas Bedingung eingelassen, keine Übernachtungsgäste mit nach Hause zu bringen, aber das bedeutete für sie in letzter Konsequenz, dass es für ihre Affäre mit Roland derzeit kein Domizil gab. Roland war nämlich verheiratet, und zwar unpraktischerweise mit der Frau, mit der er seit über zwanzig Jahren eine orthopädische Gemeinschaftspraxis führte. Gleich zu Beginn der Affäre hatte er ihr klargemacht, dass eine Trennung von seiner Frau für ihn nicht infrage kam, zumal damals noch eines der beiden Kinder im gemeinsamen Haus wohnte. Felicitas war zu der Zeit sechzehn Jahre alt, schwierig und vor allem magersüchtig gewesen, weshalb er ihr eine Trennung auf keinen Fall zugemutet hätte.

Das alles wusste Dani seit nunmehr zwölf Jahren, und wenn sie ehrlich war, war es ihr sogar ganz recht gewesen. Sie war durch ihren Beruf ja ständig unterwegs, zumeist an den Wochenenden, häufig aber auch noch unter der Woche. Einen unzufriedenen, maulenden Mann zu Hause auf der Couch hocken zu haben, der sich über ihre Arbeitszeiten beschwerte, war das Letzte, was sie sich wünschte. Deshalb war das Arrangement mit Roland für sie optimal: An den Wochenenden gehörte er uneingeschränkt seiner Familie, ebenso in den Ferienzeiten. Es reichte ihr – und ihm –, wenn er die Abende bei ihr verbrachte. Auch dass er meistens gegen zweiundzwanzig Uhr aufbrach, um bei seiner Frau zu übernachten, war für Dani kein Problem. Sie schlief ganz gern allein im Bett.

Darum hatte sie auch nicht nachgebohrt, als Felicitas irgendwann das elterliche Nest verließ und nicht mehr als Argument gegen eine Trennung herhalten konnte. Zu dem Zeitpunkt hatten sich das anfängliche Feuer und die heftige Verliebtheit zwischen ihr und Roland ohnehin bereits ein bisschen abgekühlt. Nach wie vor waren sie freundlich und lieb miteinander, auch wenn sie bei Themen wie Politik, Gesundheit und Ernährung völlig unterschiedlicher Meinung waren. Doch wenn man sich eh so selten und kurz sah, war es einfach, strittigen Fragen aus dem Weg zu gehen.

Dani trank den letzten Schluck ihres Milchkaffees. Sie hatte in den letzten Tagen häufig über Roland und ihre Beziehung nachgedacht. Vielleicht war es nun tatsächlich an der Zeit, die Geschichte in aller Freundschaft zu beenden.

Da sie sich nicht in Ettas Wohnung treffen konnten, hatten sie sich in den letzten Wochen hin und wieder in einem Wellnesshotel im Münsterland getroffen. Dort war die Gefahr gering, dass Roland erkannt wurde, aber Dani war sich schäbig dabei vorgekommen. Das letzte Treffen hatte sie deshalb abgesagt.

Vielleicht sollte ich mich mit Roland auf einen Spaziergang treffen und die Sache beenden. In einem Anflug von Schwermut sah Dani noch einmal zu ihrer alten Wohnung hinüber. Sie trauerte der Affäre mit Roland nicht nach, aber sie hatte das Gefühl, dass sie durch Ettas Forderung nach einer sexfreien Zone zu einer Entscheidung gedrängt wurde. Und dass sie dafür nicht genug zurückbekam.

Draußen war es mittlerweile dunkel geworden. Im Hof verstummten langsam die Vögel, die sich abends immer selbst in den Schlaf zwitscherten. Saß sie wirklich schon so lange hier? Als Dani im Hausflur die Stimmen von Franz und Etta hörte, stand sie schnell auf, ging in ihr Zimmer und zog die Tür hinter sich zu. Sie hatte keine Lust auf Gesellschaft.

Während sie sich auf ihr gemütliches Bett warf, hörte sie Etta und Franz lachen. Dann rief Etta: »Franz und ich kochen eine Kleinigkeit. Wer will mitessen?«

Blöde Frage, dachte Dani, *die beiden wissen doch genau, dass ich abends nichts esse.* Sie hatte sich schon vor Jahren angewöhnt, die letzte Mahlzeit wegzulassen. Gerade wollte sie sich ihre Kopfhörer aufsetzen, um in Ruhe einen Podcast zu hören, als Pia zögerlich durch die Schiebetür in ihr Zimmer kam. Zwar hatte Dani anfangs gesagt, es mache ihr nichts aus, wenn sie das Durchgangszimmer bezog, aber gerade wäre sie lieber ganz für sich gewesen.

»Isst du nicht mit?«, fragte Pia leise.

»Du weißt doch, dass ich abends nie esse.« Danis Stimme klang deutlich ruppiger und unfreundlicher, als sie es wollte.

Pia lehnte sich in die Zwischentür. »Machst du nie Ausnahmen? Ich meine, hältst du das immer durch? Auch wenn du abends Auftritte hast? Kriegst du keine schlechte Laune, wenn du nichts isst?«

Dani seufzte tief. »Ach, weißt du … Wenn ich arbeite, habe ich abends meistens keine Zeit für schlechte Laune. Und im Moment …« Sie hielt inne. Als Pia nicht nachfragte, setzte sie nach: »Ganz ehrlich? Momentan habe ich ohnehin dauernd schlechte Laune. Für mich läuft alles gerade optimal beschissen.«

»Willst du darüber sprechen?« Pia zupfte sich verlegen an der Unterlippe.

Dani lächelte. Schüchtern wirkte Pia eher selten. »Ich will dich nicht volllabern. Und ich will dich erst recht nicht vom Essen abhalten. Sonst bist du hungrig und hast dann auch noch schlechte Laune.«

Pia lachte. »So schlimm ist es bei mir nicht. Außerdem habe ich noch ein paar Nachos in meinem Zimmer. Ich könnte uns einen Wein dazu holen, und dann machen wir einen Zweier-Mädels-Quatschen-Abend. Ich wollte dich sowieso noch was fragen. Aber nur, wenn du willst …« Da war sie wieder, diese Schüchternheit.

»Klar, quasseln wir 'n bisschen«, erwiderte Dani. Wenn überhaupt, wollte sie am ehesten mit Pia über alles sprechen.

Pia huschte in ihr Zimmer hinüber und kam wenig später mit einer Packung Nachos, einer Flasche Rotwein und zwei Wassergläsern zurück.

»Wassergläser?« Dani sah Pia erstaunt an.

»Andere habe ich nicht da. Und ich will jetzt nicht in die Küche gehen. Sonst fragen Etta und Franz nur wieder, ob wir nicht und so weiter und so fort. Bla, bla, bla, und schon haben wir die beiden an der Backe.«

»Du magst Etta und Franz nicht, oder?«

Pia schenkte die Wassergläser randvoll und riss die Nachotüte auf. »Ach nein, das kann man nicht sagen. Ich finde nur, dass Franz wie ein Schoßhündchen hinter Etta herdackelt, das nervt mich. Und Etta genießt es so offensichtlich.« Sie verdrehte die Augen. »Die ist so eitel. So 'n bisschen wie eine königliche Hoheit. Aber egal. Ich komm schon klar. Mach dir keine Gedanken. Ist ja auch nicht so wichtig. Jetzt du: Warum hast du genau schlechte Laune?«

»Ach, irgendwie läuft für mich alles nicht rund. Ich muss in viereinhalb Monaten ein neues Programm auf die Bühne bringen. Dafür brauche ich dringend etwas, worüber ich schreiben kann. Und das Programm muss lustig sein. Aber mir fällt zurzeit einfach null Komma null ein. Ich bin dieses Witzig-sein-Müssen so leid. Ich bin auch momentan nicht in so 'ner witzigen Stimmung.«

Als sie Pias mitleidigen Blick sah, kamen ihr zu ihrer eigenen Überraschung die Tränen. *Was soll das denn jetzt bitte*?

Pia nahm sie sofort in den Arm. »Was ein Scheißdruck! Das verstehe ich nur zu gut. Wie hast du das denn früher immer gemacht? Ich meine, du bist doch schon so lange im Geschäft, und lustig war für dich doch nie ein Problem, oder?«

Dani merkte, dass sie die einmal geöffnete Schleuse so einfach nicht wieder würde schließen können, also heulte sie einfach weiter. »Ich will einfach im Moment nicht die ewige Knalltüte sein. Ich will in Ruhe mein Leben sortieren, verstehst du?«

Pia setzte sich zurück, sah Dani ratlos an und schüttelte den Kopf. »Dein Leben sortieren? Warum das denn? Du hast doch eigentlich ein ziemlich cooles Leben. Nur halt im Moment nicht. Du hast ’nen spannenden Beruf, du hast Fans, die sich auf dich freuen, du hast zwei sehr nette erwachsene Kinder und Enkelkinder. Das ist doch alles beneidenswert. Oder …« Pia schaute Dani plötzlich erschrocken an. »Oder hast du am Ende selbst gerade Liebeskummer und hast das vor der alten Schreckschraube draußen nur nicht zugegeben? Hast du vielleicht doch was mit Franz, und die alte Ziege spannt dir den gerade aus? Oh mein Gott, das ist ja …«

Dani musste trotz ihrer Tränen lachen. »Nein, Quatsch! Fang du nicht auch noch damit an. Franz’ Frau unterstellt mir das schon seit Jahren. Und nenn Etta nicht ›alte Schreckschraube‹. Das hat sie nicht verdient. Die ist eigentlich total in Ordnung. Ich habe auch keinen Liebeskummer. Ich denke zwar gerade darüber nach, mich von jemandem zu trennen, aber das wäre keine schmerzhafte Amputation, sondern eher ein Abzupfen vertrockneter Äste.«

»Du hast einen Freund, das wusste ich ja gar nicht!« Pia sah jetzt noch erschrockener aus.

Dani nahm einen großen Schluck Wein und musste noch etwas mehr kichern. »Was hast du denn gedacht? Dass ich mir ab und zu ein paar Groupies zwischen die Beine klemme, um meinen Trieb zu befriedigen?«

Pia kicherte nun ebenfalls.

Dani wurde wieder ernst. »Dass ich einen Freund habe, weiß keiner, weil es 'ne heimliche Affäre ist, verstehst du?«

»Das klingt ja spannend! Komm, spuck aus.« Pia beugte sich vor und stupste Dani an. »Wer ist es? Mir kannst du's ruhig sagen. Ein Promi? Jemand, den ich kennen könnte? Das ist ja irre aufregend. Ich will alles hören. Alles. Wo mein eigenes Leben momentan so reizarm ist, habe ich ja wohl ein bisschen Anspruch auf Sensationen. Ich schweige auch wie ein Grab.«

»Krieg dich wieder ein. Spannend ist da nichts. Es ist eher peinlich, popelig und gewöhnlich. Er ist nicht prominent, sondern einfach nur verheiratet.«

»Erzähl trotzdem. Wie lange seid ihr zusammen? Liebt ihr euch? Warum will er seine Frau nicht verlassen? Mich interessiert das, ehrlich.«

Dani lehnte sich zurück, stopfte sich ein Kissen in den Rücke und begann zu erzählen.

Es war ein wunderschöner Herbsttag vor zwölf Jahren gewesen. Dani war für einen Kurzauftritt auf einer Fachtagung für Orthopäden in Goslar gebucht. Ihr Auftritt war für den frühen Abend angesetzt und sollte eine halbe Stunde dauern. Für diese Art Kurzauftritte nahm Dani für gewöhnlich Franz nicht mit, da der technische Aufwand meistens minimal war.

Weil sie hoffte, vor ihrem Auftritt noch ein wenig Zeit zu haben, um sich die historische Altstadt anzusehen, war sie morgens in aller Frühe aufgebrochen. Tatsächlich hatte sie sich aber in der Fahrtzeit verschätzt. Als sie von der Autobahn herunter war, ging es noch eine ganze Weile über Land. Und das zog sich. Ihr Hotel, in dem auch die Tagung stattfinden sollte, war mitten in der Stadt. Sie kreiste eine Weile genervt um den Stadtkern. Ihr Navi scheiterte immer wieder an einer Baustelle und an den vielen Einbahnstraßen. Als sie schließlich erledigt das Hotel gefunden hatte, fand sie kein Hinweisschild, wo sie ihr Auto hätte parken können. Sie stellte sich einfach in die Halteverbotszone, stürmte die Rezeption und fragte, wo sie ihr Auto parken könne.

Zu ihrem Entsetzen bekam sie einen Ministadtplan in die Hand gedrückt. Zwar sei der Parkplatz direkt hinterm Haus, aber sie könne nicht einfach um das Hotel herumfahren, da das eine Einbahnstraße sei.

Dani merkte, dass sie kurz vor dem Explodieren war. Sehr kundenfreundlich war das alles hier nicht. Als sie in ihr Auto einsteigen wollte, wies ein älterer Herr sie auch sofort darauf hin, dass sie im Halteverbot stand.

Danke für nichts, dachte Dani wütend. Als sie ihr Auto endlich abgestellt hatte, war ihre Blase kurz davor zu platzen, und es bahnten sich leichte Stresskopfschmerzen an. Sie nahm ihre Tasche und ging abermals zur Rezeption.

»Sie sind die?« Die Rezeptionistin war freundlich, aber deutlich gelangweilt. Ihr Traumjob war das offensichtlich nicht.

»Diesterbeck. Ich gehöre zur Orthopädentagung.«

Dani bekam zu ihrer Verwunderung einen dicken alten Schlüssel. Normalerweise waren die Hotels inzwischen fast alle auf ein Chipkartensystem umgestiegen. Obwohl das Hotel im Netz mit vier Sternen ausgezeichnet war, schien hier die Zeit stehen geblieben zu sein. Dani beeilte sich und ging, um Zeit zu sparen, die zwei Treppen in den ersten Stock zu Fuß. Ihre Blase drückte inzwischen gewaltig.

Vor ihrer Zimmertür ließ sie ihre Tasche fallen, steckte den Schlüssel ins Schloss und wunderte sich, dass die Tür nicht abgesperrt war.

Andere Städte, andere Sitten, dachte sie und schob sich in das leicht muffig riechende Zimmer. Um gleich darauf einen lauten, gellenden Schrei auszustoßen. Die Tür zum Badezimmer stand offen, und auf der Toilette saß ein großer blonder Mann mit heruntergelassener Hose und telefonierte.

Bei ihrem Schrei sah er verschreckt hoch und gab der Tür einen Schubs, dass sie zuflog. Das machte die Sache nicht besser, weil die Tür eine Glastür und im Badezimmer das Licht angeschaltet war.

Dani hatte noch nie verstanden, warum manche Innenausstatter entschieden, Badezimmertüren aus Glas in Hotels einzubauen. Selbst wenn man mit einer vertrauten Person das Zimmer teilte, wollte man doch im Bad und erst recht auf dem Klo ganz gern für sich sein.

Das wäre dem Unbekannten im Bad bestimmt auch lieb gewesen. Hastig zog er seine Hose hoch, spülte ab und beendete sein Telefonat. Als er aus der Tür trat, hatte er einen hochroten Kopf. Ob aus Wut oder Scham, konnte Dani nicht unterscheiden.

Im nächsten Moment wusste sie es, denn er brüllte: »Was machen Sie in meinem Zimmer?«

»Genau das wollte ich Sie auch gerade fragen.« Dani war nicht weniger sauer. Um ihm zu beweisen, dass sie im Recht war, hielt sie ihm ihren Schlüssel mit dem Anhänger unter die Nase, auf dem die Zimmernummer stand. »Da, bitte«, sagte sie. »Zimmer 215. Das ist hier. Es ist also mein Zimmer. Wie kommen Sie hier herein?«

Der Typ starrte auf ihren Schlüssel, ging zum Schreibtisch, nahm einen Schlüssel und hielt ihr den unter die Nase. »Da«, sagte er immer noch gereizt, »Zimmer 215. *Mein* Zimmer. Schon seit gestern.«

»Ich glaube, ich spinne.« Dani war nun eher verunsichert. »Dann hat die blöde Pute an der Rezeption das Zimmer doppelt … na, super!« Sie spürte, wie ihr der Schweiß ausbrach. Ihre Blase würde dem Druck nicht mehr lange standhalten. »Ich mache gleich in die Hose«, rutschte es ihr heraus.

Plötzlich lachte der Typ schallend und zeigte zum Badezimmer: »Bitte schön. Tun Sie sich keinen Zwang an. Mein Klo ist

Ihr Klo. Und machen Sie ruhig das Licht an. Dann sehe ich Sie in der gleichen unwürdigen Haltung wie Sie mich. Dann steht es eins zu eins, und danach kümmern wir uns um die Doppelbelegung.«

Dani ging ins Bad. Inzwischen war ihr fast alles egal. Nur das Licht schaltete sie nicht ein. Als sie mit lautem Rauschen ihre Blase entleerte, lachte der blöde Typ vor der Tür noch immer.

Dieser Typ war Roland. Der Mann, in den sie sich im Laufe des Abends heftig verknallte und der für zwölf Jahre ihr heimlicher Geliebter werden sollte.

Zunächst allerdings bekam sie von der zerknirschten Rezeptionistin ein eigenes Zimmer und eine Tafel Schokolade als Entschuldigung.

Dani steckte die Schokolade ein, warf ihre Tasche in ihr Zimmer und beschloss, ihre aufgescheuchten Nerven bei einem Spaziergang durch das Städtchen zu beruhigen. Sie bummelte durch die Altstadt und war begeistert von den wunderschönen Fachwerkhäusern. Da sie bis zu ihrem geplanten Auftritt noch drei Stunden Zeit hatte, ging sie in ein winziges Café. Man musste einige Stufen hinunterklettern und sich im Eingang bücken und stand dann in einem Gastraum, der eher aussah wie Uromas Wohnzimmer. Lauter antike, völlig unterschiedliche Wohnzimmermöbel standen in kleinen Grüppchen zusammen. In einem der tief ausgesessenen Sessel nahm sie Platz und glaubte ihren Augen nicht zu trauen, als sie auf der Speisekarte Toast Hawaii entdeckte. Den hatte ihre Mutter, die eher schlecht als recht kochen konnte, ihr und ihrem Bruder früher häufig gemacht. Ganz klar, den musste sie bestellen. Ihre Laune besserte sich. Sie schrieb eine kurze Nachricht an ihre Agentin, dass sie gut angekommen war, und begann, sich zu entspannen.

Die zweite Begegnung der besonderen Art hatte sie etwa

eine Stunde später. Sie stand vor einem urigen Brauhaus und studierte gerade die Speisekarte. Vielleicht konnte sie nach ihrem Auftritt hier ja eine Kleinigkeit essen. Zwar aß sie abends normalerweise nichts, aber mit einem Toast Hawaii und einer Schokolade zum Nachtisch würde sie kaum über die Runden kommen. Sie beugte sich gerade zu der ausgehängten Speisekarte hinunter, als sie von einem Jogger, der zu schnell um die Kurve rauschte, so heftig angerempelt wurde, dass sie fast hingefallen wäre.

»Passen Sie gefälligst …« Ihr blieb der Fluch, den sie auf den Lippen gehabt hatte, im Hals stecken. Vor ihr stand der Kerl aus Zimmer 215. Er trug Joggingklamotten, schwitzte stark und sah sie erschrocken an.

»Sorry. Hab auf mein Handy geguckt, um den Weg zum Hotel … Tut mir leid.«

»Nichts passiert«, sagte sie ärgerlicher, als sie eigentlich wollte.

Der blonde Hüne wischte sich den Schweiß von der Stirn und grinste verlegen. »Soll ich mich nachher mit einem Wein oder Bier entschuldigen? Wir sind ja offensichtlich im gleichen Hotel untergebracht.«

»Nicht nötig«, erwiderte Dani. »Ich bin zum Arbeiten hier. Also kein Alkohol, danke.«

»Da haben wir etwas gemeinsam. Ich habe auch noch zu tun«, antwortete er. »Na, dann …« Er tippte sich an die Stirn und lief weiter.

Eigentlich hätte sie sich denken können, dass der joggende Hotelzimmerbesetzer zu den Teilnehmern der Tagung gehörte. Aber sie hatte daran keinen Gedanken verschwendet und war zurück zum Hotel gegangen, um sich auf ihren Auftritt vorzubereiten.

Als sie später auf die Bühne kam – nicht mehr als zwei Schnakenberger Podeste –, wäre sie dann fast hintüber gefallen: Im hell erleuchteten Saal, gleich prominent in der zweiten Reihe, inzwischen aber in Hemd und Anzugshose, saß wieder dieser Kerl.

Dani war vor Auftritten normalerweise nicht sehr aufgeregt. Eine Ausnahme allerdings bildeten Kurzauftritte auf Firmenveranstaltungen. Da waren die Räumlichkeiten meistens nicht abzudunkeln, sodass sie ständig die Reaktionen auf ihre Gags in den Gesichtern sehen konnte. Außerdem kam das Publikum nicht freiwillig, und was das Schwierigste war: Die Leute im Saal kannten einander. Fast immer war mindestens einer dabei, der vor seinen Kumpels den Clown geben wollte und versuchte, sie mit Zwischenrufen aus dem Konzept zu bringen.

Dani war nicht auf den Mund gefallen und konnte solche Zwischenrufe meistens ganz gut kontern. Aber wenn sie Pech hatte, erwischte sie bei ihren Gegenattacken den Chef oder Abteilungsleiter, und bei denen kam es nie gut an, wenn sie gegen eine Comedienne schlecht aussahen.

Heute war sie doppelt nervös. Dass dieser Kerl aus Zimmer 215 da saß und sie schamlos angrinste, brachte sie aus dem Konzept.

Irgendwie brachte sie den Auftritt dann doch erfolgreich hinter sich. Der Applaus war mehr als höflich, der Leiter der Fachtagung drückte ihr einen großen Blumenstrauß in den Arm, und als sie sich gerade unter dem verebbenden Applaus auf ihr Zimmer verziehen wollte, stellte sich ihr der Kerl aus Nummer 215 in Begleitung eines anderen Mannes in den Weg.

»Na, Sie sind ja in jeder Hinsicht voller Überraschungen«, sagte er. »Alle Achtung, das war richtig klasse!«

Sie bedankte sich artig und deutete dann auf den Blumenstrauß. »Die brauchen jetzt eine Vase und was zu trinken.« So wollte sie sich aus dem Plausch verabschieden.

Doch da hatte sie die Rechnung ohne Nummer 215 gemacht. Galant nahm er ihr den Blumenstrauß aus der Hand, reichte ihn der verdutzten Dame an der Rezeption und sagte: »Wenn Sie so lieb wären und für unsere Künstlerin die Blumen versorgen könnten? Und dann freut sie sich bestimmt, wenn Sie ihr die auf ihr Zimmer bringen lassen. Auf ihr eigenes.«

An Dani gewandt fuhr er fort: »So, die Blumen sind versorgt, jetzt geht es um das wirklich Wichtige. Machen Sie uns doch die Freude, und lassen Sie sich zu einem Glas Wein oder, noch besser, zu unserem Buffet und einem Wein einladen. An unserem Tisch ist noch Platz, und ich würde mich wirklich freuen, Ihnen beweisen zu können, dass ich nicht nur auf der Toilette und beim Jogging multitaskingfähig bin.«

Als sein Kollege fragend die Augenbrauen hob, erklärte er: »Frau Dies und ich hatten schon verschiedentlich das Vergnügen, erzähle ich dir später.« Dann wedelte er mit dem Tagungsprogrammheft vor ihrer Nase herum und fragte: »Dies ist doch ihr richtiger Name, oder? So sind Sie jedenfalls hier angekündigt.«

Dani nickte. »Mein Künstlername, ja, richtig. Dani Dies. Vielen Dank für Ihre freundliche Einladung. Ich bin froh, dass Sie noch mehr können, als Frauen über den Haufen zu rennen oder zu Tode zu erschrecken. Aber Ihre anderen Kompetenzen glaube ich Ihnen auch ohne Beweis. Ich werde jetzt meinen Blumen auf das Zimmer folgen – auf das richtige Zimmer, wohlgemerkt. Ich bin nach Auftritten in der Regel nicht so gesprächig.«

Als sie kurz darauf von weiteren Orthopäden umringt und von Nummer 215, der sich als Dr. Roland Rudeck vorgestellt hatte, mit kleinen Schmankerln vom Büffet versorgt worden war, dachte sie: *Bravo, Frau Diesterbeck! Inkonsequenz sollte dein zweiter Vorname sein.*

Normalerweise ließ sie sich von Kunden oder Zuschauern aus dem Publikum nie zu einem Getränk einladen. Aus einem Getränk wurden dann gerne zwei oder mehr, und Alkohol löste die Zunge, und eh man sichs versah, gab man Privates von sich preis und war mit Menschen befreundet, die man eigentlich gar nicht kennen wollte.

Warum war sie so blöd gewesen und hatte ausgerechnet in dieser männerdominierten Runde eine Ausnahme gemacht? Klar, dieser Roland war außerordentlich attraktiv. Er hatte eine blonde, verwuschelte Haarpracht, blitzende blaue Augen und einen verschmitzten Gesichtsausdruck. Er hatte Grübchen beim Lächeln, war riesig, sportlich und gut gebaut, aber genau das schien er selbst ziemlich genau zu wissen.

Als er neben sie auf die Bank rutschte, setzte er sich deutlich näher, als es der Anstand geboten hätte. Dicht an ihrem Ohr fragte er, welchen Wein er ihr denn besorgen dürfte.

Dani war zugegebenermaßen hormonisiert. Sie grinste ihn frech an, trank ungefragt aus seinem Weinglas und sagte: »Danke, ich habe schon. Wenn der für uns beide nicht reicht, kannst du gerne mehr besorgen.« Damit und weil sie ihn einfach geduzt hatte, war ganz klar der erste Schritt zu einer heftigen Flirtattacke gemacht.

Roland 215 war noch näher an sie herangerutscht, und die Herren Orthopäden hatten das mit Gejohle quittiert.

»Da hat unser lieber Roland ganz offensichtlich eine Eroberung gemacht«, sagte einer der Herren prompt, und die anderen lachten begeistert.

Dani war in Fahrt. »Tut mir leid«, behauptete sie. »Aber keine falschen Schlussfolgerungen, meine Herren. Eine freundliche Nachbehandlung des Kunden war vertraglich mitvereinbart. Dieser Teil des Abends ist für mich nichts weiter als lästige Vertragserfüllung, damit die vereinbarten Millionen so schnell wie möglich auf meinem Konto landen.«

Wieder hatte sie die Lacher auf ihrer Seite. Da sie kaum von den Häppchen auf dem Teller vor ihr gegessen, dafür aber umso kräftiger dem Wein zugesprochen hatte, war sie schnell angesäuselt. Da sie normalerweise eher selten und wenig trank, war die Wirkung sehr deutlich zu spüren. Als sie das Gefühl hatte, dass es langsam peinlich werden könnte, nahm sie einen letzten Schluck Wein und wollte sich erheben.

In diesem Moment schob Roland, der quasi an sie geklebt gesessen hatte, ihr unterm Tisch seinen Zimmerschlüssel in die Hand und murmelte: »Bitte. Ich komme in zehn Minuten nach!«

Dani spürte, dass sie flammend rot wurde. Bevor jemand aus der Runde etwas bemerken konnte, stand sie auf und nickte in die Runde. »Danke für den schönen Abend. Kurz vor Mitternacht. Mein Vertrag ist erfüllt. In zehn Minuten werde ich wieder so garstig und unfreundlich, wie es meinem eigentlichen Charakter entspricht. Um Ihnen allen das zu ersparen, sage ich mal gute Nacht.«

»Pech für dich, Roland«, kommentierte einer der Kollegen. »Da legst du dich den ganzen Abend ins Zeug, und auf dem letzten Meter lässt sie dich doch noch abblitzen. So sind sie, die Damen aus dem Showbiz.«

Alle lachten, und Dani schwankte so würdevoll, wie es ihr Alkoholpegel zuließ, zum Aufzug. Den Weg zu seinem Zimmer kannte sie, aber sie spürte trotzdem, wie ihr Herz hämmerte. Etwas so Verwegenes hatte sie noch nie gemacht. Schließlich musste sie als Person der Öffentlichkeit auf ihren Ruf achten.

Als sie in seinem Zimmer war, kamen ihr auch prompt Zweifel. Das Zimmer war in einem chaotischen Zustand. Seine nass geschwitzten Joggingklamotten lagen auf dem Boden, und aus seiner Reisetasche quollen T-Shirts und Boxershorts. Außerdem roch es noch immer etwas müffelnd und ungelüftet.

Einmal ist kein Mal, dachte Dani und ging ins Bad. Wenn er gleich kam, wollte sie wenigstens geduscht sein und ihre verschwitzten Bühnensachen ausgezogen haben. Die Tür zum Zimmer hatte sie nur angelehnt. Damit er sie im Bad nicht beobachten konnte, hängte sie ein Handtuch vor die Glastür, zog sich aus und ging unter die Dusche. Als sie sein Duschgel, Rasierschaum und einen Nassrasierer sah, fiel ihr ein, dass sie nicht rasiert war. Also bediente sie sich einfach, benutzte sein Duschgel und den Nassrasierer, und als sie kurz drauf frisch geduscht und rasiert in ein Handtuch gewickelt aus dem Bad kam, saß Roland schon auf dem Bett und wirkte mindestens so aufgeregt wie sie.

Als er sie einen Augenblick später in den Arm nahm, war sie sich plötzlich sicher, genau das Richtige zu tun.

In Danis Zimmer war es dunkel, und nur das Licht der Straßenbeleuchtung warf einen schwachen Lichtschimmer auf ihr Bett. Als Pia tief und sehnsüchtig seufzte, wurde Dani bewusst, dass sie beim Erzählen so in die Vergangenheit abgetaucht war, dass sie Pias Anwesenheit regelrecht ausgeblendet hatte.

Pia knüllte die leere Nachotüte zusammen. »Das ist so romantisch, Dani. So einen Typen kannst du doch nicht nur wegen Ettas dämlicher Regel in den Wind schießen. Schleus ihn heimlich hier ein. Ich halte dicht. Von mir erfährt keiner ein Wort.«

Dani musste lachen. »Ach, Pia! Du hoffnungslose Romantikerin! So berauschend und wundervoll ist unsere Affäre über die Jahre nicht geblieben. Wir sind damals beide ja auch von einem netten, einmaligen Erlebnis ausgegangen. Wir wussten ja noch nicht mal, dass wir aus der gleichen Stadt kommen. Selbst als wir feststellten, dass wir beide aus Dortmund sind und der Sex einfach nur atemberaubend war, sind wir von einer Amour fou ausgegangen. Anfangs haben wir Himmel und Hölle in Bewegung gesetzt, um uns so oft wie möglich heimlich zu treffen. Aber inzwischen, Pia … ganz ehrlich …«

Dani seufzte tief. »Roland ist ein wenig moppelig geworden, müde und gereizt. Wir denken über fast nichts gleich. Über

Politik, über Schulmedizin, über Lifestyle … Noch nicht mal die gleichen Filme oder Serien mögen wir. Und ich bin ja auch nicht mehr die sexy Betthexe, als die er mich vor zwölf Jahren vielleicht gesehen hat. Mir ist ein gemütlicher Abend oft wichtiger als schludrig dahingezauberter Sex. Prioritäten ändern sich nun mal, wenn man älter wird. Dass Etta keine Übernachtungsgäste zulässt, gibt mir nur den letzten Schubs, etwas zu beenden, was im Grunde längst verdorrt war.« Sie drehte sich entschlossen in Pias Richtung. »Ich will mein Leben insgesamt neu ausrichten. Das ist mir klar geworden. Und ich habe schlechte Laune, weil ich noch nicht weiß, wie genau.«

Auf der Straße hörten sie ein Fahrrad umfallen. Sie stürzten beide zum Fenster. Hier wurden sehr viele Fahrräder geklaut. Doch es war niemand zu sehen, und es hatte angefangen zu regnen.

»Meinst du, Etta und Franz haben uns was von ihrem Abendessen übrig gelassen?«, fragte Pia.

»Schauen wir einfach nach. Sonst machst du dir ein Brot.«

Auf leisen Sohlen schlichen beide durch die nächtlich stille Wohnung. In der Küche roch es noch immer köstlich nach einem Currygericht. Pia hob hoffnungsvoll den Deckel vom Wok an und schnupperte. Dann nahm sie sich eine Gabel aus der Schublade und aß direkt aus der Pfanne.

Dani setzte sich auf die Fensterbank, zog die Knie an und sah zu. Im Grunde beneidetet sie Pia um ihre unbefangene Einstellung zum Essen. Pia war nicht im eigentlichen Sinne dick, sie war rund und sah dabei fantastisch aus. Sie hatte ein apartes, herzförmiges Gesicht mit einigen niedlichen Leberflecken an Kinn und Wange. Ihre dunkelbraunen Augen wirkten groß und fast schwarz, und auch ihre vollen dunklen Haare waren ein Geschenk der Natur.

Dani hingegen war groß und eher knochig. Trotzdem musste sie sich inzwischen anstrengen, um nicht aus der Form zu geraten. Eigentlich joggte sie jeden Morgen vor dem Frühstück eine halbe Stunde, doch in der letzten Zeit hatte ihr ihre Fußverletzung einen Strich durch die Rechnung gemacht. Prompt merkte sie, dass ihre Jeans am Hosenbund knapper saßen. Eine nächtliche Fressorgie, wie Pia sie sich gerade gönnte, wäre für sie nicht infrage gekommen.

Als Pia genüsslich die Reste aus dem Wok kratzte, trat plötzlich Etta in einem Hauch von Nachthemd in die Küche. Als sie die beiden in der Küche sah, erschrak sie sichtlich: »Huch, was hockt ihr denn hier im Dunkeln rum und kratzt die Töpfe leer? Ich dachte, ihr wäret gar nicht da. Ich hatte doch gerufen, als Franz und ich das Essen fertig hatten.«

»Alles gut, Etta«, sagte Dani schnell. »Wir waren so sehr ins Gespräch vertieft, dass wir nicht unterbrechen wollten.«

»Das muss ja ein intensives Gespräch gewesen sein, wenn ihr erst mitten in der Nacht merkt, dass ihr Hunger habt.« Sie nahm sich eine Flasche Mineralwasser aus dem Kühlschrank, mischte sich eine Apfelschorle und lehnte sich dann an die geschlossene Kühlschranktür. »Hat eine von euch Probleme?«

Da sie ernsthaft besorgt wirkte, wiegelte Dani sofort ab: »Nichts Dramatisches. Ich habe Pia nur von meinem verkorksten Liebesleben erzählt.«

Pia ließ Wasser in den leeren Wok laufen und sagte über die Schulter: »Wegen deines dämlichen Übernachtungsverbots muss sich Dani von ihrem Lover trennen. Nach zwölf Jahren. Deine Regeln sind ’ne echte Zumutung.« Sie drehte den Wasserhahn zu und schaute Etta direkt ins Gesicht. »So wenig, wie du gerade anhast, Etta … Ehrlich, das würde ich eigentlich fast als nackt bezeichnen. Regeln aufstellen und sich selbst nicht dran halten …«

Etta ging nicht auf Pias Unterstellung ein, sondern wandte sich direkt an Dani. »Stimmt das? Musst du meinetwegen einen Liebhaber in den Wind schießen? Wenn ich das gewusst hätte –«

»Quatsch, so ist das nicht!«, widersprach Dani. »Ich zweifle schon lange, ob diese seltsame Beziehung noch das Richtige für mich ist.«

Etta trank ihr Glas leer. »Ich will natürlich nicht, dass irgendjemand … Es ist nur so … Ich habe in meiner letzten WG mit solchen Vorkommnissen richtig miese Erfahrungen gemacht. Poldi ist und war mein bester Freund. Wenn dann plötzlich eine ernsthafte Beziehung dazwischenfunkt … Vielleicht bin ich auch eifersüchtig, ich weiß es nicht. Aber Poldi ist mit seinem Sergej ein echter Vierbeiner geworden, und ich habe mich immer wie das fünfte Rad am Wagen gefühlt.«

Sie stellte ihr Glas in die Spüle und drehte sich wieder um. »Ich habe Poldi gebeten, mir meinen Anteil an unserer gemeinsamen Wohnung in Berlin abzukaufen. Wir waren uns schon fast einig, aber jetzt stecken die beiden in Schwierigkeiten. Sergej, sein Mann, hat seit gestern einen schweren Bandscheibenvorfall, und die beiden wissen nicht, wie es bei ihnen weitergehen soll. Deshalb fahre ich morgen für ein paar Tage nach Berlin …«

Sie sah Dani und Pia eindringlich an. »Ich habe eine Bitte, ich hätte euch das schon beim Abendbrot gefragt: Könnt ihr während meiner Abwesenheit darauf achten, dass die Sache zwischen Bumske und Hilda nicht weiter eskaliert? Pia, du hast doch inzwischen einen guten Draht zu Hilda und ihrer Mutter … Wenn ihr da ein Auge drauf haben könntet? Franz ist die nächsten Tage nämlich ebenfalls wenig zu Hause. Er macht mit einem Kumpel gerade eine Wohnungsentrümpelung und hat ganztags zu tun.«

Pia ließ sich ein Glas Leitungswasser einlaufen und wandte sich zur Tür. »Etta, du denkst zu viel. Das versteht sich doch von selbst. Manche Sachen erledigen sich auch ohne deine Regieanweisungen. Gute Nacht.« Damit verschwand sie.

Etta sah ihr nach. »Pia kann mich nicht leiden.«

Dani rutschte von der Fensterbank. »Nimm das nicht persönlich. Ich kenne Pia schon länger. Harte Schale, ganz, ganz weicher Kern. Ihr müsst euch nur besser kennenlernen.«

»Vielleicht«, sagte Etta und verließ die Küche ebenfalls.

»Gute Zeit in Berlin, falls wir uns morgen früh nicht mehr sehen!«, rief Dani ihr hinterher.

Gerade als sie sich wieder auf ihr Bett fallen ließ, kam Pia aus dem Bad. Noch bevor sie in ihrem eigenen Zimmer verschwinden konnte, sagte Dani: »Du wolltest mich doch noch was fragen. Das hast du zumindest gesagt. Und ich habe vor lauter Vergangenheitswühlerei ganz vergessen nachzufragen. Also? Was ist?«

Pia hockte sich auf den Teppich vor Danis Bett und lehnte sich gegen die Matratze. »Du hast mal gesagt, dass es eine ganz einfache Methode gibt, um herauszufinden, ob einen die Ex trotz Trennung noch mag. Erinnerst du dich?«

»Ja, klar.« Dani setzte sich wieder auf und sah Pia an. Ihre Mitbewohnerin war jetzt abgeschminkt, und ihre dichten Haare fielen ihr weich um das Gesicht. Auch die auffällige Brille hatte sie abgesetzt. So sah sie sehr jung und fast naiv aus. »Du möchtest Klarheit, ob Isi dich endgültig abgehakt hat, oder?«, fragte Dani leise.

Pia kratzte sich verlegen. »Ich hab zwar Angst davor, aber ohne das komme ich einfach nicht über die Sache hinweg.«

»Okay.« Dani seufzte. »Ist aber ein Trick, vielleicht ein etwas fieser. Aber meiner Erfahrung nach funktioniert der. Hör zu: Du schreibst Isi einfach eine Nachricht, in der du ihr mitteilst, dass du inzwischen erleichtert über die Trennung bist und auch jemanden gefunden hast.«

Pia zog scharf die Luft ein. »Aber das stimmt doch gar nicht.«

»Ach, Pia. Sei mal etwas durchtriebener!« Dani stupste sie an. »Wenn Isi denkt, dass du dich aus ihrem Leben entfernst, wird sie entweder Panik kriegen, sich umbesinnen und um dich kämpfen oder … oder sie ist erleichtert und gratuliert dir. Dann musst du leider ganz stark sein, aber dafür weißt du dann ganz sicher, dass du für sie keine Rolle mehr spielst.«

FLURKONZERTE

Franz saß mit höllischem Muskelkater am Frühstückstisch und konnte sich nicht aufraffen, das schmutzige Geschirr abzuräumen. Er hatte gestern seinem Kumpel Ingo bei einer Haushaltsauflösung geholfen. Das Geld konnte er gut brauchen, aber die anstrengende Knochenarbeit war er einfach nicht gewohnt. Zum Glück war heute ein Pausentag angesetzt.

Franz zog sich einen weiteren Cappuccino aus Ettas Luxusmaschine und hoffte, dass Dani oder Pia sich bald blicken ließen, um ihm Gesellschaft zu leisten. Etta war schon vor einer Stunde mit kleinem Gepäck Richtung Berlin aufgebrochen. Pia war mit den Hunden unterwegs, und Dani hatte sich noch gar nicht gezeigt. Seit sie nicht mehr morgens joggte, kam sie oft erst spät aus ihrem Zimmer gekrochen. Heute wollte Franz auf sie warten, um sie zu fragen, wie es ihr inzwischen ging.

Um sich die Zeit zu vertreiben, schaltete er sein Handy ein. Schon wieder dreizehn neue Sprachnachrichten von Eleni! Alle hatte sie in der Nacht abgeschickt. Wahrscheinlich war sie betrunken gewesen und hatte ihn beschimpft und geheult.

Seufzend wandte er sich ab. Er hatte keine Lust, die Nachrichten abzuhören. Er würde stattdessen das Radio anmachen, um die Stille in der Wohnung mit etwas Radiomusik zu übertönen. Doch was war das? Plötzlich hörte er auf dem Flur Gesang. Das war ungewöhnlich, weil Hilda normalerweise nachmittags sang, wenn sie von ihrer Arbeit in der Reinigung zurückkam. Am Vormittag hatte er sie noch nie singen hören.

Franz ging ein paar Schritte zur Wohnungstür. Nein, diese Sängerin war nicht Hilda. Die Stimme, die erstaunlich laut durch den Flur schallte, wirkte alt und brüchig. Auch das

Repertoire unterschied sich deutlich von Hildas. *Der Kuckuck und der Esel, die hatten einen Streit …*

Neugierig öffnete Franz die Tür und lauschte in den Flur. Die Stimme kam aus dem Erdgeschoss. Das konnte eigentlich nur Frau Gärtner sein. Sie war, seiner Schätzung nach, bestimmt schon achtzig und verließ ihre Wohnung kaum, da sie auf einen Rollator angewiesen war. Franz war sich einen Moment lang unschlüssig, ob er nach der alten Dame schauen sollte. Da flog bereits eine Tür auf, und er hörte die Stimme des Hausverwalters, der gegenüber von Frau Gärtner wohnte. Er klang eher verwundert als verärgert: »Was, um Himmels willen, machen Sie denn hier im Flur, Frau Gärtner?«

Frau Gärtner unterbrach ihren Gesang. »Singen, das hören Sie doch, Herr Bunske.« Sogleich setzte sie laut und vernehmlich wieder ein: »*Wer wohl am besten sänge, wer wohl am besten sänge, zur schönen Maienzeit …*«

»Ja, sind Sie jetzt auch völlig verrückt geworden?« Die Stimme von Bunske klang jetzt deutlich schärfer.

Normalerweise hätte Franz sich in einer solchen Situation zurückgezogen. Er mischte sich nicht gern in die Angelegenheiten anderer ein. Schon gar nicht, wenn es dabei auf einen Streit hinauslaufen konnte. Aber er hatte Etta hoch und heilig versprechen müssen, sich um seine Mitbewohner zu kümmern, falls Bunske wieder ausfällig werden sollte. Sie hatte vor ihrer Abreise in jeden Briefkasten einen Zettel geworfen, auf dem sie die Nachbarn fragte, ob sich jemand von Hildas Gesang gestört fühlte. Außerdem hatte sie alle aufgefordert, von Zeit zu Zeit Hildas Beispiel zu folgen und laut im Flur zu singen.

Diese Botschaft schien bei Frau Gärtner gut angekommen zu sein. Mit wackeliger Stimme setzte sie ihren Gesang fort: *»Der Kuckuck sprach: ›Das kann ich!‹, und fing gleich an zu schrei'n …«*

Als sie unbeirrt weitersang, fing Bunske an zu brüllen:

»Ruhe! Ruhe, verdammt noch mal! Frau Gärtner, lassen Sie sich doch nicht von dieser Hexe aus dem ersten Stock instrumentalisieren! Haben Sie schon vergessen, wie oft ich Ihnen mit Ihren Einkäufen geholfen habe? Wollen denn jetzt auch Sie den Hausfrieden aufs Spiel setzen?«

Frau Gärtner schien unbeeindruckt, jedenfalls sang sie einfach weiter: *»Ich aber kann es besser …«*

Franz spürte, wie sein Herz klopfte. Er musste mächtig über seinen Schatten springen, aber bei der Vorstellung, dass Etta ihn jetzt sehen könnte, überwand er sich und fiel mit seiner ungeübten Gesangsstimme laut und vernehmlich ein: *»… das klang so schön und lieblich …«*

Eine winzige Pause unten zeigte, dass Frau Gärtner ihren Ohren nicht traute. Dann aber hatte sie sich gefangen und führte das Duett weiter.

Franz musste beim Text ein wenig improvisieren, während er langsam die Treppe runterging. Als er im Erdgeschoss ankam, sah er Frau Gärtner schmunzelnd und mit leicht wackelndem Kopf singen. Bunske hingegen raufte sich die Haare, und Speicheltröpfchen spritzten aus seinem Mund, als er Franz anzischte: »Das werden Sie noch bereuen. Das werden Sie so dermaßen bereuen!«

»Kuckuck, Kuckuck, i-a, Kuckuck, Kuckuck, i-a!«

In diesem Moment sperrte Pia die Haustür auf, trat mit ihren vier Betreuungshunden in den Flur und blieb verwirrt stehen. Frau Gärtner stimmte gerade *Es klappert die Mühle* an, und Franz stimmte sofort ein. Pia fing lauthals an zu lachen.

Nur Bunske war nicht nach Lachen zu Mute: »Sie jetzt auch noch mit Ihren blutrünstigen Kötern! Raus hier aus dem Flur, alle miteinander!« Seine Stimme kippte vor Wut, was Buddy alarmierte und zu aggressivem Gebell führte. Da Stulle meinte, sie müsste sich ebenfalls an dem Konzert beteiligen, begann sie laut zu jaulen.

Entnervt ballte Bunske die Fäuste. Offenbar verstand er, dass er die Schlacht zumindest für den Moment verloren hatte. Er knurrte noch etwas von einem »Nachspiel, das sich gewaschen hat«, dann knallte er seine Wohnungstür von innen mit einem lauten Knall zu.

Pia brachte die Hunde zur Ruhe, und Frau Gärtner und Franz hörten auf zu singen. Plötzlich war es still im Flur. Nur Buddy leckte sich laut und vernehmlich zwischen den Beinen.

Frau Gärtner fand als Erste ihre Sprache wieder. »Das sind ja ganz zauberhafte Hundis. Gehören die alle vier Ihnen?«

»Nein, die sind nur tagsüber bei mir. Zur Betreuung, damit sie nicht allein bleiben müssen.« Pia streichelte Tölke, der an ihr hochgesprungen war und ihr die Hand leckte.

»Das ist aber nett.« Frau Gärtner war offensichtlich nicht nur eine begeisterte Sängerin, sondern auch noch tierlieb. »Ich hatte ja selbst mein ganzes Leben lang Hunde. Mein letzter, der Olfi, ist jetzt schon seit vierzehn Jahren tot. Das war ein Spitz, ein ganz reizendes Tier. Aber jetzt ...« Sie deutete auf ihren Rollator »Sie sehen ja selbst, ich bin nicht mehr mobil. Aber dieses Pfötchentrappeln fehlt mir jeden Tag. Man ist schon viel allein, wenn man alt ist!«

Franz fühlte sich unbehaglich. Die arme Frau! Und jetzt hatten sie ihr durch Ettas Idee auch noch Ärger mit Bunske eingebrockt.

Pia schien sich weniger Sorgen zu machen. »Wenn Sie mögen, kann ich sie ja mal mit den Hunden auf einen Kaffee besuchen. Kekse bringe ich auch gerne mit.«

»Ach, das wäre aber schön!« Frau Gärtner strahlte. »Darüber würde ich mich sehr freuen. Vielleicht sieht man sich ja auch ab und zu mal beim Singen hier im Flur. Das ist ja so eine zauberhafte Idee von Frau Iravani! Richten Sie ihr das bitte aus, wenn Sie sie sehen. Und Sie, junger Mann«, sie deutete auf

Franz, »Sie sollten sich ruhig trauen, lauter zu singen. Sie haben einen wirklich schönen Tenor. Man sieht sich, ich freue mich drauf.«

Damit drehte sie umständlich ihren Rollator und verschwand in ihrer Wohnung.

Als er gemeinsam mit Pia und den Hunden die Treppe zur Wohnung hochstieg, sah Franz aus dem Augenwinkel, dass Pia von einem Ohr zum anderen grinste. In der geöffneten Wohnungstür stand Dani, nur mit einem Pyjama bekleidet. Sie gähnte. »Was'n hier los? Ihr macht ja einen Heidenlärm.«

»Du hast nicht wirklich noch geschlafen, oder?«, fragte Pia. »Unser Franz hat gerade eine Flurrevolution angezettelt. Und die alte Frau Gärtner aus dem Erdgeschoss gleich mit.« Sie wandte sich an Franz. »Hast du einen kleinen Widerbelebungskaffee für unsere Schlafmütze? Dann erzählen wir ihr von deinem Triumpf.«

Pia befreite die Hunde von der Leine, und alle vier suchten sich einen Platz. Franz ging mit stolz geschwellter Brust in die Küche, um einen frischen Kaffee zu holen. Den Heldenstatus hatte er schon lange nicht mehr für sich in Anspruch nehmen können. Eigentlich noch nie, wenn er darüber nachdachte.

Am Abend telefonierte Franz mit Etta. Anfangs klang ihre Stimme verzagt und müde, und er überlegte bereits, ihr von seinem morgendlichen Erlebnis nichts zu erzählen. Dann aber fragte sie selbst nach, ob es schon Reaktionen auf ihre Zettel in den Briefkästen gegeben habe, und er berichtete ihr von dem Flurkonzert.

Etta quietschte begeistert. »Wie schade, dass ich ausgerechnet heute nicht da war! Das hätte ich zu gern miterlebt. Wie mutig von der alten Gärtner! Hätte ich ihr gar nicht zugetraut. Bisher habe ich sie nur ein paar Mal getroffen, und da ist sie nur zum Briefkasten geschlurft und hat kurz gegrüßt. Dass ausgerechnet sie die Erste ist, die sich meine Aufforderung zu Herzen nimmt …«

Etta hielt offensichtlich eine Hand über ihr Handy. Gedämpft hörte er sie rufen: »Ich komme sofort. Noch zwei Minuten.« Dann sagte sie in normaler Lautstärke: »Franz, ich muss leider Schluss machen. Wir essen gleich und haben danach 'ne Menge zu klären.«

»Okay«, beeilte Franz sich, das Gespräch zu beenden. Er wollte Etta keinesfalls lästigfallen. »Dann melde dich einfach irgendwann, wenn es besser passt.« Da ihre Stimme schon wieder so erschöpft geklungen hatte wie zum Anfang des Gesprächs, fragte er noch: »Ist denn alles in Ordnung bei dir?«

Etta seufzte und sagte dann betont fröhlich: »Ach, ich bin doch ein Glückskind, schon vergessen? Ich falle immer auf die Füße, nur nicht immer auf meine.« Sie lachte künstlich und legte dann auf.

* * *

Endlich allein! Müde strich sich Etta eine Haarsträhne aus dem Gesicht. Sie saß in ihrem ehemaligen Zimmer in Poldis und ihrer Berliner Wohnung und war tatsächlich verzagter, als sie es Franz hatte offenbaren wollen. Schon als sie am Mittag die vielen Treppen des ihr so vertrauten Treppenhauses hinaufgestiegen war, hatte sie mit jedem Schritt gespürt, wie sehr sie an Berlin, an Poldi und ihrer alten Wohnung hing. Im Flur hatte sie Tricia getroffen, ihre Nachbarin aus dem vierten Stock. Sie betrieb mit ihrem Mann Zakariya das marokkanische Restaurant um die Ecke, in das Etta gern gegangen war.

»Mensch, Etta, du bist wieder da! Das ist aber schön. Ich hab dich ja ewig nicht gesehen«, hatte Tricia gesagt und Etta dabei so herzlich angestrahlt, dass es ihr schwergefallen war zu erzählen, dass sie inzwischen dauerhaft in Dortmund lebte.

Wie anders, wie nett und lustig die meisten Mitbewohner hier im Haus waren! Alle hatten ihre Eigentumswohnungen mit viel Liebe hergerichtet, und fast jede der Parteien hatte immer eine offene Tür und ein offenes Ohr für die Anliegen der anderen im Haus.

Das Gespräch, das Etta bis eben mit Sergej und Poldi geführt hatte, hatte sie dann noch ein wenig mehr heruntergezogen. Sergej, der offensichtlich trotz Schmerzmittel höllische Qualen litt, hatte auf dem Teppich im Esszimmer gelegen und die Beine im rechten Winkel auf einen Stuhl gelegt. Er war blass und machte einen jämmerlichen Eindruck.

Etta hatte während Dreharbeiten auf Hiddensee vor Jahren auch einmal einen Bandscheibenvorfall gehabt und erinnerte sich noch lebhaft daran, wie grauenhaft die Schmerzen gewesen waren – obwohl sie jeden Tag starke Schmerzmittel gespritzt bekommen hatte, damit die Dreharbeiten nicht abgebrochen werden mussten. Wer wie Sergej, Poldi oder sie freiberuflich arbeitete, war hart im Nehmen und würde eher mit einem Dolch im Rücken weitermachen, als sich den Ruf einzuhandeln, unzuverlässig zu sein. Nach Abschluss der Dreharbeiten hatte sie allerdings Monate gebraucht, bis sie sich wieder einigermaßen schmerzfrei bewegen konnte.

Da Sergej bereits drei Bandscheibenvorfälle hinter sich hatte, brauchten sie einander nichts vorzumachen. Sie wussten, dass die ganze Sache nicht schnell wieder vorbei sein würde.

Poldi klang entsprechend bedrückt, als er nach dem Essen das Gespräch eröffnete. »Etta, dir können wir es ja ganz ehrlich sagen: Wir sind beide komplett am Arsch. Der Arzt meint, dass Sergej die nächsten Wochen sicher nicht wird unterrichten können. Er hofft, dass er von einer weiteren OP verschont bleibt. Aber du siehst ja, in welchem Zustand der Arme ist. Er kommt allein kaum die vielen Treppen hoch. Darum habe ich mich für die nächsten Wochen um eine Vertretung bemüht. Ich kann erst wieder arbeiten, wenn es Sergej deutlich besser geht. Na, und dir brauche ich ja nicht zu sagen, was das bedeutet: keine Jobs, keine Kohle. Oder, wie Omar Sy in *Ziemlich beste Freunde* sagt: ›Keine Arme, keine Schokolade.‹«

Sergej versuchte, seine Beine vom Stuhl zu nehmen, und scheiterte dabei jämmerlich. Sofort eilte ihm Poldi zu Hilfe. »Was ist denn, mein Schatz? Brauchst du was?« Dann brachte er ihn in einer unendlich zeitraubenden Zeremonie zur Toilette.

Etta spürte, dass sie in einer Falle saß. Die beiden in dieser Situation mit ihren eigenen Geldsorgen zu behelligen kam für sie nicht infrage.

Schließlich hatte Poldi selbst die Sprache darauf gebracht: »Etta, Schätzchen, du siehst, in was für einer Klemme wir stecken. Im Moment können wir dir deinen Anteil der Wohnung auf keinen Fall abkaufen. Wenn Sergejs Rücken nicht schnell wieder besser wird, müssen wir uns sogar nach einer anderen Bleibe umschauen. Der Arme kann so ja unmöglich immer in den sechsten Stock hinaufklettern.«

Aus diesem Grund lag Etta nun mutlos und am Boden zerstört auf ihrem alten Bett. Sie war zu müde, um sich einen Plan B auszudenken, und nicht müde genug, um einfach einzuschlafen. Aus dem Nachbarzimmer drang leises Murmeln. Kein Vergleich mit den geräuschvollen Sexorgien, die sie aus dieser Gemeinschaft vertrieben hatten. Sie wälzte sich unruhig im Bett hin und her. Morgen würde sie bei einer Agentur vorsprechen, um zu erreichen, dass die sie unter Vertrag nahm. Dass Eike in absehbarer Zeit zurückkehren und seine Geschäfte wieder aufnehmen würde, glaubte in der Branche niemand.

Schließlich war ihr klar, dass sie so ohne Weiteres nicht würde einschlafen können. Ihre innere Unruhe hielt sie wach. Darum stand sie irgendwann wieder auf und schlich barfuß in die Küche, um nachzuschauen, ob der Giftschrank gefüllt war.

»Giftschrank« hatten Poldi und sie immer den Vorratsschrank genannt, in dem sie all die verlockenden, aber bösen Süßigkeiten aufbewahrten, die den seelischen Wellengang beruhigten, dafür aber das Fett auf den Hüften quellen ließen.

Normalerweise war Etta diszipliniert, doch heute brauchte sie Trostfutter. Als sie mit einer Packung Schaumküsse zurück in ihr Zimmer schleichen wollte, tappte Poldi auf Zehenspitzen aus seinem Schlafzimmer. Er schloss ganz leise die Tür und wollte schon zum Bad gehen, als er Etta mitsamt ihrer Beute erblickte.

»So schlimm?«, fragte er. Etta nickte und wollte sich zurückziehen, aber Poldi hielt sie am Arm fest. »Die schaffst du eh nicht allein. Ich helfe dir«, bot er an und folgte ihr. Leise kichernd fielen sie wenig später in Ettas Zimmer über die Schaumküsse her. Etta schaffte fünf, Poldi nur drei. Schlecht war anschließend beiden.

Als sie sich den süßen Schmier von den Fingern leckten, ergriff Poldi noch einmal das Wort: »Etta, ich kann mir vorstellen, wie schlimm die Situation für dich gerade ist.«

Sie wollte ihm ins Wort fallen, aber er hob die Hand: »Nein, lass mich. Ich möchte dir die ganze Zeit schon was sagen.«

Etta zupfte an einem losen Häutchen an ihrem Daumennagel. Sie hatte keine Lust auf dieses Gespräch. Sie wusste, dass Poldi sie um Verständnis und Verzeihung bitten würde, und sie wusste auch, dass sie ihn verstehen und ihm verzeihen würde. Und doch war sie momentan einfach zu traurig, um großzügig sein zu können.

»Etta, meine Süße.« Poldi sah sie mit traurigen Augen an. »Mir ist klar, in welches Dilemma Sergej und ich dich treiben. Du stehst mit dem Rücken zur Wand und brauchst das Geld für die Wohnung. Aber, meine Süße, du machst in meinen Augen gerade einen großen Fehler, weil du mal wieder zu voreilig bist.«

Als Etta unwillig die Brauen hob, fuhr Poldi schnell fort: »Etta, du und Dortmund … Sorry, wenn ich das so offen sage, aber das ist eine Schnapsidee! Du gehörst nicht in die Provinz!«

»Dortmund ist keine Provinz«, widersprach sie.

»Ich weiß, ich weiß, mein Schatz. Dortmund ist eine Stadt, aber bitte! Mit Berlin kann man das doch nicht vergleichen, und das weißt du. Du gehörst da nicht hin. Du bist durch und durch Großstadt, Sweetheart. Und ich weiß auch … Ich weiß auch, dass du letztlich auf der Flucht vor Sergej und der neuen Dreierkonstellation mit ihm, dir und mir bist. Es war blöd und egoistisch von mir, dich da überhaupt drum zu bitten. Es macht bestimmt keinen Spaß, mit einem verliebten Paar zusammenzuleben. Mein Gott, und ich weiß, wie laut und expressiv Sergej beim Sex ist. Ich weiß das alles, Etta, und ich hätte dir das nicht zumuten dürfen. Ich bin ein schlechter Freund. Und das tut mir so unfassbar leid. Ich war und bin noch immer dermaßen im Rausch, dass ein so faszinierender Mann wie Sergej mich alten Chaoten genommen hat. Ich habe nie damit gerechnet, dass ich mit über fünfzig noch mal so eine wahnsinnig tolle und intensive Liebe finden würde. Und dann noch mit einem Mann, der jünger und attraktiver ist als ich.«

Er schluckte, sprach dann aber sofort weiter. »Ich habe in meiner Euphorie gar nicht mitbekommen, dass sich dadurch für dich zwischen uns beiden, also dir und mir, einfach alles geändert hat. Und du warst zu nett und zu lieb und zu vornehm …« Poldi hob wieder die Hand, um Etta zum Schweigen zu bringen. »Nein, Süße, widersprich mir bitte nicht. Du bist eine vornehme Seele, und wenn du liebst, dann mit Haut und Haaren. Du wolltest mir in deiner Großzügigkeit nicht die Suppe versalzen. Mein Gott, und dann passiert dieser elende Schlamassel mit diesem Arsch von Eike, und ich bin nicht für dich da! Das ist übel. Aber das wird alles anders.

Gib mir etwas Zeit. Nein, gib *uns allen dreien* etwas Zeit, bis es Sergej besser geht. Dann bin ich wieder mehr für dich da, mein Schatz. Und dann finden wir eine Lösung, die für dich schön und fair ist. Notfalls ziehen Sergej und ich aus und suchen uns was anderes, und du verkaufst den Schuppen in diesem blöden Ruhrpottkaff und kommst wieder nach Berlin. Dann sehen wir uns wieder öfter und machen wieder die Clubs unsicher. Und wenn mir dieses Riesenarschloch von Eike über den Weg laufen sollte …«

Nun musste Etta Poldis Redeschwall aber doch unterbrechen. »Stopp, stopp, Poldi! Nicht so viel auf einmal. Ich bin noch nicht so weit, wirklich zu glauben, dass Eike so ein Riesenarsch ist.«

»Etta!« Poldi war richtig empört.

»Nein, Poldi, so einfach mache ich mir das nicht. Solange ich nicht genau weiß, was vorgefallen ist und was Eike zu diesem Schritt getrieben hat, so lange bleibt er trotz allem mein Freund. Wir waren so lange ein Dreamteam. Er muss in einer ganz schlimmen Klemme stecken. Vielleicht ist er todkrank und hat es uns allen nicht gesagt. Ich erlaube mir erst ein Urteil, wenn ich etwas Genaues weiß.«

»Etta, das ist so typisch für dich, und es ehrt dich. Aber wenn er sich dir nur halb so verbunden fühlt wie du dich ihm, dann räumt der doch nicht einfach euer Konto leer, fälscht deine Unterschrift und verscherbelt eure Immobilien. So was macht man nicht. Punkt. Da kann er noch so in Not gewesen sein, darüber hätte er mit dir sprechen müssen.«

Etta nickte und schob sich versehentlich einen weiteren Schaumkuss in den Mund. Sie ließ den Kopf hängen und schluckte schwer. »Wahrscheinlich hast du recht. Aber … wie gesagt, in Abwesenheit und ohne Fakten werde ich mir kein endgültiges Urteil erlauben. Vielleicht meldet er sich ja bald.«

»Du hast also immer noch nicht das kleinste Lebenszeichen von ihm? Und Rosi ebenfalls nicht?«

Etta schüttelte den Kopf.

»Dann musst du dir also wirklich eine neue Agentur suchen? Schatzi, das ist nicht schön. Aber du bist ein Star. Ich mache dich vor deinem Termin mit Seidelmann so was von schön, die werden dir zu Füßen liegen und dich mit Kusshand nehmen. Und dann kommst du wieder nach Berlin, und wir lösen unsere Probleme. Deine und unsere. Alles wird gut.«

Etta setzte sich auf. »Nein, Poldi. Egal, wie der Termin für mich morgen in der Agentur läuft: Mein Entschluss, erst mal in Dortmund zu bleiben, steht. Dortmund ist provinzieller als Berlin, da hast du recht. Aber es ist auch weniger anstrengend, und die Menschen dort sind klasse. Wenn du mich mal besuchst, wirst du sofort verstehen, was ich meine. Und meine neue WG ist wirklich großartig. Ich verstehe, dass ihr mir momentan meinen Anteil nicht abkaufen könnt. Aber ich finde eine andere Lösung, glaub mir. Und du hast recht: Wir können hier nicht mehr zu dritt zusammenwohnen. Da war ich genauso blauäugig wie du. Darum habe ich in meiner neuen WG auch eine Regel aufgestellt: keine Übernachtungsgäste, kein Sex, keine Nacktheit.«

Poldi musste lachen. »Entschuldige, Süße, aber das ist ja wie in einem Mädchenpensionat! Das wird auf Dauer nicht gutgehen. So, wie ich dich kenne, bist du die Erste, die zumindest eine Regel bricht. Keinen Sex, das traue ich dir auf Dauer nicht zu!«

Obwohl sie in Poldis Lachen einstimmte, war Etta eigentlich wehmütig und traurig. »Ach, Poldi. Das ist so süß, dass du das sagst!«, meinte sie. »Aber leider völlig an der Realität vorbei. Ich bin nicht mehr das heißblütige Rennpferd, um das sich die Jockeys reißen. Ich bin inzwischen ein ziemlich alter Klepper, der in Ruhe sein Gnadenbrot kauen will. Nein, Quatsch, du brauchst mir nicht zu widersprechen. Ich weiß, dass es ganz so schlimm noch nicht ist. Aber weder die Männer noch die

Schauspielagenturen reißen sich um mich. Da bin ich realistisch.«

Sie nahm seine Hand. »Ich muss mir ein neues Leben aufbauen. Du hast deines längst gefunden, und auch wenn ich ein bisschen eifersüchtig bin, gönne ich dir deinen Sergej von ganzem Herzen.«

Poldi wollte etwas erwidern, doch Etta schüttelte den Kopf. »Jetzt mach, dass du von meinem Bett runterkommst und zu Sergej zurückkehrst. Sonst wird er noch wach und denkt, ich hätte dich doch auf deine alten Tage umgedreht. Gib mir einen Gutenachtkuss, und verschwinde, ich brauche meinen Schönheitsschlaf.«

Nachdem Poldi sie geküsst hatte und auf leisen Sohlen in sein Schlafzimmer zurückgeschlichen war, merkte Etta, dass sie tatsächlich inzwischen müde war. Das Gespräch mit Poldi hatte ihr gutgetan.

Irgendwann in der Nacht wurde sie von grauenhaften Ohrenschmerzen wach. Sie drehte sich auf den Rücken und presste sich die Handballen gegen die Ohren.

In ihrer Kindheit waren Ohrenschmerzen ein ständiger Begleiter gewesen. Sie hatte häufig Nasennebenhöhlenentzündungen gehabt, die oft in qualvolle Ohrenschmerzen übergegangen waren.

Etta seufzte. Ihre Mutter, die als Alleinerziehende eine Anstellung im Friseursalon des Ehepaars Manchinger bekommen hatte, hatte sich aus Dankbarkeit mit allem Elan in die Arbeit gestürzt. Dadurch war die kleine Marietta viel sich selbst überlassen gewesen. Deshalb hatte sich Frau Manchinger, als sie selbst zunehmend kränkelte und immer weniger im Salon arbeitete, bemüht, ihr die Mutter ein wenig zu ersetzen.

Wenn Etta wieder einmal krank war, übernahm so meistens Frau Manchinger die Pflege des kleinen Sorgenkinds, denn Elsbeth, Ettas Mutter, war so talentiert im Umgang mit Schere und Kundschaft, dass sie im Salon unabkömmlich war. Frau Manchinger verhätschelte die kleine Tochter ihrer Mitarbeiterin umso mehr. Sie kochte, buk und verwöhnte die Kleine mit Süßigkeiten. Und therapierte sie, sobald Etta über Ohrenschmerzen klagte, mit Zwiebelsäckchen. Die wurden Etta auf die Ohren gelegt, und dann durfte sie mit dem Ohr auf einer Wärmflasche *Fury*, *Rin Tin Tin* und *Lassie* im neu angeschafften Fernseher schauen.

Schon damals schwankte sie zwischen Schauspielerin und Friseurin, fragte man sie nach ihrem Berufswunsch. Die Mutter von Lassies Besitzer Timmy hatte es ihr besonders angetan. Die war so gepflegt und dabei herzlich und verständnisvoll. So wollte auch Etta gern werden.

Etta kuschelte sich tiefer in ihre Decke. Im Kindergarten und in der Volksschule war sie viel gehänselt worden, weil sie wegen der Zwiebelsäckchen häufig entsprechend roch. In breitestem Bayerisch hatten die Kinder sie das »Stinkerl« getauft. Einzig ihre Freundin Irmi vom Bauernhof nebenan hatte sich nicht an Mariettas strengem Geruch gestört. Vielleicht, weil sie selbst immer ein bisschen nach Kuhstall und warmer Milch gerochen hatte. Wenn Irmi auf dem Schulhof mitspielen wollte, hatten die anderen Kinder oft gemuht und sie ausgelacht. Da war es nur logisch, dass sich das Stinkerl und die Muh zusammentaten und eine sehr wehrhafte und unzertrennliche Zweierclique wurden. Irmi war viel lauter, selbstbewusster und frecher als Etta, fürchtete sich vor nichts und haute auf dem Schulhof auch schon mal ordentlich drauf, wenn ihr jemand fies kam.

Als sie in die Pubertät kamen, war Irmi wesentlich forscher im Umgang mit dem anderen Geschlecht. Sie wollte gern alles ausprobieren, was beide mit staunenden Augen in der *Bravo* gelesen hatten. Knutschen, Petting oder gar das Eine, das offensichtlich zwischen Männern und Frauen zu geschehen hatte, wirkten auf Irmi anziehend, abschreckend hingegen auf Etta.

Um Etta zu überzeugen, zeigte Irmi ihr, wie sich Kater Pimfi über die Mietz hermachte. Diesen eher brutalen Akt, wenn der Kater mit viel Geschrei die Mietz deckte, erschien Etta nicht als erstrebenswert, doch Irmi gab sich weltmännisch: »Geh Etta, die Mietz schreit doch nur so dabei, weil's ihr an Gaudi macht.«

Umso erstaunlicher, dass ausgerechnet ich als Erste ernst gemacht und mit einem Mann im Bett gelandet bin, sinnierte Etta. Sie würde nie den Tag vergessen, als sie Dr. Iravani zum ersten Mal begegnete.

Es war ein schwüler Augusttag gewesen, und ein Gewitter hatte in der Luft gelegen. Frau Manchinger hatte sich gleich nach Arbeitsbeginn aus dem Salon zurückziehen müssen, da sie unter einer heftigen Migräneattacke litt. Darum waren sie im Herrensalon bald in Zeitdruck geraten, denn auch wenn Frau Manchinger nur noch selten mehr als zwei Stunden arbeitete, war sie im Herrensalon eine Stütze, da ihr Herrenhaarschnitte besonders schnell von der Hand gingen. Irgendwann rief der Chef Etta, die im dritten Lehrjahr war und normalerweise ausschließlich im Damensalon arbeitete, zu sich.

Sie war aufgeregt, weil Herrenhaarschnitte ihr nicht besonders lagen. Ihr Kittel klebte ihr an der Haut, und unter der Achsel hatte sie riesige Schweißflecken. Als Herr Manchinger sie bat, sich um den »Herrn Doktor« zu kümmern, erwartete sie einen gediegenen älteren Herrn. Im Stuhl aber saß ein junger Mann mit dichten dunklen Haaren und glühend dunklen Augen und lächelte sie überrascht an. Er sah im Spiegelbild aus wie Omar Sharif in *Doktor Schiwago*. Etta bekam sofort weiche Knie.

Mit einem leichten Akzent, den sie nicht identifizieren konnte, sagte er: »Oh, welch eine schöne Überraschung! Diese zarte Blume hat man mir bis jetzt immer vorenthalten. Sind Sie neu hier, Fräulein …«

»Gluchowitz«, ergänzte Etta und errötete zart.

»Angenehm, Fräulein Gluchowitz. Mein Name ist Iravani. Nader Iravani. Ich kann mein Glück kaum fassen, dass sich heute eine so hübsche junge Dame der wilden Hecke auf meinem Kopf annimmt.«

In dem Moment trat Herr Manchinger dazu. »Aber nein, Herr Doktor«, versuchte er, den vermeintlich aufgebrachten Kunden zu beruhigen. »Fräulein Gluchowitz wird Ihre Haare nicht schneiden. Das mache ich heute persönlich, da meine Frau unpässlich ist. Aber Fräulein Etta wäscht Ihnen schon mal die Haare und macht Ihnen mit einer Kopfmassage mit Eiswasser die Wartezeit angenehm. Ich kümmere mich anschließend sofort um Sie.«

An Etta gewandt sagte er knapp: »Etta, Haare waschen und Kopfmassage.« Dann raunte er ihr ins Ohr: »Fünfzehn Minuten. Lass dir Zeit.«

Etta war eigentlich nicht schüchtern. Sie war im Damensalon beliebt, konnte wunderschön toupieren und Haare auf Wickler drehen, sie experimentierte mit Haartüchern und Reifen und hatte damit schon viele Kundinnen glücklich gemacht. Im Herrensalon hatte sie bisher allerdings höchstens Bubenhaarschnitte übernommen. Manchingers waren konservativ und hielten nichts davon, dass junge Mitarbeiterinnen den Herren den Kopf verdrehten, statt ihnen anständig den Nacken auszurasieren. Darum stand Etta nun ein wenig verlegen hinter dem hochattraktiven Doktor, der im Spiegel jeden ihrer Handgriffe mit glühendem Blick verfolgte.

Sie bat ihn zum Haarwaschbecken, und als sie seine dichten Haare nach dem Waschen mit reichlich Eiswasser übergoss, schloss er genüsslich die Augen. Eine Massage mit dem kühlenden Hairtonic war damals der letzte Schrei und wurde besonderen Kunden als kostenloses Extra angeboten.

Wie Manchinger es verlangt hatte, gab Etta sich Mühe und

ließ die Massage gründlicher ausfallen, als es üblich war. Der Doktor hatte einige Male leise wohlig gestöhnt, und Etta war sowohl peinlich berührt als auch aufgeregt gewesen.

Schließlich trat ihr Chef wieder hinzu und verscheuchte sie. »Und jetzt, Fräulein Etta, husch, husch! Schnell wieder zu den Damen. Den Rest übernehme ich.«

Der Kunde verabschiedete Etta mit einem bedauernden Schulterzucken, und sie taumelte wie benommen in den Damensalon zurück. Was für ein Mann!

Bei dem Gedanken an ihre Anfangszeit mit Nader brach Etta der Schweiß aus. So romantisch und verträumt, wie ihre erste Zeit mit ihm gewesen war, so sehr hatte sich diese Geschichte für sie irgendwann zu einem Albtraum entwickelt.

Etta wendete ihre Bettdecke und bemühte sich, den Gedanken an Nader zu verdrängen. Aber sobald sie die Augen schloss, sah sie wieder das junge verträumte Ding, das sie damals gewesen war und das sich unter diesem fremden Doktor einen Traumprinzen vorgestellt hatte. Ihre Mutter war anfangs dagegen gewesen, dass der vermeintliche Traumprinz sich um Etta bemühte und sie immer wieder ausführte. »Ein Frauenarzt, Marietta, der hat ständig mit halbangezogenen Frauen zu tun. So einer kann nicht treu sein. Und viel zu alt ist er mit seinen vierzig Jahren für dich auch.«

Manchingers aber waren entzückt von den Avancen, die dieser wichtige, gut situierte Kunde Etta machte, und ermutigten sie, ihn weiter zu treffen.

Ettas Erfahrungen mit dem anderen Geschlecht waren bis dahin eher spärlich gewesen. Zwar hatte der ein oder andere Nachbarsbub sie im Anschluss an die Tanzschule nach Hause gebracht, versucht, ihr mit verschwitzten Händen nahe zu kommen oder sie gar unbeholfen zu küssen. Aber all diese Versuche hatten Etta völlig kalt gelassen, ja sogar Abneigung in ihr ausgelöst. Umso neuer waren für sie die Erfahrungen, die sie mit diesem welterfahrenen, attraktiven Doktor Schiwago machte.

Etta seufzte. Wie lange hatte sie an diese Zeit nicht mehr gedacht? Dabei war sie so einschneidend. Denn von dem Moment an, als sie sich bei dem ersten Rendezvous mit zittrigen Knien in den duftenden Lederpolstern des Mercedes niedergelassen hatte, mit dem der Doktor vorgefahren war, war ihr Leben in einen regelrechten Zeitstrudel geraten. Wie in einem Film, der in doppelter Geschwindigkeit abgespielt wird. Im Gegensatz zu den Nachbarsjungen aus ihrer Clique wusste der attraktive Arzt, den sie ab sofort Nader nennen sollte, wie ein Gespräch mit einer jungen Frau zu führen war. Er wusste, welche Filme sie gerne sah, in welche Restaurants er sie einladen konnte, welche romantischen Ecken von München ihr gefallen würden, und vor allem wusste er sehr genau, was ein Mann mit dem Körper einer jungen Frau anfangen konnte.

Sie gingen noch keine drei Wochen miteinander aus, als er sie in seine schicke Junggesellenwohnung mitnahm. Wenig später war Etta fachmännisch und, wie Nader versprochen hatte, ohne allzu große Schmerzen bereits entjungfert, als Irmi noch zögerte, mit ihrem derzeitigen Freund diesen Schritt zu tun. Der Hansi, mit dem sie zu dem Zeitpunkt ging, sei »zu deppert, um an Gummi gscheit überzuziehen«, wie Irmi sich ausdrückte. »Und weißt, Etta, i hab net vor, mir vom erstbesten Hanswurscht ein Kind anhängen zu lassen. So schön is des ganze Gschnacksel dann a wieder net.«

Ob Nader weniger deppert war und ein Gummi benutzt hatte, wusste Etta nicht. Dafür war alles immer zu schnell erledigt, und da ihr Verlobter – Nader hatte tatsächlich vor dem ersten Mal ordnungsgemäß um ihre Hand angehalten – vom Fach war, ging Etta davon aus, dass er sich um die Verhütungsfrage kümmerte. Im selben guten Glauben nahm sie zwei Monate später, als sie ihm gestehen musste, dass ihre Regel ausgeblieben war, an, dass es sich in ihrem Fall um eine hormonelle Störung handeln musste.

Er reagierte erst erschreckt, dann aber charmant und weltmännisch, wie sie ihn kannte: »Etta, mein Herz, ich werde dich untersuchen. Selbst wenn sich bei dir was Kleines eingenistet haben sollte, wäre das keine Schande. Dann heiraten wir einfach früher. Eine Wohnung und das nötige Kleingeld sind ja vorhanden.«

Etta war entsetzt. So furchtbar ernst hatte sie die Verlobung nicht genommen, und heiraten wollte sie auch noch nicht. Nader war mehr als zwanzig Jahre älter als sie und schon einmal geschieden. Warum die Ehe nicht funktioniert hatte, hatte Etta sich nicht getraut zu fragen. Vielleicht war es ihr auch nicht wichtig gewesen. Sie hatte sich durch Naders ernsthaftes Interesse an ihr bestätigt gefühlt, und eigentlich hatte sie mehr nicht gewollt. Zwar fand sie ihn nach wie vor furchtbar attraktiv und aufregend, doch das ganze Körperliche, von dem er nicht genug bekommen konnte, war für sie im besten Falle interessant, eigentlich aber eher befremdlich. Sie fühlte sich in ihrer Weiblichkeit dadurch bestätigt, dass er sich so an ihrem Körper berauschen konnte. Aber sie selbst fand das Essen- oder Tanzengehen mit ihm viel unterhaltsamer. Nun sollte das alles also schon wieder vorbei sein und sie eine Mutter und Ehefrau werden. Ihr wurde angst und bange.

Eine andere Möglichkeit gab es jedoch nicht. Mit ihrer Mutter wollte sie nicht über ihre Bedenken sprechen. Schließlich hatte die ihr vor jedem Treffen mit Nader eingeschärft, sich nicht zu Intimitäten hinreißen zu lassen. Außerdem herrschte im Hause Manchinger ohnehin gerade Panik: Bei Anna Manchinger war ein Hirntumor festgestellt worden, und während Etta immer dicker wurde, wurde Anna Manchinger immer weniger …

Unruhig drehte sich Etta zur Seite. Ihr Ohr schmerzte noch

immer, und auch die Erinnerungen, die sie gerade überkamen, waren nicht angenehm.

Sie und Nader hatten damals schnell und ohne große Zeremonie geheiratet. Arbeiten sollte sie als werdende Mutter nicht mehr, fand ihr Mann, und so langweilte sie sich in der modernen Wohnung und hatte plötzlich außer dicker werden und Speisen zubereiten, wenn ihr Mann nach Hause kam, nichts zu tun. Ihre Kochkünste waren jedoch eher schlecht als recht, und Nader zeigte sich anfangs zwar amüsiert, bald aber ungeduldig. Er brachte ihr Kochbücher mit, und als es auch dann nicht besser wurde, stellte er eine Haushaltshilfe ein, die auch das abendliche Kochen übernahm. Sie stammte wie Nader aus dem Iran, und wenn Nader mit ihr in seiner Sprache sprach oder scherzte, fühlte Etta sich ausgeschlossen. Als er ihr deswegen vorschlug, Persisch zu lernen, war sie entgeistert. Was sollte sie mit einer Sprache anfangen, die in ihrer Umgebung so gut wie niemand sprach?

Die einzige Abwechslung in Ettas tristem Hausfrauenleben waren die Nachmittage, an denen Irmi sie abholte und sie sich im nahe gelegenen Park auf eine Bank setzten. Wie früher wollte Irmi auch jetzt alles wissen: Wie es sich anfühlte, so ein kleines Würmerl in sich wachsen zu spüren, und ob der Sex in der Schwangerschaft noch genauso viel Spaß machte wie zuvor.

Etta nickte als Antwort nur verlegen. Nie hätte sie Irmi gestanden, dass sie Sex noch immer als lästig und überflüssig empfand. Die wenigen Minuten vor dem Schlafengehen waren inzwischen die einzigen, in denen Nader sich noch für sie zu interessieren schien. Sie gingen schnell vorbei und hinterließen in ihr ein schales Gefühl.

Kurz nach der Geburt ihres Sohnes starb Anna Manchinger. Der Schock und die Trauer im Haus waren groß. Etta war seit der Geburt des kleinen Emanuel ohnehin niedergeschlagen, und auch wenn sie den Kleinen niedlich fand, war sie nicht gern mit ihm allein. Da ihre geliebte Tanta Anna für sie wie eine zweite Mutter gewesen war, führte Etta ihre Traurigkeit und die innere Leere, die sie empfand, auf Annas Tod zurück. Doch auch Wochen und Monate danach blieb Etta unerklärlich traurig, müde und lustlos. Wenn sich Nader ihr näherte, um seine Ansprüche auf sie geltend zu machen, wurde sie wütend und zischte ihn an, sie sei noch nicht so weit. Schließlich tat ihr der Geschlechtsakt nach der Geburt weh, und sie legte keinen Wert darauf, einen weiteren Menschen an ihre wunde Brust zu lassen.

Auch als sie auf Naders Wunsch hin abstillte, wurde es nicht besser. Unter dem Vorwand, die Mutter brauche sie, verbrachte Etta erst ganze Tage und schließlich auch Nächte bei Elsbeth. Die war völlig vernarrt in den kleinen Manuel, wie der Junge bald genannt wurde. So empfand Etta es als ganz normal, ihn immer öfter in der Obhut ihrer Mutter zu lassen und wieder mit Irmi um die Häuser zu ziehen. Als Nader davon erfuhr, gab es den ersten ernsten Ehekrach, und er erlaubte Etta fortan nicht mehr, bei ihrer Mutter zu übernachten.

Mehr und mehr entwickelte sich ihre Ehe zu einem Desaster, und Etta gab sich die Schuld daran. Sie merkte selbst, dass sie nicht mehr die Frau war, die vor nicht einmal einem Jahr so begeistert mit ihrem Doktor Schiwago ausgegangen war. Darum war sie zwar verletzt, aber nicht überrascht, als sie eines Abends nach der Sprechstunde in Naders Praxis kam und ihren Mann in flagranti mit seiner Sprechstundenhilfe erwischte. Sie war unangekündigt in die Praxis heruntergekommen, weil Manuel fieberte und sie Nader fragen wollte, was zu tun sei. Als sie sah, wie ihr Mann sich unter Silvias kurzem Rock zu schaffen machte, wurde ihr eiskalt. Sie zog die Tür leise hinter sich zu, packte ein paar Sachen von sich und ihrem Kind und ließ sich von einem Taxi zu ihrer Mutter bringen.

Ihre Mutter kümmerte sich um den kranken Manuel und

versuchte trotz Ettas Bericht, sie davon zu überzeugen, dass sie zu ihrem Mann zurückkehren müsse. »Ein Mann braucht das Geschlechtliche, und wir Frauen brauchen die Zärtlichkeit. Wenn dein Mann von dir nicht bekommt, was er braucht, sucht er es sich anderswo. Du musst dich arrangieren, Kind. Schon für den Kleinen.«

Etta wollte sich nicht arrangieren. Nader entschuldigte sich, aber auch er bestand darauf, dass Etta zu ihm zurückkehrte.

So ging Etta zu ihm zurück. Lustlos und weiterhin traurig und mutlos. Kurz darauf erwischte sie ihn wieder, dieses Mal mit Anoush, ihrer iranischen Haushaltshilfe.

Damit war eine Grenze überschritten. Etta bestand auf Trennung und zog mit Manuel zu ihrer Mutter. Nader wollte eine zweite Scheidung unbedingt vermeiden, da er um seinen guten Ruf fürchtete, und so einigten sie sich nach langem, tränenreichem Hin und Her darauf, dass sie fürs Erste verheiratet blieben. Dafür erlaubte er Etta, sich ihren Herzenswunsch zu erfüllen und ihr Glück bei einer Schauspielschule zu versuchen. Offenbar rechnete Nader insgeheim damit, dass Etta die Aufnahmeprüfung nicht bestehen würde. Doch diese Hoffnung erfüllte sie ihm nicht. Etta begann eine Ausbildung an der Schauspielschule in Schwabing und zog zu ihrer Freundin Irmi, die mittlerweile in einem Café arbeitete, ein winziges Zimmer direkt über dem Café hatte und das Nachtleben in Münchens Clubs, Diskotheken und Bars in vollen Zügen genoss.

Die wenigen Stunden, die die beiden nachts in Irmis schmalem Bett verbrachten, nutzte Irmi, um Etta einige Nachhilfe in Sex und Körperkunde zu geben. Und so erlebte Etta den ersten Orgasmus ihres Lebens in den Armen ihrer Jugendfreundin.

Als sie ein wenig verwirrt fragte, ob sie nun Lesbierin sei, lachte Irmi. »Geh weiter, Etta! So an Schmarrn! Ein bisschen bi schadet nie. Ich muss dir doch zeigen, wie's geht, damit der nächste Mo dich nicht wieder zu früh am Bahnhof steh'n lässt.

Du musst unbedingt Erfahrung sammeln. Und unter uns: Nix macht die Kerls so scharf, als wenn a Frau sich's selbst macht.«

In den nächsten Monaten holte Etta alles an Erfahrungen nach, was Irmi für eine Frau von Welt für wichtig hielt. Irmi wusste, wie man Joints baute, warnte Etta vor gefährlicheren Drogen und lehrte sie, in Bars immer nur so zu tun, als habe sie viel getrunken. »Wennst besoffen bist, dann machst schon amol leichter an Scheiß. Also tu immer nur mitmachen, wenn i in deiner Nähe bin, und lass di net verarschen.«

Etta war kaum noch in Unterschleißheim bei Manuel und ihrer Mutter. Stattdessen lernte sie begierig, was Irmi ihr über das Leben beibrachte, und auf der Schule, was für die Bühne wichtig war. Sie hatte Unterricht in Gesang, Ballett, Fechten und Stimmbildung. Sie arbeitete an Rollen aus allen Genres und hatte das Gefühl, mit jedem Tag mehr aufzublühen.

Ein schlechtes Gewissen gegenüber Manuel plagte sie nicht. Er war ja der Sonnenschein seiner Oma. Diese hatte, nachdem das Trauerjahr herum war, Franz Manchinger geheiratet und wirkte mit diesem und Manuel in ihrem Leben so glücklich wie noch nie. An den Wochenenden holte Nader seinen Sohn manchmal ab, und so redete Etta sich ein, dass dieses Arrangement für alle Beteiligten das günstigste war.

Es hätte auch für alle so weitergehen können, wenn Etta nicht trotz Antibabypille noch einmal schwanger geworden wäre.

Sie war damals gerade mit der Schauspielschule fertig und hatte tatsächlich ihre erste kleine Rolle in einem Fernsehfilm ergattert. Darum wäre ein weiteres Kind für sie einem Weltuntergang gleichgekommen. In ihrer Not wandte sie sich ausgerechnet an Nader.

Der war zunächst entgeistert, zeigte sich aber letztlich dennoch bereit, ihr zu helfen. Dafür sollte sie allerdings schnell in eine Scheidung einwilligen. Nader war nämlich inzwischen mit Ingeborg zusammen, einer weiteren Sprechstundenhilfe aus seiner Praxis, und wollte noch einmal heiraten. Etta war es gleichgültig. Dass er gleichzeitig darauf bestand, nach der Eheschließung das alleinige Sorgerecht für Manuel zu bekommen und den Jungen zu sich zu nehmen, brachte Etta dafür in eine echte Zwickmühle. Sie wusste ja, was sie ihrer Mutter und Manuel damit antat – und stimmte dennoch zu.

Während Etta in den nächsten Jahren mit viel Hingabe und Glück die Stufen der Karriereleiter erklomm, wurde aus dem fröhlichen, vorlauten kleinen Manuel ein bedrückter Bettnässer. Weil sich Ingeborg, die inzwischen selbst Nachwuchs erwartete, das Zusammenleben mit einem fremden Kind nicht so anstrengend vorgestellt hatte, wurde Manuel immer wieder wochenweise, später für einige Monate und irgendwann endgültig zu Oma Elsbeth und Onkel Fredi gegeben. Dass der Kleine sich dabei regelrecht als Wanderpokal fühlen könnte, daran hatte niemand gedacht.

Wann immer Etta über diese Zeit nachdachte, marschierte in ihrem Kopf ein ganzes Heer von Anklägern auf, um sie zu beschimpfen und zu beschuldigen. *Du allein bist schuld, dass Manuel und du nie zueinander gefunden habt*, schimpfte es dann in ihrem Kopf.

Auch jetzt überschlugen sich die Vorwürfe in ihr. Die Ohrenschmerzen wurden immer intensiver, und ihr war heiß. *Du hast das Leben deines Sohnes versaut! Du hast deine Mutter gnadenlos ausgebeutet! Du hast immer nur getan, was dir selbst am besten in den Kram gepasst hat …*

Nass geschwitzt schlüpfte sie aus dem Bett und ging in die Küche, um einen Schluck Wasser zu trinken. Auf dem Küchentisch lag die Schachtel mit Sergejs Schmerztabletten. Ohne zu zögern drückte sie sich eine Tablette aus dem Blister und spülte sie mit einem großen Glas Wasser herunter.

Und jetzt klaust du dem armen Sergej auch noch eine seiner dringend benötigten Tabletten, zischten die Ankläger in Ettas Kopf.

Gedemütigt ging sie zurück in ihr Zimmer, legte sich aufs Bett und wartete auf die Wirkung der Tablette. Sobald die Schmerzen nachließen, verbreitete sich ein angenehmer Nebel in ihrem Hirn. Und ehe sie sichs versah, kam der Nachtzug, auf den sie so gewartet hatte, und die lästigen Stimmen wurden leiser und leiser.

WIE LIEBE, NUR KRASSER

Dani zog sich die Gummihandschuhe aus, wuchtete den Blumenkübel an das Balkongeländer und betrachtete zufrieden ihr Werk. Sie hatte den ganzen Vormittag im Gartencenter zugebracht und einen großen Schwung Balkonpflanzen gekauft. Franz hatte ihr geholfen, alles nach oben zu tragen, sich dann aber zurückgezogen. Die Tomatenpflanzen brauchten große Kübel und stabile Stützstäbe. Rosmarin, Minze und Lavendel hatte sie in die Kästen gepflanzt und in einzelne Töpfchen Samen für bunte Wildblumen gegeben. So würden sich die Bienen den ganzen Sommer über eingeladen fühlen. Außerdem hatte sie einen kleinen Eisentisch, zwei Klappstühle und einen bunten Sonnenschirm besorgt.

Dani stützte die Hände in den Rücken. Zum ersten Mal hatte sie das Gefühl, in ihrem neuen Leben angekommen zu sein. Zwar hatte sie noch keinen einzigen Satz ihres neuen Programms geschrieben, und sie konnte sich vorstellen, dass Paula langsam unruhig wurde, aber wenn es ihr insgesamt besser ging, würde das Kreative vielleicht von allein folgen.

Durch die geöffnete Balkontür hörte sie das zufriedene Schnurren der modernen Nähmaschine, die Pia sich aus der Haushaltsauflösung ihrer Mutter gesichert hatte. Pia hatte inzwischen die meisten Möbel ihrer Mutter verkauft und außer der Hightech-Nähmaschine auch noch einen Brotbackautomaten mit in die WG gebracht. Sie hatte wieder angefangen zu nähen und wirkte viel glücklicher als in den Wochen zuvor. Franz wiederum hatte sich darangemacht, den Brotbackautomaten auszuprobieren. Auch jetzt duftete es aus der Küche verlockend nach frischem Brot.

Von der Balkontür aus betrachtete Dani ihre Mitbewohner. Pia war von Stoffbergen umgeben und nähte mit geröteten Wangen. Neben ihr saß Hilda und hörte sich auf Pias Laptop Songs einer Rapperin aus Berlin an.

Um von den Schlagern verschont zu bleiben, hatte Pia Hilda vorgeschlagen, ihr Gesangsrepertoire etwas zu erweitern. Als Hilda kategorisch ablehnte, hatte ihr Pia Songs der Rapperin vorgespielt, und so wie es schien, war Hildas Interesse nun doch geweckt. Eng an Hilda gelehnt lag Buddy auf dem Boden. Normalerweise hielt er sich von den anderen Hunden und auch von Menschen fern, doch an Hilda hatte er offensichtlich einen Narren gefressen. Dadurch hatte Hilda sich mit dem Riesenschnauzer angefreundet und ihre Angst vor Hunden nach und nach verloren. Wären die aggressiven Verbalattacken ihres Hausverwalters nicht, hätte man durchaus von einem idyllischen Hausfrieden sprechen können.

Dani wollte sich gerade ein wenig Platz auf dem großen Esstisch freiräumen, als sie den Schlüssel in der Wohnungstür hörte. Zu ihrer Überraschung stand Etta wenig später im Flur.

Sie wird sich freuen, wie gut wir inzwischen harmonieren, dachte Dani und lächelte.

In Ettas Gesicht aber war keineswegs Begeisterung zu sehen. Sie wirkte vielmehr verärgert, müde und ungewöhnlich ungepflegt. Ihre ohnehin dünnen, flusigen Haare, die sie normalerweise modern asymmetrisch und kinnlang geschnitten trug, hingen strähnig und traurig um ihr blasses Gesicht. Ihre Augen, die normalerweise strahlten, wirkten seltsam erloschen und verquollen.

»Was ist hier denn los?«, fragte sie ungehalten.

»Hallo, Etta!«, begrüßte Hilda sie fröhlich. Sie schien das dräuende Unwetter nicht wahrzunehmen. »Ich lerne gerade neue Songs. Pia hat gesagt, ich kann auch mal was anderes ausprobieren. Jetzt singe ich vielleicht Maira. Und Pia näht was für mich. Vielleicht werde ich ein Star.«

Anders als Hilda schien Pia Ettas Unwillen bemerkt zu haben. »Ich räume gleich hier auf«, beeilte sie sich zu sagen.

»Es wäre in der Tat schön, Pia, wenn jeder seine Aktivitäten auf sein Zimmer beschränken könnte.« Etta ließ ihre Reisetasche fallen. »Was ist das eigentlich für eine schreckliche Musik?«

»Hab ich doch gesagt, Etta. Das ist Maira, und die ist cool. Und ich werde jetzt auch cool.« Hilda strahlte.

»Ist das etwa Rap?«, fragte Etta an Pia gewandt.

»Ja, allerdings. Ich dachte, du freust dich, wenn Hilda ihr Repertoire erweitert.« Pia war inzwischen leicht gereizt, und Dani befürchtete den ersten echten WG-Knatsch.

»Du kannst ihr unmöglich Rap beibringen!« Etta schüttelte entgeistert den Kopf. »Es weiß doch jeder, dass die Sprache da unter der Gürtellinie und extrem aggressiv ist. Da wird sich Hildas Mutter schön bei dir bedanken. Ich übrigens auch. Soll Hilda demnächst mit Gangsterkäppi und zu großem Hoodie zur Arbeit gehen? Mensch, Pia! Denk doch ein Mal nach, bevor du was tust.«

Pia sprang auf. »Mein Gott, was bist du nur für ein schlecht gelaunter alter Drachen! Du weißt doch gar nicht, worüber du sprichst. Tust immer so modern und aufgeschlossen, und in Wirklichkeit bist du eine spießige Besserwisserin. Hilda hört die Musik einer Berliner Rapperin, die genau mit diesen Klischees aufräumt. Die versucht, sich in der männerdominierten Rapperwelt einen Platz zu erkämpfen. Wenn man keine Ahnung hat, sollte man vielleicht einfach mal die Klappe halten. Oder hast du heute 'ne Giftkröte gefrühstückt?«

Dani hielt die Luft an. Die Spannung in der Wohnung war unerträglich. Absurderweise zwitscherten im Ahornbaum im Hof die Vögel, als sei nichts passiert. Ähnlich fröhlich blieb Hilda.

»Streitet ihr?«, fragte sie, eher interessiert als verängstigt. »Wer streitet, ist zu blöd für Argumente – sagt meine Mama immer.«

»Schön, dass ihr euch alle einig seid! Da will ich nicht weiter stören. Sorry, dass ich es gewagt habe, nach Hause zu kommen.« Mit einem Knall fiel die Tür ihres Schlafzimmers hinter ihr zu.

»Einmal Türenknallen macht fünfzig Cent«, kommentierte Hilda ungerührt. »Jedenfalls bei uns. Wenn Etta weiter so sauer ist, wird sie arm.«

»Ist sie schon«, konnte Dani sich nicht verkneifen zu sagen. Sie wartete einen Augenblick, dann ging sie Etta hinterher.

Zu ihrem Schreck saß Etta auf dem Boden vor ihrem Kleiderschrank, den Kopf auf den Knien. Den Geräuschen nach weinte sie.

Dani ging in die Knie, setzte sich neben Etta und nahm sie in den Arm. Erstaunlich, wie zerbrechlich sie sich anfühlte – wie ein Spatz, der zu lange in einer Dreckpfütze gebadet hat. Jeder Mensch ist mal klein und schlecht drauf, aber in Ettas Fall war die Diskrepanz zwischen der souveränen, weltgewandten Schauspielerin, als die sie sonst in Erscheinung trat, und dem Häuflein Elend in Danis Arm besonders erschreckend. Als sei sie ein verstörtes Kind strich Dani ihr immer wieder über die zarten Schultern.

Es dauerte, bis Etta sich vorsichtig aus der Umarmung löste, sich schnäuzte und versuchte, Dani anzulächeln. Offensichtlich wollte sie nicht drüber reden. Darum bemühte sich Dani um einen leichteren Ton und fragte: »Sag mal, hast du 'ne ganze Knoblauchplantage gefuttert? Du riechst ja –«

»Wie ein Stinkerl«, sagte Etta und nahm zwei große Knoblauchzehen aus ihren Ohren.

Gegen ihren Willen musste Dani grinsen. »Ungewöhnliche Kopfhörer«, kommentierte sie. »Und was hast du da gerade gesagt? Wie ein Stinkerl?«

»So wurde ich in der Schule von meinen Mitschülern genannt. Ich hatte dauernd Ohrenschmerzen, und das wurde mit Zwiebelsäckchen behandelt. Die musste ich unter einem Haarband auch in der Schule tragen. Und so habe ich dann wohl auch gestunken.«

»Und jetzt hast du gedacht, du setzt noch einen drauf?« Dani stieß Etta sanft in die Seite. »Nein, Scherz beiseite, Etta. Hast du Ohrenschmerzen?«

»Ohrenschmerzen, Seelenschmerzen, Nervenschmerzen, Weltschmerz … Ach, ich weiß auch nicht! Mir ist grad, als würde die ganze Welt mich verarschen oder hassen. Und das wahrscheinlich zu Recht. Ich mag mich derzeit auch nicht grad gern.« Schon flossen bei Etta wieder Tränen.

»Dann war deine Berlinreise wohl eher ein Schuss in den Ofen, oder?«, fragte Dani mitfühlend.

»Das ist noch milde ausgedrückt. Ein Riesenreinfall würde es besser beschreiben.« Etta schniefte. »Ich kann meine Wohnung nicht an Poldi und seinen Mann verkaufen. Die stecken nämlich grad selbst richtig im Dreck. Und die Agentur, bei der ich vorgesprochen habe … Wenn die wenigstens einfach gesagt hätten, dass sie mich nicht brauchen können. Aber dieser mitleidige Blick und dann diese blöde Floskel: ›Wir melden uns bei Ihnen, Frau Glück.‹ Das war so erniedrigend. Meinen Job kann ich mir in der nächsten Zeit von der Backe putzen. Die finden mich alle zu alt, zu langweilig, zu … Ach, was weiß ich! Ich brauche aber irgendwann mal wieder eine Rolle. Nur von eurer Miete werd ich auf Dauer ja nicht leben können …«

In Ettas Augen flatterte ein unruhiger Vogel. Dani erkannte ihn sofort. Er hieß Panik und ließ sich auch in ihrem Blick gern nieder, wenn sie mal wieder glaubte, beruflich ruiniert, nicht mehr gefragt zu sein. »Etta, das ist doch einer der Gründe, warum wir zusammenwohnen«, versuchte sie, Etta zu beruhigen. »Nicht nur, um Geld zu sparen, sondern auch, um uns zu unterstützen, um uns zu inspirieren. Du bist eine so tolle, herzliche, witzige und kreative Frau. Wir werden schon eine Lösung für dein vorübergehendes Dilemma finden.«

Wie um Danis Worte zu bestätigen, trat Franz mit einem Holztablett ins Zimmer. Darauf befanden sich ein Teller mit einigen Scheiben frisch gebackenem Brot, Butter, Tomaten und Salz und eine Kanne Tee mit zwei Bechern. Mit einem Blick erfasste er die Lage. Er stellte das Tablett behutsam vor Dani und Etta ab und sagte leise: »Frisch gebackenes Roggenbrot. Mein erstes, übrigens. Ich bin beleidigt, wenn ihr das nicht probiert. Und jetzt lass ich euch wieder allein.«

Als er die Tür diskret hinter sich zuzog und Etta »Ach, Franz« murmelte, fühlte sich Dani bestätigt. *So geht Gemeinschaft.*

* * *

Während Dani sich noch um Etta bemühte, fing Pia an, ihr Nähchaos zusammenzuräumen. Obwohl sie sauer auf Etta war, ahnte sie, dass sie deren Ausbruch nicht persönlich nehmen sollte, schließlich hatte auch sie sich gerade erst aus den Sümpfen der Traurigkeit zurückgearbeitet. Dass ihre Mutter inzwischen zu ihrer großen Weltreise aufgebrochen war, hatte Pia noch einmal ein wenig zurückgeworfen. Ihre Mutter war immer ein Fixstern in ihrem Leben gewesen, und die Wohnung leerzuräumen und die Möbel ihrer geliebten Mutsch zu verkaufen hatte sie bedrückt. Auch ihr letzter Kontakt mit Isi war ein harter Schlag gewesen. Sie hatte Danis Ratschlag beherzigt und Isi geschrieben, dass es einen neuen Menschen in ihrem Leben gebe. Eine dreiste Lüge, aber im Krieg und in der Liebe war alles … naja, nicht alles, aber vieles erlaubt. Als Isi sich auf ihre Textnachricht sofort gemeldet hatte, war Pia voller Hoffnung gewesen.

»Das ist ja schön und freut mich für dich, Pia. Würdest du dich mit mir auf einen Kaffee treffen? Ich möchte dir auch etwas mitteilen«, hatte Isi geantwortet.

Und, zack, schon hatte sich das Wunschkarussell in Pias Kopf wieder heftig gedreht. Bestimmt merkte Isi, aufgescheucht durch die angebliche Neue in Pias Leben, nun, was sie verloren hatte. Sie bereute das piefige Leben in diesem vermufften Sauerlandkaff an der Seite ihres grobschlächtigen Jugendfreunds wahrscheinlich längst und würde nun einen letzten, verzweifelten Versuch starten, wieder mit Pia zusammenzukommen. Pia sah ihr Wiedersehen bereits vor sich: Sie würden heulen und einander voller Reue in die Arme sinken. Abblende in die untergehende Sonne, Geigenmusik und im schwindenden Sonnenlicht ein feuriger Kuss an menschenleerem Strand.

Dani, die in alles eingeweiht war, holte sie vorsichtig auf den Boden der Tatsachen zurück. »Pia, mein Schatz, bleib realistisch. Die Wahrscheinlichkeit ist groß, dass sich Isi bei eurem Treffen die Absolution für eure Trennung holen will. Vielleicht kommt sie dir auch mit der Lass-uns-Freunde-bleiben-Leier. Lass dich auf so etwas bloß nicht ein! Das funktioniert nicht. Jedenfalls nicht, wenn der Trennungsschmerz zu frisch ist.«

Als Pia widersprechen wollte, seufzte Dani und strich ihr über den Arm. »Besser, du triffst dich mit Isi hier. Wenn das Gespräch für dich zu verletzend oder traurig wird, komme ich dazu, küsse dich demonstrativ auf den Mund und frage, ob ihr bald fertig seid. Das wird dir zwar den Schmerz nicht nehmen, aber es gibt dir die Möglichkeit, als Siegerin vom Platz zu gehen. Jedenfalls wird Isi sich schnellstmöglich zurückziehen. Und danach heißt es für dich: Nase putzen, Isi abhaken und auf zu neuen Ufern.«

Pia war Dani für ihre Vorsicht dankbar. Dennoch ging sie insgeheim davon aus, dass sie die Schützenhilfe nicht würde in Anspruch nehmen müssen.

Sie sollte sich irren.

Als Isi eintraf, sah sie ärgerlicherweise fit, entspannt und frohgemut aus. Pia hingegen war so aufgeregt, dass ihr Herz fast aus dem Brustkorb hüpfte. Zum Glück stürzten sich die Hunde begeistert auf Isi und entkrampften damit die Situation. Isi äußerte sich anerkennend über die wunderschöne Wohnung und gratulierte Pia zu ihrem Glücksgriff. Doch dann glitt das Gespräch in eine Richtung ab, die Pia einen Eissplitter ins Herz rammte. Nicht nur fühlte sich Isi im Sauerland ausgesprochen wohl, nein, sie setzte sogar noch einen drauf, indem sie erklärte: »Ich bin so erleichtert, dass du dein Leben so schnell wieder in neue Bahnen lenken konntest. Sonst hätte ich mich nicht getraut, dir zu sagen, dass Achim und ich heiraten. Für ihn ist es wichtig, weil er nur so eine Chance hat, um das Sorgerecht für seine Töchter zu kämpfen. Die haben eine Mutter, die leider so gar nicht …«

Ab da legte sich ein Summton über alles weitere, und in Pia hämmerte es ununterbrochen: *Heiraten, heiraten, heiraten … Kinder, Sorgerecht …*

Als sie kurz davor war, Isi eine gewaltige Szene zu machen, kam Dani ins Zimmer. Sie schien das Gespräch belauscht zu haben und tat genau, was sie verabredet hatten.

Erst als Isi gegangen war, hatte Pia sich erlaubt, mit einem Weinkrampf auf dem Bett zusammenzusacken.

»Okay, heul dich aus«, hatte Dani gesagt. »Das ist wichtig. Aber es ist jetzt das letzte Mal, dass du wegen dieser Sauerlandlerche in Tränen schwimmst. Nachher gehen wir zusammen einen Eisbecher essen, von dem du ins Zuckerkoma rutschst. Und dann geht's weiter. Für dich und für mich.«

All das kam Pia wieder ins Gedächtnis, als sie die Nähmaschine einpackte und ihre Sachen in ihr Zimmer räumte. Hilda war gerade von ihrer Mutter abgeholt worden. Martha hatte versprochen, sich im Netz über Maira schlauzumachen, und Pia gefragt, ob sie sie einmal zum Abendessen einladen dürfe.

Als sie gerade unschlüssig vor Ettas Zimmertür stand, weil sie noch einmal mit Etta reden wollte, kam Franz aus der Küche.

»Abendbrot?«, fragte er und machte sich daran, den Tisch für zwei Personen zu decken. Als er Pias unschlüssige Miene sah, fuhr er fort: »Lass Etta lieber noch in Ruhe. Ich glaube, die kotzt sich bei Dani gerade mal so richtig aus. Hat wohl gerade 'ne schwere Zeit. Lass uns zu Abend essen. Wenn du mein Roggenbrot …«

Bevor Franz den Satz beenden konnte, klingelte es an der Wohnungstür Sturm. Pia und Franz sahen sich an.

»Vielleicht hat Hilda etwas vergessen«, mutmaßte Pia und öffnete die Wohnungstür. Sie hörte eilige Schritte, und noch bevor sie sehen konnte, wer heraufkam, erblickte sie einen Blumenstrauß von gigantischem Ausmaß. Hinter ihm tauchte ein korpulenter Mann mit abgenutzter Lederjacke und einer Schiebermütze auf dem Kopf auf.

In der Annahme, es müsse sich um einen Blumenboten handeln, sah Pia sich nach ihrer Handtasche um, um ein Trinkgeld griffbereit zu haben, doch der vermeintliche Blumenbote fragte: »Ist Frau Iravani vielleicht zu sprechen? Ich wollte mich so gerne persönlich bei ihr –«

»Ganz, ganz schlechter Zeitpunkt«, unterbrach Pia ihn und wollte ihm den Strauß bereits abnehmen.

Im selben Moment öffnete Etta ihre Zimmertür. Sie hatte offensichtlich geweint und sah entsprechend derangiert und bemitleidenswert aus. Das aber schien den Blumenboten nicht im Geringsten zu erschüttern. Er strahlte übers ganze Gesicht. »Da sind Se ja, Frau Iravani. Ich konnte nicht anders. Ich muss mich einfach bei Ihnen bedanken. Der letzte Dortmund-*Tatort* – einfach eine Wucht! Wir alle sind hin und weg. Endlich mal ein *Tatort* im Schickimickimiljö. Das haben wir hier bei uns ja nun wirklich auch, und darum wurde es höchste Zeit, dass die Welt das mal mitkriegt. Und das haben wir nur Ihnen zu verdanken, Frau Iravani. Wenn Sie sich nicht für unsere Stadt starkgemacht hätten …«

Pia sah es in Ettas Gesicht arbeiten. Ihr Gesichtsausdruck wechselte von völliger Ratlosigkeit zu Wiedererkennen. »Ach, Sie sind das, Herr Heribert«, sagte sie schließlich. »Das ist ja … also wirklich extrem nett, aber beim *Tatort*, da schätzen Sie meinen Einfluss wirklich zu hoch ein. Ich habe natürlich … Also, so schnell hätte es … Also, selbst wenn ich Einfluss hätte …«

Pia unterbrach Ettas Stottern: »So ist sie, unsere Frau Iravani: viel zu bescheiden. Dabei hat sie Einfluss auf nahezu alles und jeden. Wenn Sie mir den Strauß geben, dann würde ich ihn für Frau Iravani versorgen, Herr … äh?«

»Heribert reicht, junge Frau. Ich bin der Taxi-Heri, daher kennt mich die Frau Iravani.« Er reichte Pia den Blumenstrauß.

Pia lächelte ihn süß an. »Frau Iravani ist gerade in einer intensiven Probe, deshalb kann ich Sie nicht hereinbitten, Herr Heri. Aber sie freut sich sehr über Ihre Aufmerksamkeit.«

»Ich wollte auch nicht großartig stören.« Heri nahm seine Schiebermütze ab. »Ich wollte nur fragen, also … äh … Die Frau Iravani wollte ich fragen, weil sie doch über so viel Einfluss verfügt … also, wenn für Filmaufnahmen mal ein Taxifahrer gebraucht wird oder auch einfach nur eine andere Art von gestandenem Mann, also, ich denke, dass ich da durchaus über gewisse Fähigkeiten … nur mal so, ich wollte mich da einfach nur mal ins Gespräch …«

»Das ist eine absolut zauberhafte Idee, Herr Heri. Ich bin sicher, dass Frau Iravani freundlich über Ihr Angebot nachdenkt.«

Hastig zog Heribert eine Visitenkarte aus der Tasche. »Falls

Frau Iravani meine Karte verloren haben sollte. Ich bin für alles zu haben, und wenn Sie mal ein Taxi brauchen …«

Pia nahm ihm die Karte aus der Hand und schob ihn sanft aus der Tür. »Danke vielmals. Wir werden uns bestimmt melden. Für das ein oder andere, Herr Heri. Schönen Abend noch.«

Als sie die Tür schloss, sah sie, dass sich drei Augenpaare fragend auf sie gerichtet hatten. Etta fand als Erste ihre Sprache wieder: »Was genau sollte das jetzt schon wieder, Pia?«, fragte sie sichtlich genervt. »Du weißt ganz genau, dass ich keinerlei Einfluss auf irgendwelche *Tatort*-Drehbücher habe. Schon gar nicht innerhalb so kurzer Zeit. Ich kenne diesen Heri doch erst seit drei Monaten, da war der letzte Dortmund-*Tatort* längst im Kasten. Wie kannst du den armen Mann nur denken lassen, ich hätte auch nur das Geringste …«

Pia ging zur Küche, um die Blumen zu versorgen. Über die Schulter hinweg sagte sie: »Das weiß ich alles, Etta. Aber jetzt ist der arme Taxi-Heri ein glücklicher Mann. Die Leute glauben doch viel lieber, was sie glauben wollen, als das, was sie glauben sollten. Und selbst wenn er sich jetzt ’ne Zeitlang für einen kommenden Filmstar halten sollte, wird ihm das nicht schaden.« Sie begann, die Blumen anzuschneiden und in eine große Glasvase zu dekorieren.

Etta schüttelte den Kopf. »Aber irgendwann ist der total enttäuscht und denkt, ich wäre eine Hochstaplerin. Jetzt kann ich in Dortmund nie mehr ein Taxi rufen.«

Pia stellte die Vase auf den Esstisch. Der Strauß war eine bunte Mischung aus Pfingstrosen, Nelken, Gerbera, Strandflieder und Frauenmantel. Taxi-Heri hatte sich gut beraten lassen. Sie zupfte die Blumen noch etwas zurecht und sagte dann leise: »Etta, es schadet nie, wenn man Menschen ein bisschen träumen lässt. Wenn wir einmal ein Taxi brauchen, freut dieser Heribert sich, dass er einen echten Star spazieren fahren darf. Und das bist du unbestritten, Etta. Ein Star. Auch wenn es sich für dich momentan vielleicht nicht so anfühlt.« Sie drehte sich um, sah Etta in die Augen und ergänzte: »Und wegen vorhin, das tut mir leid. Ich habe mich im Ton vergriffen. Frieden?«

Etta lächelte unsicher und nickte. Noch bevor sie etwas sagen konnte, drang aus dem Flur wieder die Stimme der alten Frau Gärtner zu ihnen in die Wohnung: *Hoch auf dem gelben Wagen …*

Etta riss die Wohnungstür auf und fiel sofort in den Gesang mit ein. Gleichzeitig gestikulierte sie Franz, Pia und Dani, dass sie ebenfalls mitmachen sollten. Sie sangen aus voller Kehle, auch wenn abgesehen von Frau Gärtner niemand textsicher war.

Als das Lied zu Ende war, applaudierte Etta laut und lief gefolgt von Franz und Dani ins Erdgeschoss. Frau Gärtner strahlte. Aus Bunskes Wohnung hingegen kam keine Reaktion.

»Frau Iravani, Sie sind wieder da!« Frau Gärtner lachte breit. Sie hatte ein dunkelblaues Hauskleid an und trug dicke weiche Pantoffeln. »Ich finde Ihre Idee, hier im Flur zu singen, einfach zauberhaft. Ich hoffe, dass sich bald auch die anderen Nachbarn dazu aufraffen. Jeder mit der Musik, die er am liebsten mag. Ich liebe ja eigentlich besonders die Lieder von Schubert, aber dafür reicht meine Stimme schon lange nicht mehr.«

Etta wirkte auf einmal viel gelöster als noch vor wenigen Minuten. »Bitte, nennen Sie mich doch einfach Etta«, antwortete sie und reichte Frau Gärtner die Hand. »Wie schön, dass wir uns einmal näher kennenlernen.«

Die alte Dame lächelte. »Dann nennen Sie mich bitte Isolde.«

»Gerne, Isolde!« Etta strahlte sie an. »Endlich kommt mal ein bisschen Gemeinschaftsgeist ins Haus! Das müssen wir feiern. Kommen Sie doch auf ein Gläschen Wein zu uns nach oben.«

»Ach, das ist nett von Ihnen, Etta. Das würde ich gern, aber

Treppen schaffe ich leider nicht mehr.« Bedauernd deutete Isolde auf ihren Rollator. »Meine Beine, wissen Sie …«

»Vielleicht …« Franz trat einen Schritt vor und deutete an, dass er Frau Gärtner hochheben wollte. »Darf ich?«

Sie nickte, und ehe sie sichs versah, nahm er sie behutsam auf die Arme und trug sie die Treppe hinauf in den ersten Stock. Dani mühte sich mit dem Rollator ab, und als Frau Gärtner, die jetzt Isolde war, mit Franz oben ankam, schoben ihr Etta und Dani den Rollator sofort entgegen.

Isolde lachte überrascht und schaute Franz dann gespielt ernst an: »Sie wissen schon, dass Sie mich jetzt heiraten müssen? Wer eine Frau über die Türschwelle hebt, muss sie zur Frau nehmen, wenn er sie nicht schon geheiratet hat.«

»Dann wird das hier eine Hochzeitsparty«, sagte Pia und fiel wie die anderen in Isoldes Lachen ein. »Ich heiße übrigens Pia.« Sie ging in die Küche, um einen Krug Wasser und eine Flasche Rotwein zu holen.

Als sie zurückkam, saß Isolde bereits in einem gemütlichen Stuhl. Sie genoss die Gesellschaft sichtlich und hatte schon rote Wangen, bevor sie auch nur an ihrem Wein genippt hatte. »Ich trinke so selten noch Alkohol, ich muss aufpassen, dass ich mich nicht betrinke«, kicherte sie. »Wisst ihr eigentlich, dass ich mit meinem Mann zusammen früher ein Feinschmeckerrestaurant hatte? Gar nicht weit von hier. In Witten, im Muttental. Das ist eine wunderschöne Ecke, quasi die Wiege des Kohlebergbaus. Mein Mann war Koch, und ich habe mit ihm den Laden geschmissen und ganz nebenbei noch vier Söhne großgezogen.«

»Krass!« Pia prostete Isolde zu. »Dann sind wir alle Selbstständige.«

Isolde fragte nach und kam aus dem Staunen nicht heraus, als sie nacheinander erzählten, womit sie für gewöhnlich ihren Lebensunterhalt verdienten.

»Und das ist noch nicht alles«, lachte Dani. »Wir hatten ja alle auch noch ein Leben vor der Selbstständigkeit. Franz ist gelernter Radio- und Fernsehtechniker, Etta hat Friseuse gelernt, und Pia ist unser Allroundtalent, die ist schon durch die halbe Welt gereist und hat dort gelebt und gejobbt …«

»Und was ist mit dir?«, fragte Isolde »Was hast du gelernt, bevor du auf die Bühnen gestürmt bist?«

Dani kicherte. »Das erratet ihr nie und nimmer! Franz, du bist still, du kennst mich schon zu lange.«

Die wildesten Vermutungen wurden ausgesprochen. »Stewardess«, spekulierte Isolde.

Pia kicherte: »Nein, bestimmt Bankräuberin.«

»Ja, so 'ne Art Seeräuberjenny vielleicht? Oder wie wär's wenigstens mit Süsswasserkapitänin?« Isolde schien sich in ihrem Element zu fühlen.

»Okay, ich löse auf. Ihr kommt nicht drauf«, sagte Dani. »Also: Ich habe in der Tanzschule meines Stiefvaters Standardtanz unterrichtet. Eins, zwei, drei, cha-cha-cha, vier, fünf, sechs … Oder eins, zwei, drei, vier, fünf, sechs, strecken, zwo, drei …« Dani klatschte in die Hände und imitierte den strengen Ton einer Tanzlehrerin.

Etta applaudierte. »Dann machen wir jetzt eine Tanzparty! Dani, los! *It's your turn.* Ich kann auch ein bisschen mithalten. Ich bin eine Salsa-Queen. Wer kann noch was besonders gut?«

Pia, deren Laptop noch auf dem Tisch stand, suchte nach der passenden Musik. Franz holte aus seinem Zimmer eine kleine Box, die er mit Pias Laptop verband, und schon verwandelte sich der anfänglich traurige WG-Abend in eine ausgelassene Tanzparty.

* * *

Als Dani sich nass geschwitzt auf den Balkon verzog, um das Treiben in der Wohnung von dort aus zu beobachten, tanzten gerade Franz und Pia miteinander. Pia hatte vorhin auch Hilda und Martha zu ihnen heruntergebeten, und auch diese tanzten wild und ausgelassen, während Isolde lachend und klatschend im Sessel saß.

Dani nahm einen tiefen Atemzug. Die Luft hatte sich nur wenig abgekühlt, und sie hörte am Sirren um sich herum, dass bereits die ersten Stechmücken nach Beute suchten. Sie schmierte sich Lavendelöl auf die Gelenke und wickelte sich in eine leichte Decke, um sich nicht zu erkälten. Obwohl der Balkon ihrer eigenen Wohnung nicht weit entfernt war, wirkten die Geräusche und Gerüche von hier anders.

Irgendwo wurde, offensichtlich bei offenem Fenster, orientalisch gekocht. Es roch nach Knoblauch und Curry. In einer anderen Wohnung konkurrierte die Musik mit der in Ettas Wohnung. Ab und zu raschelte es im Ahornbaum. Vielleicht veränderte gerade ein Vogel seine Schlafposition.

Dani wandte ihrer eigenen kleinen Wohnung den Rücken zu. Sie wollte nicht in ihre erleuchteten Fenster schauen, um nicht sentimental zu werden. In fünf Monaten, so hatte sie es mit den chinesischen Studentinnen vereinbart, würde sie dort wieder einziehen. Bis dahin war die neue WG ihre Wahlfamilie, und was so lange schwierig gewesen war, erwies sich heute Abend als Bereicherung. Jetzt musste sie nur noch ihre Schreibblockade überwinden, und – das zeigte ihr ein leichtes Kneifen im Hosenbund – sie musste unbedingt wieder anfangen zu joggen. Der Fuß war wieder belastbar, und wenn sie ihr Pensum langsam steigerte, würde es sicherlich so bleiben.

Ihre Beziehung mit Roland hatte sie mittlerweile beendet, und sie war ein wenig erschüttert, wie einvernehmlich die Trennung vonstattengegangen war. Roland hätte für ihren Geschmack ruhig geknickter sein können oder zumindest ein wenig um sie kämpfen müssen. Andererseits war sie froh, diesen Schritt nun gemacht zu haben. Wenn sie zurückschaute, war ohnehin die einzige Beziehung, die ihr im Leben wirklich über lange Zeit etwas bedeutet hatte, die zu Angel, dem Vater ihrer Kinder. Mit ihm war sie bis heute eng befreundet.

Dani schaute in den Ahornbaum und versuchte auszumachen, ob die Vögel in ihm ein Nest gebaut hatten. In ihrer eigenen Familie war früher einiges im Argen gewesen. Ihre Mutter Geli war eine lebensfrohe Frau gewesen, und obwohl Danis Vater Ulf als Fernfahrer recht gut verdient hatte, war Geli mit ihrem Leben als Hausfrau und Mutter nie glücklich geworden. Als Ausgleich unterrichtete sie erst stundenweise, dann immer mehr in einer benachbarten Tanzschule. Deren Leiter war von Gelis Tanztalent und ihrer überbordenden Lebensfreude begeistert. Und auch sonst schien sie ihm zu gefallen. Obwohl Dani damals noch am Anfang ihrer Pubertät war und sich mit Beziehungsverwicklungen noch nicht auskannte, ahnte sie irgendwann, dass Udo Schwermer und ihre Mutter mehr verband als die Leidenschaft fürs Tanzen. Ihre Mutter kam oft sehr spät nach Hause oder blieb auch schon mal die ganze Nacht weg.

Danis Vater wurde in der Folge immer stiller und trübsinniger. Er suchte Trost im Alkohol und verlor, nachdem er irgendwann mit 1,3 Promille im Blut einen Unfall baute, auch noch den Führerschein. Durch die Arbeitslosigkeit ging es endgültig bergab. Er trank weiter und randalierte in der Wohnung, bis schließlich seine Frau zu Udo Schwermer zog. Da ihr Bruder Berufssoldat war und so gut wie gar nicht mehr nach Hause kam, blieb Dani mit ihrem Vater allein. Sie fühlte sich mit ihrem trinkenden Vater überfordert und nahm schließlich Udos Angebot an, in ein kleines Appartement über der Tanzschule zu ziehen. Irgendwann hatte ihr Vater kein Geld mehr, um die Miete für die nun leere Familienwohnung zu bezahlen. Er flog aus der Wohnung und lebte fortan auf der Straße.

Dani hatte sich jahrelang insgeheim die Schuld daran gegeben. Hätte sie ihren Vater nicht verlassen, hätte er den Absprung aus seiner Alkoholsucht vielleicht noch geschafft, sagte sie sich. Aber auch ihrer Mutter ging es plötzlich nicht mehr gut. Da Geli ihr Leben lang Kette geraucht hatte, wunderte sich zunächst niemand, dass sie immer kurzatmiger wurde. Um sie zu entlasten, begann Dani, sie in der Tanzschule zu vertreten. Bald machte es ihr so viel Spaß, dass sie nach der mittleren Reife die Schule abbrach, um ihren Lebensunterhalt in Udos Tanzschule zu verdienen. Dani liebte es zu tanzen, und auch das Unterrichten fiel ihr leicht.

Als ihre Mutter an Lungenkrebs starb, stürzte sie jedoch in eine echte Lebenskrise. Ihre Mutter war schließlich alles, was sie noch mit Familie verband. In dieser Situation lernte sie Angel kennen, der Sportlehrer an einem Dortmunder Gymnasium war und Hiphop- und Street-Dance-Kurse für die Schüler seiner Schule buchen wollte. Udo Schwermer unterstützte das Projekt und schickte Dani in eine Fortbildung, damit sie zusammen mit Angel unterrichten konnte.

Behutsam strich Dani über den frisch gepflanzten Rosmarin in einem ihrer Balkonkästen und spürte dem Duft nach. Sie hatte sich damals sofort in Angel verliebt. Der war in jeder Hinsicht das Gegenteil dessen, was sie an Männerbildern bisher vorgelebt bekommen hatte. Er war fröhlich, kommunikativ, empathisch, interessiert und vor allem: Er war sanft, zärtlich und behutsam im Umgang mit ihr. Dani war sofort auf Wolke sieben, und schon ein Jahr, nachdem sie sich kennengelernt hatten, heirateten sie. Es war eine wunderbare, leichte, verrückte Zeit gewesen.

Als Dani wenig später zum ersten Mal Mutter wurde, wusste sie, dass sie alles anders machen wollte als ihre Mutter. Sie hörte sofort auf zu arbeiten und ging völlig in ihrer neuen Rolle auf. Ihre Tochter Annika war pflegeleicht, schlief gut, war meistens vergnügt und aß auch alles, was sie vorgesetzt bekam. Davon ermutigt, bekam Dani zwei Jahre später schon eine weitere Tochter, Katharina. Die war ein Schreikind und hielt Dani mächtig auf Trab. Dass ihr Liebesleben deshalb immer mehr in den Hintergrund rückte, fand Dani wenig bedenklich. Auch dass sie und Angel erst nur noch selten und schließlich gar keinen Sex mehr hatten, hielt keiner der beiden für besonders erwähnenswert.

Sie waren völlig vernarrt in ihre Töchter und verstanden sich nach wie vor blendend. Nichts deutete darauf hin, dass etwas nicht stimmte, und so fiel Dani aus allen Wolken, als Angel ihr eines Tages gestand, er habe sich Hals über Kopf in einen Kollegen verliebt. Dani war traurig und ratlos, wollte Angels Glück aber nicht im Weg stehen. Um Gerede unter den Schülern und Kollegen vorzubeugen und zu vermeiden, dass Angel in Gefahr geriet, entlassen zu werden, beschlossen sie, an ihrem Leben so wenig wie möglich zu verändern. Als direkt über ihnen eine kleine Wohnung frei wurde, zog Konstantin dort ein. Angel blieb Anni und Katha ein liebender Vater und offiziell auch Danis Mann, doch die Nächte verbrachte er bei seinem Freund. Dieses Arrangement hielten sie aufrecht, bis ihre Töchter alt genug waren, um zu verstehen und ihre eigenen Wege zu gehen.

Katha lebte inzwischen mit ihrem Mann in Regensburg und hatte sich voll und ganz der Forschung verschrieben. Anni hingegen war im Ruhrgebiet geblieben, lebte in Essen und hatte von ihrem Vater die Leidenschaft für Sport geerbt. Sie war Sportcoach, Marathonläuferin und glückliche Mutter von zwei rotzfrechen Jungen. Marek und Julius waren sechs und neun Jahre alt und lebten zur Hälfte bei ihrem Papa und zur Hälfte bei Anni.

Dani seufzte. Sie hatte ihre Enkel schon viel zu lange nicht gesehen. Sie wandte sich wieder zur Wohnung. Um Hilda einen Gefallen zu tun, hatte Pia eben *Wie schön du bist* von Sarah Connor aufgelegt. Während sie und Martha miteinander schwoften, sang Hilda aus voller Kehle mit: »*Mit all deinen Farben und deinen Narben hinter den Mauern …*«

Franz trat mit seinem Weinglas zu Dani auf den Balkon und berührte sie sanft am Arm. »Komm, Dani! Sei bei uns. Tanz mit mir.«

»Franz!« Dani war echt erstaunt. »So kenne ich dich ja gar nicht.«

»Wir verändern uns gerade alle ein bisschen, meinst du nicht?«, sagte er und zog Dani ins Wohnzimmer.

Sie hätten vielleicht bis tief in die Nacht hinein weitergefeiert. Irgendwann aber klingelte es an der Tür.

»Könnten Sie vielleicht die Musik ein bisschen leiser drehen?« Der Nachbarin war ihre Bitte sichtlich unangenehm, denn sie setzte sogleich hinzu: »Mir wäre es ja gleich, aber mein Sohn kann nicht schlafen, und –«

»Aber das ist doch keine Frage!« Etta nahm die Knoblauchzehen aus den Ohren und entschuldigte sich sofort wortreich. »Ich habe gar nicht mitbekommen, dass wir so laut waren. Ich hatte ja quasi Bohnen in den Ohren. Wir drehen die Musik sofort leise. Dürfen wir uns mit einem Gläschen Wein bei Ihnen entschuldigen, Frau …?«

»Das ist wirklich sehr nett, aber das geht nicht. Ich bin schwanger, wissen Sie.« Sie strich sich über ein winziges Bäuchlein, das sich unter dem Kleid abzeichnete, und streckte Etta ihre Hand hin. »Nennen Sie mich einfach Sevim. Wir müssen uns doch nicht siezen. Ihre Idee mit den kleinen Hauskonzerten im Flur finde ich großartig. Auch wenn mein Mann und ich nicht singen können.«

»Ach, wie nett!« Etta strahlte. »Wenn du die Sevim bist, bin ich die Etta. Ein Gläschen Orangensaft hätten wir auch da. Wie schön, dass Ferhat ein Geschwisterchen bekommt – und wir bald noch mehr Kinder und Fröhlichkeit im Haus haben. Herzlichen Glückwunsch!«

Auf Ettas einladende Geste hin kam Sevim nun richtig herein, begrüßte alle und nahm den angebotenen Orangensaft entgegen. »Wir ziehen leider in ein paar Monaten aus. Wir haben ein Haus am Stadtrand gekauft und ziehen dort ein, sobald es umgebaut und renoviert ist. Die Kinder brauchen dringend mehr Platz und Freiraum zum Spielen. Gute Stimmung im Haus bekommt ihr sicher auch ohne uns hin, das merke ich schon.«

Als sie sich wieder verabschiedet hatte und die kleine Spontanparty endgültig zu Ende war, brachte Franz Isolde ins Erdgeschoss, und Dani und Pia machten sich daran, die Gläser in die Spülmaschine zu räumen.

Etta sah ihnen an den Türrahmen gelehnt zu. »Verrückt«, bemerkte sie. »Meine Ohrenschmerzen sind weg. Vielleicht sollten wir öfter zusammen feiern.«

»Die beste Therapie gegen fast alles sind Gemeinschaft und Solidarität«, entgegnete Pia und knabberte gedankenverloren an den letzten Salzstangen. »Ich hätte das vorher nie gedacht, aber das WG-Leben tut mir gut. Wir zusammen …« Sie zog die Stirn in nachdenkliche Falten. »Das ist irgendwie wie Liebe – nur krasser!«

»Stimmt«, lachte Dani. »Voll krass mit uns, Alter, ey, ich schwöre. Ich feier das mit euch so megamäßig.«

Alle lachten über die Rapper-Pose, wünschten sich gegenseitig eine gute Nacht, und binnen kürzester Zeit war in der Wohnung Ruhe eingekehrt.

REGELBRUCH

Franz saß auf der Gästetoilette und hatte die Musik auf seinem Smartphone laut gestellt. Er wollte weder das große Badezimmer blockieren noch, dass seine Mitbewohnerinnen im angrenzenden Wohnzimmer mit seinen Verdauungsgeräuschen belästigt wurden. Da war Musik seiner Meinung nach das kleinere Übel.

Pia saß mit ihren Näharbeiten am Gemeinschaftstisch. Etta hatte sich beruhigt und ihr, wie die anderen auch, die Erlaubnis gegeben, sich hier auszubreiten und zu arbeiten.

»Franz, das heißt eigentlich *stilles* Örtchen!«, rief sie nun. »Bei dir mutiert es jedes Mal zu einer Diskobude. Kein Wunder, dass du immer so lange brauchst!«

Franz mochte Pia inzwischen recht gern, aber ihr spöttischer Umgang mit seiner zögerlichen Verdauung machte ihm zu schaffen. Auch Dani und Etta hatte sie schon mit ihrem Spott angesteckt.

»Franz ist halt mehr der verschlossene Typ«, hatte Etta gewitzelt, und Dani hatte ergänzt: »Er kann dichthalten – in allen Bereichen. Heutzutage eine seltene Eigenschaft.«

Während er in voller Lautstärke Coldplay hörte, bemühte er sich, die Spötteleien zu überhören. Er wusste selbst, dass es besser wäre, weniger verkrampft zu sein.

Als er das unstille Örtchen endlich wieder verließ, saß auch Etta im Wohnzimmer. »Und, wer hat gewonnen?«, fragte sie.

»Mein Darm«, antwortete Franz, doch als die anderen lachten, fühlte er sich erstaunlicherweise plötzlich besser. Dennoch fragte er, um abzulenken: »Etta, wie geht es deinen Ohren? Bist du immer noch schmerzfrei?«

»Denen geht es tatsächlich besser.« Sie lächelte, griff sich aber an den Hals. »Dafür habe ich mir heute Nacht den Nacken verrenkt. Ich habe wohl so fest geschlafen, dass ich nicht gemerkt habe, dass ich schief liege. Ich müsste wohl dringend mal wieder Sport machen. Mein Rudergerät sieht mich schon die ganze Zeit vorwurfsvoll an. Wie sieht's aus: Macht ihr mit?«

»Ohne mich«, antwortete Pia sofort. »Ich hasse Sport. Die Spaziergänge mit den Hunden reichen mir völlig.«

»Also, ich wäre dabei. Ich habe bei meinem letzten Job gemerkt, wie wenig fit ich bin. Dani macht bestimmt auch mit. Sie hat gerade wieder angefangen zu joggen.«

Wie aufs Stichwort schloss Dani im nächsten Moment die Wohnungstür auf und kam herein. Sie schwamm regelrecht in Schweiß, kicherte aber vor sich hin.

»Wenn Sport so fröhlich macht, überlege ich es mir vielleicht doch«, sagte Pia. »Dani, was ist los? Hat das Laufen so viel Spaß gemacht?«

Dani beugte sich vor, um sich zu dehnen und antwortete: »Ach, das Joggen war nach der langen Pause eher eine Qual – obwohl ich es langsam hab angehen lassen. Aber ich habe Bumske im Flur getroffen.«

»Dass du darüber noch lachen kannst, ehrt dich«, brummelte Etta. »Ich habe nicht so viel Humor, dass ich dieses Ekelpaket lächerlich finden kann.«

»Ich lache auch nicht darüber, wie unverschämt er ist, sondern über den Bären, den ich ihm gerade aufgebunden habe.«

Nun hatte Dani ihre uneingeschränkte Aufmerksamkeit. Sie holte sich eine Flasche Wasser aus der Küche und trank in großen Zügen. Offenbar genoss sie die Spannung, die sie mit ihrer Andeutung erzeugt hatte.

Endlich ließ sie sich doch zu einer Erklärung herab: »Bumske hat mich im Flur abgepasst, um sich zu beschweren. Dass wir gestern zu laut waren und dass Partys mit den anderen

Hausbewohnern abgesprochen werden müssten. Und dass er sich das schon gedacht hat, dass da bei uns die Post abgeht. *Drei Frauen und ein Mann, da brauche ich nicht viel Fantasie, um mir auszumalen, wie das bei Ihnen drunter und drüber geht!* Und da habe ich ihm einen kleinen, feinen Bären aufgebunden.«

Während die anderen wie gebannt an ihren Lippen hingen und auf die Fortsetzung ihres Berichts warteten, schälte sich Dani in aller Seelenruhe das verschwitzte Laufshirt vom Leib. Nur mit Bustier und Jogginghose bekleidet, deutete sie auf die Speckrollen. »Da seht ihr, warum ich so dringend wieder joggen muss. Wenn das so weitergeht mit der Expansion in der Körpermitte, muss ich neue Bühnenkostüme kaufen. Gut für dich, Pia: alle Outfits neu, möglichst mit viel Stretch. Ich glaube –«

»Dani!«

»Was ist? Interessieren euch meine Figurprobleme nicht? Was seid ihr herzlos!«

»Das macht sie extra«, erklärte Franz. »Sie liebt es, Pointen hinauszuzögern.«

»Pointen? Was meinst du damit, Franz?« Dani schaute ihn gespielt verwirrt an. Dann aber konnte sie sich nicht mehr zurückhalten, kicherte wieder und sagte verschwörerisch: »Ich wohne undercover bei euch. Das wisst ihr aber nicht. Ich habe mich im Auftrag des LKA eingeschleust, weil es den dringenden Verdacht gibt, dass hier Filme gedreht werden.«

Dani riss die Augen schreckensweit auseinander und flüsterte jetzt nur noch: »Schmuddelfilme. Verbotene Schmuddelfilme, wenn ihr versteht, was ich meine. Mit Hunden und mehreren Frauen und einem Mann. Ganz, ganz übles Zeug. Ich tue nur so, als wäre ich eine unbedarfte Mitbewohnerin. In Wirklichkeit sammle ich belastendes Material, bis ich euch – schnapp! – hochgehen lassen kann.« Sie grinste. »Ihr glaubt nicht, wie gebannt Bumske an meinen Lippen hing.«

»Das hat er dir aber doch nicht abgekauft«, stellte Etta nüchtern fest. »So doof kann nicht mal Bumske sein.«

»Ich bin mir nicht sicher. Zumindest hielt er es nicht für völlig ausgeschlossen. Und kaltgelassen hat ihn die Vorstellung auch nicht.«

»Oh Gott. Ihr seid mir in Sachen Fantasie wirklich alle überlegen«, lachte Etta. »Erst erzählt Pia dem armen Taxi-Heri, ich sei eine megawichtige Entscheidungsträgerin in der Filmbranche, und jetzt setzt du noch einen drauf und nimmst den blöden Bumske mit dieser Porno-Story hopp.«

»Pia hat schon recht: Jeder glaubt, was er glauben will.« Dani streckte sich. »Hat jemand was dagegen, wenn ich jetzt das Bad blockiere? Ich muss meine Muskeln unbedingt mit einer Heißwassertherapie versöhnen.«

Dani war schon auf dem Weg ins Bad, als Etta sagte: »Ich wollte, damit könnte ich meinem steifen Nacken auch beikommen. Aber ich fürchte, eine heiße Dusche allein wird den nicht wieder einrenken. Ich werde wohl einen Termin bei meinem Physiotherapeuten machen müssen. Mal schauen, wann der Zeit hat.«

Dani drehte sich um. »Einen Schiefhals hast du dir angeschlafen? Kenn ich, das ist wirklich ekelhaft. Aber da kann dir Franz bestimmt helfen. Der ist ein begnadeter Masseur. Du glaubst nicht, wie oft er mich schon gerettet hat.«

Sie schloss die Badezimmertür hinter sich, und kurz darauf hörte Franz sie unter der Dusche singen. Dass sie sich für *Sexual Healing* von Marvin Gaye entschieden hatte, erklärte sich nach ihrem Bericht über das Porno-Märchen für Bunske von allein.

Franz ruckelte unruhig auf seinem Stuhl hin und her. Es war ihm nicht recht, dass Dani sein Talent fürs Massieren erwähnt hatte. Zwar war er im Umgang mit Etta inzwischen deutlich entspannter, aber sie zu massieren war ihm zu intim. Bei Dani war das anders, denn sie hatten über die Jahre eine beinahe geschwisterliche Beziehung zueinander aufgebaut. Etta hingegen war für ihn immer noch die Filmdiva, die er heimlich anbetete. Dass es ihn ausgerechnet mit dieser Frau in eine Wohngemeinschaft verschlagen hatte, konnte er noch immer nicht recht fassen.

Etta schien von seiner Unruhe nichts mitzubekommen. »Franz, welche verborgenen Talente schlummern denn noch alle in dir? Ich bin begeistert.« Sie biss herzhaft in ihr Honigbrot. »Dein Roggenbrot ist wirklich eine Wucht. Ich esse ja eigentlich nur selten Brot, aber bei deinem kann ich mich kaum bremsen. Wenn du nur annähernd so gut massierst, wie du Brot bäckst, begebe ich mich sehr gerne in deine Hände.«

»Brotbacken ist keine Kunst. Das macht fast alles der Brotbackautomat von Pias Mutter«, wehrte er ab. »Außerdem braucht man fürs Massieren ein gutes Öl. Das habe ich nicht da.«

»Nichts leichter als das«, entgegnete Etta. »Ich muss sowieso noch einkaufen, dann gehe ich gleich bei der Apotheke vorbei und lass mir von Martha ein gutes Massageöl empfehlen.«

Da wusste Franz, dass er in der Falle saß.

»Da bin ich wieder!« Etta stellte ihre Tasche auf den Küchentisch, holte eine Flasche durchblutungsförderndes Massageöl heraus und setzte sich zu Pia. »Schau mal, was ich hier habe. Ist das was?«

Franz legte die Zeitung zur Seite, in der er gerade gelesen hatte, und nickte still. Wenigstens schien sie nicht an eine Massage in ihrem Zimmer gedacht zu haben. Er sah zu Pia, die gerade mit Feuereifer an einem Overall nähte. Sie ging wieder ganz in ihren Näharbeiten auf. Dani hatte ihr geholfen, ihre Homepage auf Vordermann zu bringen, und wenig später hatten sich bereits die ersten Kundinnen bei ihr gemeldet. Seitdem schien Pia weniger traurig und auch nicht mehr ganz so kratzbürstig zu sein.

Als sich Etta die Bluse auszog, machte sie unaufgefordert ihre Musik leiser und fragte: »Entspannungsmusik gewünscht? Passend zur Massage?«

»Was hättest du denn im Angebot?« Etta wirkte zunächst skeptisch. Als Pia aber leise indische Sitar-Musik von Ravi Shankar laufen ließ, schloss sie die Augen und hielt Franz kommentarlos das Massageöl hin.

Franz hatte keine formale Ausbildung zum Masseur, aber seine Mutter hatte häufig unter einem verspannten Nacken oder Rücken gelitten, und so hatte er es nach und nach gelernt. *Nun denn …*, versuchte er, sich Mut zu machen. Er verteilte das Öl in seinen Händen, wärmte sie durch kräftiges Aneinanderreiben an und begann erst sanft und schließlich selbstbewusster, Ettas zarten Nacken und ihre untere Schulterpartie zu kneten.

Etta stöhnte wohlig.

»Du scheinst das ja richtig gut zu machen.« Pia schien überrascht. »So eine kleine Nackenmassage könnte ich auch vertragen.«

Franz antwortete nicht, dafür murmelte Etta: »Wer Franz in der nächsten Zeit buchen will, muss sich erst eine Freistellung bei mir organisieren. Das ist wirklich wunderbar, Franz.«

Franz wurde rot. Seine Mutter hatte er so selbstverständlich massiert, wie er auch den Flur geputzt hatte. Auch Eleni und Dani hatte er eher nebenbei massiert. Jetzt aber, bei Etta, war es ihm wichtig, dass er seine Sache gut machte. Etta war anders als alle Frauen, die er bisher kennengelernt hatte. Sie wirkte so frei und auf eine zartere Art feminin als Eleni oder Dani.

Wenn er darüber nachdachte, musste Franz sich eingestehen, dass er die Frauen in seinem Leben nie selbst ausgesucht hatte. Eigentlich hatten die Frauen immer ihn erwählt.

Das war schon bei seiner ersten langjährigen erotischen Beziehung so gewesen, mit Dorle, der Schwägerin seiner Mutter.

Noch heute war ihm die ganze Geschichte peinlich. Alles hatte angefangen, als Franz nach dem Tod seines Vaters zu seiner Mutter zurückgezogen war, um den Laden zu übernehmen. Seine Mutter lag zu dem Zeitpunkt hauptsächlich im Bett, und Dorle hatte wie selbstverständlich die Regie über den Haushalt übernommen. Sie räumte auf, putzte kochte und überredete Franz' Mutter von Zeit zu Zeit, wenigstens für einen kleinen Spaziergang das Bett zu verlassen. Oft blieb sie auch am Abend. Sie rauchte und trank mit Franz süßen Rotwein, der am nächsten Tag zwar scheußliche Kopfschmerzen machte, Franz aber dabei half, das Leben etwas leichter zu nehmen.

»Was schätzt du eigentlich, wie alt ich bin?«, fragte sie Franz eines Abends.

Franz wand sich wie ein Aal. Bei so einer Frage konnte man nur falsch antworten. Seine Mutter war dreiundfünfzig, sah aber wegen ihres Tablettenkonsums und ihrer Krankheit älter aus. Er wusste, dass sein Onkel Toni drei Jahre jünger war. Also musste Tante Dorle ebenfalls fünfzig oder etwas jünger sein.

Bevor er etwas sagen konnte, nahm sie seine Hand, steckte sie in ihre Bluse und flüsterte: »Fühl mal, wie fest das alles bei mir noch ist!«

Franz war anfangs eher erschrocken als erotisiert. Sex mit einer Verwandten, dazu noch mit einer deutlich älteren Frau, lag für ihn jenseits aller Vorstellungskraft. Tante Dorle aber schmiegte sich an ihn und flüsterte: »Trau dich ruhig. Deine Mutter schläft tief und fest, und warum sollten wir beiden nicht etwas Spaß miteinander haben?«

»Und was ist mit Onkel Toni?«, fragte Franz leicht panisch.

»Der!« Tante Dorle schnaubte verächtlich. »Der weiß doch gar nicht mehr, wie ich mich anfühle! Der hat seinen Spaß mit anderen Frauen. Dem nimmst du nichts weg. Und ich habe schließlich auch Bedürfnisse.«

Damit rutschte sie auf seinen Schoß, knüpfte ihre Bluse auf

und zog seinen Mund zu ihren Brustwarzen. Franz küsste zunächst vorsichtig, dann immer gieriger ihre Brüste. Auch er war sexuell ausgehungert, und obgleich das Ganze ihm letztlich durchaus verwerflich erschien, spürte er doch, wie seine Erregung alle Bedenken verdrängte.

Von da an hatten sie sich oft miteinander vergnügt. Dorle war eine erfahrene und lustvolle Geliebte. Sie befriedigte ihn voller Freude mit dem Mund und brachte ihm bei, das Gleiche auch bei ihr zu tun. So bekam er Einblick in eine Form der Sexualität, die er mit seinen schüchternen und unerfahrenen Freundinnen zuvor nicht kennengelernt hatte.

Dorle nahm zudem die Pille, weshalb sie bei ihren sexuellen Ausflügen ins Verbotene auf nichts Rücksicht zu nehmen brauchten. Franz versuchte zwar immer wieder einmal, die Geschichte zu beenden, doch dazu war er letztlich nicht konsequent genug. Sobald er Dorle gegenüber Zweifel äußerte, wuschelte sie ihm einfach nur lachend durch die Haare und sagte: »Du bist einfach niedlich, wenn du moralisch wirst! Das Leben ist nicht so schwer, wie du es nimmst. Und nicht alles, was Spaß macht, ist eine Sünde.«

Beendet hatte er die Affäre erst nach dem plötzlichen Tod seiner Mutter. Er fand nie heraus, warum seine Mutter zu viele Schlaftabletten genommen hatte. War es Absicht gewesen oder ein Versehen? Nach ihrem Tod war Franz wie betäubt und ertrug lange keine Nähe. Von niemandem und weder körperlich noch seelisch.

»Franz? Hast du mir überhaupt zugehört?« Erst als Etta ihn direkt ansprach, merkte Franz, wie weit weg er mit seinen Gedanken gewesen war. Er hatte keine Ahnung, was Etta von ihm wollte.

»Franz hat sich in Trance massiert«, sagte Pia. »Das ist gut. Ich bewerbe mich ernsthaft um den nächsten Termin.«

»Erst, wenn ich wieder vollständig kuriert bin«, protestierte

Etta. »Vorerst ist Franz mein persönlicher Haus- und Hofmasseur. Was ist nun mit heute Abend, Franz?«

»Heute Abend?« Franz war immer noch verwirrt.

»Ich habe dich eben gefragt, ob du mich vor dem Schlafengehen noch einmal massierst.«

»Heute Abend gehört er sowieso ganz dir.« Pia sprach undeutlich, weil sie Stecknadeln zwischen den Zähnen hatte. »Ich gehe mit Dani ins Kino.«

»Was läuft denn?«, fragte Etta.

»Eine englische Komödie. Titel habe ich vergessen. Aber es soll lustig sein, und darauf habe ich richtig Bock. Mal wieder von ganzem Herzen zu lachen.«

»Oh ja.« Etta nickte zustimmend. »Noch mehr Lust hätte ich, mal wieder in einer richtig guten Komödie mitzuspielen. Aber davon gibt es leider nur wenige.«

»Schreib doch selbst eine.« Pia nahm die Stecknadeln aus dem Mund und sah Etta herausfordernd an. »Selbst ist die Frau. Ernsthaft, Etta. Warum nicht? Du bist doch eine humorvolle Frau und kennst dich mit dem Filmgeschäft aus. Schreib dir doch einfach eine krachige Komödie auf den Leib. Du kannst Dani fragen, ob sie dir hilft, ich nähe euch die passenden Kostüme, und Franz massiert das ganze Filmset und verdient sich damit 'ne goldene Nase. Das wäre doch was, nicht?«

»Ich glaube, Dani hat im Moment genug Sorgen mit ihrer Schreibblockade. Sie müsste längst viel weiter mit ihrem eigenen Programm sein.«

»Fangt doch einfach mal an, miteinander zu schreiben. Vielleicht kommt ja beides dabei heraus: ein lustiges Bühnenprogramm und ein tolles Drehbuch für eine Filmkomödie. Ihr habt mir in den letzten Wochen immer wieder gesagt, ich solle endlich wieder schneidern und Mode entwerfen. Und jetzt, wo der erste Schritt getan ist, bin ich in einem richtigen Kreativitätsrausch.«

Etta lächelte. »Süße Idee, Pia. Aber erst mal muss mein Nacken wieder besser werden. Also, Franz? Heute Abend?«

Franz nickte, nahm das Massageöl und verzog sich unauffällig auf sein Zimmer. Er ließ sich auf sein Bett fallen und begann, auf seinem Smartphone eine Schachpartie nachzuspielen, aber er konnte sich nicht konzentrieren. Warum waren ihm ausgerechnet jetzt seine erotischen Experimente mit Dorle wieder in den Sinn gekommen? Warum um alles in der Welt war er in Ettas Anwesenheit nur immer so nervös?

Er schüttelte unwillig den Kopf. Das konnte er nun wirklich gar nicht brauchen. Dass diese WG jeden Tag ein bisschen besser funktionierte, hatte damit zu tun, dass sie sich alle miteinander entspannt fühlten und einander vertrauten. Daraus, dass er für Etta als Schauspielerin schwärmte, hatte er nie einen Hehl gemacht. Die anderen hatten es eher schmunzelnd zur Kenntnis genommen. Wenn er sich jetzt aber auf einmal körperlich zu Etta hingezogen fühlte, würde das alles kompliziert machen. Und das wollte er nicht. Gerade erst war er schließlich Elenis ewigen Gefühlsausbrüchen entkommen.

Er drehte sich auf den Rücken und starrte an die Decke. Natürlich war er ab und zu traurig, dass die Beziehung mit Eleni so unschön zu Ende gegangen war. Und es gab durchaus Momente, in denen er sie vermisste. Wenn sie nicht gerade von ihrem Temperament überrollt wurde, war das Zusammensein mit ihr auch schön gewesen. Sie war zärtlich, spontan und, ja, auch das musste er sich eingestehen, der Sex mit ihr war ausgesprochen leidenschaftlich gewesen. Hätte sich nicht mehr und mehr eine dunkle Wolke über Elenis Seele geschoben, wäre Franz nie auf die Idee gekommen, sie zu verlassen.

Eleni hatte den Imbiss, in dem sie aufging, und sie liebte es, Liebesfilme und Serien im Bett zu schauen. Darum hatte es sie auch nie gestört, dass Franz wenig sprach und seine Leidenschaft dem Lesen von Krimis und Spionagethrillern und dem Online-Schachspiel galt. Solange er nur in ihrer Nähe war und sich noch an ihrem immer üppiger werdenden Körper berauschte, war für sie alles in Ordnung. Es sei denn, es überfiel sie einmal wieder eine ihrer Eifersuchtsattacken. Dann machte Eleni Franz jedes Mal die Hölle heiß.

Franz seufzte. Diese Stimmungsschwankungen waren im Laufe der letzten Jahre so heftig und häufig geworden, dass die lebensfrohe und mitfühlende Frau, die Eleni eigentlich war, schließlich fast ganz dahinter verschwand.

Während Eleni und er sich im Wesentlichen über Alltägliches ausgetauscht hatten, verwickelte Etta Franz in lange Debatten über die psychologischen Hintergründe einer Rolle, und es war neu und spannend für ihn, dass jemand an seiner Meinung ernsthaft interessiert war.

Je mehr es auf den Abend zuging, desto unruhiger wurde Franz. Er war ganz sicher nicht in Etta verliebt, aber dieser Moment von erotischer Abschweifung, der ihn beim Massieren überkommen hatte, irritierte ihn.

Er hörte, wie Dani und Pia in der Küche lachten und schwatzten, und nachdem die Wohnungstür hinter ihnen zugeschlagen war, vernahm er mit fast schmerzlicher Deutlichkeit die Stille in der Wohnung. Sein Fenster, das zur Straße hinausging, stand offen. Es war angenehm warm, und er hörte Menschen unter seinem Fenster vorbeischlendern, -joggen oder -gehen. Satzfetzen drangen wie Duftproben, die einem Parfümflacon entwichen waren, zu ihm herauf.

»… einfach nie meine Vene getroffen. Das ist so ein Mist, wenn du Rollvenen …«

»… Gabi schon dreimal angerufen, glaubst du, die ruft mal zurück …«

»… jede Nacht das gleiche Theater. Wenn der nicht bald durchschläft, kannst du mich einliefern …«

Franz spürte, wie ihm der Schweiß ausbrach. Gerade, als er beschloss, vorsichtshalber zu duschen, klopfte es leise an seine Tür. *Ich sollte mich endlich zusammenreißen*, dachte er. »Komme sofort!«, rief er stattdessen betont aufgeräumt. »Ich muss nur noch kurz ins Bad, dann bin ich bei dir!«

Er atmete noch einmal tief durch. Dann ging er ins Bad, spritzte sich kaltes Wasser ins Gesicht und wusch sich unter den Achseln. Als er in Ettas Zimmer kam, hatte sie ein Badetuch auf ihrem Bett ausgebreitet, lag auf dem Bauch und trug einen dünnen Bademantel, den sie bis zu den Schulterblättern heruntergelassen hatte. Sie hörte leise Rumba-Musik, gab sich aber betont burschikos, als wollte sie jeden Gedanken an eventuelle Doppeldeutigkeiten ausschließen.

»Dann lass deinen Zauberhänden mal freien Lauf«, forderte sie ihn auf. Sie lachte gezwungen. »Und sei froh, dass dir der vollständige Anblick erspart bleibt. Ich bin angezogen deutlich attraktiver als nackt.«

Sie ist genauso nervös wie ich, dachte Franz. Er räusperte sich und sagte forsch: »Spinn nicht rum, Etta. Wir sind hier nicht bei *Germanys Next Topmodel*, sondern unter gut abgehangenen Fast-Rentnern, die sich das Leben gegenseitig ein wenig leichter machen. Ich bin quasi aus medizinischen Gründen hier, also entspann dich.«

Er ließ etwas Massageöl in seine Hände laufen, verteilte es auf Ettas Nacken und begann vorsichtig, sie zu massieren.

»Mein Gott. Ausgerechnet *Germanys Next Topmodel!* Sag bloß nicht, dass du dir diese peinliche Parade ernsthaft angeschaut hast?«

Franz ließ seine Hände nun etwas kräftiger über Ettas zarte Muskeln wandern. »Nur nebenbei.« Er sah zur Seite. »Eleni hat sich das gern angeschaut, dabei ununterbrochen auf Heidi Klum und ihre Stimme geschimpft und sich tütenweise Chips und Nugatschokolade reingeschaufelt. Ich habe das gehasst. Das Frauenbild fand ich immer abartig. Je dünner eine Frau ist, desto besser ist sie für die Branche geeignet. Ich finde das schrecklich.«

Franz spürte, dass er wieder schwitzte. Vor lauter Nervosität hatte er angefangen zu plappern. Das war ja furchtbar!

»Du magst schlanke Frauen nicht besonders, stimmt's?«, fragte Etta.

Und schon befanden sie sich auf einem Terrain, auf das er nicht gewollt hatte. Franz räusperte sich erneut. »Ich denke, eine Frau ist immer dann attraktiv, wenn sie sich mag. Das hat mit Figur und Gewicht nichts zu tun.«

»Trotzdem findest du mich zu dünn, oder?«, insistierte sie.

Franz seufzte. *Mein Gott, jetzt wäre ich wirklich gern wieder in meinem Zimmer!* Laut sagte er: »Etta, hör auf. Ich finde dich wunderschön und ausgesprochen sexy. Mach es mir nicht schwerer als nötig. Ich bin ja nicht nur der liebe Franz, der Brot backen und gut massieren kann. Ich bin, nebenbei bemerkt, noch immer ein Mann.«

Etta reagierte zunächst gar nicht, und Franz wäre vor Scham am liebsten im Boden versunken. Von draußen drang ein schrilles Lachen herein. Eine Stimme rief: »Du bist unmöglich, weißt du das? Unmöglich!«

Damit könnte ich gemeint sein, dachte Franz. Im selben Moment drehte Etta sich um, setzte sich auf und küsste ihn. Zunächst waren ihre Küsse vorsichtig und unsicher, dann wurden sie inniger.

Sofort spürte Franz eine unglaubliche Lust. Sein Herz holperte. Und als Etta ihn zu sich zog, fing er an, ihren Körper zu liebkosen.

Als Etta leise lachte, hielt Franz erschrocken inne. »Was ist so komisch?«

»Jetzt brechen ausgerechnet wir die Regeln. Du erinnerst dich? *Kein Sex, keine Nacktheit.* Zieh dich aus, Franz. Wenn schon, denn schon.«

Lange nach ihrem Höhepunkt lagen beide trotz der Wärme von draußen noch eng aneinandergeschmiegt. Franz fühlte sich leicht und heiter.

»Wir sind allein in der Wohnung. Niemand hat gemerkt, dass wir uns nicht an die Regeln gehalten haben«, sagte Etta.

Franz verspürte noch immer nicht die geringste Lust, sich zu bewegen. »Und wenn schon«, brummte er. »Regeln sind doch da, um gebrochen zu werden. Jeder weiß, dass man nicht bei Gelb über die Ampel fahren darf, und doch gibt jeder im entscheidenden Moment eher Gas, als zu bremsen.«

»Ich habe gar keinen Führerschein«, lachte Etta. »Ich habe mich mein ganzes Leben immer chauffieren lassen.«

»Bist halt 'ne Diva. Schon immer gewesen.« In Franz' Stimme schwang eine solche Zärtlichkeit mit, dass Etta ihn spontan küsste.

»Vielleicht ein bisschen«, gab sie zu und sah ihn an. »Meinst du, du könntest der Diva einen kalten Weißwein aus dem Kühlschrank holen?«

Franz schwang sich nackt, wie er war, aus dem Bett, spähte vorsichtshalber von der Tür aus in die dunkle Wohnung und kehrte kurz darauf mit zwei gut gefüllten Gläsern Weißwein zurück.

»Mein Gott, ich fühle mich so gut! Das war einfach schön mit dir, Franz Döbler, weißt du das?« Etta hob ihr Glas. »Prost! Auf uns, auf die Regelverstöße – und auf Sex ohne Versprechungen.«

Sie nahm einen großen Schluck und fuhr sogleich fort: »Das war es doch, oder? Sex ohne Versprechungen, meine ich.«

»Natürlich«, erwiderte Franz. »Ich bin doch nicht aus der einen Beziehung raus, um sofort in die nächste hineinzuhüpfen.«

»Heimlicher Sex ohne Konsequenzen. Klingt nach Fortsetzung. Das gefällt mir.« Etta kicherte. »Und wo wir grad bei

Konsequenzen sind … Noch nicht mal vor einer Schwangerschaft müssen wir uns fürchten.«

»Das ist das Geschenk des Älterwerdens«, sagte Franz. »Keine Schwangerschaften und keine romantischen Verklärungen. Obwohl unser Kind bestimmt sehr hübsch wäre. Es müsste deine Schönheit und mein Talent fürs Brotbacken und Massieren erben, und die Welt läge ihm zu Füßen.«

Etta kicherte noch mehr. »Du hast keine Kinder, Franz, nicht wahr?«

»Hat sich nicht ergeben«, murmelte er. »Eleni hatte ja schon fast erwachsene Söhne, und ich war mit unserem Leben zufrieden. Warum hast du keine?«

Etta schwieg so lang, dass Franz schon vermutete, sie hätte die Frage nicht gehört. Dann aber nahm sie einen weiteren Schluck Wein und sagte leichthin: »Ich habe ein Kind. Einen Sohn. Natürlich längst erwachsen. Der kann mich aber nicht leiden. Darum bin ich im Grunde auch kinderlos.«

Franz spürte, wie viel gezwungene Leichtigkeit in diesem Satz mitschwang, und widersprach: »Etta, das ist absoluter Quatsch! Kinder können Eltern schwierig finden, mit ihnen streiten oder hadern. Aber am Ende möchte jeder von seiner Mama geliebt und anerkannt werden. Selbst meine war mir nie egal. Und wenn ich das sage, zählt das doppelt. Ich bin nämlich ein Adoptivkind. Das habe ich erst in der Pubertät erfahren, und glaub mir, ich habe mir jahrelang den Kopf zermartert, wer meine leibliche Mutter wohl sein mag. Mütter spielen im Leben ihrer Kinder *immer* eine Rolle. Auch für deinen Sohn. Bemüh dich um ihn. Zeig ihm, dass er dir wichtig ist. Du wirst sehen, irgendwie kommt alles wieder ins Lot.«

»Ach, Franz! Du bist ein unverbesserlicher Menschenfreund.« Sie nahm seine Hand. »Das ist schön. Aber bei mir und meinem Sohn ist es kompliziert. Ich habe ihn viel zu früh bekommen und nie Muttergefühle entwickelt. Das hat er mir immer verübelt. Er ist mehr oder weniger bei meiner Mutter großgeworden. Die bedeutet ihm noch heute alles; nur ihr zuliebe hält er zumindest losen Kontakt mit mir. Lass uns den wundervollen Abend nicht damit beschweren. Ich trinke jetzt noch einen Wein, und dann schlafe ich, und ich kann es schon jetzt kaum erwarten, dich irgendwann wieder heimlich in mein Bett zu locken.«

Sie streckte Franz ihr leeres Weinglas entgegen, und als er mit einem weiteren gut gefüllten Glas zurückkam, fragte sie: »Bleibst du noch etwas bei mir?«

Als Etta schlief, betrachtete Franz sie noch eine Weile. Sie sah sehr zart aus und erinnerte ihn an ein Vögelchen, das zwar laut krakeelen kann, aber im Grunde zerbrechlich ist. Schließlich wurde auch er müde. Leise trank er sein Glas aus, nahm seine Anziehsachen und verließ Ettas Zimmer. Als er ins Wohnzimmer trat, wäre er vor lauter Schreck fast hintüber gefallen: Am Tisch saß Pia im schwachen Lichtschein ihres Handydisplays und textete mit jemandem. Auch sie schien Franz' plötzliches Auftauchen erschreckt zu haben.

Verlegen versuchte Franz, seine Nacktheit zu verbergen, indem er sich seine Klamotten vor den Schritt hielt. »Ich dachte, du wärst im Kino?« Seine Frage klang unwirscher, als er es beabsichtigt hatte.

Pia lachte. »Das war ich auch. Hast du mal auf die Uhr geschaut? Der Film ist längst vorbei.«

Franz trippelte verlegen auf der Stelle: »Ist Dani auch schon zurück?«

»Keine Angst!« Pia grinste. »Die hat vor dem Kino ein paar Bekannte getroffen und ist mit denen noch was trinken gegangen. Das Geheimnis um deine … äh … Nacktmassagen ist bei mir gut aufgehoben. Allerdings nehme ich meine Bewerbung um einen Termin zurück. An *dieser* Art Massage bin ich eher nicht interessiert.«

»Pia, du verstehst da was falsch!« Franz wusste vor lauter Scham nicht, wohin mit sich. »Also … es ist nicht so, dass Etta und ich … Also, ich meine, wir haben keine heimliche …«

»Gib dir keine Mühe, Franz. Auf den Spruch ›Es ist nicht, wonach es aussieht‹ falle ich nicht rein. Aber keine Angst, ich gönne euch eure kleine Freude. Auch wenn ich staune, wie Etta mit ihren heiligen Regeln umgeht.«

Franz merkte, dass er die ganze Zeit mehr oder weniger die Luft angehalten hatte. Als er ausatmete, klang es wie ein schwerer Seufzer. »Das ist nett von dir, Pia. Ich hatte das auch nie vor, also … das mit Etta …«

Pia lächelte. »Du vielleicht nicht, Etta dafür umso mehr. Sie hat schon die ganze Zeit die Angel in deine Richtung ausgeworfen. Wenn du das nicht gemerkt hast, dann nur, weil du zu schüchtern bist.«

»Also ich gehe dann mal ins Bad …«

Pia nickte, und Franz war froh, endlich zu entkommen. Nachdem er geduscht und sich die Zähne geputzt hatte, zog er sich Unterhose und Jeans wieder an und kehrte ins Wohnzimmer zurück. Pia war noch immer über ihr Smartphone gebeugt.

Franz fühlte sich bekleidet gleich viel souveräner. Er setzte sich zu Pia an den Tisch, deutete auf ihr Handy und fragte: »Hast du irgendwie Stress, oder textest du aus Spaß?«

Pia trank einen großen Schluck von ihrer Apfelschorle und seufzte nun ebenfalls. »Stress habe ich nicht direkt. Aber ich weiß nicht recht, was ich machen soll. Martha hat mich gefragt, ob ich diesen Sommer mit ihr und Hilda nach Dänemark möchte. Sie hat dort ein Häuschen gemietet, und ich könnte für kleines Geld mit ihnen Urlaub machen.«

»Das ist doch ein tolles Angebot, oder nicht? Ich meine, du verstehst dich blendend mit Hilda, und Martha ist unglaublich nett. Warum zögerst du?« Franz lehnte sich entspannt zurück.

»Ja, schon …« Pia zögerte ein Weilchen und fragte dann: »Ist dir bei unserer Party irgendwas aufgefallen, Franz?«

Franz war ratlos. »Was genau meinst du?«

»Du hast doch gesehen, dass ich länger mit Martha getanzt habe. Wie wirkte das auf dich?«

»Ich habe nicht darauf geachtet. Darum ist mir auch nichts aufgefallen. Worum geht es dir denn?«

Pia schob ihr Glas mit der Apfelschorle auf dem Tisch hin und her. Ihr Handy leuchtete auf, und Franz sah, dass sie eine weitere Textnachricht bekommen hatte. Pia legte ihre Hand schützend auf das Display. »Ich habe die Befürchtung, dass Martha sich mehr verspricht. Also, dass sie sich ein bisschen in mich verguckt hat, verstehst du?«

»Was wäre daran so schlimm? Du bist Single, Martha ist eine klasse Frau, ihr versteht euch gut. Ich sehe da kein Problem.«

Pia seufzte. »Ich will ihr keine falschen Hoffnungen machen, verstehst du? Ich bin noch nicht so weit, dass ich mich auf was Neues einlassen könnte. Auch wenn es vielleicht nicht so aussieht: Die Trennung von Isi sitzt mir noch ganz tief im Herzen. Ich könnte mich nicht so einfach mit einer Affäre trösten.« Sie sah ihn an. »Ich kritisiere dich dafür nicht, Franz, versteh mich nicht falsch. Du hast ja mit Eleni auch einen harten Streifen hinter dir. Da kann ich verstehen, dass dich eine Affäre mit einer Frau wie Etta reizt.«

Franz wollte sich verteidigen, aber Pia ließ ihn nicht zu Wort kommen »Nein, lass! Das geht mich alles nichts an. Ich habe nur Angst, Martha zu verletzen, und darum schrecke ich davor zurück, mich auf eine engere Freundschaft einzulassen. Ich mag dafür auch Hilda viel zu gern, und die würde darunter leiden, sollte es zwischen Martha und mir knirschen.«

Franz legte seinen Arm um Pia. »Was bist du doch für ein feiner Mensch, Pia! Ich verstehe deine Bedenken. Trotzdem kannst du nur die Verantwortung für dich selbst übernehmen. Lass mal das potenzielle Gefühlschaos beiseite. Hättest du denn Lust auf diesen Urlaub?«

Nun musste Pia grinsen. »Ich bin nicht ganz so ein feiner Mensch, wie du denkst, Franz. Ich bin kein besonderer Fan von Urlauben im Norden. Davon abgesehen will ich derzeit auch gar nicht weg. Gerade läuft es endlich einmal im Geschäft, und ich will das jetzt endlich durchziehen. Dani will für die Homepage sogar eine kleine Modeschau filmen, bei der Hilda und ich meine neuesten Modelle vorführen. Ich will weder Dani noch mich enttäuschen, indem ich nicht am Ball bleibe. Meine Mutter hat mich schon gefragt, ob ich sie und Onkel Diddi nicht auf Kreta besuchen will. Und glaub mir, einen Kurztrip in die Hippiebucht Mátala würde mich schon sehr reizen. Ich hab da mal gekellnert und kenne noch ein paar Leute. Aber selbst diese Einladung habe ich ausgeschlagen.«

Franz war überrascht. Pia hatte sich in den letzten Wochen wirklich auf den Hosenboden gesetzt. »Das klingt doch alles toll«, sagte er. »Genau so, wie du mir das jetzt gesagt hast, solltest du es Martha erklären. Sie wird das verstehen. Was sie sich von dir erhofft oder nicht, ist letztlich ihre Sache. Denk ruhig ein bisschen mehr an dich. Du bleibst trotzdem ein feiner Mensch.«

Er zog sie kurz in seine Arme. »So, und jetzt muss ich dringend ins Bett. Schlaf schön, Pia.«

»Du auch, Franz«, erwiderte Pia. »Danke für dein offenes Ohr. Und was dein Geheimnis mit Etta angeht …« Sie machte eine Geste, als ob sie mit einem Schlüssel ihre Lippen verschlösse, und warf ihm dann eine Kusshand zu.

LINKS, WO DAS HERZ SCHLÄGT

Dani parkte ihr Auto in der Nähe der Wohnung und schlenderte Richtung Wochenmarkt. Sie war ein paar Tage zu Besuch bei Anni und ihren Söhnen gewesen und gerade erst zurückgekehrt.

Sie schmunzelte. Ihre zwei Enkel waren ganz schöne Racker. Lebhaft, lustig und, wenn sie ihre Oma endlich einmal wieder für sich hatten, auch ganz schön fordernd. Julius war neun, ein kleiner Denker und Philosoph und hatte sie den lieben langen Tag mit Fragen überschüttet: Kann sich ein Frosch aussuchen, ob er grün oder braun wird? Wann entscheidet sich ein Kängurubaby, den Beutel zu verlassen, und darf es danach wieder hinein? Ist eine Zecke traurig, weil sie von allen Menschen gehasst wird? Er aß kein Fleisch, »weil man Freunde nicht isst«, und lehnte auch Zoobesuche vehement ab, da er es nicht ertrug, die Tiere eingesperrt zu sehen.

Sein jüngerer Bruder war ganz anders. Marek konnte es nicht wild genug zugehen. Er sprang und kletterte den ganzen Tag über Tisch und Bänke, liebte Fußball und übte, zum Leidwesen seiner Mutter auch in der Wohnung, mit seinem Diabolo ständig neue Tricks.

Dani summte vergnügt vor sich hin. Es war schön, durch die Tourneepause etwas mehr für ihre Enkel da sein zu können. Normalerweise musste sie ihrer Tochter bei Betreuungsengpässen meistens absagen. Ebenso schön war es allerdings, nach den anstrengenden Tagen wieder in die Ruhe und Geborgenheit ihrer WG eintauchen zu können.

Jetzt, mitten im Juni, waren die Tage herrlich lang, und Dani hoffte, Etta, Pia und Franz zu einem Gemeinschaftsabend auf dem Balkon überreden zu können. Sie spürte, wie ihr dünner Rock um ihre nackten Beine schwang. Als sie noch zur Schule ging, war es ein ewiger Kampf mit ihrer Mutter gewesen, ab welcher Temperatur sie die Kniestrümpfe weglassen durfte. Damit die nicht rutschten, hatte ihre Mutter sogar Gummilitze in den oberen Saum genäht. Die hatte hässliche Ringe in der Haut verursacht, weshalb Dani die Kniestrümpfe ausgezogen hatte, sobald sie außer Sichtweite war. Ob sie deshalb so häufig erkältet gewesen war, wusste Dani nicht. Nur, dass die angeblich so herrlich unbeschwerte Kindheit für sie eine Zeit voller Sorgen gewesen war. Wann immer Dani erkältet war, seufzte ihre Mutter und fragte: »Kind, was mache ich nur mit dir?«

Dani hatte natürlich gewusst, dass es für ihre Mutter eine Belastung war, wenn sie zu Hause bleiben und sich in der Tanzschule vertreten lassen musste. Das erkannte sie an den vorwurfsvollen Blicken, die sie trafen, wenn sie wieder einmal fiebernd auf der Wohnzimmercouch lag. Sobald sie kein Fieber mehr hatte, wurde sie dick eingepackt und in die Tanzschule verfrachtet, wo sie ihrer Mutter beim Unterrichten zuschauen musste. Jedes Mal, wenn sie einen Hustenanfall bekam – und darin war sie leider Spezialistin –, schauten alle auf sie, und sie wurde puterrot.

Eine Schulklasse von etwa zehnjährigen Kindern ging laut schwatzend vor ihr her. Wahrscheinlich machte sie heute, so kurz vor den Sommerferien, einen Ausflug. Wo es wohl hingehen mochte? Die Kinder übertrumpften sich gegenseitig darin, sich zu schubsen. Ein Lachen und Quietschen lag in der Luft, und die Lehrerin mahnte sanft zu mehr Disziplin. Dani beobachtete das Treiben mit gemischten Gefühlen. Hoffentlich plagten die Kinder heute weniger Sorgen, als sie damals gehabt hatte.

Als die Gruppe in Richtung Westfalenpark abbog, beschleunigte sie ihren Schritt. Sie wollte nicht zu spät auf den Markt kommen, um noch eine möglichst große Auswahl zu haben.

Zuerst kaufte sie sich einen riesigen Sommerblumenstrauß. Dann entschloss sie sich spontan, ihre Mitbewohner mit einer leckeren Spargelmahlzeit zu überraschen. Die Saison ging langsam ihrem Ende entgegen, deshalb musste man die Gunst der Stunde nutzen.

Den Spargel, neue Kartoffeln und Erdbeeren hatte sie in ihren Korb gepackt, den Blumenstrauß hielt sie im Arm, während sie umständlich nach dem Schlüssel in ihrer Handtasche suchte, um die Haustür aufzuschließen. Zu ihrer Überraschung hörte sie schon von draußen laute Marschmusik durch den Flur schallen. Als sie die Haustür öffnete, war der Lärm nahezu unerträglich.

Sie wollte rasch die Stufen zur Wohnung hinaufgehen, doch Isolde öffnete ihre Wohnungstür und machte Dani ein Zeichen, zu ihr hereinzukommen. Da Isoldes Blick verzweifelt wirkte, kam Dani der Aufforderung sofort nach. Erst nachdem sie die Wohnungstür geschlossen hatten und Dani Isolde ins Wohnzimmer gefolgt war und auch dort die Tür geschlossen war, war der Lärm einigermaßen erträglich.

»Setz dich«, sagte Isolde und ließ sich selbst in einen großen hellen Sessel plumpsen. Dani folgte ihrer Aufforderung und sah sich um. Sie war noch nie in Isoldes Wohnung gewesen und war erstaunt, wie hell und modern sie eingerichtet war. Das Zimmer sah eher aus wie ein Musterwohnzimmer einer schwedischen Möbelkette als wie das einer alten Frau.

Isolde sah Danis Erstaunen, und als hätte sie ihre Gedanken gehört, sagte sie mit verschmitztem Lächeln: »Einer meiner Enkelsöhne arbeitet für diese Möbelkette. Mein Lieblingsenkel, um ehrlich zu sein. Er hat mir keine Ruhe gelassen, bis ich meine guten alten Möbel gegen diese Nullachtfünfzehndinger ausgetauscht hatte. Meins ist es ja nicht, aber er kommt mich als Einziger besuchen und soll sich doch wohl bei mir fühlen.«

»Du bist ganz schön tolerant«, erwiderte Dani. »Ich weiß nicht, ob ich meinen Enkelsöhnen später auch so entgegenkommen würde.«

Isolde schob kommentarlos ein Glas und eine Wasserflasche in Danis Richtung. »Was die neuen Attacken dieses Tyrannen angeht, ist meine Toleranz deutlich begrenzt.«

»Das hätte ich mir denken können«, folgerte Dani. »Dass diese scheußliche Marschmusik aus Bumskes Wohnung kommt, meine ich. Dabei meckert ausgerechnet er doch immer, wir sollen im Hausflur leise sein.« Sie nahm einen großen Schluck aus ihrem Wasserglas, und Isolde tat es ihr gleich.

»Das ist ein Angriff auf uns«, sagte Isolde. »Du hast offenbar nicht mitbekommen, wie der Streit in den letzten Tagen eskaliert ist. Etta hat mit Pia, Martha und Hilda zusammen gesungen. Ich fand's schön, aber es war natürlich nicht grad leise. Deshalb hat sich Herr Bunske wie üblich aufgeregt. Und da hat Etta ihn mit ›Heil Hitler‹ begrüßt.«

»Oha«, sagte Dani. »Das ist typisch Etta. Sie provoziert gern und schießt dabei auch schon mal übers Ziel hinaus.«

»Ja, das ist meistens lustig, aber nicht immer geschickt. Herr Bunske hat sich mächtig ins Zeug gelegt. Man müsse kein Nazi sein, um für Recht und Ordnung zu sein, Tugenden wie Rücksichtnahme und Ordnung seien schließlich nicht Hitlers Erfindung gewesen, hat er gepoltert.«

»Ach herrje, da hat Etta wohl in ein Wespennest gestochen.« Dani rieb sich die Stirn.

Isolde schmunzelte. »Nicht nur das. Sie hat natürlich weitergemacht und aus voller Kehle das Horst-Wessel-Lied gesungen. Da ist Bunske wutentbrannt in seine Wohnung. Seitdem legt er jedes Mal, wenn jemand im Flur singt, diese scheußliche Marschmusik auf, und man hört sein eigenes Wort, geschweige denn den eigenen Gesang nicht mehr.«

Isolde sah bekümmert auf ihre Hände und fuhr dann fort: »Heute bin ich dran schuld. Ich habe gerade ein bisschen gesungen. Es ist nicht gut, so schnell den Schwanz einzuziehen, habe ich gedacht. Ein bisschen Gegenwind kann nicht schaden. Aber nun haben wir den Salat. Ich will nicht, dass das noch mehr eskaliert. Vielleicht sollten wir es doch lieber sein lassen.«

»Quatsch!« Dani war sauer. »Das sehe ich anders. Schließlich haben wir genau durch diesen Stress mit Bumske wunderbar zusammengefunden. Das ist doch etwas Gutes. Ich denke gar nicht daran, mich von dem in die Schranken weisen zu lassen. Wir denken uns eine Strategie aus, verlass dich drauf.« Sie wies auf ihre Einkaufstasche. »Ich habe gerade auf dem Markt eine Riesenportion Spargel gekauft. Was hältst du davon, wenn Franz dich nachher zu uns hochholt und wir bei einem gemütlichen Essen einen Schlachtplan aushecken?«

Isolde zögerte. »Ich will euch wirklich nicht ständig auf die Pelle rücken.«

»Auch das ist Blödsinn«, widersprach Dani. »Ich freue mich sehr, wenn du kommst, und ich bin sicher, die anderen denken genauso.«

»Wenn ihr mögt ... Ich bin ziemlich gut in Sauce Hollandaise.« Isolde hatte rote Wangen bekommen. »Die würde ich mitbringen. Und einen wirklich exquisiten Weißburgunder habe ich auch hier, der passt hervorragend zum Spargel. Ich habe ja nicht umsonst jahrelang ein Restaurant geleitet.«

»Das hört sich großartig an. Sollen wir sagen, Franz holt dich um 19 Uhr hoch?«

»Ach, das ist wirklich schön. Dann also bis nachher.« Sie erhob sich, um Dani an die Wohnungstür zu begleiten. Die Musik im Flur war verstummt, und Isolde lächelte dankbar. »Gott sei Dank gibt er nach einer halben Stunde meistens auf.«

»Wir nicht«, entgegnete Dani. »Das wird er schon sehen.«

Schwungvoll setzte Franz Isolde in einem Sessel ab. »Du bist wirklich leicht wie eine Feder.«

Sie reichte ihm den Topf, den sie auf dem Weg die Treppe hinauf gut festgehalten hatte. »Hier, die Sauce Hollandaise. Die muss noch einmal vorsichtig erwärmt werden.« Sie strich sich lächelnd ihren geblümten Seidenrock glatt. »Es ist ein Glück, dass ich nicht so viel wiege. Sonst könnte ich dir wohl kaum zumuten, mich hochzuwuchten. Endlich ist es einmal ein Vorteil, dass an mich so gar nichts drankommt.«

Dani, die mit einer Schürze bekleidet aus der Küche trat, sah sie beunruhigt an: »Warum denn nicht? Isst du nicht genug?«

Isolde lehnte sich zurück und rieb sich in einer abwehrenden Geste den Unterarm. »Früher hatte ich kaum Zeit zu essen. Vier Kinder und ein Restaurant, da bist du ja nur am Springen. Und heutzutage …« Sie seufzte, und ihre Augen verdunkelten sich. »Ich bin viel allein, da schmeckt's einfach nicht so. Ich war ja mein Leben lang ein geselliger Mensch …«

Bevor Franz etwas Tröstliches einfiel, gab Isolde sich einen sichtlichen Ruck, setzte sich auf und sagte fröhlicher: »Ich will nicht rumjammern. Es riecht wunderbar, und ich freue mich, dass ich mit euch zusammen essen darf. Franz, hast du den Wein aus meiner Wohnung geholt und noch mal kaltgestellt?«

Franz nickte, und im selben Moment kam Etta durch die Wohnungstür. Sie schleuderte ihre hochhackigen Sandalen im hohen Bogen von den Füßen, ließ ihre Tasche fallen und stöhnte: »Uff, ist das schwül draußen!« Erst jetzt bemerkte sie den schön gedeckten Tisch und Isolde, die im Sessel thronte. »Hui, gibt's wieder 'ne kleine Party?«

»Spontane Idee«, sagte Dani. »Bevor die Spargelzeit vorbei ist, müssen wir noch mal richtig schlemmen. Stell dir vor, Isolde hat eine Sauce Hollandaise mitgebracht. Selbstgemacht! Wir lassen es uns so richtig gutgehen, und dann halten wir Kriegsrat. Wegen Bumske und seiner Marschmusiktyrannei.« Sie drehte sich um und rief in Richtung der Schlafzimmer: »Pia, Essen ist fertig!«

Als Pia aus ihrem Zimmer kam, trug sie ein türkisblaues Sommerkleid, das in der Körpermitte raffiniert gerafft war und eng wurde, um ab dem Knie wieder weiter zu fallen. Sie sah aus wie ein Model, erst recht als sie in der Zimmertür posierte. »Tadaaaa! Gerade fertig geworden. Ein weiteres Traumstück aus der Kreation *Pik Dame* der berühmten Curvy-Designerin Pia Kaizik!«

Als alle spontan applaudierten, strahlte Pia.

Etta hingegen ließ sich erschöpft auf einen Stuhl fallen. »Mein Gott! Dagegen komme ich mir in meinem verschwitzten Baumwollfähnchen regelrecht schäbig vor! Pia, du bist wirklich eine Granate, in jeder Hinsicht.« Sie fuhr sich durch die Haare. »Aber ich habe auch gute Nachrichten.«

Alle Augen richteten sich auf Etta, doch die winkte ab. »Erst essen wir. Es wäre zu schade, wenn der Spargel verkocht.«

»Und das ist genau mein Stichwort!«, rief Dani und verschwand eilig in der Küche. Als sie mit einer riesigen Platte dampfenden Spargels zurückkam, gab es gleich noch einmal Applaus.

Beim Essen herrschten geschäftiges Besteckgeklapper und beifälliges Murmeln. Erst als alle zufrieden stöhnend die leer gegessenen Teller von sich schoben, sagte Franz: »So, Etta! Jetzt aber raus mit der Sprache: Was gibt es zu verkünden? Ist dein merkwürdiger Ex-Agent wieder aufgetaucht und hat dir einen Koffer mit Geld vor die Füße gestellt?«

Etta lachte, lehnte sich zurück und streckte sich in aller Ruhe. »Nicht ganz, mein Lieber, nicht ganz«, sagte sie dann. »Aber immerhin bin ich ab sofort nicht mehr auf Eike angewiesen. Es sieht so aus, als hätte ich eine neue Agentur gefunden. Haltet euch fest: Im Juli fahre ich für ein paar Tage nach Süddeutschland und drehe in den Bergen. Ich spiele eine Heiratsschwindlerin, die reihenweise Männer mit ihrem angeblichen Vermögen ködert. Die Schauspielerin, der die Rolle eigentlich zugedacht war, hat sich den Knöchel gebrochen, und ich kann für sie einspringen. Die Rolle passt so gut zu mir, als wäre sie mir auf den Leib geschrieben!«

Dani grinste breit. »Das klingt fantastisch. Wie bist du an die Agentur rangekommen?«

»Ein Tipp von Poldi. Er hat bei seinem letzten Job einen jungen Schauspieler kennengelernt, der von dieser Agentur geschwärmt hat. Und jetzt haltet euch fest! Was glaubt ihr, wo die ihren Sitz hat?« Etta genoss die ihr entgegengebrachte Aufmerksamkeit sichtlich. Sie hielt Franz ihr Weißweinglas entgegen, und er füllte es kommentarlos.

Die beiden verstehen sich wirklich außergewöhnlich gut, dachte Dani. *Hoffentlich verknallt Franz sich nicht in Etta.*

Etta trank einen Schluck Wein, lehnte sich wieder auf ihrem Stuhl zurück und sagte mit triumphierendem Lächeln: »Ausgerechnet nach Marl hat's mich verschlagen. Die haben tatsächlich ihren Sitz dort – weil sie aus der Gegend stammen und außerdem große Fans der dortigen Filmfestspiele sind. Ich habe mich heute mit den beiden getroffen, ein junges Pärchen, das voller Ideen und mit riesigem Engagement bei der Sache ist. Die haben bisher nur ganz junge Künstler in ihrem Portfolio, aber nach unserem Gespräch hatten sie richtig Lust, es mit mir zu versuchen.«

Dani gönnte Etta ihren Erfolg von Herzen. Gleichzeitig spürte sie ein wenig Neid. Bei Pia ging es aufwärts, auch Etta war jetzt – zu Recht – optimistisch, und Franz blühte in seinem neuen Leben regelrecht auf. Nur sie steckte noch in der Sackgasse. *Jetzt bin ich aber mal dran,* dachte sie.

Im selben Moment klingelte ihr Handy. »Paula«, verriet das Display. Als Dani genervt das Gesicht verzog, sah Pia sie fragend an.

»Paula«, wisperte Dani. »Meine Agentin. Sie macht Druck. Sie will endlich was lesen.«

Ehe Dani verstand, was geschah, hatte Pia ihr das Handy aus der Hand gerissen und den Anruf entgegengenommen: »Hi, Paula, hier ist Pia, Danis Kostümbildnerin. Dani kann gerade nicht telefonieren. Sie probt mit Etta für ihr neues Programm.«

Dani wedelte hektisch mit der Hand, um Pia zu bremsen. Die ließ sich aber nicht beirren, sondern lauschte eine Weile und sagte dann: »Ups, hoffentlich habe ich alte Plaudertasche jetzt nichts verraten, was Dani dir selbst mitteilen wollte. Wie es aussieht, macht sie ausnahmsweise ein Duo-Programm, gemeinsam mit Etta Glück. Was hältst du davon?«

Im Raum war es plötzlich mucksmäuschenstill. Jeder versuchte zu hören, was Paula am anderen Ende der Leitung sagte.

»Ja.« Pia nickte und ging ein paar Schritte zur Seite. »Ich fand die Idee auch großartig. Das ist genau der Knaller, auf den ihr Publikum gewartet hat. Näheres sagt sie dir bestimmt lieber selbst. Ich richte ihr aus, dass sie dich dieser Tage zurückrufen soll. Ja, ja, aber bisher nur einen Arbeitstitel …« Kurz wirkte Pia, als bekäme sie Panik. »*Zum … Zum Glück noch Dies*«, stammelte sie dann hastig ins Handy. »Wie gesagt, ein Arbeitstitel. Den Rest erfährst du von ihr.«

Als Pia aufgelegt hatte, fielen alle gleichzeitig über sie her. Dani war völlig entsetzt: »Sag mal, Pia, hast du sie noch alle! Wie kannst du denn Paula so einen Oberscheiß erzählen? Etta und ich im Duo. *Zum Glück noch Dies*. Geht's noch? Jetzt muss ich die arme Paula zurückrufen und ihr beichten, dass alles nur ein schlechter Scherz war und ich noch so gut wie nichts geschrieben habe.«

Dani wollte nicht, dass ihr die Tränen kamen, aber je heftiger sie versuchte, den Kloß in ihrem Hals herunterzuschlucken, desto drängender wollten die Tränen aus ihr heraus. »Damit hast du mir den schönen Abend gründlich verschissen«, presste sie mühsam hervor.

Etta stand auf und nahm Dani in den Arm, um sie zu trösten. Franz schaute betreten in sein Weinglas, während Isolde Fäden aus ihrem Seidenschal zupfte.

Schließlich nahm Etta Danis Hände in ihre und lachte verlegen. »Dani, ich verstehe dich ja! Dieser ewige Leistungsanspruch, der auf uns lastet, ist einfach die Pest. Ich hatte in den letzten Wochen auch einen furchtbaren Druck auf dem Brustkorb. Ich dachte schon, ich hätte Herzprobleme. Aber wenn du mal in Ruhe durchatmest und versuchst, den Druck außen vor zu lassen … So schlecht ist Pias Idee eigentlich nicht.«

Pia sah noch immer aus, als wäre sie vor einen Bus gerannt. Dani aber war verwirrt. In ihrem Kopf wirbelten Gedanken durcheinander wie Wäschestücke in einer Waschmaschine. Franz schob ihr einen Stuhl unter und drückte ihr ein gefülltes Weinglas in die Hand.

Etta zog sich ihren Stuhl eng neben Danis. »Ich weiß, dass du es nicht gewohnt bist, im Duo zu arbeiten, und ich habe schon ewig auf keiner Bühne mehr gestanden. Aber warum sollen wir nicht einfach mal etwas ganz und gar Neues probieren? Pia hat so etwas letztens schon einmal vorgeschlagen, als ich sagte, ich hätte Lust, mal in einer richtig guten Komödie zu spielen. Da habe ich das noch als Spinnerei abgetan. Aber meine neuen Agenten haben heute auch gesagt, wie wichtig es in unserem Job ist, immer wieder von sich reden zu machen. Egal, ob man einen Podcast macht, in den sozialen Medien herumwirbelt oder seine Autobiografie schreibt. Irgendetwas muss man machen, damit man im Gespräch bleibt und sich die Caster im richtigen Moment an einen erinnern. Und mal ehrlich:

Gäbe es einen größeren Kracher, als wenn wir beiden zusammen auf der Bühne zu sehen wären? Einmalig, natürlich. Für *ein* Programm, *eine* gemeinsame Tour. Lass es uns doch einfach mal versuchen. Wir finden bestimmt ein gutes Thema – irgendwas, was mal nicht den üblichen Zickenkrieg zwischen zwei Frauen darstellt.«

Etta hatte sich so in Rage geredet, dass sie einen hochroten Kopf bekommen hatte.

Isolde klatschte in die Hände: »Was für eine großartige Idee! Ich organisiere mir einen Fahrdienst und komme zur Premiere. Und dann juble ich euch zu, bis ich heiser bin.«

Auch Franz war sichtlich begeistert. »Dani, ehrlich, das könnte genau der Knaller sein, den du brauchst: *Berühmte Comedienne tut sich mit berühmter Schauspielerin zusammen.* Dann redet wirklich niemand mehr von deinem Flop im Frühjahr.«

»Aber wenn es schiefgeht, bin ich endgültig weg vom Fenster.« Dani hörte selbst, wie zittrig ihre Stimme klang.

»Das wird nicht schiefgehen. Ich habe schließlich auch einen Ruf zu verlieren.«

Etta wirkte so selbstbewusst, dass Danis Zweifel ins Wanken gerieten. Sie spürte sogar, wie sich in ihr leise eine Tür öffnete. Die Tür zu ihrer Kreativität, die in den letzten Wochen so fest verrammelt gewesen war. Ideen purzelten wild durch ihr Hirn. Sie sah sich schon mit Etta gemeinsam in einem flotten Schlagabtausch im Rampenlicht, hörte vor ihrem inneren Ohr einen ganzen Saal jubeln und lachen. *Witzige, fetzige Dialoge sind leichter zu schreiben als Soloparts. Genau das könnte die Lösung sein.*

Als sie sah, dass alle Augenpaare erwartungsvoll auf sie gerichtet waren, seufzte sie ergeben. »Mit euch ist das Leben ja sowieso unglaublich verrückt.« Dani hob ihr Glas und prostete allen zu.

»Heißt das Ja?«, fragte Pia. »Du machst es? *Ihr* macht es?«

Dani und Etta nickten einander zu.

Im nächsten Augenblick riefen alle wild durcheinander: »Prost!«, und: »Auf unser Star-Duo!«

»Stopp, stopp, stopp!« Pia übertönte sie ohne Mühe. »Im Kühlschrank ist noch eine Flasche Sekt, von wem ist die?«

»Stimmt!« Etta schlug sich vor die Stirn. »Die wollte ich heute mit euch trinken, falls das mit der Agentur klappt. Jetzt haben wir einen doppelten Anlass. Schampus für alle!«

Nachdem sie den Sekt getrunken hatten, drehte sich in Danis Kopf alles. Sie ging auf den Balkon, um frische Luft zu schnappen. Es war noch immer schwül, und von Ferne hörte sie ein leises Gewittergrummeln. Sie legte sich rücklings auf die angewärmten Bodenfliesen. Ein leichter Duft des gerade erblühten Lavendels umwehte sie. Sie sah in den Himmel. Die Sterne tanzten, und im Hof miaute eine Katze. Aus einem geöffneten Fenster hörte sie den Ton eines laut aufgedrehten Fernsehers. Sie schloss die Augen und merkte, dass sich selbst bei geschlossenen Augen alles um sie drehte. *Oje, ich hätte wirklich weniger trinken sollen*, dachte sie.

Plötzlich hörte sie Franz' Stimme. Er war wohl herausgekommen, um nach ihr zu schauen. »Alles in Ordnung mit dir?«, fragte er.

»Ich bin blau, Franz. Blau wie 'ne Haubitze. Kaffee wäre gut. Ganz stark und pottschwarz.«

Franz lachte leise. »Kaffee und vor allem Wasser. Trink auf jeden Fall viel Wasser. Ich hole dir beides.«

Wenig später saß Franz neben ihr auf dem Balkon. Er hatte ihr einen großen Becher Kaffee gebracht und eine Flasche Wasser.

Dani trank brav den Kaffee und zwischendurch immer wieder einen großen Schluck Wasser. »Hast du mich jemals richtig besoffen erlebt?«, fragte sie leise.

»Nie. Jetzt, wo du's sagst.« Franz klang erstaunt. »Eigentlich trinkst du extrem wenig. Haben wir einen schlechten Einfluss auf dich?«

»Nein, nein. Im Gegenteil, ich würde sagen, ihr tut mir gut. *Wir* tun *uns* gut«, korrigierte sie sich. »Aber sag mal, Franz: Hast du dich in Etta verliebt?«

»Wie bitte?« Franz' Gegenfrage kam ein bisschen zu schnell, um glaubhaft zu sein.

»Franz, ich weiß, dass es mich nichts angeht«, sagte Dani verlegen. »Aber wir waren immer ehrlich zueinander, und ich will nicht, dass Etta dir das Herz bricht. Sie ist eine tolle Frau, aber für beziehungsfähig halte ich sie nicht. Und wenn wir demnächst wirklich zusammen auf Tour gehen sollten, kann ich keinen unglücklich verliebten Kater als Techniker gebrauchen.«

Als wolle sie sich über Dani lustig machen, miaute die Katze im Hof kläglich. Beide mussten lachen. Dann räusperte sich Franz. »Dani, ehrlich. Mach dir keine Sorgen um mich. Ich bin nicht in Etta verliebt. Ich bin noch immer nicht ganz über Eleni hinweg, und eine Frau wie Etta … So blöd bin ich auch nicht, mir ernsthaft Hoffnungen zu machen. Was macht dein Schwips? Schon besser?«

Auch wenn sie ahnte, dass Letzteres ein Ablenkungsversuch war, hatte Dani keine Lust, weiter auf dem Thema herumzureiten. Sie hatte Franz gewarnt, und mehr war nicht ihre Aufgabe. Darum antwortete sie: »Zumindest dreht sich nicht mehr alles. Dass ich mir so die Kante gebe, passiert mir nicht noch einmal. Mein Vater war Alkoholiker, weißt du?«

»Das hast du nie erwähnt«, sagte Franz pikiert. »Und das, obwohl ich dir von der Tablettensucht und den Depressionen meiner Mutter erzählt habe.«

Dani schwieg. Im Ahorn im Hof raschelte es. Eine Taube gurrte erschrocken im Schlaf. Von drinnen drang der Klang von Isoldes, Pias und Ettas Lachen.

»Ich schäme mich für meinen Vater.« Danis Stimme war so leise, dass Franz sich vorbeugen musste, um sie zu verstehen. »Genau genommen weiß ich nicht mal, ob er noch lebt. Er ist irgendwann so abgerutscht, dass er auf der Straße gelandet ist. Man kennt solche Geschichten. Erst habe ich noch bei ihm gewohnt und versucht, ihm zu helfen, aber er hat immer mehr getrunken und randaliert, und ich hatte Angst vor ihm. Irgendwann habe ich es nicht mehr ausgehalten und bin ausgezogen. Das habe ich mir bis heute nicht verziehen. Vielleicht hätte ich …«

Dani verstummte. Der Kaffee schmeckte ekelhaft. Sie trank den letzten Schluck dennoch.

»Du hättest ihn nicht retten können, Dani.« Franz nahm ihre Hand. »Das weißt du, oder? Wenn einer süchtig ist, kann man ihn von außen nicht aus seiner Sucht rausholen. Das sagen einem alle Therapeuten. Ich habe viel über meine Mutter nachgedacht. Süchtige sind krank. Wenn sie selbst nicht geheilt werden wollen, kannst du nichts machen.«

»Ich weiß das alles, Franz.« Dani sah auf. »Vom Kopf her weiß ich das. Aber in meiner Seele ist ein Schwelbrand. Der frisst sich durch mich durch, und manchmal flackert er auf und tut weh. Meine Mutter hat sich mit ihren Zigaretten umgebracht, und mein Vater … Also passe ich immer schön auf mich auf. Damit ich bloß von nichts abhängig werde. Genetische Disposition und so. Aber dadurch bin ich verkrampft. *Eine durch und durch verkrampfte Komikerin.* Das ist komisch, oder?« Ihre Stimme brach. »Früher, als ich dachte, mein Vater könnte noch leben, irgendwo in einer Stadt … Immer, wenn ich während einer Tournee durch eine der Städte fuhr und dort Plakate von mir hingen, war ich stolz, weil ich es geschafft hatte. Gleichzeitig hatte ich Angst, dass er das sehen könnte. Ich wusste ja nie, wohin es ihn verschlagen hat. Unter welcher Brücke er gelandet war.«

Sie schluchzte auf. »Wie muss das für einen Vater sein, wenn er unter einer Brücke hockt und säuft, und an der nächsten Säule hängt ein Plakat mit seiner strahlenden Tochter und einem Slogan wie *Nehmt Dies* oder *Dies musste mal raus*? Hat er mich in solchen Momenten gehasst? Hat er sich selbst gehasst?«

»Wahrscheinlich beides«, erwiderte Franz. »Ich weiß es nicht. Aber etwas anderes weiß ich ganz sicher: Du hast es unfassbar gut hingekriegt, dich aus diesem Schlamassel zu befreien. Überleg mal: Du bist erfolgreich, hast zwei lebensfrohe Töchter und zwei wunderbare Enkelkinder. Keiner in deiner eigenen Familie säuft, du bist eine super starke Frau und, nebenbei bemerkt, eine wirklich gute Freundin. Ich war all die Jahre immer froh, dass wir so gut miteinander auskommen. Man fühlt sich wohl in deiner Nähe, weißt du das eigentlich?«

Dani spürte schon wieder einen Knoten im Hals. *Ich will jetzt nicht heulen!,* dachte sie.

In diesem Moment trat Etta auf den Balkon. »Ich will euer Gespräch nicht unterbrechen, aber Isolde möchte wieder in ihre Wohnung, Franz.«

Franz stand sofort auf, um reinzugehen, und Dani schloss sich ihm an.

Isolde sah sie betreten an. »Ich will wirklich nicht lästig sein, aber ohne Franz schaffe ich die Treppen nicht.«

Dani schüttelte den Kopf. »Du bist nicht lästig, Isolde. Nie. Aber wir haben bei dem ganzen Durcheinander ganz vergessen, dass wir uns wegen Bumske und seiner Marschmusik etwas überlegen wollten. Wie blöd!«

Isolde zwinkerte Dani zu, während sie sich von Franz aus dem Sessel helfen ließ: »Lasst mich mal machen. Ich habe da schon so eine Idee …«

WURZELN

Pia hatte Zahnschmerzen. Jeder Mensch hat irgendwann in seinem Leben einmal Zahnschmerzen, und angenehm ist das nie. Aber bei Pia waren Zahnschmerzen eine Katastrophe, seit vor Jahren beim Ziehen eines Backenzahns einmal alles schiefgegangen war, was schiefgehen konnte. Seither hatte sie so panische Angst, dass sie sich nur noch mit Isis Unterstützung zum Zahnarzt traute. Isi hatte Verständnis für ihre Phobie gehabt und war zu ihren Terminen mitgekommen, um Händchen zu halten. Die ungeteilte Aufmerksamkeit, die sie Pia dabei zukommen ließ, hatte ihr den Zahnarztbesuch zumindest erleichtert.

Dann war Isi gegangen und Pia ohnehin außer sich vor Schmerz. Da war es nur natürlich, dass sie ihren lange geplanten Zahnarztbesuch verschob. Das leichte Ziehen am linken oberen Backenzahn verdrängte sie.

Jetzt aber ging das nicht mehr. Schon seit ein paar Tagen pochte, zog und hämmerte es oben links. Nachts wurde es schlimmer. Pia musste handeln, doch schon beim Gedanken an die Zahnarztpraxis wurde ihr übel. Dieser Geruch, der einem beim Betreten der Räumlichkeiten sofort in die Nase stieg! Ein Gemisch aus Nelkenwurzel, Pfefferminze und Desinfektionsmittel. Widerlich!

»Warum sprichst du nicht mehr mit mir?« Hildas Stimme riss Pia aus ihren Tagalbträumereien.

Sie waren zusammen auf ihre Nachmittagshunderunde gegangen. Weil es so heiß war, hatte Pia versprochen, auf dem Rückweg ein Eis zu kaufen. Darum war Hilda etwas weniger geduldig als sonst.

Sie standen am Rande einer Wiese des kleinen Parks und

sahen den Hunden beim Herumtollen zu. Seit Tölkes Besitzer seinen Job verloren hatte und sich wieder selbst um seinen Hund kümmerte und die Besitzerin von Buddy und Fussel weggezogen war, hatte sie nur noch zwei Hunde zu betreuen. Da die neue Wohnung für einen Riesenschnauzer denkbar ungeeignet war, hatte Buddy eigentlich zur Schwester seiner Besitzerin nach Lippstadt gesollt. Doch Pia hatte Hilda ihren neuen Freund nicht wegnehmen wollen und spontan angeboten, Buddy dauerhaft zu sich zu nehmen.

Daneben blieb ihr als Gasthund nur noch die immer fröhliche Stulle, eine Zwergpudeldame von ausgesprochen charmantem Wesen.

Zum Glück war Pia nicht mehr auf das Geld für die Hundebetreuung angewiesen. Ihr Geschäft mit *Pik Dame* lief mittlerweile sogar so gut, dass sie Aufträge für Näharbeiten wieder an ihren afghanischen Bekannten weitergeben konnte. Ihre Vision, Frauen mit Rundungen und Kurven für enge, originelle Schnitte und auffällige Farbkombinationen zu begeistern, war komplett aufgegangen. Niemand sollte seine Pfunde mehr verstecken müssen. Dass sie ihre Modelle selbst trug, kam bei den Plus-Size-Frauen dermaßen gut an, dass sie sogar darüber nachdachte, ein Ladenlokal oder einen Showroom für ihr Geschäft zu mieten.

»Ich habe dich was gefragt. Du sprichst gar nicht mehr mit mir. Warum bist du so komisch?« Hildas Stimme war nun energischer als eben.

»Entschuldige.« Pia nahm die Zunge von dem schmerzenden Übeltäter oben links und atmete tief durch. »Ich war in Gedanken, Hilda. Was hast du mich denn gefragt?«

»Du sollst mir sagen, warum du nicht mit uns nach Dänemark kommst. Das ist gemein. Dann muss Buddy sich zwei Wochen von mir trennen. Dann wird er vielleicht krank oder stirbt. Du hast selbst gesagt, dass Buddy mich liebt. Liebende darf man nicht trennen. Ich habe einen Film gesehen, da ist eine Frau ihrem Mann weggelaufen, und dann ist der Mann schwer verunglückt. Der war so traurig, dass er immer Tränen in den Augen hatte, deswegen ist er in einen Bus gerannt. Das passiert, wenn man Liebende trennt. Und darum musst du mitkommen.«

»Hilda!« Pia seufzte. Was hatte sie da nur angefangen? »Ich habe dir und Martha das doch schon erklärt: Ich kann momentan keinen Urlaub machen, weil ich so viel Arbeit habe. Ich bekomme kein festes Gehalt wie du oder deine Mama. Ich bekomme nur Geld, wenn ich einen Auftrag erledigt und abgegeben habe.«

»Hast du für meinen Overall kein Geld bekommen?«

Hilda liebte den Jumpsuit, den Pia für sie genäht hatte so sehr, dass sie fast nichts anderes mehr tragen wollte. Auch wenn es so heiß war wie in den letzten Tagen, war sie nur schwer davon zu überzeugen, sich zumindest kurzfristig von ihm zu trennen. Der Jumpsuit ähnelte dem Outfit, das Rapperin Maira auf einem Foto trug. Hilda war inzwischen Fan von Maira und hatte sich sogar zwei ihrer Songs beigebracht. Auch hatte sie sich von einem Bekannten von Pia Dreadlocks machen lassen und fand sich super cool damit.

Pia hatte Martha versprechen müssen, beim regelmäßigen Nachfilzen der Dreadlocks zu helfen. *Wieder etwas, was ich angeleiert habe, ohne vorher darüber nachzudenken, und jetzt stehe ich da mit tausend Versprechungen, die ich gemacht habe.* Sie seufzte noch lauter. »Den Overall habe ich dir als Geschenk genäht, Hilda. Weil ich dich gern hab. Für ein Geschenk nimmt man kein Geld.«

»Aber wenn du mich so gern hast, dann musst du mit uns in Urlaub fahren. Dann darfst du dich und Buddy nicht von uns trennen. Sonst passiert noch was Schlimmes, wie in dem Film.«

Pias Zunge wanderte wieder zu dem schmerzenden Backenzahn. *Mist, Mist, Mist!* Sie hätte sich durchaus ein paar freie

Tage gönnen können. Aber sie hatte immer noch Sorge, Martha könnte sich von der Freundschaft mehr erhoffen, und sie wollte unter keinen Umständen die Freundschaft zwischen ihr, Hilda und Martha mit Herzschmerz belasten.

»Man muss nicht alles glauben, was in Filmen erzählt wird«, sagte sie daher ruppiger, als sie wollte. »Ein bisschen Trennung halten die meisten Menschen aus, und Buddy wird es auch verkraften.«

»Aber der Mann im Film hat immer geweint.« Hildas Stimme schwankte bedrohlich.

»Ich sag ja, Filme erzählen oft Mist!«, brummte Pia.

»Dann ist Etta keine gute Frau«, erwiderte Hilda.

Pia ging das Gespräch allmählich auf die Nerven. Sosehr sie Hilda normalerweise für ihre Beharrlichkeit und Schlitzohrigkeit bewunderte, heute war kein guter Tag für solche Gespräche. »Was hat Etta damit zu tun?«

Hilda wurde nun so laut, dass die anderen Hundebesitzer zu ihnen herüberschauten. »Weil Etta auch in Filmen auftritt! Das hat mir Mama erzählt. Wenn in Filmen gelogen wird, dann ist Etta eine Lügnerin. Lügen ist schlecht. Also ist Etta auch schlecht.« Hilda hatte sich so ereifert, dass sie kurz davor war loszuheulen.

Pia hätte gerne mitgeheult. Trotzdem wurde ihre Stimme sofort sanfter. »Das habe ich so nicht gemeint. Weißt du: Filme sind Fantasie, und Fantasie ist keine Lüge. Da erzählt jemand eine Geschichte, die er oder sie sich ausgedacht hat. Das ist dann keine Lüge. Wie in der *Unendlichen Geschichte*, die wir gerade lesen – das ist auch alles Fantasie und trotzdem nicht gelogen. Etta ist eine sehr liebe Frau. Guck, wenn Etta nicht so lieb wäre, hätte sie bestimmt nicht erlaubt, dass ich Buddy zu mir nehmen darf. Dann wäre Buddy für immer von uns getrennt, und das wäre dann wirklich traurig. Für zwei Wochen nicht zusammen zu sein ist ja keine Trennung. Das schaffen wir alle. Und dann freuen wir uns auf das Wiedersehen. Wollen wir jetzt zur Eisdiele?«

Pia sah, wie zwei Sehnsüchte in Hilda miteinander kämpften. Die Sehnsucht nach einem leckeren Eis war schon sehr stark. Aber der Wunsch, sich nicht einfach abspeisen zu lassen und Pia doch noch zu einem gemeinsamen Urlaub zu überzeugen, war stärker.

»Ich will mich aber *sofort* freuen. Verstehst du das nicht, Pia?« Hilda stampfte mit dem Fuß auf.

Ja, Pia verstand, aber sie hatte gerade andere Probleme. »Also, ich gehe jetzt ein Eis essen. Wenn du nicht mitkommst, gehe ich mit Stulle und Buddy allein.« Sie pfiff nach Stulle und Buddy, die sich genauso schweren Herzens aus ihrem Spiel mit den anderen Hunden lösten, wie Hilda sich von ihrem Willen abbringen ließ.

»Denn mal los«, sagte sie, nahm die Hunde an die Leine und setzte sich mit ihnen in Bewegung. »Ab zur Eisdiele!«

Buddy und Stulle hatten beim Stichwort »Eis« sofort angefangen, Pia zu umtänzeln. Sie waren offenbar leichter zu überzeugen als Hilda. Kein Wunder, denn nach jedem Eis, das Pia aß, gab sie die leere Waffel an die Hunde weiter. Die waren so scharf auf die kleine Leckerei, dass sie schon bei dem Wort »Eis« triefende Lefzen bekamen.

Als Hilda und sie wenige Minuten später ihr Eis in der Hand hatten und Pia vorsichtig daran leckte, um den Zahn nicht weiter zu provozieren, ließen die Schmerzen überraschenderweise nach. Das Eis war aber auch einfach zu köstlich. Hilda hatte sich drei Kugeln Bounty-Eis gewünscht, und nun schleckte sie völlig hingerissen an ihrem Lieblingseis.

Vielleicht lässt sich mein Zahn ja doch noch mal für ein paar Wochen beruhigen, dachte Pia und begann, ihr Eis ebenfalls zu genießen. Sie hatte sich für Mango und Nugat entschieden.

Kurz bevor sie wieder zu Hause waren, beschlich Pia ein

ungutes Gefühl. Und das hatte ausnahmsweise nichts mit ihrem schmerzenden Zahn zu tun. Vielmehr hatten sie schon als kleines Mädchen oft Vorahnungen geplagt. Manchmal hatte sie etwas geträumt, was dann tatsächlich eintraf, oder sie hatte so große Bauchschmerzen wegen eines Plans gehabt, dass sich ihre Familie ihren Vorahnungen beugte.

Einmal zum Beispiel wollte Pia nicht mit auf einen Klassenausflug, weil sie in der Nacht davor schlecht geträumt hatte. Ihre Mutter nahm Pias Vorahnungen ernst und erlaubte Pia, sich krank zu melden. Die ganze Klasse zu warnen, hätte sie sich allerdings nicht getraut, denn sie hatte Angst, als Spinnerin abgestempelt zu werden. Doch dann war der Bus, mit dem die Klasse gefahren war, in einer engen Kurve von der Straße abgekommen und einen Abhang hinuntergerollt, und sie hatte ein schlechtes Gewissen. Hätte sie sich doch besser getraut, ihre Vorahnung auszusprechen! Alle hatten einen schlimmen Schrecken davongetragen, aber Gott sei Dank war niemand schwer verletzt worden.

»Du bist wirklich eine kleine Cassandra«, hatte ihre Mutter nach diesem Erlebnis gesagt und ihr liebevoll die dichten dunklen Haare aus dem Gesicht gestrichen. »Ein Hochsensibelchen.«

Schon länger hatte Pia keine ihrer Vorahnungen mehr gehabt, doch jetzt, als sie in die Straße von Ettas Wohnung einbogen, erfasste sie heftiges Bauchgrummeln. Gerade wollte sie Hilda fragen, ob die auch Bauchschmerzen hatte – vielleicht war ja auch einfach das Eis nicht in Ordnung gewesen –, als sie direkt vor der Eingangstür ein Polizeiauto sah. Buddy knurrte, und seine Nackenhaare stellten sich auf.

Pia packte ihn vorsichtshalber am Halsband. Erst dann schloss sie die Haustür auf.

Im Flur war es kühl. Dennoch roch sie sofort einen stechenden Schweißgeruch. Im nächsten Augenblick erkannte sie, dass sich im Halbdunkel des Erdgeschosses das halbe Haus versammelt hatte. *Hoffentlich ist nichts mit Isolde!*, schoss es ihr durch den Kopf. Im nächsten Moment sah sie aus dem Augenwinkel, dass diese auf ihrem Rollator in der geöffneten Wohnungstür saß und weinte.

Pias Herzschlag beschleunigte sich. Das hatte doch sicher wieder etwas mit dem unsäglichen Bumske zu tun!

Tatsächlich stand der trotz der Hitze in langen Hosen und Strickjacke in seiner geöffneten Tür. Als er Pia, Hilda und die Hunde erblickte, brüllte er sofort los: »Das hat mir ja gerade noch gefehlt! Da kommt auch noch die Dicke mit ihren Kampfkötern und der behinderten Heulboje! Seht ihr jetzt endlich, in was für einem Irrenhaus ich lebe?«

Vor ihm standen zwei Polizisten: eine sehr junge Polizistin, klein, muskulös, mit einem dicken blonden Pferdeschwanz, und ein männlicher Kollege. Der war etwas älter, groß gewachsen und hatte einen grauhaarigen Bürstenschnitt. Beide hatten ihre Polizeimützen unter den Arm geklemmt.

Die Polizistin verzog bei den Beleidigungen, die Bunske ausspie, das Gesicht. »Herr Bunske, ich glaube, Sie sollten sich etwas zurückhalten«, mahnte sie. »Es wirft kein gutes Licht auf Sie, wenn Sie Ihre Mitbewohner im Beisein der Polizei beleidigen. Derjenige, der sich ein Fehlverhalten hat zu Schulden kommen lassen, sind eindeutig Sie. In Anbetracht der Lautstärke, in der Sie hier Ihre …«, sie räusperte sich, »*Musik* gespielt haben – das ist tatsächlich ruhestörender Lärm. Sie sind hiermit aufgefordert, diese Ruhestörungen künftig zu unterlassen. Sie sehen doch, in welchen Zustand ihr Lärm die arme Frau Gärtner versetzt.«

Als wolle sie die Worte der Polizistin bestätigen, presste Isolde sich ein Taschentuch vor das Gesicht. Sie schien einen regelrechten Weinkrampf zu haben.

Statt sich zu beruhigen, war Bunske jetzt richtig auf hundertachtzig. »Die alte Nebelkrähe steckt doch mit den Wahnsinnigen unter einer Decke!«, schrie er mit hochrotem Kopf. »Die machen doch dauernd ihre Katzenmusik! Meine Marschmusik ist doch nur *Notwehr*!«

Inzwischen hatten sich Pias Augen an das Halbdunkel gewöhnt, und sie sah auf der Treppe hinter den Polizisten Dani, Etta und Franz; ein wenig höher, auf dem nächsten Absatz standen Sevim und ihr Sohn Ferhat.

Die Polizistin wandte sich an die heftig schluchzende Isolde: »Was könnte der Herr mit dieser … äh … *Katzenmusik* meinen?«

Isoldes Stimme klang durch das Taschentuch gedämpft: »Wir singen manchmal ein bisschen. Aber natürlich nicht laut. Dazu fehlt uns das Stimmvolumen. Das muss doch jedem klar sein.«

»Sie *singen* im Flur?« Nun wirkte die Polizistin doch etwas irritiert.

Hinter ihr meldete sich Etta zu Wort: »Wir sind eine sehr fröhliche Hausgemeinschaft und friedlich und höflich zueinander. Mit einer Ausnahme.« Sie deutete auf Bunske. »Dass die ein oder andere von uns manchmal im Hausflur vor sich hinsingt, empfinden abgesehen von dem da alle als Bereicherung.«

»Ja, mein Gott!« Der ältere Polizist strich sich über die Haare. »Über welche Bagatellen diskutieren wir hier überhaupt? Wenn Sie, Herr … äh …« Er sah kurz auf das Klingelschild und setzte neu an: »Wenn Sie, Herr Bunske, sich von etwas Gesang im Flur gestört fühlen, mein Gott, dann hören Sie doch weg, oder stecken Sie sich Ohropax in die Ohren. Singen am Tage kann keiner verbieten. Was Sie mit Ihrer Musikbeschallung gemacht haben, haben wir allerdings mit eigenen Ohren gehört, und das ist unzweifelhaft Lärmbelästigung. Darum müssen wir Sie hiermit auffordern, es in Zukunft zu unterlassen.«

Als Bunske sah, dass die Polizisten sich anschickten, das

Feld zu räumen, brachen bei ihm alle Dämme. »Ihr seid mir ja tolle Ordnungshüter!« Die Adern an seinem Hals schwollen bedrohlich an, so ereiferte er sich. »Wenn ein ordentlicher, unbescholtener Bürger versucht, sich gegen Pack zur Wehr zu setzen, ja, dann … dann … dann seid ihr sofort zur Stelle.«

»Bitte mäßigen Sie sich, und vor allem bleiben Sie mal lieber schön beim ›Sie‹, sonst haben Sie auch noch Probleme wegen Beamtenbeleidigung.« Der ältere Polizist baute sich nun etwas bedrohlicher vor Bunske auf.

Der erinnerte Pia inzwischen vollends an den berühmten Alfred Tetzlaff aus der Kultserie *Ein Herz und eine Seele*. Er wippte vor dem Polizisten in wichtigtuerischer Pose auf und ab, und seine Stimme überschlug sich vor Empörung. »Das ist ja so typisch Gesetzeshüter! Immer gegen die Kleinen.« Als er merkte, dass die Polizisten ein Grinsen unterdrücken mussten, setzte er nach: »Also ich meine jetzt den kleinen Mann von der Straße. Also … nicht meine Körpergröße … ach, egal. Für euch bin ja sowieso ich der Dumme.«

Als der ältere Polizist den Atem scharf einzog, korrigierte Bunske hastig: »Also für Sie, von mir aus. Bei solchen Kleinigkeiten, da sind Sie ganz genau, aber bei den kriminellen Machenschaften hier im Haus guckt ihr … Sie gucken da weg! Das ist nicht nur ein Tollhaus, das ist eine kriminelle Hochburg. Aber das interessiert ja niemanden.«

Plötzlich wurde Bunskes Stimme heiser, und er raunte den Polizisten zu: »Was glauben Sie denn, was da oben für Filme gedreht werden? Widerlichstes Pornozeug. Da schreitet keiner ein. Nein! Das ist ja nicht wichtig! In ganz Deutschland wird nach Kinderschändern gefahndet, und wo ist die Brutstätte für diesen ganzen Dreck?«

Bisher hatten sie sich eher bemüht, Bunskes Tirade zu ignorieren. Jetzt aber drehten die Polizisten sich doch noch einmal zu ihm um. »Filme? Was für Filme?«, fragte der ältere.

Bunske drückte den Rücken durch. »Pornodreck der übelsten Art!«, triumphierte er und wies auf Dani. »Was glaubt ihr denn, warum eure Kollegin von der Sitte undercover bei denen eingezogen ist?«

»Habe ich das richtig verstanden? Sie sind eine Kollegin? Von der Sitte?« Die junge Polizistin wandte sich Dani zu.

Dani schüttelte den Kopf. »Ich weiß nicht, was Herr Bunske sich da zusammenfantasiert. Sie sehen ja, dass er etwas … überdreht ist. Ich bin weder von der Sitte, noch weiß ich, von welchen Filmen er spricht. Vielleicht hat er an unserer Wohnungstür gelauscht und mitbekommen, dass wir ab und zu Werbefilmchen für YouTube drehen. Mein Name ist Dani Dies, ich bin Komikerin.«

»Ach, daher kommen Sie mir so bekannt vor!« Die junge Polizistin lächelte. »Kann es sein, dass ich Sie neulich noch im *Lachpalast* im Fernsehen gesehen habe?«

»Das ist schon eine Weile her«, erwiderte Dani strahlend. »Aber ja, genau die bin ich.«

»Sollten wir noch einmal wiederkommen müssen«, die Polizistin warf einen strafenden Blick in Richtung des puterrot angelaufenen Hausverwalters, »hätte ich gern ein Autogramm von Ihnen. Ich bin nämlich ein großer Fan.«

Das war für Bunske zu viel. »Alle unter einer Decke! Ihr steckt alle unter einer Decke!«, kreischte er und war vor Empörung wieder versehentlich beim Du gelandet. »Ihr wollt mich bekloppt machen!« Wutentbrannt stapfte er in seine Wohnung und knallte die Tür hinter sich zu.

Die Polizistin zuckte mit den Schultern. »Wenn Sie wieder einmal Probleme haben, rufen Sie uns ruhig an. Dafür sind wir da. Schönen Tag, zusammen!«

Gemeinsam mit ihrem Kollegen verließ sie das Haus. Im Flur war es auf einmal mucksmäuschenstill. Pia merkte erst jetzt, dass Hilda sich an ihrem Arm festgekrallt hatte. »Ich …

Ich will keine Polizei hier haben«, sagte sie mit wackeliger Stimme. »Ich singe auch nicht mehr. Nie mehr. Ich … will nicht, dass Polizei kommt.«

Isolde erhob sich schwerfällig von ihrem Rollator und machte ihnen ein Zeichen, ihr in die Wohnung zu folgen. Erst als sich alle in ihrem Wohnzimmer versammelt hatten und Isolde die Zimmertür geschlossen hatte, warf sie den Kopf in den Nacken und brach in schallendes Gelächter aus.

»Entschuldige, Hilda!«, japste sie. »Ich wollte nicht, dass du Angst bekommst. Die Polizisten waren doch ganz lieb. Die waren nur hier, damit wir wieder ungestört singen können. Jetzt brauchen wir uns von dem ollen Bunske jedenfalls nichts mehr gefallen zu lassen.« Sie tupfte sich einige Lachtränen aus dem Gesicht.

Hilda hielt noch immer Pias Handgelenk umklammert. »Warum weinst du dann?«, fragte sie.

»Ich lache, Hilda. Ich lache.« Isolde strich sich eine Haarsträhne aus dem Gesicht. »Jetzt guckt mich nicht alle so an, als hätte die Alte endgültig den Verstand verloren! Ich habe auch vorhin nicht geweint. Ich habe nur so getan, damit die Polizei ein bisschen Mitgefühl mit einer wehrlosen alten Frau hat. Genau das war doch der Plan! Ich habe vorhin extra laut im Flur gesungen. Und als Bunske deshalb seine Musik aufgedreht hat, habe ich bei geöffneter Tür die Polizei angerufen und in den Hörer geschluchzt. Hat gewirkt, wie man gesehen hat. Alt sein kann auch Vorteile haben. Man muss sie nur für sich zu nutzen wissen.«

»Du Schlitzohr!« Etta wirkte ehrlich beeindruckt.

Während allen anderen die Erleichterung anzusehen war, machte Hilda noch immer einen verschreckten Eindruck. »Ich habe das mit dem Weinen nur gespielt, Hilda«, erklärte Isolde noch einmal. »Verstehst du? Wie im Film.«

»Dann war das Fantasie und keine Lüge«, entschied Hilda.

Obwohl ihr Backenzahn sich nun doch wieder bemerkbar machte, musste Pia lachen.

Franz, der offenbar bemerkt hatte, dass Hilda noch immer etwas verunsichert wirkte, deutete nach oben und fragte in die Runde: »Eiskaffee zum Runterkühlen einen Stock höher?« Als Pia einschreiten wollte, setzte er nach: »Für Hilda natürlich Eisschokolade.«

Pia gab sich geschlagen. »Wir hatten zwar gerade schon ein Eis, aber auf den Schreck, warum nicht?«

* * *

Dani hatte den ganzen Tag an den ersten Texten für Ettas und ihr Programm gesessen. Plötzlich war ihre Schreibblockade Schnee von gestern, und die Ideen flossen nur so aus ihr heraus. Später wollte sie Etta ihre ersten Entwürfe zeigen. Die kleine Pause in trauter Runde kam ihr mehr als gelegen. Sie sog an ihrem Strohhalm und spürte, wie sich Vanilleeis und Kaffee angenehm kühl in ihrem Mund mischten.

Hilda, die mit ihrer Eisschokolade als Erste fertig war, hatte angefangen, für Buddy und Stulle ein Tennisbällchen durch die große Wohnung zu werfen. Da Buddy die längeren Beine hatte, war er immer als Erster mit dem Ball im Maul zurück. Hilda quietschte vor Vergnügen. Von ihrer Verkrampfung nach Bunskes Ausraster war nichts mehr zu spüren. Pia hatte keinen Eiskaffee gewollt und wirkte in sich gekehrt. Isolde blühte wie immer auf, wenn sie unter Menschen war.

Auch Etta wirkte entspannt und gelöst. Als Hilda das Bällchen in ihr Zimmer warf, lachte sie und sagte: »Da wird wenigstens bei mir mal wieder unterm Bett gewischt, wenn die Hunde da herumkriechen.«

Auch jetzt tauchte Buddy als Erster wieder auf und brachte das Bällchen zu Hilda. Als diese gerade den Ball wieder werfen wollte, kam auch Stulle zu aller Überraschung mit Beute im Maul aus Ettas Zimmer. Sie war sichtlich stolz auf sich und schüttelte den Stofffetzen, den sie erbeutet hatte, glücklich im Maul hin und her.

Hilda lachte. »Das ist doch kein Bällchen, Stulle. Bist du aber dumm!«

Etta, die erstaunlich schnell aufgesprungen war, wollte Stulle den Stofffetzen entreißen, aber Stulle hatte offensichtlich Spaß an ihrem Spiel. Sobald Etta zugriff, schüttelte sie den Stofffetzen heftig hin und her und wedelte begeistert mit ihrem Schwanz.

Was war das nur? Neugierig streckte sich Dani vor, um besser sehen zu können, um was es sich bei Stulles Beute handelte. Dann erkannte sie es. Es war eine Herrenboxershorts.

Auch Hilda hatte das offenbar gesehen, denn sie lachte noch mehr und rief: »Stulle hat der Etta 'ne Unterhose geklaut. Hoffentlich ist die sauber, Etta!«

Franz saß starr auf seinem Platz, während Etta, die den Versuch aufgegeben hatte, Stulle die Herrenunterhose zu entwenden, verlegen erklärte: »Das ist keine Unterhose. Das sind meine Schlafshorts.«

»Schläfst du in einer Herrenunterhose, Etta? Wärst du lieber ein Mann?« Hilda war aufrichtig interessiert.

Pia, die bisher unbeteiligt zugesehen hatte, entwand Stulle die Unterhose und ging damit zum Wäschepuff im Bad. Als sie wiederkam, sagte sie beiläufig: »Ich habe deine Schlafhose in die Wäsche geräumt, Etta. Die willst du ja bestimmt nicht mehr anziehen, jetzt, wo Stulles Sabber daran klebt.«

Irgendwie kam Dani die ganze Szene merkwürdig vor. Bisher hatte sie Etta nachts immer nur mit einem dünnen Nachthemd aus ihrem Zimmer kommen sehen. Hatte Etta vielleicht einen heimlichen Liebhaber, der seine Wäsche bei ihr vergessen hatte? Und warum schien sich außer ihr niemand dafür zu interessieren? Herrenshorts – und ausgerechnet bei Etta, die jegliche Sexualkontakte in ihren vier Wänden verboten hatte!

Sie nahm sich vor, Etta bei Gelegenheit unter vier Augen darauf anzusprechen. Fürs Erste genoss sie Hildas sichtliches Amüsement. Sie witzelte begeistert über Etta in Herrenkleidung. »Trägst du auch manchmal einen Schlips?«, wollte sie wissen. »Steht dir bestimmt gut!«

Etta ging liebevoll darauf ein. »Es gibt doch eigentlich heutzutage keine wirkliche Männer- und Frauenkleidung mehr«, behauptete sie. »Ich bin ja eh Schauspielerin, und ich habe auf Bühnen sogar schon Männer gespielt.«

Dani spürte, wie es sie zu ihrem Schreibtisch zurückzog. Der Dialog zwischen Etta und Hilda hatte sie auf eine Idee gebracht …

* * *

Später am Abend klopfte Franz an Pias Zimmertür. Zwar hatte sie gehört, dass er zum Essen gerufen hatte, sie hatte aber mittlerweile so schlimme Zahnschmerzen, dass sie nichts wollte. Als Franz ein weiteres Mal klopfte, bat sie ihn herein.

»Was ist mit dir, Pia? Hast du keinen Hunger? Ich habe Rosmarinkartöffelchen im Backofen. Und Vitello tonnato mit Salat. Das isst du doch gern.« Nach kurzem Zögern fuhr er leiser fort: »Ach, und vielen Dank, dass du meine Unterhose vorhin so unauffällig aus dem Verkehr gezogen hast, das war echt nett von dir. Zum Dank habe ich für dich eine extra große Portion Mousse au chocolat gemacht.« Als Pia darauf nicht ansprang, runzelte Franz besorgt die Stirn.

Pia seufzte. »Danke Franz, das ist wirklich lieb, aber ich habe Zahnschmerzen und mag jetzt nichts.«

»Na, dann nimm doch eine Tablette, und komm rüber, wenn sie gewirkt hat. Ich hocke mit meinem leckeren Essen ganz allein da. Etta und Dani sind im Schreibrausch und wollen erst essen, wenn sie fertig sind.«

Pia winkte ab. »Franz, es tut mir leid, ehrlich. Aber ich habe schon eine ganze Weile Probleme mit dem Backenzahn. Die letzte Tablette hat gar nicht mehr richtig gewirkt.«

»Dann solltest du wirklich zum Zahnarzt. In so einem Fall kann man auch zum Notdienst gehen.«

Pia bereute, dass sie ihre Zahnschmerzen überhaupt angesprochen hatte. Wie kam sie aus der Nummer jetzt wieder raus? Sie legte den Kopf auf ihre Knie und biss sich so fest auf die Lippen, dass der Schmerz kurzfristig den Zahnschmerz verdrängte.

Sie hörte ein leises Knacken, als Franz vor ihr in die Hocke ging. Dann nahm sie seinen Geruch wahr, ein Gemisch aus einem herben Männerdeo und ein wenig Schweiß. Franz war einer der wenigen Menschen, bei denen sie das nicht ekelte.

Er strich ihr vorsichtig über den Rücken. »Kann es sein, dass du Angst hast?«

Pia hob den Kopf und ärgerte sich, dass ihr Tränen in die Augen schossen. »Isi ist in den letzten Jahren immer mitgekommen, um Händchen zu halten«, flüsterte sie. »Es ist total kindisch, aber Zahnarzt ist für mich so ziemlich das Schlimmste, was es gibt.«

Aus dem Nebenzimmer drang Danis und Ettas Lachen. Offenbar verstanden die beiden sich prächtig.

»Aber Pia, das ist doch nichts, wofür man sich schämen muss.« Franz setzte sich neben sie auf das Bett und strich ihr noch einmal über den Rücken. »Wir haben doch alle unsere Ängste. Was glaubst du, wie sich mir der Magen umdreht, sobald ich eine Zahnarztpraxis betrete? Ich habe seit meiner Kindheit furchtbar schlechte Zähne und fast keinen echten Zahn mehr im Mund. Wenn ich im Behandlungsstuhl sitze, bin ich jedes Mal schweißgebadet. Und das, obwohl mein Zahnarzt einer meiner Schachkumpel ist und meine Panik kennt. Der ist super vorsichtig, aber meiner Angst ist das egal. Hast du einen Zahnarzt, der dich versteht?«

»'ne Zahnärztin«, murmelte Pia. »Die ist eigentlich nett. Aber das hilft nicht. Ich hyperventiliere schon, wenn ich diesen Zahnarztgeruch rieche.«

»Würde es dir helfen, wenn ich zum Händchenhalten mitkomme? Ich bin da wirklich gut drin. Du könntest Eleni fragen, wenn die nicht alle Frauen hassen würde, die sich in meiner Nähe aufhalten. Soll ich meinen Kumpel fragen, ob er dich schnell versorgt?«

»Ach, Franz, du bist echt ein netter Kerl! Ja, mach das, wenn es dir nichts ausmacht. Aber sag den anderen nichts von meiner albernen Panik!«

Franz lachte leise. »Wenn du wüsstest, wie viele Geheimnisse ich mittlerweile hüte! Warte kurz, ich hole mein Smartphone, und dann rufen wir Pablo sofort an.«

Pia hörte Dani und Etta immer wieder laut lachen. *Wenigstens habe ich da mal etwas Gutes angestoßen*, tröstete sie sich. *Die kommen mit ihrem Bühnenprogramm offensichtlich gut voran.*

Als Franz ihr Zimmer wieder betrat, hatte er sein Handy schon am Ohr. Jetzt gab es kein Zurück. An die geschlossene Zimmertür gelehnt schilderte er seinem Bekannten Pias Notlage. »Morgen früh vor Praxisbeginn? Pia?«, fragte er dann in ihre Richtung.

Pia spürte, wie ihr Herz heftig gegen den Brustkorb trommelte, und sofort wurden ihre Hände feucht. Sie nickte dennoch.

»Okay, die habe ich da. In welchen Abständen darf sie die nehmen? Klar, ab drei Uhr heute Nacht dann nicht mehr. Alles klar. Dank dir, Pablo. Dann sehen wir uns morgen früh um halb sieben. Klar, ich komme mit. Super, bis dann.« Franz beendete das Gespräch und setzte sich wieder neben Pia. »Wir schaffen das, Pia. Jetzt hole ich dir erst mal meine Schmerztabletten vom letzten Mal. Die wirken etwa sechs Stunden. Dann solltest du aber keine mehr nehmen, damit die Spritze dich morgen nicht umpustet. Wenn die Tablette wirkt, kommst du essen. Ich sage den anderen keinen Pieps, Ehrensache.«

Als die Schmerzen nachließen, schlief Pia vor lauter Erschöpfung kurz ein. Als sie wieder wach wurde, dämmerte es bereits, und sie hörte die anderen im Wohnzimmer lachen und reden. Sie stand auf, ging zu ihnen hinüber und setzte sich an den Tisch. Franz sprang sofort auf und holte ihr einen Teller mit den Resten des Abendessens.

»Du Penntüte hast fast das leckere Essen verpasst«, stichelte Etta. »Hast Glück. Franz hat deine Portion verteidigt wie ein Hund den Knochen.«

»Etta, jetzt lenk nicht ab«, fiel ihr Dani ins Wort. An Pia gerichtet fuhr sie fort: »Wir sprechen gerade darüber, warum das Wort ›Oma‹ für Etta so negativ besetzt ist.«

»Das stimmt doch gar nicht«, ereiferte sich Etta. »Aber man stellt sich unter einer Oma einfach etwas anderes vor als uns.«

Wieder richtete Dani sich an Pia: »Ich wollte in einer Szene die Bezeichnung ›Kifferomas‹ für uns verwenden. Etta findet das unmöglich. Sie meint, wenn wir uns Omas nennen, machen wir uns unnötig alt.«

Pia war von den starken Schmerzmitteln leicht benebelt. Aber das Vitello tonnato schmeckte hervorragend. Kauend warf sie ein: »Vielleicht mag Etta den Begriff Oma nicht, weil sie keine ist. Du, Dani, hast ja zwei Enkelkinder und findest das toll. Etta kann sich das für sich eben nicht vorstellen.«

»Wer sagt denn, dass ich keine Enkelkinder habe?« Etta schob ihren leer gegessenen Teller von sich und runzelte ärgerlich die Stirn.

Dani lachte. »Du hast ja noch nicht mal Kinder.«

»Sagt wer?« Etta war nun eindeutig gereizt.

Abgesehen von Franz sahen sie alle erstaunt an.

»Hast du?«, fragte Dani prompt. »Davon hast du nie etwas erzählt.«

»Ich habe einen Sohn. Über den gibt es nicht viel zu erzählen.« Ettas Stimme klang nun eine Nuance dunkler, und ihr Gesicht war umwölkt. »Manuel und ich … Wir haben kein gutes Verhältnis zueinander. Nein, Quatsch. Genau genommen haben wir gar kein Verhältnis. Wir haben eigentlich nur noch Kontakt, weil er ab und zu seine Oma besucht. Er ist überwiegend bei ihr aufgewachsen. Ich war als Mutter einfach nicht so … geeignet. Sonst noch Fragen?«

Etta klang so ungehalten, dass sich niemand traute, darauf etwas zu sagen.

»Meine Abneigung gegen das Wort Oma hat damit aber nichts zu tun«, stellte Etta klar. »Ich will nur nicht, dass wir uns grundlos alt machen. Unter einer Oma stellt man sich nun mal nach wie vor etwas anderes vor.«

Sie seufzte. »Machen wir uns nichts vor. Von den Freiheiten, die wir heutzutage als Ü-60-Frauen haben, konnten frühere Generationen nur träumen. Darum sage ich auch immer: Sechzig ist nicht das neue fünfzig oder gar das neue vierzig. Sechzig ist das neue Endlich!«

»Das wäre ein super Titel für euer Programm«, rutschte es Pia heraus.

»Warum nicht?« Dani spielte versonnen mit ihrer Papierserviette. »Zumindest wäre es ein toller Untertitel.«

Pia lächelte. »Ich würd' mal sagen: Läuft bei euch!« *Und wenn ich morgen den Zahnarzt überlebt habe, läuft es hoffentlich auch bei mir wieder.*

HERZKAMMERUNORDNUNG

Am nächsten Morgen erschrak Etta vor ihrem eigenen Spiegelbild. So alt, faltig, traurig und irgendwie verschoben hatte sie noch nie ausgesehen. Sie hatte doch keinen Schlaganfall gehabt! Ein wenig alarmiert versuchte sie vor dem Spiegel, ob sich beim Lächeln beide Mundwinkel hoben und sie die Arme heben konnte.

Man weiß ja nie. Das Lächeln fiel kläglich aus, war aber symmetrisch. *Alles in Ordnung. Ich sehe einfach nur scheußlich aus.*

Sie seufzte. Wenn sie ehrlich war, fühlte sie sich auch genau so. Ihr Nacken war wieder verspannt, ihr Kopf brummte, und ihr Hirn arbeitete dumpf und in Zeitlupe. *Vielleicht hilft ja kaltes Wasser.* Sie griff nach dem Hebel des Wasserhahns und erstarrte. Das ganze Waschbecken war mit Zahnpastaresten verklebt.

Die Wut darüber kam wie eine Lawine. Wie sah es hier eigentlich aus? Vor der Wanne lag ein Haufen zusammengeknüllter Handtücher. In der Dusche klebten Reste von Duschgel, und einige Haare kräuselten sich im Abguss. *Das darf doch nicht wahr sein!*

Etta zog sich ihren Seidenkimono wieder über und stapfte wutentbrannt in die Küche, um sich einen Espresso aus der Maschine zu lassen. In diesem Saustall war ihr die Lust auf Körperpflege gründlich vergangen!

Als sie die Maschine einschaltete, blinkte ein Warnlämpchen. *Keine Kaffeebohnen!* Brummig suchte Etta im Kühlschrank nach frischen Kaffeebohnen, um den Behälter nachzufüllen. Gähnende Leere verhöhnte sie. Jetzt ließ sich ihr Zorn nicht mehr zurückhalten. »Ihr asozialen Arschlöcher!«

»Nanu?« Dani steckte erstaunt den Kopf durch die Küchentür. Sie war nassgeschwitzt und offensichtlich gerade erst vom Joggen zurückgekommen. »Suchst du das hier?« Sie hielt Etta eine Packung Kaffeebohnen unter die Nase. »Habe ich gerade nach dem Joggen gekauft.«

Ettas Stirn blieb umwölkt. Schweigend nahm sie das Paket Kaffee entgegen, dann sagte sie über die Schulter hinweg: »Du stinkst.«

»Sag mal, Etta. Was ist denn mit dir los?« Dani starrte sie fassungslos an. »Entschuldige bitte, dass ich kein Parfüm ausschwitze. Ich wollte ohnehin jetzt duschen.«

Etta drehte sich ganz um. Ihre Augen schickten Blitze in Danis Richtung. »Na, dann viel Spaß. Ich hätte auch gern geduscht, hatte aber Angst, vor Ekel Herpes zu kriegen. Seid ihr eigentlich alle zu blöd, um hinter euch sauber zu machen? Müssen wir jetzt Überwachungskameras installieren, um zu überprüfen, wer sich nicht an unsere WG-Regeln hält, oder was?«

»Etta, jetzt komm mal runter! Kann doch mal passieren, dass einer versehentlich etwas nachlässig mit deinen Hygieneregeln umgeht. Da musst du doch nicht gleich so einen Aufschlag machen. Ich putz das Bad gleich schon, keine Angst. Obwohl ich nicht dran bin. Mein Gott, du bist ja schon fast wie Bumske.«

»Jetzt schlägt es aber wirklich dreizehn!« Ettas Stimme war heiser vor Wut. »Wenn ihr mir so wenig Respekt entgegenbringt, habe ich mich wohl mit der Auswahl meiner Mitbewohner vertan. Da bin ich also gleich ein Nazi, nur weil ich nicht in einem Saustall leben will! Ich dachte, ich wär mit Erwachsenen zusammengezogen und nicht mit einer Herde asozialer Teenager! Wo sind die anderen eigentlich?«

Wie aufs Stichwort klingelte es an der Wohnungstür. Dani ging in den Flur, um zu öffnen, und sofort stürmte Stulle fröhlich herein. Ihre Besitzerin kam atemlos hinterher. »Bin etwas zu früh, sorry! Pia nicht da?«

Dani nahm den kleinen Hund mit gebührender Begeisterung in Empfang. Buddy hatte sich inzwischen die Tür von Pias Zimmer geöffnet und wedelte hoheitsvoll gelangweilt, um seinen Gefährten zu begrüßen.

»Pia kommt bestimmt jeden Moment«, sagte Dani. »Stulle kennt sich hier ja aus, also alles gut.«

»Ich wollte nur kurz Bescheid geben, dass es heute Abend etwas später wird. Ich habe noch ein Meeting. Ich hoffe, das ist in Ordnung.« Unschlüssig stand Stulles Frauchen in der Tür.

»Ich richte es ihr aus. Mit Sicherheit kein Thema.«

Etta war unterdessen hinzugekommen. »Kein Thema? Nee, ist klar, Dani! Alles keine Thema! Pia versaut das Bad. *Kein Thema.* Pia drückt uns ihre Jobs aufs Auge. *Kein Thema.* Nur ich alte Nazischrulle bin auch noch so bieder und rege mich auf.«

Danis Blick ging gehetzt zwischen Etta und Stulles Frauchen hin und her. Die zog die Augenbrauen hoch. »Wenn was ist, Pia hat meine Handynummer. Den Rest klärt ihr vielleicht besser unter euch.« Sie drehte sich auf dem Absatz um und zog die Tür hinter sich zu.

Ein Brummen aus der Küche zeigte an, dass die Kaffeemaschine nun den gewünschten Espresso ausspuckte. Etta holte sich die Tasse und ließ sich damit auf einen Stuhl fallen.

Dani stand immer noch regungslos da. Etta trank einen Schluck heißen Espresso und verbrannte sich prompt die Zunge. Das bittere Getränk entsprach ihrer Stimmung. »Na los, worauf wartest du?«, blaffte sie in Danis Richtung. »Beschimpf mich. Hau's raus! Du bist enttäuscht, weil ich so ein Biest sein kann. Ich bin ungerecht. Ich benehme mich wie eine der dementen Hexen in Mamas Pflegeheim. Du bist dir nicht sicher, ob es eine so gute Idee war, mit mir zusammenzuarbeiten. Und zusammen zu wohnen. Überleg es dir gut, Dani Dies. Noch kannst du abspringen. Ich denke nämlich gar nicht daran, mich zusammenzureißen. Wenn ich wütend bin, bin ich wütend!«

Etta spürte, dass die verbalen Entladungen den inneren Druck, den sie seit gestern Abend in sich spürte, nicht entlasteten. Sie hatte eine grauenhafte Nacht hinter sich. Sie hatte an Pias und Danis Reaktion sofort gemerkt, wie schockiert sie waren, dass sie ihren Sohn bisher mit keiner Silbe erwähnt hatte. Zugleich hatte sich in ihr eine Schublade geöffnet, die sie normalerweise mit aller Kraft verschlossen hielt. Sie litt unter der seltsamen Nicht-Beziehung zu ihrem Sohn. Und weil sie aus diesem Grund nicht über ihn sprach, stand sie vor den anderen nun als genau die Rabenmutter da, als die sie sich selbst ohnehin empfand. Das tat weh.

Sie war relativ kurz nach dem Gespräch ins Bett gegangen. Es war schwül gewesen, und Wetterleuchten hatte ein längst fälliges Gewitter angekündigt. Etta hatte nicht schlafen können und deshalb die Tür zu ihrem Schlafzimmer nur angelehnt. Dies war ein geheimes Zeichen zwischen ihr und Franz: Wenn die Tür fest geschlossen war, wollte Etta allein sein. War die Tür nur angelehnt, war es eine Einladung an Franz. Falls er Lust hatte, konnte er sich in ihr Zimmer schleichen, sobald die anderen schliefen.

Noch ewig hörte sie das Murmeln der anderen. Dann endlich verabschiedete sich auch Dani ins Bett. Etta war sicher, dass Franz nun bald kommen würde. Sie brauchte Trost und Ablenkung, und niemand konnte beides so gut bieten wie Franz. Doch er kam nicht, und während sie weiter auf ihn wartete, fiel Etta in einen unruhigen Schlaf.

Sie wurde davon wach, dass Franz sie zart im Nacken berührte und »Schläfst du?« flüsterte. Aus irgendeinem Grund, den sie selbst nicht hätte benennen können, war sie sauer auf ihn. Es passte ihr nicht, dass er noch so lange mit Pia geflüstert hatte, statt zu ihr zu kommen. Er hätte sich doch denken können, dass sie auf ihn wartete! Außerdem war sie verschnupft, weil Franz ihr Angebot ausgeschlagen hatte, sie in den nächsten Tagen zu den Dreharbeiten zu begleiten. Sie hätten gemeinsam mit einem Leihwagen nach Murnau fahren können statt mit dem Zug und hätten sich zusammen eine nette Zeit machen können. Etta fürchtete sich ein bisschen vor der Einsamkeit, die sie nach einem Drehtag im Hotelzimmer oft überfiel. Da wäre es schön gewesen, jemanden wie Franz … Doch zu ihrer großen Überraschung hatte er abgelehnt.

Und warum? Nur weil seine Ex wegen einer Hüft-OP seit zwei Tagen im Krankenhaus lag und er sie nach ihrer Entlassung in die Rehaklinik fahren wollte! Sein ewiges Samaritertum ging Etta furchtbar auf die Nerven. Darum stellte sie sich schlafend, als Franz an ihrem Kopfende kniete und sie vorsichtig berührte. Als er ihr Zimmer leise wie ein Geist wieder verließ, war sie allerdings auch enttäuscht. Dass er nie um irgendetwas kämpfte!

Dass er nicht geblieben war, hatte sie den Kellergeistern ihrer Vergangenheit erst recht ausgeliefert. Und jetzt hockte sie hier in ihrem verschwitzten Kimono, rieb sich den schmerzenden Nacken und sackte unter Danis fragendem Blick mehr und mehr zusammen.

Als Dani weiter schwieg, setzte Etta nach: »Waaas? Ich sage *immer*, was ich denke. Schon vergessen? Und jetzt geh duschen. Du stinkst wirklich grauenhaft.«

Während Dani kopfschüttelnd im Bad verschwand, grub Etta sich immer tiefer in ihren Ärger. Im Bad hörte sie die Dusche rauschen, in ihrem Kopf die Stimme ihrer Mutter: *Marietta, wann wirst du endlich lernen, deine schlechte Laune und deine Wut über alles und jeden nicht an anderen Menschen auszulassen?*

Immer und immer wieder hatte ihre Mutter das gesagt. Charakterlich war ihre Mutter das komplette Gegenteil von ihr. Sie war immer sanft, still und friedliebend bis zur Selbstaufgabe gewesen. Zu allem, was ihr Chef und ihre Chefin ihr sagten oder rieten, hatte sie stets Ja und Amen gesagt. Als Fred Manchinger sie nach dem Tod seiner Frau gebeten hatte, ihn zu heiraten, hatte sie ebenfalls ganz selbstverständlich eingewilligt. Dass sie es auch aus Liebe getan hatte, wagte Etta zu bezweifeln. Oder hatten Fred Manchinger und Elsbeth etwa schon vor Annas Tod ein Verhältnis miteinander gehabt? Wer wusste das schon? Jedenfalls war Elsbeth sicherlich dankbar dafür gewesen, wie herzlich die Manchingers sie und Etta in ihre Familie aufgenommen hatten.

Diese stille Demut, diese Fähigkeit, sich in jedes noch so kleine Lebenskonstrukt hineinzuducken, hatte Etta an ihrer Mutter immer gestört. Dabei war auch sie ihrer Mutter zu Dank verpflichtet; hätte Elsbeth Manuel nicht mit so viel Liebe und Hingabe großgezogen, wäre ihr Sohn in der unterkühlten Atmosphäre im Haus seines Vaters und dessen rigider dritten Ehefrau herangewachsen.

Etta seufzte. Weil sich Elsbeth um ihn gekümmert hatte, hing Manuel bis heute mit großer Liebe und Zärtlichkeit an seiner Oma, pflegte aber nur ein distanziertes, fast feindseliges Verhältnis zu seiner Mutter. Wäre Elsbeth nicht in ihrem wirklich fortschrittlichen und schönen Demenz-Wohnheim in der Nähe, würde sie Manuel wahrscheinlich gar nicht mehr zu Gesicht bekommen. So aber kam ihr Sohn mindestens vier Mal im Jahr zu Besuch – obwohl Elsbeth sich mittlerweile in eine aggressive, feuerspeiende alte Kröte verwandelt hatte. Was früher sanft, mild und liebevoll gewesen war, hatte sich ins Gegenteil verkehrt. Sie schimpfte und tobte an manchen Tagen und unterstellte den Pflegern, sie würden sie misshandeln. Selbst ihren geliebten Enkel Manuel erkannte sie oft nicht und schickte ihn zum Teufel, um ihn nach wenigen Stunden liebevoll als »Walter« zu begrüßen – der Name von Ettas leiblichem Vater. Dann umarmte sie Manuel wieder und wieder und sagte unter Tränen: »Walter, ich wusste, dass du irgendwann wiederkommst. Jetzt bleibst du bei mir.«

Manuel nahm die geistige Verwirrung seiner Oma mit zärtlicher Gelassenheit hin. Etta fiel es schwerer, doch sie hatte schon oft gedacht, dass sich ihre Mutter nun für ihre ewige Nachgiebigkeit und selbstverleugnende Sanftheit entschädigte. Ihr selbst war es seit ihren Teenagerjahren wichtig, nicht so defensiv und nachgiebig zu werden wie ihre Mutter. Wenn die sie einmal wieder für ihre Temperamentsausbrüche rügte, hatte Etta gern geantwortet: »Ich bin so missraten, weil du mich immer an Anna abgeschoben hast. Sie war für mich und mein Temperament schon zu alt und hat mir fast alles durchgehen lassen. Jetzt bin ich halt ein Biest. Das kommt davon, wenn man seine Kinder nicht selbst großzieht.«

Ihre Mutter hatte nach einer solchen Bemerkung immer ganz schmale Lippen bekommen und schweigend hinter der unordentlichen Etta hergeräumt.

Und jetzt bin ich immer noch eine launische Furie und mache anderen wegen ihrer Unordnung die Hölle heiß, dachte sie mit schlechtem Gewissen. *Kein Wunder, dass ich mit Nackenproblemen zu kämpfen habe. Ich bin einfach zu halsstarrig.*

Als Dani frisch geduscht aus dem Bad kam und Etta schon ansetzte, sich bei ihr zu entschuldigen, wurde die Wohnungstür aufgeschlossen. Sofort sprang Stulle auf, um Pia und Franz zu begrüßen. Buddy hingegen erhob sich gelassen und begnügte sich damit, Pia einmal kurz anzustupsen. Direkt danach ließ er sich grunzend wie ein alter Mann wieder auf den Dielenboden plumpsen.

Als Etta sah, dass Pia und Franz zusammen unterwegs gewesen waren, flackerte ihre schlechte Laune sofort wieder auf.

»Schön, dass ihr auch mal auftaucht! Ist ja auch egal, dass wir hier die Hundesitter spielen mussten, weil du nicht da warst, Pia. Und natürlich ist es auch egal, dass das Bad völlig verdreckt und verschmiert ist. Im Waschbecken klebt Zahnpasta, und die Dusche ist widerlich. Wie die ganze Wohnung. Wir sind hier doch nicht in einem Internat für Schwererziehbare! Müsste in eurem Alter doch eigentlich möglich sein, sich wie ein erwachsener, zivilisierter Mensch aufzuführen.«

Franz wirkte wie vor den Kopf geschlagen, während Pia mit schiefem Mund nuschelte: »Das mit der Zahnpasta war bestimmt meine Schuld, sorry!«

Etta hatte sich eigentlich auf einen kleinen Streit gefreut, einen scharfer Wortwechsel, der ihr geholfen hätte, ihre Aggressionen loszuwerden. Dass Franz und Pia so defensiv reagierten, machte sie deshalb noch wütender. »Sorry, sorry, sorry! Für *sorry* kann ich mir auch nichts kaufen! Ich bin doch nicht eure Mutter, die sich freut, hinter ihrer Brut herwischen zu können. Kaffee war auch alle. Wer sollte eigentlich einkaufen?«

Franz hob die Einkaufstasche hoch. »Alles erledigt. Ich wusste nur nicht, dass wir so lange brauchen würden.«

»*Wir?*« Etta hörte selbst, dass ihre Stimme schrill klang.

Pia antwortete an Franz' Stelle: »Franz hat mir heute einen kleinen Gefallen getan.« Sie sah warnend in seine Richtung.

»Warum redest du so komisch? Hast du die Zunge verschluckt, oder was?«

Bevor Pia etwas sagen konnte, antwortete Franz mit ungewohnt unfreundlicher Stimme: »Pia hat noch eine Betäubung im Mund. Ich habe sie eben zu einer Notbehandlung gebracht. Sie hatte furchtbare Schmerzen, und ich habe einen befreundeten Zahnarzt überreden können, Pia vor der Sprechstunde dranzunehmen.«

Etta kam sich sofort unsensibel vor. Das allerdings steigerte ihren Unwillen noch. »Na, dann kann Pia ja jetzt vielleicht das

Bad sauber machen. Oder muss sie jetzt den ganzen Tag den sterbenden Schwan spielen?«

»Das Bad ist längst geputzt. Jetzt hör endlich auf, mit deiner schlechten Laune die Atmosphäre zu verpesten.« Dani stellte sich schützend vor Franz und Pia. Sie war offensichtlich inzwischen im Bad fertig, hatte ein dünnes Kleid übergeworfen und rubbelte ihre feuchten Haare mit einem Handtuch trocken.

»So, *ich* verpeste die Atmosphäre!« Etta schoss auf ihrem Stuhl herum und funkelte Dani wütend an. »*Ich* verpeste in meiner *eigenen* Wohnung die Atmosphäre, weil ich keine Lust habe, bei jedem Schritt festzukleben. Ich verpeste die Atmosphäre, wenn ich mich traue anzumerken, dass ich das Bad nicht benutzen kann, ohne Herpes zu bekommen. Und ich verpeste die Atmosphäre ...«

Ettas Stimme wurde immer schriller. »Ich verpeste die Atmosphäre, wenn ich nach einer grauenhaften Nacht, in der ich ewig nicht einschlafen konnte, weil ihr bis tief in die Puppen vor meinem Schlafzimmer gemurmelt und euch unterhalten habt, wenn ich nach so einer beschissenen Nacht von meiner eigenen Kaffeemaschine einen beschissenen Espresso bekommen möchte! Ihr seid so was von asozial. Wenn ich das gewusst hätte ... dann ... dann!«

Dani baute sich direkt vor Etta auf. »Was dann, Etta? Was dann? Dann hättest du ohne uns versuchen müssen, deinen teuren Lebensstil zu retten. Dann hättest du deinen Frust und deine Diva-Allüren an deinem Freund in Berlin austoben müssen, wobei du dir das Gestöhne von dessen Mann hättest anhören müssen, das der aber nicht unterdrücken kann, weil er unerträgliche Schmerzen hat. Oder du säßest allein in deinem Palast und müsstest viel Geld an diese Frau Pohlmann bezahlen, die dir die Hütte immer schön fein gemacht hat. Dann könntest du deinen Kampf gegen Bumske allein führen und hättest auch keinen, den du für deine schlechte Nacht verantwortlich machen kannst! Komm mal runter, Etta Glück. Und benimm dich nicht wie die böse Kaiserin in einem schlechten Märchen.«

Etta schnappte nach Luft vor Empörung.

Bevor ihr eine Entgegnung einfiel, kam Franz mit einem frischen Espresso aus der Küche und stellte ihn ihr vor die Nase. »Etta, welche Laus auch immer dir über die Leber gelaufen ist, jetzt atme mal tief durch, trink diesen Kaffee, und ruh dich aus. Ich putze gleich die Küche und das Wohnzimmer. Dani hat bestimmt kein Problem damit, eine Maschine Wäsche anzustellen und auf dem Dachboden aufzuhängen. Und Pia legt sich jetzt hin und schläft noch eine Runde. Die hat letzte Nacht nämlich auch kein Auge zubekommen. Wenn ihr hier weiter so rumkeift, bin ich weg. Dann hätte ich genauso gut bei meiner Ex bleiben können.«

Etta trank ihren Espresso und rauschte danach mit wehendem Kimono ins Bad. *Na warte, Dani Dies!*, schwor sie. *Das hätte ich dir nicht zugetraut. Deine Krallen ausfahren kannst du. Aber für deine blöden Sprüche wirst du dich entschuldigen müssen, sonst ist hier Schicht im Schacht.*

* * *

Dani hatte drei unterschiedliche Sommerkleider über den Arm gelegt, um sie Etta zu zeigen. Sie wollte nachher gemeinsam mit Pia eine Vernissage im Kreuzviertel besuchen und freute sich, endlich mal wieder eine Gelegenheit zu haben, um sich herauszuputzen.

Etta saß in einem kurzen Kleid am Tisch und lackierte ihre Fußnägel. Sie hatte Wattewülste als Zehentrenner in die Zehenzwischenräume gesteckt, und ihre Zungenspitze wanderte vor lauter Konzentration zwischen ihren Lippen hin und her. In der Wohnung waren sämtliche Fenster geöffnet. Ein leichter

Wind strich durch die Räume, und es war trotz des anbrechenden Abends noch sehr warm.

»Jetzt guck doch mal, Etta.« Dani hielt Etta die drei Kleider entgegen. »Welches soll ich deiner Meinung nach am besten anziehen? Die Devise ist: schick, aber nicht bieder.«

Etta tunkte vorsichtig den Nagellackpinsel in das Fläschchen und schaute auf: »Du siehst ohnehin nie bieder aus, Dani. Dafür bist du zu groß, zu hübsch, und deine Haare sind zu wild. Aber wenn du meine Meinung wirklich wissen willst, dann zieh die Kleider für mich an, dann kann ich dich besser beraten.«

Franz lehnte im Türrahmen zur Küche, löffelte mit einem langstieligen Löffel Joghurt aus einem großen Becher und kommentierte: »Für wen oder was wirfst du dich denn so dermaßen in Schale, Dani?«

Dani ging mit dem ersten Kleid zu ihrem Zimmer und rief über die Schulter: »Die Ausstellungseröffnung, von der ich euch erzählt habe. Kommt doch einfach mit. Dann ist das ein echter WG-Ausflug.«

Kurz darauf trat sie mit einem nachtblauen, eng geschnittenen Satinkleid aus der Tür und drehte sich vor Etta. Die schüttelte den Kopf.

»Nein?« Dani war verunsichert. »Zu schick, oder steht mir das Kleid nicht?«

»Das Kleid steht dir hervorragend. Ich habe nur den Kopf geschüttelt, weil wir nicht mitkommen wollen. Franz, du bist doch zum Schachspielen bei Udo, oder?« Franz nickte und löffelte schweigend weiter. »Und ich … Ehrlich gesagt, Dani, bin ich ganz gern mal allein.« Sie lächelte. »Das Kleid ist wirklich hübsch, aber es ist schon recht eng. Wenn du schwitzt, wird man das sofort sehen. Hast du nichts Luftigeres?«

Als Dani mit einem weiteren, groß geblümten Baumwollkleid aus ihrem Zimmer trat, schickte Franz sich gerade an, die

Wohnung zu verlassen. Er zeigte Dani den erhobenen Daumen und rief im Hinausgehen: »Schönen Abend, die Damen.«

Dani drehte sich vor Etta.

Etta zog die Stirn etwas kraus und deutete mit dem Nagellackpinsel in Danis Richtung. »Das Kleid ist hübsch, aber es sitzt nicht richtig, oder?«

Dani drehte ihr den Rücken zu. »Doch, wenn der Reißverschluss zu ist, sitzt es perfekt. Aber der ist so lang, da müsstest du mir helfen.«

Gerade als Etta aufstehen wollte, klingelte es laut und fordernd an der Wohnungstür. Dani schaute Etta fragend an, die zuckte mit den Schultern.

»Ich geh schon«, sagte Dani und öffnete die Tür. Sie hörte eilige Schritte die Treppe heraufkommen, und ehe sie sich's versah, stürmte Taxi-Heri durch den Flur und in die Wohnung hinein. Dieses Mal trug er ein BVB-T-Shirt, und statt der obligatorischen Schiebermütze hatte er eine BVB-Kappe mit der Aufschrift »Pöhler« auf dem Kopf.

Bevor auch nur eine der beiden Frauen etwas sagen konnte, legte er mit einem aufgeregten Monolog los: »Frau Iravani, ich habe mir erlaubt, Sie heute Abend mal einfach zu überfallen. Ich habe eine so unglaublich geniale Idee für ein *Tatort*-Drehbuch, das müssen Se sich getz einfach mal anhören.«

Etta, die vorsichtig aufgestanden war, um ihren frischen Nagellack nicht zu demolieren, zog Danis Reißverschluss zu, nickte beifällig und drehte sich dann grinsend in Heris Richtung. »Sie haben sich für heute aber auch besonders schick gemacht, Herr Heri. Ich dachte, beim BVB wäre gerade Spielpause.« Damit ließ sie sich wieder in ihren Stuhl sinken.

»Dat schicke BVB-Outfit, Frau Iravani, dat is Teil meiner genialen Idee. Und Se können ruhich einfach Heri für mich sagen.« Im Eifer des Gefechtes war er in den derbsten Ruhrpottslang verfallen.

Etta musste noch mehr grinsen. »Na, dann bin ich einfach die Etta. Und Ihre … deine geniale Idee, Heri, die hat was mit Fußballmode zu tun?«

»Nein, Frau Ira … äh, Etta. Ich wollte meine Idee nur vonne Optik her untermalen.« Er zog einige zerknitterte DIN-A4-Seiten aus seiner Gesäßtasche, entblätterte sie und wies mit der freien Hand auf die Seiten: »Tadaaaa! Wat hab ich hier wohl inne Hand, Frau … äh, also Etta? Dat is ein perfektes Drehbuch für den nächsten Dortmund-*Tatort*. Ich hab mich da ma mit einige von meine Taxikollegens zusammengesetzt. Und da is uns wat wirklich Geniales eingefallen. Pass auf, getz wird dir de Kinnlade runterfallen, aber sowat von.«

Heri brachte sich vor Etta in Positur, seine Stimme wurde lauter, und er warf die Blätter auf den Tisch. »Es handelt von Folgendes: Mord im Zockermiljö, verstehste, Etta? Sportwetten. Dat is der Kracher. Ein bekannter Wettkönig wird auf dat Kreuz gelecht und verliert 'n Haufen Kohle. Und plötzlich gibbet 'n Toten. Müssen wir noch zusammen überlegen, wen wir genau umme Ecke bringen. Jedenfalls irgendeinen ausse Fußballpromenenz. Der müsste gespielt werden von diesen einen, diesen Dicken, wie heißt der noch mal?«

Etta schien sich köstlich zu amüsieren: »Dicke Schauspieler gibt es ja tatsächlich einige, an wen hast du denn genau gedacht.«

»Hier, äh, den einen, der is au 'n BVB-Fan. Ach genau, den Dietmar Bär meinte ich.«

»Dietmar Bär spielt aber schon den *Tatort*-Komissar Freddy Schenk«, wandte Etta ein. »Da können wir den nicht in einem anderen *Tatort* um die Ecke bringen.«

Heri nahm sich die Pöhler-Kappe ab und kratzte sich etwas verlegen am Kopf. »Ach so, dat hatte ich getz nich so auffen Zettel, dat der schon in ein anderen *Tatort* … is auch egal. Komm, dat sind Kinkerlitzchen. Wir finden auch noch 'n anderen Dicken. Jedenfalls muss der abgemurkst werden, verstehste, Etta, und der Mörder … pass auf, getz kommt et: Der Mörder, dat is einer aussen Vorstand von den Bayern. FC Bayern, verstehste? Der hat Schiris bestochen und diesen ganzen Dreckskram, und am Ende hat der den Dicken, also den Ersatz für Dietmar Bär, abgemurkst. Ich sach dir eins, Etta. Da wird der ganze Pott steil gehen. Ach, wat sach ich der Pott. Ganz Fußballdeutschland. Außer eben die Bayern selbst, die werden dat nich so geil finden. Aber dat is egal. Bisschen Schwund is immer.«

Dani hatte die ganze Zeit fasziniert dabei zugesehen, wie sich Heri in Rage redete und Etta sich offensichtlich köstlich amüsierte. Sie wollte Etta nur ungern mit dem ungebetenen Gast allein lassen, doch so langsam drängte die Zeit.

»Heri«, machte sie einen Vorstoß zur Unterbrechung. »Das hört sich alles sehr toll und kreativ an, aber Etta und ich haben noch was vor. Dieses spannende Gespräch müssen wir ein anderes Mal fortsetzen.«

Heri sah verunsichert von einer zu anderen. »Ich will ja auch nich lästich fallen, aber diese Idee, die könnte den ganz, ganz großen Durchbruch für den Dortmund-*Tatort* bedeuten.«

Etta gab Dani ein Zeichen und sagte: »Geh ruhig, Dani. Ich werde noch mit Heri über das Geschäftliche sprechen. Ich kann ja später nachkommen.« Dabei grinste sie breit wie ein Honigkuchenpferd.

Als Dani in ihr Zimmer verschwand, um ihre Handtasche zu holen, hörte sie, wie Heri widersprach: »Quatsch, Geschäftlichet, Etta! Ich will da keinen Cent für haben, für diese Idee.«

Als sie ausgehfertig aus ihrem Zimmer zurückkam, hatte Heri sich noch dichter vor Etta aufgebaut: »Und getz kommt der Oberhammer, Etta. Hör zu. Beerdigung von den Dicken aussem Vorstand. Alle Taxifahrer von ganz Dortmund fahren Korso und haben die BVB-Fahne an ihre Wagen gehisst. Und du, verstehst du, du steigst dann in schwarzer Kutte aus meinem Taxi, weil du die Witwe von den Dicken bist, und dann rufst du in den Himmel: ›Ich verfluche euch, ihr Bayern! Wat ihr meinen Mann angetan habt, dat wird die Fußballwelt euch nie verzeihen.‹ Und dann, Etta, dann verbrennst du vor den Augen der ganzen Welt 'ne Bayernfahne …«

Dani fasste sich ein Herz und wandte sich noch einmal an Etta: »Etta, bist du dir sicher? Also, ich kann auch noch gerne ein bisschen bleiben, bis ihr das … äh, Drehbuch zu Ende besprochen habt.«

»Hau schon ab.« Etta scheuchte Dani mit einer Handbewegung zur Wohnungstür. »Heri und ich kommen schon zurecht.«

Noch als Dani unten auf der Straße war, hörte sie aus dem geöffneten Küchenfenster Taxi-Heris pathetische Stimme.

Etta steckt wirklich voller Überraschungen, dachte sie. *Dass sie sich an den überspannten Auslassungen von diesem lokalpatriotischen Taxifahrer so berauschen könnte, hätte ich ihr nicht zugetraut.*

Dass es noch einiges anderes gab, was sie Etta nicht zugetraut hätte, sollte sie im Laufe des Abends merken.

Zunächst verlief der Abend genau so, wie Dani es sich vorgestellt hatte. Sie traf sich mit Pia am Eingang der Galerie, in der die Ausstellungseröffnung stattfinden sollte. Als sie hineingingen, hatte die Eröffnungsansprache bereits begonnen. Sie mischten sich leise unter die anderen Gäste, bis Dani merkte, dass ihr Handy wieder und wieder vibrierte. Als sie sich nach draußen schlich, um zu schauen, was denn so wichtig war, wurde ihr ganz bang ums Herz. Ihre Tochter Annika hatte schon mehrfach versucht, sie zu erreichen.

Nur eine halbe Stunde später lief sie eilig durch den Hausflur, um ein paar Sachen zu packen und ihrer Tochter in einem SOS-Einsatz zur Seite zu stehen. Marek war mit einer Gehirnerschütterung auf der Kinderstation der Essener Uni-Klinik gelandet, und Anni wollte über Nacht bei ihm bleiben. Dani sollte währenddessen in ihrer Wohnung übernachten und auf Julius aufpassen. *Wenn du Familie hast, brauchst du dich über Langeweile nicht zu beklagen*, dachte Dani.

Als sie die Wohnungstür aufschloss, kam ihr die Wohnung zunächst verlassen vor. Sie wollte gerade in ihr Zimmer eilen, um ihre Tasche zu packen, als ein Geräusch aus Ettas Zimmer sie aufschreckte. Etta stöhnte laut und vernehmlich.

Oh Gott, da ist was passiert!, schoss es ihr durch den Kopf. Etta war ein so beherrschter Mensch, sie musste unerträgliche Schmerzen haben, wenn sie so stöhnte.

Entschlossen klopfte Dani an Ettas Zimmertür. Sofort hörte das Stöhnen auf. Ettas Stimme klang jedoch seltsam verzerrt, als sie von drinnen sagte: »Komm nicht rein.«

Darum tat Dani genau das Gegenteil. Entschlossen riss sie die Zimmertür auf, um sich zu vergewissern, dass nichts Schlimmes passiert war. Im Dämmerlicht konnte sie kaum etwas erkennen, nur dass Etta hastig aufgesprungen war, sich vor ihrem Bett aufgebaut hatte und sich in fliegender Hast ein Hemdchen über den Kopf zog. Hektisch versuchte sie, Dani aus der Tür zu drängen.

Inzwischen hatten sich Danis Augen an das Dämmerlicht gewöhnt. Ettas Bett war zerwühlt, und Etta versuchte, mit den Füßen einige herumliegende Kleidungsstücke unter das Bett zu scharren.

Was ging hier nur vor? Plötzlich blieb Danis Blick am Fußende des Bettes hängen. Aus der Bettdecke schaute ein großer Männerfuß heraus. Das konnte doch nicht wahr sein!

Bevor Dani etwas sagen konnte, nahm Etta ihre Kräfte zusammen und schob sie entschlossen aus dem Zimmer. »Es ist nicht das, wonach es aussieht«, behauptete sie.

In Danis Kopf arbeitete es. Sie kombinierte eins und eins

und konnte nicht umhin, plötzlich loszuprusten. »Das hätte ich ja nie von dir gedacht, Etta! Was bist du doch für eine verruchte Man-Eaterin!« Dani gluckste noch mehr. »Da hat die Dame von Welt sich mal eben einen durchgeknallten Taxifahrer zwischen die Laken gezerrt. Ich wusste gar nicht, dass du auf diesen Männertyp stehst.«

Etta sah Dani zunächst völlig verwirrt an. Dann lachte sie ebenfalls erleichtert. »Ja, so Taxifahrer, Dani, die wissen genau, wie man bei einer Frau in den richtigen Gang schaltet. Heri ist 'ne Wucht, aber verrate mich um Gottes willen nicht bei den anderen. Warum bist du eigentlich schon zurück?«

»Ich muss bei meiner Tochter einspringen. Da ist gerade Land unter. Ich wollte nur schnell ein paar Sachen zusammenpacken.«

»Dann lass dich nicht aufhalten.« Im nächsten Moment war Etta in ihrem Zimmer verschwunden und hatte die Tür hinter sich zugezogen.

Als Dani Minuten später mit gepackter Tasche auf der Straße stand, um zu ihrem Auto zu gehen, hörte sie aus Ettas geöffneten Schlafzimmerfenster begeistertes Kichern und Gelächter. Offenbar hatten die beiden mächtig Spaß.

Na, warte, Etta! Du Scheinheilige! Jetzt habe ich mindestens einen bei dir gut, dachte Dani und lief grinsend los.

* * *

Vom Besucherstuhl aus betrachtete Franz Eleni, die entweder fest eingeschlafen war oder einfach nur nicht mitbekommen hatte, dass er zu Besuch war. Die Luft im Zimmer war verbraucht und stickig, obwohl das Fenster offen stand. Im Nebenbett dämmerte eine andere Frau vor sich hin. Sie trug eine Schlafmaske und ächzte und murmelte im Schlaf, während auf dem Gang ein Geschirrwagen klapperte. Offensichtlich wurde gerade der Nachmittagskaffee serviert. Und das um zwei Uhr – eine Zeit, in der Eleni normalerweise in ihrem Imbiss stand und die erste Ruhe nach dem Mittagssturm nutzte, um zu frühstücken.

Eleni war ein Morgenmuffel par excellence. Da musste ihr der Rhythmus eines Krankenhauses völlig gegen den Strich gehen. Franz wurde es schwer ums Herz. Eleni tat ihm leid. Ihre dichten dunklen Haare, auf die sie so stolz war, hingen strähnig und fettig um ihr Gesicht. Ihre Haut sah gelblich aus, und es schien ihm, als wären in der letzten Zeit einige Falten hinzugekommen. Er hatte ihr Kummer bereitet, um seine eigene Haut zu retten. Und während er gerade die Zeit seines Lebens hatte, war Eleni am Ende. Die Hüftoperation war längst fällig gewesen – schon seit Jahren hatte sie sich mit einer starken Arthrose herumgequält –, und dass sie sich nun zur Operation durchgerungen hatte, zeigte ihm, wie verzweifelt sie gewesen sein musste. Eleni hasste Krankenhäuser und fürchtete sich vor Operationen.

Am meisten rührten ihn ihre Hände, die auch jetzt, im Schaf, unruhig auf der Bettdecke hin und her fuhren. Sie waren voller Altersflecken, und unzählige Narben zeugten von Verbrennungen, die sie sich an der heißen Fritteuse zugezogen hatte.

Wie anders ihr Leben doch im Vergleich zu Ettas verlaufen war! Deren Händen sah man an, dass sie nie körperlich gearbeitet hatte. Gerade als er überlegte, sich in der Cafeteria einen Kaffee zu holen, solange Eleni noch schlief, klopfte es an der Tür. Im selben Moment wurde sie aufgestoßen, und eine laute Stimme rief noch im Hereinkommen: »So, meine Damen! Kaffeezeit! Heute könnt ihr euch freuen. Der Streuselkuchen ist richtig lecker.«

Eleni schreckte aus ihrem Schlaf hoch und sah orientierungslos um sich. Ihre Bettnachbarin linste kurz unter der

Maske hervor und dämmerte dann weiter. Als Eleni Franz entdeckte, strahlte sie so sehr, dass es Franz ins Herz fuhr.

»Franz, mein *arkoudaki*!« Sie zog ihn an seiner Hand zu sich herab und küsste ihn wie selbstverständlich auf den Mund. Ihr Atem roch unangenehm nach einer Mischung aus Medizin und den Lutschpastillen, die sie immer nach dem Rauchen genommen hatte.

»Du sollst mich doch nicht Bärchen nennen, du weißt, dass ich das hasse.« Obwohl er sie rügte, war seine Stimme liebevoll.

Eleni registrierte es mit einem glücklichen Lächeln. »Wenn du doch für mich ein echter *arkoudaki* bist, meine Kuschelbär.«

Während die Krankenschwester Kaffee und Kuchen auf den Nachttischen abstellte, scherzte sie: »Da ist aber eine sofort gut gelaunt, dass sie so schmucken Herrenbesuch hat. Und Blumen hat er ihr auch mitgebracht! Die Vasen sind im Schrank vor dem Schwesternzimmer«, ergänzte sie mit einem Blick auf den Blumenstrauß, den Franz ans Fußende des Bettes gelegt hatte.

»Blumen, wie bist du süß!« Eleni schnurrte regelrecht.

Franz stand auf. »Dann hole ich mal eine Vase und versorge die Blumen. Sonst lassen die schneller den Kopf hängen, als du bis drei zählen kannst.«

Als er mit einer Vase zurückkam, Wasser einfüllte und die Blumen auf Elenis Tischchen abstellte, sah er, dass sie sich inzwischen gekämmt und ihre Lippen mit einem rosafarbenen Lippenstift nachgezogen hatte. Er deutete auf den Kuchen. »Lass dich von mir bloß nicht stören!«

»Pah, mit diesem trockenen Zeugs kannst du die Hühner füttern! Heute Abend kommt Jannis und bringt mir was Gescheites.«

Als Franz erstaunt die Brauen hochzog, zog ein Strahlen über Elenis Gesicht, als ginge gerade die Sonne auf. »Es gibt Nachrichten, mein *arkoudaki*, gute Nachrichten! Jannis kommt zurück nach Deutschland und übernimmt den Grill. Ich helfe dann nur noch ab und zu ein bisschen aus. Er hat von Griechenland die Nase voll. Dort verdient er als Lehrer so wenig, dass er von der Hand im Mund lebt. Er bleibt, Franz, stell dir das vor! Mein Großer bleibt! Und ich kann mich endlich ein bisschen zurücklehnen. Ich gehe direkt im Anschluss an die Reha in Kur, meine Hausärztin hat das schon in die Wege geleitet. Bald komme ich rundum erneuert wieder, und dann kommst du zu deiner völlig entspannten, neuen Frau zurück. Franz, das ist unsere Chance auf einen Neuanfang! Wir lieben uns doch, daran ändert auch eine kleine Krise nichts.«

Gerade als Franz sie zum gefühlt hundertachtzigsten Mal daran erinnern wollte, dass er keineswegs sicher war, ob es für sie als Paar noch eine echte Chance gab, klappte die Nebelkrähe aus dem Nachbarbett hoch wie ein Klappmesser, nahm die Maske vom Gesicht, und nachdem sie Franz gründlich gemustert hatte, sagte sie mit krächzender Stimme: »Natürlich tut der widdakommen. Kuck ’ne dir doch an, Leni! So spindeldürre, wie der is, da musse ihm nur ma so richtig fettfüttern, dann bleiben de Kerls schon freiwillig. Ein Kerl, der liebt immer mit dem Magen, und natürlich mit seinen Schniedel, dat is klar. Untenrum musse ihm auch glücklich machen, Leni. Aber so eine wie du, die kann dat. Dat weiß ich ganz genau.« Damit ließ die Nebelkrähe sich wieder in die Kissen zurücksinken; ihre Sprechstunde schien beendet.

»Das ist Helga«, stellte Eleni ihre Bettnachbarin vor. »Selbstständig wie ich. Sie hat mit ihrer Schwester zusammen einen Kiosk. Wir verstehen uns ganz prächtig.«

»Weil wir beide zähe Pflanze sind, Leni«, ergänzte die Frau, ohne die Augen noch mal zu öffnen. »Zäh und unverwüstlich. Mit Emscherwasser getauft. Wennse dat überlebt has, dann bringt dich nix mehr so leicht um. Jedenfalls is dat bei uns Mädels so. Männer sind weniger robust. Drei Männer habbich unter de Erde gebracht. Ich selbst bin zwar au nich’ mehr viel wert. Aber wenn de Leni dich nich' mehr so ausse Socken haut, kannze auch mein vierter werden, Jungchen.« Sie lachte heiser.

Eleni lachte mit. Franz zupfte nervös an seiner Problembraue. Er musste hier raus!

»Oh, oh. Du reißt dir wieder die Haare aus. Kein gutes Zeichen!«, sagte Eleni. »Du überlegst, wie du so schnell wie möglich gehen kannst, ohne mich zu kränken. Musst nicht hierbleiben, *arkoudaki*, ich weiß doch, wie sehr du es hasst, an Krankenbetten zu hocken. Erinnert dich an deine Mutter, weiß ich doch. Geh ruhig. Meine Reha ist übrigens verschoben worden. Hab 'ne Entzündung, die muss erst noch weg. Ich sage dir Bescheid, wann ich rauskomme.«

Franz spürte, wie ihm der Schweiß die Achselhöhlen herunterfloss. »Ich bin nur bis übermorgen in Dortmund, Eleni. Dann bin ich für mindestens drei Tage in Würzburg. Ich mach da mit einem Kumpel zusammen bei einem Musikfestival die Technik. Bringt gutes Geld. Du weißt ja, dass ich's momentan nicht so dicke habe.«

Er zog die Schultern hoch. Tatsächlich hatte er den Job auch angenommen, um Ettas Betteln, er solle sie zu den Dreharbeiten nach Murnau begleiten, ein Ende zu bereiten. Er war doch nicht ihr Butler und Claqueur! Außerdem hätte Dani es bestimmt befremdlich gefunden. Also war ihm das Angebot, bei besagtem Reggae-Festival einzuspringen, ausgesprochen gut ausgekommen. Jetzt aber befürchtete er, dass Eleni auf die Tränendrüse drücken könnte, weil er sein Versprechen, sie zur Reha zu bringen, dadurch möglicherweise nicht einlösen konnte.

Das Gegenteil war der Fall. Eleni lächelte breit und sagte: »Mach dir keine Sorgen, mein *arkoudaki*, dann fährt mich mein Sohn. Geh du ruhig Geld verdienen, und wir sehen uns, wenn ich wie neu bin.«

Als Franz am Fahrstuhl auf den Aufzug wartete, merkte er,

wie erleichtert er war. Nun, wo er den Besuch bei Eleni hinter sich gebracht und Etta endgültig den Zahn gezogen hatte, dass er sie begleiten könnte, freute er sich noch mehr auf das Festival. Ein paar Tage gute Musik hören, Geld verdienen und mit den anderen Jungs abhängen – ein Traum!

HERZPURZELBÄUME

Sich etwas wünschen und an etwas glauben sind häufig zwei Paar Schuhe. So hatte Dani sich im hintersten Winkel ihres Herzens lange Zeit die kindliche Sehnsucht bewahrt, es gäbe ein Passepartout zu ihrer Seele. Einen Soulmate, sozusagen, einen echten Seelengefährten. Genauso naiv und sehnsüchtig hatte sie jahrelang an Liebe auf den ersten Blick geglaubt.

Inzwischen hatte sie gemerkt, dass es so unterschiedliche Arten von Liebe gab, wie die Menschen unterschiedlich sind. Sie liebte ihre Töchter von ganzem Herzen, und in ihre Enkelkinder war sie regelrecht vernarrt. Sie hatte den Vater ihrer Töchter geliebt. Immerhin so sehr geliebt, dass sie in der Lage war, ihm verständnisvoll zu begegnen, als er ihr seinerzeit gestand, dass er sich Hals über Kopf in einen Mann verliebt hatte. Anfangs war sie verstört und traurig gewesen, dann aber war es ihr gelungen, die Liebesbeziehung in eine treue Freundschaft zu verwandeln.

Sie hatte danach noch einige Liebesbeziehungen und Affären gehabt, aber die ganz große Liebe war nicht dabei gewesen. Liebe auf den ersten Blick, das war wohl doch eher ein Stoff für romantische Filme.

Dann, an einem ganz und gar gewöhnlichen Tag im August, geschah das Ungeheuerliche. Etta war seit zwei Tagen unterwegs zu ihren Dreharbeiten, Franz war zu seinem Reggae-Festival nach Würzburg aufgebrochen, und Pia hatte sich nun doch entschlossen, zusammen mit Buddy für ein paar Tage zu Hilda und Martha nach Dänemark zu fahren. Martha und sie hatten sich ausgesprochen, und Pia hatte ihre Bedenken aufgegeben.

Dani hatte die Gunst der Stunde genutzt, um ihre Enkelsöhne zu sich in die verwaiste Wohnung zu holen. Obwohl draußen ein herrlicher Altweibersommer mit angenehm sommerlichen Temperaturen herrschte, hockten Marek und Julius vor dem Fernseher im verdunkelten Wohnzimmer und schauten gebannt *Michel aus Lönneberga* nach dem Roman von Astrid Lindgren. Dani hatte einige Kinderfilme auf DVD besorgt, und wenn sie wichtige Dinge zu tun hatte und die beiden sich gar nicht selbst beschäftigen konnten, kaufte sie sich mithilfe dieser Filme etwas Ruhe. Das war mit ihrer Tochter abgesprochen, dennoch hatte sie ein schlechtes Gewissen.

Sie war gerade im schlimmsten Putzrausch und schweißgebadet, als es an der Wohnungstür klingelte. Da sie niemanden erwartete und um diese Zeit zumeist der Postbote schellte, machte sie nicht auf. Schließlich war Bunske so gut wie immer zu Hause und würde die Tür schon öffnen.

Diesmal allerdings wohl nicht, denn es klingelte nach einer kurzen Pause wieder, laut und lang anhaltend. *Nun denn …* Nassgeschwitzt und mit Putzlappen bewaffnet ging sie zur Wohnungstür.

Vor ihr stand ein zierlicher Mann, kleiner als sie, braun gebrannt und ebenfalls völlig verschwitzt. Seine dunklen Haare, die er schulterlang nach hinten gekämmt trug, waren von Silberfäden durchzogen und wichen an der Stirn ein wenig zurück. Seine Augen, die dunkel und ausgesprochen humorvoll blitzten, musterten sie von oben bis unten. Er strahlte sie an, und sie sah staunend, dass er einen riesigen Mund hatte. Auf seiner Oberlippe prangte ein Muttermal, was seinem Lachen etwas Lausbubenhaftes verlieh.

Er ließ eine abgegriffene Lederreisetasche vor ihren Füßen auf den Boden plumpsen. »Gott sei Dank ist jemand da. Ich hatte schon befürchtet, ich müsste im Flur warten, bis Etta kommt.«

In Danis Kopf setzte sich ein Schnellzug mit mehreren Wagons in Gang. In jedem Abteil hockten verschieden Gedanken, die sich darum stritten, welcher als Erstes Beachtung fand.

Der erste Gedanke irritierte sie am meisten: *Mein Gott, hat Etta ein Glück!* Wenn das nicht zufällig ihr Berliner Freund Poldi war, sondern einer ihrer wahrscheinlich vielen Lover, konnte Dani nur neidisch sein. Ohne dass sie sich dagegen wehren konnte, wurde sie rot, ihr Herz klopfte, und sie fuhr sich verlegen mit der feuchten Hand durch ihr kurz geschnittenes Haar. Jetzt stand es ihr wahrscheinlich noch mehr vom Kopf ab als durch ihren Putzeinsatz ohnehin.

Der zweite Gedanke war: *Schade, dass Etta nicht da ist. Bestimmt verschwindet dieser Traumprinz genauso schnell wieder, wie er gekommen ist.*

Noch bevor weitere verwirrende Gedanken sich in den Vordergrund drängeln konnten, wischte sich der Fremde seine Hand an seinen Jeansshorts ab und streckte sie ihr entgegen. »Sorry, immer noch etwas feucht, aber ich habe beim Fahren nie die Klimaanlage an. Ich bin der Eme. Sie müssen die Haushaltshilfe sein. Schön, dass Etta für mich einen Hausputz machen lässt. Ich hoffe, Frau Pohlmann ist nicht krank?«

»Frau Pohlmann?« Dani war völlig verwirrt. Wieso hielt der Typ sie für Ettas Haushaltshilfe? Hatte Etta etwa erzählt …

Hinter ihr hatten sich Marek und Julius aufgebaut. »Wer is'n das? Was will der Mann?«

Der Fremde strahlte auch die beiden Jungs an. »Die sind ja klasse. Schön, dass Sie Ihre Kinder zur Arbeit mitbringen können. Etta hat's ja normalerweise nicht so mit Kindern.«

Ach herrje, der dachte wirklich, die beiden wären ihre Kinder! Das wiederum war extrem schmeichelhaft.

Der Fremde wandte sich an Marek und Julius: »Grüßt euch, die Herren. Habe die Ehre. Ich bin der Eme, und ihr seid wahrscheinlich die hochtalentierten Nachfolger von Robert Lewandowski und habt gerade Trainingspause.«

»Warum redet der so komisch?« Julius fand als Erster die Sprache wieder.

»Vielleicht will der uns entführen und zum Zirkus mitnehmen und dressieren.« Marek hatte wie immer eine blühende Fantasie und kein Problem damit, jeden an seinen Gedanken teilhaben zu lassen.

Der Mann, der sich als Eme vorgestellt hatte, warf den Kopf in den Nacken und lachte laut. »Entführen will ich niemanden. Ich dachte nur, ihr zwei wäret mehr an Fußball interessiert als an Zirkus.« Er deutete auf das T-Shirt, das Marek trug, ein BVB-Trikot mit dem Namen Hummels und der Rückennummer fünfzehn.

Sofort strahlte Marek. »Bist du auch Fußballer?«

Eme zwinkerte Dani verschwörerisch zu. »Ja, ich war auch mal ein großer Fußballer. Deshalb habe ich auch diesen komischen Spitznamen, Eme. Es gab mal einen ganz berühmten Fußballer, der Lothar Emmerich hieß und Emma genannt wurde. Wie ein Mädchen wollte ich allerdings nicht gerufen werden, und darum habe ich mich statt Emma einfach Eme nennen lassen. Das ist aber schon ganz lange her. Da gab's dich Zwerg noch gar nicht. Da war ich selbst noch ein Junge und spielte in München in einem Verein.«

Er zeigte noch einmal auf Mareks Trikot. »Dieser Lothar Emmerich hat wie dein Mats Hummels mal für Dortmund gespielt. Aber sag mal, du Mini-Hummels, warum bist du denn nicht unten im Hof und kickst mit deinem Freund, der da ganz allein mit seinem Ball spielt? Bei dem Wetter gehören Fußballer doch auf den Platz und nicht in die Wohnung!«

Aufgeregt hüpfte Marek auf und ab. »Ich will ja raus, aber ich darf nicht allein. Der Junge unten im Hof, das ist bestimmt Ferhat, der ist erst fünf. Mit Kleinen spiel ich nicht so gerne, die heulen sofort.«

»Aha, und wie alt bist du?«

»Ich bin schon sechs und werde im Winter sieben.«

»Na, dann bist du natürlich fast reif für die Seniorenmannschaft.« Wieder lachte Eme laut und schallend. Er sah Marek an, der sichtlich verunsichert war. »Ich mach euch Jungs einen Vorschlag: Eure Mama gibt mir jetzt ein großes Glas Wasser, damit ich nicht vertrockne, und dann gehe ich mit euch in den Hof und kicke ein bisschen mit euch und dem Zwerg.«

»Das ist doch nicht unsere Mama!«, meldete sich Julius kichernd zu Wort. »Hast du keine Augen im Kopf? Das ist unsere *Oma*. Und Fußball ist öde. Ich will nicht mit runter.«

»Soso. Die Oma.« Angesichts des intensiven Blicks, den Eme ihr zuwarf, wurde Dani ärgerlicherweise schon wieder feuerrot. »Da habt ihr aber eine sehr junge Oma. Ob die mir wohl trotzdem ein Glas Wasser anbietet?«

»Natürlich!« Dani war froh, sich in die Küche zurückziehen zu können.

Im Weggehen hörte sie, wie Julius unerbittlich klarstellte: »Oma ist nicht jung. Die ist uralt. Du kennst dich ja mit gar nichts aus. Und im Hof dürfen wir auch gar nicht kicken, weil dann der böse Mann aus dem Erdgeschoss kommt und uns anmeckert. Wenn der richtig böse wird, schlägt er uns vielleicht. Da gehe ich freiwillig nicht hin.«

»Quatsch!«, tönte Marek selbstbewusst. »Schlagen ist verboten. Dann kommt der wieso ins Gefängnis.«

»Das heißt nicht *wieso*, du Dummkopf. Das heißt *sowieso*. Du bist so ein Dummkopf!«

Gerade als sich ein Streit zwischen den Brüdern anbahnte, kam Dani mit einem großen Glas Wasser zurück. »Aufhören zu streiten, ihr zwei Kampfhähne!«

Sie reichte Eme das Glas Wasser. »Es ist lieb, dass Sie sich als Fußballtrainer anbieten, aber Etta werden Sie heute hier nicht antreffen – egal, wie lange Sie warten. Die ist für einige Tage verreist. Da werden Sie noch mal wiederkommen müssen.«

Die Augen des Fremden wurden kurz ganz schmal. »Etta ist also verreist – und hatte nicht die Güte, es mir mitzuteilen. Das ist ja mal wieder eine ganz tolle Überraschung! Aber so war es ja immer schon. Sie ist einfach die Unzuverlässigkeit in Person!« Er atmete tief durch. »Ich bin extra aus München angereist, und da werden Sie verstehen, dass ich mich jetzt nicht einfach ins Auto setze und wieder abbrause. Ich bleibe hier.«

Gerade wollte Dani ansetzen, Etta zu verteidigen, als Marek fragte: »Was is'n jetzt? Ich denk, wir geh'n kicken. Kommst du?« Er sah Eme herausfordernd an.

In dessen Gesicht ging sofort wieder die Sonne auf. »Du hast recht«, sagte er. »Versprochen ist versprochen und wird auch nicht gebrochen.« Er wandte sich an Julius: »Du kannst uns vielleicht den Schiri machen. Du bist bestimmt mehr so'n Denker. Die sind auch wichtig. Komm mit, dann legen wir ein paar Regeln fest, und ich zeige dir, wie man auf zwei Fingern pfeift. Deal?«

Dani sah, wie es in Julius arbeitete. Einerseits war er ein Stubenhocker und wollte gern den Film weiterschauen, andererseits war die Aufgabe, die ihm Eme zugedacht hatte, verlockend.

Unsicher sah er zu Dani. »Dürfen wir, Oma?«

»Ich weiß nicht …« Auch Dani wusste nicht recht, was sie von dem Besucher halten sollte. »Wir kennen den Herrn ja nicht wirklich, und im Hof kicken ist eigentlich –«

»Schmarrn«, unterbrach Eme sie im derbsten Bairisch. »Höfe, in denen man nicht kicken darf, sind doch Blödsinn. Irgendwo müssen die Kinder doch spielen. Die Straßen sind heutzutage viel zu befahren. Und ich klaue keine Kinder – in meinem Zirkus treten nur Affen auf, keine Kinder. Auffi geht's, Jungs.« Er sah Dani in die Augen: »Ich bring sie bestimmt ganz bald müde und durstig wieder hoch.«

Mit einem Kopfnicken lotste er die Jungen Richtung Treppe.

Dani blieb nichts andres übrig, als auf den Balkon zu gehen, um das Treiben von dort aus zu beobachten.

Sie sah, wie sehr Ferhat sich freute, dass er endlich Verstärkung bekam. *Na, wenn Sevim ihrem Sohn erlaubt hat, unten zu kicken, kann ich das eigentlich auch,* sprach sie sich Mut zu. *Bunske kann uns mal!*

Als sie sich vergewissert hatte, dass sich alle prächtig verstanden und der Fremde anständig mit den Kindern umging, nutzte sie die Gunst der Stunde, um sich im Eiltempo unter der Dusche frischzumachen. Auch wenn dieser Eme nachher sicherlich wieder gehen würde, wollte sie ihm nicht noch einmal in einem so verwüsteten Zustand unter die Augen treten.

Sie zog sich ein luftiges Sommerkleid über, räumte die Putzutensilien in den Schrank und begab sich in die Küche, um für ihre beiden Enkelsöhne das Abendbrot zuzubereiten.

Da Marek und Julius morgen nach dem Frühstück von ihrer Mama abgeholt werden sollten, hatte sie ihnen zum Abschied ein Festessen versprochen. Sie stellte den Backofen ein, was bei den Temperaturen wahrlich ein Opfer war, und bereitete ein großes Blech Pommes Frites zu. Dazu gab es Würstchen, für Julius die vegetarische Variante, und Salat.

Gerade als sie die Jungen zum Essen rufen wollte, hörte sie von unten einen stimmgewaltigen Streit. Sie flitzte auf den Balkon, um zu sehen, was los war, und konnte sich ein Lächeln nicht verkneifen: Bunske und Ettas Besucher hatten sich voreinander aufgebaut wie zwei Kampfhähne, während sich Ferhat, Marek und Julius im Hintergrund hielten.

Bunske brüllte so erregt, dass sich seine Stimme überschlug: »Hier wird kein Fußball gespielt! Wie oft soll ich das denn noch sagen! Kann denn hier keiner die Hausordnung lesen! Ihr macht sofort, dass ihr hier wegkommt, sonst … sonst …« Bunske schnappte nach Luft und suchte nach einer passenden Drohung.

Eme kam ihm zuvor: »Sonst platzen Sie noch vor Wut, und das wäre ein echt schockierender Anblick. Sagen Sie, bekommen Sie normalerweise Applaus für Ihren Veitstanz? Rücken Sie sofort den Ball wieder raus. Das ist Diebstahl. Dafür habe ich Zeugen.« Er wies auf die Balkone, die auf den Hinterhof hinauszeigten. Dort hatten sich nach Bunskes Gebrüll einige Bewohner versammelt. Der Großteil von ihnen hatte selbst Kinder und war deshalb per se auf Seite der Kinder. Einige lachten, andere applaudierten.

Am spöttischsten reagierte ausgerechnet Bruckmann, den alle nur den Spielhöllenkönig nannten, da er etliche Spielsalons in der Stadt besaß. Sein freier, über und über tätowierter Oberkörper bot einen imposanten Eindruck. »Ey, du aufgeblasenen Kotzbrocken!«, rief er von seinem Balkon. »Gib sofort die Kinder die Kirsche! Sonst kommen ich dir gleich da runter, und dann bist du mal persönlich mein Fußball, dat wird für dich kein Spaß, du Eierbär. So einen wie dich, der Kinder wegbeißt, den muss mal einer richtich zeigen, wo der Frosch die Locken hat.«

Einige lachten erneut. Ein anderer Mann, der nicht weniger abenteuerlich aussah als Bruckmann, lehnte sich neben ihm an die Brüstung und warf mit Zuckerstückchen nach Bunske. Dabei grinste er breit. »Hier, dat is für dich, Giftzwerg. Affen soll man Zucker geben, habbich mal gehört!«

Sevim war inzwischen heruntergekommen und baute sich ebenfalls vor Bunske auf. »Jetzt geben Sie den Kindern schon den Ball«, forderte sie. »Sie sehen doch, dass Sie sich lächerlich machen.«

Derart in die Defensive geraten, merkte Bunske endlich, dass er diese Partie verloren hatte. Er wandte sich ab, warf Eme den Ball an den Kopf und rief im Weggehen: »Auf dich haben wir gerade noch gewartet. Langsam ist das Affenhaus komplett. Bald sind hier nur noch Ausländer, Asis und Bekloppte unterwegs. Aber nicht mit mir, das werdet ihr noch sehen!«

Unter Gelächter der Nachbarn verschwand Bunske im Haus. Dani sah, dass Sevim und Eme einander bekannt machten. Deshalb rief sie hinunter: »Hier gibt es gleich Pommes, Würstchen und Eiscreme. Die gesamte Fußballmannschaft und der Trainer sind eingeladen. Sevim, du natürlich auch.«

Wild durcheinanderschwatzend und noch verschwitzter als vorhin kamen Eme und Sevim mit den drei Jungen im Schlepptau herein. Julius wirkte leicht schockiert, Marek aufgeregt.

»Oma, der schlimme Mann von unten hat uns wieder angemeckert«, berichtete er und wischte sich mit dem Arm etwas Speichel vom Kinn, der ihm vor Aufregung aus dem Mund getropft war. »Der hat sich mit Eme angezankt. Und dann hat ein Mann mit alles voll Tattoos auf alles, also auf seinen ganzen Körper, der hat von oben geschimpft. Und einer hat mit Zucker geschmissen, das darf man doch nicht, oder? Das ist doch voll die Verschwendung. Man darf doch nicht mit Essen werfen, oder?«

Dani konnte sich ein Grinsen nicht verkneifen und strich Marek über den nassgeschwitzten Haarschopf.

Julius ergänzte mit deutlichem Unmut in der Stimme: »Der war sowieso ganz doof, auch wenn er zu uns gehalten hat. Der Mann oben auf dem Balkon. Der hat gesagt, dass ein Frosch Locken hat. Das ist dumm. Frösche haben keine Locken, schon weil die gar keine Haare haben. Ich geh nicht mehr Fußball spielen. Da wird immer rumgeschrien.«

»Jetzt spielt eh keiner mehr, jetzt gibt es Pommes und Würstchen. Wascht euch bitte alle die Hände«, sagte Dani und an Sevim gewandt: »Die meisten Würstchen sind zwar normale Würstchen mit Schweinefleisch, aber ein paar sind vegetarisch … Wenn ihr also mitessen wollt –«

Sevim unterbrach Dani sofort: »Ich habe oben auch noch Geflügelwürstchen. Ich hol die schnell; die sind in null Komma nichts warm.«

Während sie zur Tür ging, schob Eme die Jungs Richtung Bad. »Hände waschen, alle drei.«

Dani staunte, wie gut er sich in der Wohnung auskannte. Kurz drauf tauchten die drei Jungs mit gewaschenen Händen am Essenstisch auf, und Sevim kam mit einer Dose Geflügelwürstchen in die Küche. Dani schleppte Schüsseln hin und her und verteilte Pommes und Ketchup auf die Teller. Gerade als sie anfangen wollten zu essen, kam Eme aus dem Bad. Er war splitterfasernackt und schien sich geduscht zu haben.

Ohne die geringste Scham marschierte er am Esstisch vorbei, nahm im Vorbeigehen seine Reisetasche und verschwand in Ettas Schlafzimmer. Dani sah erschrocken in Sevims Richtung. Die aber schien nur amüsiert zu sein und kommentierte Emes Flitzerauftritt mit keiner Silbe.

Julius hingegen war so konsterniert, wie es nur neunjährige Jungen sein können. »Eme war nackig.«

»Ja, das haben wir alle gesehen. Jemand noch Mayonnaise?« Dani versuchte, sich ihr Erstaunen über Emes Verhalten nicht anmerken zu lassen.

Die Kinder waren allerdings nicht so leicht abzulenken. Marek kommentierte beeindruckt: »Ich hab Emes Schniedel gesehen. Der hat aber einen lustigen Schniedel.«

Dani wäre es sehr lieb gewesen, wenn die Kinder sich jetzt endlich wieder für ihre Pommes interessiert hätten. Doch Ferhat setzte noch einen drauf: »Wenn der jetzt so an den Tisch kommt, muss er aufpassen, dass keine Mayo an sein Würstchen kommt.« Er lachte begeistert über seinen Witz.

Im selben Moment tauchte Eme wieder im Wohnzimmer auf. Er hatte inzwischen eine dünne Leinenhose und ein T-Shirt angezogen und setzte sich zu den anderen an den Tisch. Er betrachtete Dani eine Weile. Dann sagte er: »Sie kennen sich in Ettas Wohnung aber gut aus – und fühlen sich offenbar ganz zu Hause. Seit wann putzen Sie eigentlich schon hier?«

Sevim zog ihre Augenbrauen überrascht hoch. »Du putzt für Etta, Dani? Das wusste ich gar nicht. Ich dachte, du willst bald zurück auf die Bühne.«

Eme stand die Irritation ins Gesicht geschrieben. Dani freute sich, dass zur Abwechslung einmal er verunsichert wirkte. »Da hat der junge Mann etwas verwechselt«, sagte sie zu Sevim. »Er hält mich für Ettas Putzfrau. Dabei weiß ich, ehrlich gesagt, noch nicht einmal genau, welche Rolle er selbst in Ettas Leben spielt.«

»Da habe ich wohl einen Fehler gemacht. Ich war zugegebenermaßen überrascht, dass eine Raumpflegerin ihre Enkel mit zur Arbeit bringt.« Eme lachte breit und offen. »Wenn Sie wieder zurück auf die Bühne müssen, sind Sie vermutlich eher eine Kollegin von Etta, und ich habe mich kräftig in die Nesseln gesetzt.«

»Ich bin tatsächlich eine Art Kollegin«, antwortete Dani. »Aber das erklärt nicht die Selbstverständlichkeit, mit der ich mich hier breitmache. Ich bin eine Freundin von Etta und wohne seit Ende April hier.«

»Etta hat eine Freundin?« Jetzt wirkte Eme völlig perplex. »Das … Das überrascht mich ehrlich gesagt. Entschuldigung. Von einer Mitbewohnerin weiß ich auch nichts. Als ich im Februar hier war, war von einer Freundin, die hier einziehen möchte, keine Rede.«

»Nein, das wussten wir da alle noch nicht. Aber warum bitte sollte Etta keine Freundin haben?« Dani schob sich ein paar Pommes in den Mund. Die Anwesenheit dieses Mannes machte sie nervös. Er wirkte so selbstsicher, locker und entspannt, und er schien Etta sehr gut zu kennen.

Sevim schien von dieser Anspannung nichts mitzubekommen. Sie strahlte Dani an. »Was auch immer dazu geführt hat, dass ihr alle hier eingezogen seid – das Haus hat davon auf jeden Fall profitiert. Seit ihr hier wohnt und euch gegen Bunske wehrt, ist die Atmosphäre viel besser.«

»Ihr *alle* hier eingezogen … Also sind außer Ihnen noch andere … äh, ich glaube, ich stehe gerade etwas auf dem Schlauch. Wer wohnt denn noch alles hier?«

Dani klärte ihn auf: »Also, normalerweise wohnen wir hier zu viert. Aber Pia ist zurzeit in Dänemark und Franz auf einem Festival. Und weil Etta in Murnau dreht und danach noch ein paar Tage in Süddeutschland dranhängen wollte, um Freunde zu besuchen, habe ich mir erlaubt, meine Enkel zu mir zu holen.« Sie musste sich vor diesem Mann nicht rechtfertigen, aber es war ihr wichtig, ihm klarzumachen, dass sie sich hier völlig berechtigt ausgebreitet hatte.

Eme sah ihr in die Augen. »*Pia und Franz* … und *Etta ist in Murnau und dreht* … Ich komme mir gerade vor wie ein Idiot. Ich hatte ja nicht die leiseste Ahnung, dass Etta eine WG gegründet hat, und ich hatte auch keinen blassen Schimmer, dass sie nicht hier ist, wenn ich komme. Ich bin ab und zu für ein paar Tage in Dortmund und übernachte dann natürlich auch hier.«

»Natürlich«, sagte Dani, obwohl sie es alles andere als natürlich fand.

»Du hast gerade Idiot gesagt.« Marek schlug einen strengen Ton an. »Idiot sagt man aber nicht.«

»Da hast du recht«, gab Eme zu. »Aber wenn man sich selbst als Idioten bezeichnet, ist es nicht ganz so schlimm.«

Er zwinkerte Dani zu, und sie merkte, dass sie schon wieder rot wurde. Ein lauter Rülpser von Julius erlöste sie aus ihrer Verlegenheit. »Juli, das macht man aber nun wirklich nicht!«

Julius grinste sie an. »Ich bin ein Idiot. Ein Idiot darf das!«

Eme nahm sich ein Stück Würstchen von Julius' Teller und steckte es sich in den Mund. Noch bevor Julius sich wehren konnte, behauptete er: »Wer rülpst, ist satt. Der braucht das letzte Stück nicht mehr.«

Julius rülpste noch einmal, dieses Mal sogar noch lauter.

»Hej, jetzt reicht's aber.«

Die drei Jungs kicherten, und auch Ferhat und Marek rülpsten.

»Da habe ich ja was angerichtet«, sagte Eme, wirkte aber kein bisschen schuldbewusst.

»Wer jetzt noch einmal rülpst, bekommt kein Eis zum Nachtisch«, bestimmte Dani. Sofort hörte das Rülpsen am Tisch auf.

Als alle mit reichlich Eiscreme und Sahne abgefüttert waren, konnten die Jungen ihr Gähnen nicht mehr unterdrücken. Sevim bedankte sich bei Dani für das Essen und bei Eme für die Unterstützung gegen Bunske und verabschiedete sich dann zusammen mit Ferhat.

Dani legte ihren Enkeln die Hand auf die Schulter. »So, ihr zwei Vielfraße. Ich lasse euch jetzt Badewasser ein, dann geht's ab in die Wanne und danach ins Bett.«

Von Julius und Marek kam erstaunlich wenig Protest. Sie schienen tatsächlich richtig müde zu sein.

Wenig später lagen die beiden Jungen frisch gebadet und mit geputzten Zähnen in Danis Bett.

»Liest du uns noch etwas vor?«, bettelten sie. »Bittee!« Schnell holte Marek ihr derzeitiges Lieblingsbuch aus der Reisetasche, eine Geschichte über einen kleinen, schusseligen dicken Ritter, der von Abenteuer zu Abenteuer stolpert, aber durch seine Schusseligkeit aus jeder Situation als Sieger hervorgeht.

Dani nickte. Sie kannte das Buch bereits. Der Ritter hieß bezeichnenderweise Ups, und jedes Mal, wenn irgendjemand »Ups« sagte, lachten Julius und Marek sich kaputt. Obwohl sie ihre abendliche Vorlesestunde normalerweise sehr genoss, war sie an diesem Abend nicht ganz bei der Sache. Dass Eme auf ihrem Balkon saß und möglicherweise auf sie wartete, verursachte ein flatteriges Gefühl in ihrer Magengegend.

»Oma, lies gescheit«, mahnte Julius nach einer Weile. »Du versprichst dich dauernd.«

Marek war schon so gut wie eingeschlafen. Er hielt seinen Kuscheligel Pieks im Arm und kämpfte heftig dagegen an, dass ihm die Augen zufielen. Julius hingegen war noch ganz bei der Sache. Als der dicke Ritter Ups irgendwann aus Schusseligkeit von einer Mauer fiel und dabei – versehentlich – die böse Giftspinne Esmeralda unter sich zerquetschte, bemerkte er: »Ich wollte, ich wäre auch so dick. Dann würde ich mich auf den ollen Meckeronkel aus dem Erdgeschoss plumpsen lassen, und zack – platt wär er.«

Dani wuschelte ihm durch das noch feuchte Haar. Dem sensiblen Julius hatte der Streit im Hof heute offenbar viel mehr zugesetzt, als er zugab. »Vor Herrn Bunske muss man eigentlich keine Angst haben«, sagte sie daher. »Der ist wie ein Hund, der zu lange an einer Kette gelegen und den Hof bewacht hat. Der bellt und tobt, wenn er merkt, dass andere mehr Freiheit haben als er. Aber beißen würde er nicht. Man sagt ja auch: ›Hunde, die bellen, beißen nicht.‹«

»Ich mag Hunde lieber als den Meckeronkel«, sagte Julius.

Dani sah, dass Marek inzwischen eingeschlafen war, und flüsterte: »Ich auch, Juli, mein Schatz. Aber das ist unser Geheimnis. Und jetzt musst du auch schlafen. Sonst bist du morgen müde, wenn Mama mit euch zum Klettern fährt.«

Julius flüsterte zurück: »Ich glaube, ich bleibe lieber hier bei dir, Oma. Ist Eme morgen auch noch da?«

»Das weiß ich nicht, mein Schatz«, antwortete Dani. »Aber ich muss langsam wieder anfangen, Texte auswendig zu lernen, und das ist für dich stinklangweilig. Jetzt schlaf schön.« Sie gab ihrem Enkel einen abschließenden Gutenachtkuss und reichte ihm sein Kuscheltiererdmännchen Paule.

Julius setzte Paule neben sich auf das Nachtkästchen. »Gute Nacht, Oma. Komm du auch gleich ins Bett.«

»Ich komme bestimmt bald«, versprach Dani und lehnte die Tür zu ihrem Schlafzimmer leise an.

Das Prickeln und Rumoren in ihrem Magen nahm sofort zu. Sie sah einen Lichtschimmer in der Küche. Obwohl es draußen noch nicht richtig dunkel war, bekam die Küche von allen Räumen am wenigsten Licht, da der Ahorn direkt vor dem Fenster stand.

Als Dani hineinkam, lehnte Eme vor der Kaffeemaschine. »Und, ist jetzt endlich Ruhe im Monsterland?«

Dani lächelte. »Ja, sie schlafen. Danke, dass Sie heute Nachmittag mit den Kindern im Hof gespielt und sich gegen Bumske gestellt haben.«

Eme deutet auf die Kaffeemaschine: »Das habe ich gern gemacht. Dafür muss ich zu meiner Schande gestehen, dass ich vergessen habe, wie dieses Hightech-Ding hier funktioniert. Ich wollte mir einen Espresso machen, weil ich gehofft hatte, wir beiden genießen jetzt zusammen noch ein bisschen den schönen Abend. Und da wollte ich nicht im Sitzen einschlafen.«

Dani trat neben ihn und spürte sogleich, wie sich ihre Härchen auf den Oberarmen aufstellten, als sie Emes Körperwärme wahrnahm. »Ich mach uns beiden einen. Ich bin nämlich eigentlich auch todmüde. Bin wohl etwas aus der Übung, was Kinderbespaßung angeht.«

Als sie sich an der Kaffeemaschine zu schaffen machte, murmelte Eme: »Hm, du riechst gut.«

Er war einfach so zum Du übergegangen, und Danis Aufregung potenzierte sich. »Das sind die Kaffeebohnen«, kicherte sie.

Eme trat hinter sie und begann, ihren Nacken zu beschnuppern wie ein Hund. Normalerweise hätte sie jeden Mann für dieses übergriffige Benehmen in seine Schranken gewiesen, aber bei Eme wirkte alles so selbstverständlich und natürlich, dass sie es nicht tat.

»So, so. Kaffeebohnen riechen neuerdings nach Wiesenblumen und Zitrusfrüchten und nach einem Hauch von Amber.«

Von hinten schlang er seine Arme um sie, drehte sie sanft zu sich herum und sagte: »Ich mag dein Parfüm. Ich glaube, ich brauche gar keinen Kaffee mehr.« Im nächsten Moment zog er sie in seine Arme und küsste sie zart oberhalb ihres Mundes.

Danis Herz raste, doch sie schob Eme von sich. »Ich habe nicht vor, Etta den Typen auszuspannen.«

Eme zog erstaunt die Augenbrauen hoch. »Etta den Typen ausspannen? Du denkst …« Dann lachte er wieder sein mitreißendes Lachen.

Dani wusste nicht, warum ihn der Gedanke so erheiterte, konnte aber nicht anders als mitlachen.

»Du denkst allen Ernstes, ich wäre Ettas …« Wieder lachte Eme aus ganzem Herzen. »Das ist mindestens so witzig wie meine Annahme, du könntest Ettas neue Putzfrau sein.«

»Ja, aber …« Dani war verwirrt. »Wenn du nicht Ettas Freund bist oder einer ihrer Freunde, was weiß ich … Wer bist du dann?«

»Ich bin Ettas Sohn.«

»Ettas *Sohn*?« So entgeistert, wie die Frage aus Dani herausbrach, hätte man denken können, Etta habe nur Entsetzliches über ihren Sohn erzählt. Dabei wusste Dani erst seit Kurzem, dass Etta überhaupt ein Kind hatte.

»Das ist typisch Etta«, sagte Eme prompt. »Da freundet sie sich mit einem Haufen neuer und in deinem Fall ausgesprochen netter Leute an und erwähnt mit keiner Silbe, dass sie einen Sohn –«

»Nein, nein, stopp!« Dani sah sich genötigt, Etta zu verteidigen. »Natürlich weiß ich, dass Etta einen Sohn … aber sie sagte, der heißt Manuel und … äh, ja, dass ihr nicht ganz so viel Kontakt hättet.«

»*Nicht ganz so viel Kontakt* ist freundlich ausgedrückt. Wir haben so gut wie *gar nichts* miteinander zu tun. Ich bin eigentlich nur hier, weil Ettas Mutter, meine Oma, in einer Residenz in Essen untergebracht ist und ich sie besuche, sooft ich kann. ›Manuel‹ nennt mich Etta zwar seit meiner Kindheit. Ich heiße aber eigentlich *E*manuel. Dass ich schon lange Eme genannt werden will, ist ihr, wie vieles andere auch, scheißegal.«

Dani spürte Emes unterdrückte Wut. »Sei nicht so hart mit Etta!«, bat sie. »Ich finde sie zwar exzentrisch, manchmal etwas flatterhaft und launisch, aber als kaltherzig oder ignorant habe ich sie nicht kennengelernt. Sie hat sich wohl etwas schwer mit der Mutterrolle getan. Sie war doch selbst noch fast ein Kind, als sie dich bekam.«

»Sie hatte ein paar Jahre Zeit, um sich an den Umstand zu gewöhnen, dass sie einen Sohn hat«, sagte er hart. »Trotzdem hat sie mich bei ihrer eigenen Mutter oder bei meinem Vater abgestreift wie ein überflüssiges Kleidungsstück.« Er wischte sich mit einer unwilligen Geste die Haare zurück und atmete einmal tief durch. »Genug davon. Ich habe keine Lust, mir den schönen Abend mit Philosophiererei über Etta zu verderben. Du kennst sie noch nicht so gut, und ich kenne vielleicht nur eine bestimmte Seite von ihr, wer weiß. Es spricht jedenfalls für sie, dass sie eine so nette und wunderschöne Freundin hat.«

Er trat näher an Dani heran, und ihr wurden die Knie weich. Trotzdem schob sie Eme noch einmal von sich. »Im Ernst, ich kann mich genauso wenig von Ettas *Sohn* küssen lassen wie von ihrem Liebhaber. Wie alt bist du überhaupt?«

»Alt genug, um zu sehen, dass ich eine attraktive Frau vor mir habe. Vielleicht verrätst du mir ja sogar noch deinen Namen.«

Ach herrje, das hatte sie im Galopp des heutigen Tages irgendwie völlig vergessen. Erst hatten sie sich gesiezt, und nun … »Dani«, sagte sie und streckte ihm die Hand hin. »Aber ich sag es dir gleich: Ich bin sechzig Jahre alt und habe noch nie mit Söhnen von Freundinnen herumgemacht.«

»Dann wird es höchste Zeit.« Eme grinste breit.

Dani konnte nicht anders, als das Grinsen zu erwidern. Ihr Widerstand war gebrochen, und sie ließ es zu, dass er sie küsste. Dennoch flitzten die Gedanken durch ihren Kopf: *Wenn Etta das wüsste! Oh Gott, das geht eigentlich gar nicht! Was mache ich hier!*

Trotz allem erschien es ihr so folgerichtig, diesen zierlichen Mann zu küssen. Auch wenn er viel jünger sein musste als sie und einen ganzen Kopf kleiner war.

»Knutscht ihr?«

Eme und Dani schossen auseinander. Julius war unbemerkt in die Küche gekommen. In seinem Schlafanzug sah er plötzlich sehr klein und verloren aus.

»Wir haben uns nur einen Gutenachtkuss gegeben«, sagte Dani schnell. »Damit Eme auch gut schläft.«

»Dann geht ihr jetzt auch ins Bett?«, fragte Julius, und seine Stimme klang viel jünger als tagsüber. »Ich kann nämlich nicht schlafen, und du sollst kommen, Oma.«

Eme ging vor Julius in die Hocke. »Die Oma hat noch nicht Zähne geputzt, das muss sie erst noch machen.«

»Ih, dann habt ihr euch geküsst und aus dem Mund gestunken!« Julius' Stimme wirkte schon wieder fester.

»Genau, du Schlaufuchs«, sagte Eme. »Und darum putzen wir beide uns gleich noch die Zähne. Was hältst du davon, wenn ich zu dir komme, bis die Oma fertig ist, und dir eine schöne Geschichte erzähle?«

Julius zögerte. Schließlich gewann seine Neugier die Oberhand. »Und wenn Oma die Zähne geputzt hat, kommt sie dazu und darf mithören.«

»Genau so machen wir das«, sagte Eme und nahm Julius an die Hand. Mit der anderen strich er Dani über den Arm. »Und du, Dani, gehst brav Zähne putzen, den besten Teil der Geschichte bekommst du noch mit, wenn du dich beeilst.«

Der sanfte Klang von Emes Stimme und dass Dani sich zu

ihm kuschelte, sorgten dafür, dass Julius schnell ins Traumland entschwand. Der letzte Teil der Geschichte war ohnehin nicht für ihn bestimmt.

»Und dann machte er sich auf, um in der Burg seiner Mutter eine wunderschöne Frau aus den Fängen ihrer beiden Enkel zu befreien«, erzählte Eme mit samtweicher Stimme. »Sie auf den Balkon zu entführen, sie mit kaltem Weißwein und heißen Küssen schwindelig zu machen, um sie dann in sein Bett zu holen. Und wenn sie vorher nicht sterben, wird diese Nacht ewig dauern, oder sie wird beiden zumindest als die Nacht in Erinnerung bleiben, in der eine wunderschöne, romantische Geschichte begann. Und sie lebten glücklich –«

Leise unterbrach Dani ihn: »Sie aber ließ sich von dem geheimnisvollen Fremden nicht ins Bett zerren, bevor der viel mehr von sich erzählt hatte und sie mit klarem Kopf überlegen konnte, ob sie sich auf einen jüngeren Mann einlassen wollte, der zudem der Sohn ihrer Freundin war.«

Eme reichte ihr die Hand, und leise schlichen sie aus dem Zimmer. »Wir müssen ja nicht sofort miteinander ins Bett gehen«, sagte er, sobald sie die Tür hinter sich zugezogen hatten. »Vorerst würde ich mich mit dem begnügen, was vorhin schon so vielversprechend angefangen hat. Für den Fall, dass dich das nicht schwindelig genug macht, habe ich einen sensationellen Weißwein im Kühlschrank, den ein Freund von mir in der Pfalz gekeltert hat. Ein 1-A-Biowein. Wir trinken den auf dem Balkon, und dann erzähle ich dir alles, was du wissen willst, und du erzählst mir, warum es dir so zu schaffen macht, mit einem jüngeren Mann ins Bett zu gehen.«

Dani seufzte. Wie viel einfacher wäre es, sie hätte diese Bedenken nicht! Aber sie kannte sich gut genug, um zu wissen, dass sie sich selbst innerlich windelweich prügeln würde, wenn sie ausgerechnet mit Ettas Sohn eine Affäre oder gar eine Beziehung anfing.

Trotzdem ließ sie sich von Eme ein Glas Weißwein mitbringen, und nachdem sie sich wegen der drohenden Mückenüberfälle mit Lavendelöl eingerieben hatten, setzten sie sich nebeneinander auf den noch warmen Boden des Balkons und lehnten sich ans Geländer.

Schweigend tranken sie einen ersten Schluck. Der Wein war tatsächlich wunderbar. Frisch, leicht, ohne belanglos zu sein. Trocken, aber völlig ohne Säure. Dani ließ den Wein langsam ihre Kehle hinablaufen. Aus den Wohnungen rundherum drangen Zeichen von Leben und Gemeinsamkeit: der Klang eines Fernsehers, Stimmengewirr, klassische Musik – und Geräusche, die sich ohne viel Fantasie mit leidenschaftlichem Sex in Verbindung bringen ließen.

Um abzulenken, sagte Dani: »Der Wein ist wirklich ganz wunderbar. Obwohl ich eigentlich sehr, sehr selten Alkohol trinke.«

Eme rückte näher an sie heran und kraulte mit den Fingerkuppen sanft ihren Arm. »Dann beginnen wir doch direkt mit der Fragestunde. Also: Was findest du so schlimm daran, dass ich Ettas Sohn bin und vielleicht ein kleines bisschen jünger als du? Warum trinkst du kaum Alkohol? Warum bist du überhaupt zu Etta gezogen, und wer sind Franz und ... Wie hieß noch mal die andere Mitbewohnerin?«

»Pia«, antwortete Dani. Sie gab sich einen Ruck und fuhr fort: »Wenn ich dir alle Fragen beantworte, dauert das die halbe Nacht, und du weißt mehr über mich und mein Leben als die meisten Menschen aus meinem Umfeld.«

»Ich habe Zeit, und die halbe Nacht ist nicht viel. Vielleicht bleibt die andere Hälfte dann doch noch für etwas anderes ...«

»Du gibst nicht so leicht auf, was?« Dani lächelte.

»Wenn ich dir nachher erzähle, warum Aufgeben für mich keine Option ist, weißt du mindestens so viel von mir wie ich von dir. Ein fairer Deal, oder? Also, fang an! Warum kein Alkohol?«

»Patsch, erster Volltreffer«, antwortete Dani. »Aber gut. Ich halte mich grundsätzlich bei allem, was süchtig machen kann, sehr zurück. Mein Vater ist oder war – ich weiß nicht mal, ob er noch lebt – Alkoholiker, und meine Mutter hat sich totgeraucht. Ich habe mich als Kind für meine Eltern und mein Zuhause geschämt. Ich hatte immer Angst, jemanden mit nach Hause zu bringen. Darum hatte ich auch keine engen Freundinnen. Als junge Frau war ich dann so sehr damit beschäftigt, meine Eltern retten zu wollen, dass mein eigenes Leben zu kurz kam.« Sie schwieg einen Moment. »Wenn ich es recht bedenke, sind Etta und Pia mein erster ernsthafter Versuch, mich auf eine engere Freundschaft einzulassen. Und das möchte ich nicht aufs Spiel setzen.«

»Und irgendwann …«, Eme sah sie an, »irgendwann hat dir mal jemand gesagt, dass man im Leben immer nur eins haben kann: Milch oder das Fleisch von der Kuh …«

»Ich esse kaum Fleisch.« Dani versuchte, sich mit diesem Witz aus der Affäre zu ziehen.

»Ich esse auch selten Fleisch, und es war, wie du sehr wohl weißt, nur eine Metapher. Auch ich tue mich mit Freundschaften schwer. Allerdings aus anderen Gründen. Ich habe in meiner Kindheit ständig zwischen meiner Oma, die mich überwiegend großgezogen hat, und meinem Vater gewechselt, dessen dritte Frau mich nicht leiden konnte, und manchmal war ich auch bei Etta, deren ausufernder Lebenswandel mich verwirrt hat. Da hatte auch ich keine große Chance auf enge Freundschaften.«

In einer Mischung aus tiefem Mitgefühl, echter Verbundenheit und einer subtilen Traurigkeit nahm Dani Eme fest in den Arm. Im nächsten Moment küssten sie sich. Dann erzählte Dani etwas aus ihrem Leben, danach Eme, und immer wieder war es ihnen, als würden sie beim Memoryspielen ungeahnt ein Pärchen nach dem anderen aufdecken. Es gab so unglaublich viele Übereinstimmungen. Sie mochten beide Tangomusik und hatten früher Tango getanzt. Sie verbrachten ihre Urlaube gern in den Bergen. Sie hatten beide erwachsene Kinder: Dani hatte ihre Töchter und Eme einen erwachsenen Sohn und eine Tochter, die gerade ein Auslandsjahr in Island machte. Emes Sohn hatte sich, genau wie sein Vater, als Computerspezialist selbständig gemacht und Eme obendrein vor einem Jahr das erste Enkelkind beschert. Die kleine Loretta war Emes Augenstern, und er verbrachte so viel Zeit wie möglich mit ihr.

Dani streckte sich behaglich. Es gab einfach nichts, was sie grundlegend unterschiedlich bewerteten oder fühlten. Und anders als sonst fiel es ihr leicht, etwas von sich preiszugeben. Eme hörte zu, war empathisch und sensibel und erzählte ebenso offen von sich, vom Scheitern seiner Ehe und seiner Unfähigkeit, sich von alten Verletzungen freizumachen.

Als irgendwann die ersten Vögel den Morgen begrüßten, sagte Eme: »Jetzt haben wir doch die Nacht miteinander verbracht.«

Dani seufzte. »Ich lege mich besser gar nicht mehr ins Bett, sonst komme ich den ganzen Tag nicht mehr hoch. Lass uns frühstücken. Gleich kommen bestimmt meine zwei Milchzahnmonster dazu. Gegen zehn Uhr werden die von ihrer Mama abgeholt.«

»Ich fahre nachher zu meiner Oma, aber ich komme nach zwei, drei Stunden zurück und bleibe noch ein paar Tage hier. Vorausgesetzt, du willst mich in deiner Nähe haben.«

Als sie beide hölzern aufstanden, spürte Dani jeden ihrer Knochen. *Mich hat's erwischt wie einen Teenager*, dachte sie, *nur mein Körper meckert wie der Körper einer alten Frau.*

Drei Tage befand sich Dani im Ausnahmezustand. Summen und Zwitschern im Sonnengeflecht, ein hüpfendes Herz und völlige Appetitlosigkeit zeigten ihr, dass der Blitz so richtig eingeschlagen hatte.

Bei der Vorstellung, Etta bald unter die Augen treten zu müssen, rutschte Dani allerdings das Herz in die Hose. Für Ende September war die Premiere ihres Duo-Programms angesetzt, und sie wollten mit den Proben beginnen, sobald ihre Freundin zurück war. Die aber durfte auf keinen Fall etwas von ihrer Romanze mit Eme erfahren. So wie Dani Etta kennengelernt hatte, war es durchaus denkbar, dass diese ihre Zusammenarbeit sofort aufkündigte. Dabei waren die Plakate längst gedruckt, die Werbung lief auf Hochtouren, und die Premiere und einige Folgeauftritte waren bereits ausverkauft.

Dani hatte sich vorgenommen, die Zeit zu nutzen, indem sie ihren Text lernte. Doch sobald sie die Seiten zur Hand nahm, hatte sie vor Angst und Aufregung ein Brett vor dem Kopf. *Es geht einfach nicht*, hämmerte es dann in ihr. *Du muss die Sache mit Eme sofort beenden.*

Kam dieser allerdings von seiner Oma zurück, waren alle Bedenken wie weggeblasen, und sie fielen einander in die Arme, als seien sie die letzten Überlebenden auf einer einsamen Insel.

Schließlich kam der Moment, vor dem sie sich beide gefürchtet hatten: Eme musste abreisen.

Dani weinte beim Abschied und kam sich dabei völlig albern und pubertär vor. Bisher hatten sie mit keiner Silbe besprochen, wie es mit ihnen weitergehen sollte.

»Wenn du weinst, kann ich nicht fahren«, sagte Eme und zog sie zurück in die Wohnung.

»Ich weine nur, weil ich übernächtigt bin. Mach, dass du wegkommst. Ich muss sowieso endlich mal wieder richtig schlafen«, antwortete sie.

»Ich fahre nur, wenn du mir versprichst, dass du aufhörst zu weinen.«

Dani versuchte, sich zusammenzureißen, konnte aber die Tränen nicht zurückhalten. »Jetzt mach es mir nicht noch schwerer! Ich höre bestimmt auf zu heulen, sobald du weg bist«, behauptete sie.

»Ich fahre jetzt als Erstes tanken«, entschied er und küsste sie ein weiteres Mal. »Danach rufe ich dich an, und solltest du dann noch immer weinen, sage ich meinen Termin ab und komme zurück.«

»Abgemacht«, sagte Dani und schob Eme hinaus, bevor sie es sich anders überlegen konnte.

Kaum war er verschwunden, ließ sie sich an der Wohnungstür hinabrutschen. Trotz ihrer Heulattacke musste sie lächeln. *Ich bin so bekloppt! Da macht mein Herz in meinem stolzen Alter endlich einmal einen Salto mortale, und ich bin ratlos wie eine dreizehnjährige Göre.*

Schließlich rappelte sie sich auf, um sich einen Kaffee zu machen. Sie hatte die Küche noch nicht erreicht, als auch schon ihr Handy klingelte.

»Fertig mit Tanken.« Emes Stimme klang ganz pelzig vor lauter Zärtlichkeit. »Wie geht's dir inzwischen?«

»Ich komme klar. Aber fahr bitte ganz vorsichtig, und melde dich, sobald du angekommen bist.« Dani bemühte sich, ihrer Stimme Festigkeit zu verleihen.

»Ich werde mich so oft bei dir melden, dass es dir noch auf den Wecker gehen wird.«

Dani hörte im Hintergrund, wie Eme seine Tankrechnung beglich. Als sie wieder seine volle Aufmerksamkeit hatte, sagte sie: »Niemals! Hörst du? Niemals! Gute Fahrt.« Dann legte sie schnell auf.

In den folgenden Tagen jagten sich die Text- und Sprachnachrichten zwischen Dani und ihm, und wenn sie abends weit entfernt voneinander in ihren Betten lagen, telefonierten sie so lange, bis ihnen die Augen zufielen. Nur eine Frage traute sich keiner von beiden zu stellen: Wie das alles weitergehen sollte.

Dani seufzte. Eme hatte seinen Lebensmittelpunkt in München, sie wiederum wollte auf jeden Fall in Dortmund bleiben. Dass sie demnächst ihr unstetes Tourleben wieder aufnehmen würde, machte die Sache nicht leichter, zumal sie mit Etta unterwegs sein würde. Es war aussichtslos, und dennoch war sie glücklich und voller Hoffnung, dass es irgendeine Lösung geben würde.

Pia war schließlich die Erste, die ins gemeinsame WG-Nest zurückkehrte.

Dani saß gerade am Frühstückstisch und las eine Textnachricht von Eme. *Ich komme um vor SEHNSUCHT*, hatte er geschrieben. Mit verklärtem Lächeln legte Dani ihr Handy neben sich, als sich der Schlüssel im Türschloss drehte und eine vollbepackte Pia hereinschneite, ihr Gepäck fallen ließ und Dani in den Arm nahm.

Dani atmete tief durch. *Auf ein glückliches Wiedersehen mit allen!*

GLÜCK ZURÜCK

Pia hatte sich darauf gefreut, nach Dortmund zurückzukehren. Sie hatte in der Nacht die letzte Fähre von Nordby nach Esbjerg genommen, war in gemütlichem Tempo zurückgefahren und hatte, wann immer sie müde wurde, für eine Pause angehalten. Irgendwann hatte sie die Autobahn für einen weiteren Stopp ganz verlassen und auf einem Feldweg zwischen zwei abgeernteten Feldern geparkt. Auf den Stoppelfeldern saßen Hunderte Saatkrähen und lamentierten in der aufgehenden Sonne wie schlecht gelaunte Verwandte, die sich zu einer Beerdigung getroffen haben und nun warten, dass die Zeremonie beginnt.

Pia schraubte die Thermoskanne mit schwarzem Tee auf, die Martha ihr für die Fahrt mitgegeben hatte.

Sie hatte die Tage mit Martha und Hilda genossen. Nachdem sie sich mit Martha ausgesprochen hatte, war das Eis zwischen ihnen gebrochen. Martha hatte ihr gestanden, dass sie noch nie zuvor mit einer Frau zusammen gewesen war und noch gar nicht wusste, was das, was sie für Pia empfand, bedeutete. Daher reichte ihr die Freundschaft, die Pia ihr anbieten konnte, und sie hatten einander versprochen, rechtzeitig zu sagen, wenn ihr Arrangement für eine von ihnen nicht mehr stimmig war.

Schon am ersten Tag hatte Buddy sich am Strand die Pfote verletzt und war nur noch bereit gewesen, die absolut notwendigen Schritte zu tun, die es brauchte, um sich in Ruhe zu entleeren. So war er meistens mit Hilda in der Ferienwohnung geblieben. Hilda brauchte keine verletzte Pfote, um ihren Bewegungsdrang auf ein Minimum zu reduzieren, und Buddys Verletzung lieferte ihr die perfekte Ausrede, um nicht raus zu müssen. Da das Wetter eher durchwachsen war und nicht zu Strandgelagen und Faulenzen einlud, waren Martha und Pia damit zufrieden, zu zweit stundenlang am Strand entlangzuspazieren und miteinander zu reden – oder auch zu schweigen.

Sie hätten es also durchaus noch ein paar Tage miteinander ausgehalten, doch Pia hatte einen besonderen Grund, so schnell wie möglich nach Dortmund zurückzufahren: Sie hatte vor einigen Tagen eine Mail von einer Kölner TV-Produktionsfirma bekommen, die über eines ihrer YouTube-Videos auf sie aufmerksam geworden war. Darin hatte sie eine Modeschau mit einigen von Pias Modellen mit einem von Hilda gecoverten Maira-Rap unterlegt, was die Produktionsfirma zu einem Sendekonzept inspiriert hatte.

Unter dem Titel Anders, na und … *möchten wir Menschen eine Plattform bieten, die normalerweise keine Aufmerksamkeit bekommen*, hatte der Redakteur geschrieben und Pia gefragt, ob sie sich vorstellen könne, als Style-Beraterin und Ausstatterin mitzuwirken.

Je näher sie Dortmund kam, desto aufgeregter wurde sie. Bisher hatte Pia noch mit niemandem über das Angebot gesprochen, Dani aber wollte sie einweihen. Schließlich war diese schon viele Jahre in der Medienwelt zu Hause und zudem zu einer echten Freundin geworden. Sie würde ihr mit Sicherheit mit Rat und Tat zur Seite stehen.

Als sie mit dem theatralisch humpelnden Buddy und ihrer Tasche voller Schmutzwäsche in der WG eintraf, war sie daher sehr froh, Dani allein am Frühstückstisch anzutreffen.

Nachdem Dani den wehleidigen Buddy gebührend empfangen und bedauert hatte, ließ sich Pia auf einen Stuhl am Esstisch fallen. »Hast du noch ein Frühstück für mich? Ich bin echt platt von der langen Fahrt, und müde bin ich auch.«

Dani sprang sofort auf. »Klar, ich freue mich doch, endlich

wieder etwas Gesellschaft zu haben. Ich hole dir einen Kaffee und einen Teller, und dann erzählst du mir, wie es war.«

Als sie keine Anstalten machte, aus der Küche zurückzukommen, ging Pia ihr verwundert nach. So lange dauerte es nun wirklich nicht, einen Kaffee zu ziehen.

Sie fand Dani verträumt lächelnd auf ihr Handy eintippend neben der heftig blinkenden Kaffeemaschine.

»Alles in Ordnung?«, fragte Pia und drückte selbst auf die Taste, um sich einen Kaffee herauszulassen.

Dani wurde rot und verstaute ihr Handy schnell in der Hosentasche. »Klar, alles in Ordnung. Alles bestens. Ich bin es offenbar nur nicht mehr gewohnt, nicht mehr allein zu frühstücken, und habe mich ein bisschen mit meinem Handy verzettelt.«

Pia überging Danis ungewöhnliches Verhalten, nahm sich ihren Kaffee und ein Gedeck mit an den Esstisch und fragte: »Hast du dich ohne uns sehr einsam gefühlt?«

Dani errötete schon wieder, lachte etwas künstlich und antwortete: »Ach, so einsam war ich gar nicht. Meine beiden Enkel haben mir etwas Gesellschaft geleistet, und dann musste ich ja auch noch meinen Text lernen.«

»Ein bisschen seltsam wirkst du heute trotzdem«, beharrte Pia. »Hast du Stress? Ist irgendwas passiert?«

Danis Antwort kam zu eilig und zu heftig, um Pias Argwohn nicht noch zu befeuern. »Neee, ehrlich!«, beteuerte sie. »Nichts passiert außer dem üblichen Alltagszeug. Erzähl lieber du mal: Wie war es am Meer? Hattet ihr schönes Wetter? Und vor allem: Wie hast du dich mit Martha verstanden?«

Pia biss genüsslich in ihr Marmeladenbrötchen, lehnte sich zurück und strahlte. »Es war einfach nur schön. Damit hätte ich nie gerechnet. Martha ist so eine tolle und vor allem sensible Frau. Sie versteht mich so gut, weil sie selbst so lang gebraucht hat, um die Trennung von Hildas Papa zu verdauen. Wir sind inzwischen einfach gut befreundet, und das bedeutet mir viel. Ich habe wirklich unglaubliches Glück, seit ich mich auf die WG mit euch eingelassen habe. Die Freundschaft mit dir und Franz tut mir gut, und mit Etta komme ich auch zurecht. Isolde ist klasse, tja, und dann noch diese besondere Nähe zu Martha und Hilda … Ich bin echt dankbar, dass du mich damals so im Nacken gepackt hast.«

»Ich bin genauso froh darüber«, antwortete Dani. »Neue Leute, neue Ideen und das Gefühl, nicht mehr allein im Wind zu surfen, das ist schon fein. Jetzt muss ich nur noch die Premiere einigermaßen hinbekommen. Dann bin ich beruflich endlich auch wieder auf der Siegerstraße. Hast du viel zu tun? Immer noch so viele Aufträge?«

Pia konnte ihre Freude nicht länger verbergen. »Es läuft nicht einfach gut, es läuft wie geschnitten Brot!«, platzte es aus ihr heraus. »Jussuf hat mir sogar vorgeschlagen, seine Schwester mit ins Boot zu holen. Sie ist wohl genauso gut im Fertigen wie er, und das würde mich in der Tat entlasten. Ich hätte mehr Zeit für das Kreative, und die werde ich eventuell brauchen. Es gibt da nämlich ein Angebot. Ich habe darüber noch mit niemandem gesprochen. Also bitte: absolute Diskretion, zumindest vorerst.«

Dani machte eine Geste, als würde sie ihren Mund mit einem Schlüssel verschließen. Dann grinste sie breit. »Von mir erfährt keiner ein Wort. Aber jetzt raus mit der Sprache. Was ist es? Du strahlst ja wie ein Honigkuchenpferd.«

Pia gönnte sich einen großen Schluck Kaffee, sprang dann auf und nahm Dani fest in den Arm. »Stell dir vor: Eine Kölner Produktionsfirma hat mich eingeladen, ein Sendekonzept mitzuentwickeln und Styling und Ausstattung zur übernehmen.« Sie löste sich von Dani und trat einen Schritt zurück. »Die haben meine Modeschau mit Hilda im Netz gesehen und dachten daraufhin …«

Weiter kam sie nicht. Dani flog ihr ein zweites Mal um den Hals und jubelte: »Das ist ja fantastisch! Du wirst ganz dick Karriere machen!«

»Langsam, langsam«, beschwichtigte Pia sie und machte sich vorsichtig frei. »Noch ist nichts entschieden. Ich fahre übermorgen für ein erstes Treffen nach Köln. Danach bin ich schlauer. Und bis dahin … Bitte, bitte an niemanden ein Sterbenswörtchen!«

»Ich war noch nie eine Quasselstrippe und habe nicht vor, daran auf meine alten Tage etwas zu ändern«, versprach Dani. »Außerdem werden Etta und Franz, wenn sie wiederkommen, selbst viel zu erzählen haben. Da interessiert sich niemand für unsere Geheimnisse.«

»*Unsere* Geheimnisse? Mehrzahl? Also hast du doch irgendetwas!« Als Dani schon wieder rot wurde, sah Pia sie streng an. »So oft, wie du in der letzten halben Stunde angelaufen bist wie eine Tomate und heimlich auf dein Handy starrst, könnte man fast meinen, du hast dich verliebt.«

Dani sah so panisch aus, dass Pia es mit der Angst bekam. »Um Gottes willen, habe ich was Falsches gesagt?«

»Nein, nein, alles in Ordnung. Ich bin nur erschrocken, weil man es mir so offensichtlich ansieht.«

»Also bist du? Verliebt, meine ich? Wie wunderschön! Erzähl! Ich will alles wissen. Wer ist es? Seit wann kennt ihr euch? Und vor allem: Wie ist es passiert?«

Dani zögerte. »Nimm's mir nicht übel, Pia, aber ich möchte noch nicht darüber sprechen. Ist alles noch zu neu und zu unsicher. Wir wissen noch nicht mal, wann wir uns wiedersehen. Also bitte … Sag niemandem etwas, vor allem Etta und Franz nicht.«

»Ich bin genauso ein verschlossener Tresor wie du«, versprach Pia. »Wenn du nicht willst, dass dir jeder sofort auf die Schliche kommt, musst du allerdings schon ein bisschen besser schauspielern. Du siehst einfach … verändert, glücklich und um Jahre jünger aus. Das wird den anderen auffallen, vor allem Franz.«

»Franz, ja … Der kennt mich wirklich gut. Aber der soll es auch noch nicht wissen.«

»Wann kommen die beiden eigentlich zurück?«

Dani ließ sich auf ihren Stuhl fallen. »Franz wollte morgen seinen Leihwagen zurückgeben und dann irgendwann mit dem Zug heimkommen. Etta scheint noch für ein paar Tage nach Berlin zu Poldi gefahren zu sein. Sie hat nicht gesagt, wann genau sie zurückkommt. Aber lang kann es nicht mehr dauern, in vier Wochen haben wir schließlich Premiere.«

* * *

Als Franz am nächsten Abend nach Hause kam, fand er die Wohnung verlassen vor. Er war froh, sich erst einmal akklimatisieren zu können, bevor die anderen über ihn herfielen. Er war einfach noch nicht bereit, Danis Fragen zu beantworten, wie das Festival gewesen und warum er nicht gleich danach nach Hause gekommen sei.

Franz hasste es zu lügen. Darum hatte er gezögert, als Etta vorgeschlagen hatte, gemeinsam noch ein paar Tage in Bamberg zu verbringen. Doch Etta war ganz beseelt von ihren Dreharbeiten gewesen und hatte ihm das verträumte fränkische Städtchen unbedingt zeigen wollen, das sie so gut, er aber noch gar nicht kannte. Schließlich hatte er nachgegeben, auch weil er wirklich gern mit Etta zusammen war. Gab sie sich den anderen gegenüber bisweilen launisch und herrisch, zeigte sie in seiner Gegenwart ihre zärtliche Seite. Vor allem der Sex mit ihr war jedes Mal aufs Neue eine wunderbare Überraschung. Etta war lustvoll und kreativ und kam leicht zum Höhepunkt. So fühlte er sich mit ihr als guter Liebhaber, was seinem Selbstwertgefühl guttat.

Die drei Tage mit Etta in Bamberg waren in jeder Hinsicht

gelungen. Sie hatten sich in einer kleinen Pension am Stadtrand eingemietet und von dort die Umgebung erkundet. Das Wetter hatte sie mit Sonnenschein und warmen Temperaturen verwöhnt, und Etta und er hatten es sich in der wunderschönen Altstadt gutgehen lassen, fränkischen Wein in verträumten Hinterhofrestaurants getrunken und waren bei Kloster Banz spazieren gegangen.

Als die drei Tage um waren, hatte er Etta zum Bahnhof gebracht, von wo aus sie nach Berlin aufgebrochen war. Dann hatte er seinen Leihwagen abgegeben und sich mit dem Zug auf den Weg nach Dortmund gemacht. Es war ihnen beiden ratsam erschienen, nicht gemeinsam in die WG zurückzukehren. Auch wenn Etta wenig Bedenken hegte, hatte Franz kein gutes Gefühl dabei, Dani keinen reinen Wein einzuschenken. Wenn sie demnächst zusammen auf Tour gingen – das hatte Franz versucht, Etta klarzumachen –, sollten sie ihre Affäre beenden.

Etta sah das anders. Sie hatte ihm durch die Locken gestrichen und gesagt: »Sei nicht so spießig. Geheimnisse sind doch schön.«

Sind sie nicht, dachte Franz, während er seine Tasche auspackte und die Schmutzwäsche in die Waschmaschine steckte. *Sie machen alles nur kompliziert.*

Als er gerade den Kühlschrank inspizierte, um zu entscheiden, ob er noch etwas einkaufen musste, kehrten Pia und Dani mit einem Korb voller Obst und Gemüse zurück.

Die Begrüßung war herzlich, und als sie wenig später zu dritt ein Ratatouille zubereiteten, merkte er ein wenig überrascht, dass keine der beiden Frauen gefragte hatte, wohin es ihn nach dem Festival noch verschlagen hatte.

Als Dani beim Abendessen immer wieder auf ihr Handy schaute und ganz offensichtlich nur mit halbem Ohr hinhörte, wenn er von dem Reggae-Festival erzählte, war er irritiert. Und als sie sich gleich danach entschuldigte, sie müsse Texte lernen, aus ihrem Zimmer aber Musik drang, stutzte er erneut. Das war eigentlich nicht die passende Untermalung für konzentriertes Arbeiten.

Auch Pia verschwand in ihrem Zimmer, nachdem sie knapp erklärte, sie habe morgen einen Termin und müsse früh aufstehen.

So stand Franz schließlich allein mit einem Berg schmutzigen Geschirrs in der Küche. Irgendetwas hatte sich in der kurzen Zeit, die er nicht hier gewesen war, verändert. Etwas, was er nicht wirklich zu fassen bekam. Hatte Pia ihr Versprechen gebrochen und Dani doch von seiner Liaison mit Etta erzählt? War Dani verletzt, wollte ihn aber vier Wochen vor der Premiere nicht damit konfrontieren? Oder war sie selbst nur nervös? Zwar litt Dani seiner Erfahrung nach nicht besonders unter Lampenfieber, aber vielleicht stresste es sie, dass sie sich nun auch auf Etta verlassen musste.

Obwohl sie eine Spülmaschine hatten, beschloss Franz, das Geschirr von Hand zu spülen. Dabei konnte er seinen Gedanken schon immer am besten freien Lauf lassen. Er schrubbte und plantschte im Wasser, und mit jedem gereinigten Teil fühlte er sich leichter. Aus Danis Zimmer drang unterdessen Tangomusik.

Vielleicht ist sie ja auch traurig oder hat Liebeskummer, überlegte er. *Vielleicht hat ihr die Affäre mit ihrem Orthopäden doch mehr bedeutet.* Er zog die Schultern hoch. In diesem Fall wäre Ettas blödsinnige Regelung daran schuld, dass Dani unglücklich war. Wenn sie erführe, dass ausgerechnet er und Etta sich nicht an ihre Kein-Sex-Regel gehalten hatten, wäre Dani völlig zu Recht sicherlich richtig sauer.

Als er die Küche blitzblank geschrubbt und seine frisch gewaschene Wäsche auf dem Dachboden aufgehängt hatte, beschloss er, den Stier bei den Hörnern zu fassen. Er würde Dani einfach fragen, ob sie etwas bedrückte.

Sein Herz pochte aufgeregt. Leise klopfte er an ihre Tür. Er war sich nicht sicher, ob Dani »Herein« gesagt hatte, denn sie hatte die Musik zwar leiser gedreht, aber er hörte ihre Stimme. Darum öffnete er die Tür ganz vorsichtig und steckte den Kopf durch den Spalt.

Dani sah alles andere als unglücklich aus. Sie saß auf ihrem Bett und telefonierte, während sie sich die Nägel lackierte. Erst als sie ihn in der Tür erspähte, wirkte sie erschreckt. Sie stellte sofort den Lautsprecher aus und sagte zu ihrem Gesprächspartner: »Moment, da will grad einer meiner Mitbewohner was von mir.«

»Nichts Wichtiges«, wehrte Franz ab. »Hat Zeit bis morgen. Gute Nacht.« Eilig zog er die Tür wieder zu. Was auch immer mit Dani war: Traurig wirkte sie nicht. Und Premierenangst schien es auch nicht zu sein.

Ich höre schon vor lauter schlechtem Gewissen das Gras wachsen, beruhigte er sich, ging in sein Zimmer, riss das Fenster auf und legte sich aufs Bett.

Es wurde inzwischen schon wieder früher dunkel, und von draußen hörte er ein leichtes Grummeln eines sich ankündigenden Gewitters. Eine Fliege umschwirrte ihn. Er wischte sie weg. Seine Achseln rochen intensiv nach Schweiß. Wenn er nicht allein gewesen wäre, hätte er noch duschen müssen. So aber genoss er es, sich ganz und gar selbst zu gehören.

Er begann ein Schachspiel auf seinem Smartphone, verlor die Partie aber ungewöhnlich schnell, weil er unkonzentriert war. Er stand auf, drehte vorsichtshalber den Zimmerschlüssel um und begann zu onanieren. Er hielt einen Moment inne, als überraschend Eleni vor seinem inneren Auge auftauchte, ihre vollen, weichen Brüste. Wie gern er sie gestreichelt und ihre zarten Brustwarzen geküsst hatte!

* * *

Drei Tage später öffnete Etta, kaum hatte sie das Taxi abgesetzt, die Haustür. Sie freute sich, endlich nach Hause zu kommen. Auch Isolde, die ihr im Flur entgegenkam, war sichtlich glücklich, sie zu sehen. »Etta, wie schön dich zu sehen. Seit wann bist du zurück?«, begrüßte sie sie.

Etta deutete auf ihren Koffer. »Gerade in dieser Minute komme ich zur Tür herein. Wie geht es dir denn?«

Isolde wiegte den Kopf abwägend hin und her. »Mir geht es gut«, flüsterte sie, »aber die neuesten Machenschaften unseres Herrn Bunske machen mir zu schaffen.«

Als Etta fragend die Brauen hochzog, bat Isolde sie herein. »Ich will nicht gern hier im Flur …« Sie deutete auf Bunskes Wohnungstür und dann auf ihr Ohr. Erst als Etta und sie die Tür hinter sich zugezogen hatten, sagte sie: »Ich will dich eigentlich nicht gleich mit diesem Mist überfallen, aber dieses Mal bin ich wirklich besorgt. Haben Pia, Dani und Franz dir nichts gesagt?«

Etta spürte ein leicht mulmiges Gefühl in der Magengegend. »Ich weiß von nichts.«

»Ich fürchte, unser Herr Bunske hetzt uns jetzt die rechte Szene auf den Hals. Seit zwei Tagen stehen zwei sehr zweifelhafte Typen direkt vor der Haustür: glatzköpfige Panzerschränke mit einem Kampfhund an der Leine, der bedrohlich knurrt, sobald wir durch die Haustür gehen. Ich glaube nicht, dass die uns den Hund wirklich auf den Hals hetzen würden, aber beängstigend ist das schon. Pia hat inzwischen Angst, mit Buddy rauszugehen. Man kann aber nichts machen, hat die Polizei gesagt. Solange die da nur stehen und der Hund angeleint ist, tun sie nichts Verbotenes. Schlimm wird es, wenn Hilda zurück ist. Dann kommt ihre alte Hundepanik bestimmt zurück, und sie traut sich gar nicht mehr allein raus.«

Isoldes verängstigter Blick ging Etta mitten ins Herz. Das waren wirklich keine guten Nachrichten.

»Ich lasse mir was einfallen«, versprach sie. »Sobald ich mit den anderen gesprochen habe, machen wir einen Schlachtplan. Wir lassen uns von diesem elendigen Tyrannen doch nicht kleinkriegen.« Etta gab sich gewisser, als sie sich fühlte. »Kann Franz gleich die Koffer bei dir abholen?«, fragte sie. »Dann muss ich sie nicht selbst hochschleppen.«

»Natürlich, ich bin den ganzen Abend da. Wo auch sonst«, antwortete Isolde. Sie lächelte vorsichtig. »Schön, dass du wieder da bist!«

Franz und Pia saßen bei geöffneter Balkontür im Erker. Es hatte sich abgekühlt, draußen rauschte der Wind im Ahorn, und einige Blätter waren schon gelblich braun verfärbt. Sobald sie merkten, dass Etta zurück war, sprangen sowohl Franz als auch Pia von ihren Sitzen und liefen auf sie zu, um sie zu umarmen.

Etta grinste breit. Das war das Schöne an selbst gewählten Lebensgemeinschaften. Freundschaften waren einfach viel unkomplizierter als Familie! »Wie schön, wieder hier zu sein!«, strahlte sie.

»Du siehst toll aus«, sagte Pia. »Arbeiten scheint dir zu bekommen.«

»Mir geht's auch blendend«, bestätigte Etta. »Obwohl Isolde mich im Flur abgefangen und erzählt hat, dass Bumske sich eine neue Sauerei ausgedacht hat.« Sie wandte sich an Franz: »Wärest du wohl so lieb, mir meine Koffer aus Isoldes Wohnung zu holen? Mir waren sie zu schwer, und ich wollte nicht schon wieder einen Taxifahrer um einen Gefallen bitten.«

Franz nickte, stand auf und kam kurz drauf mit den schweren Koffern. Er stellte sie in Ettas Zimmer, verschwand gleich wieder und kehrte kurz darauf mit Isolde auf dem Arm zurück. »Wenn wir schon Kriegsrat halten, dann vielleicht am besten zusammen«, meinte er.

»Sehr gute Idee.« Etta nickte und sah sich suchend um. »Wo ist denn Dani?«

»In ihrem Zimmer. Sie telefoniert«, sagte Pia. »Ich kann ihr sagen, dass wir uns zusammensetzen.«

Während Pia in Danis Zimmer verschwand, zauberte Franz frisch gebackenes Brot, Käse, Butter und eine Kanne Minztee auf den Tisch. »Schlechte Stimmung vertreibt man am besten mit Kalorien«, behauptete er.

Pia war gerade zurückgekommen und bestätigte seine Einschätzung: »Sehr gute Idee, Franz. Essen hilft immer.«

»Ich bin gar nicht schlecht gelaunt«, widersprach Etta. »Im Gegenteil! Ich bin mit richtig guten Neuigkeiten aus Berlin zurückgekommen.« Sie sah die anderen an, um sich ihrer Aufmerksamkeit zu versichern. Dann sagte sie triumphierend: »Ich bin meine Geldsorgen bald los. Ganz und gar los.«

»Waaaas? Wie das? Hast du im Lotto gewonnen?«, fragte Pia.

»Fast«, Etta strahlte. »Poldi und sein Mann werden aus der Wohnung in Wedding ausziehen. Sie suchen sich eine Parterrewohnung, damit Sergej nicht immer so viele Treppen steigen muss, und haben auch schon eine in Aussicht. Wir können die Wohnung also entweder verkaufen oder vermieten, je nachdem, was auf Dauer besser ist. Aber ich bin so erleichtert. Wenn ich demnächst noch mit Dani auf Tour gehe und auch dadurch Geld in die Kasse kommt, sind wir alle mehr oder weniger aus dem Schneider, stimmt's?«

Dani war gerade mit geröteten Wangen aus ihrem Zimmer gekommen und hatte die letzten Sätze gehört. »Wer ist aus dem Schneider?«, fragte sie neugierig. »Und was ist mit dieser Dani und einer Tournee?« Sie lachte und umarmte Etta. »Willkommen zurück! Wir werden uns zwar nicht gerade eine goldene Nase verdienen, aber die ersten Vorstellungen sind tatsächlich ausverkauft.«

Dani fuhr sich mit einer nervösen Geste durchs Haar. »Jetzt muss das Programm nur noch ein Erfolg werden, und vor allem muss ich mir endlich die Texte in den Kopf knallen. Etta, sag nicht, du hattest unterwegs auch noch Zeit zu lernen. Dann wärest du mir nämlich meilenweit voraus.«

»Um Gottes willen, erinnere mich bloß nicht daran!« Etta stöhnte theatralisch. »Ich hasse es, Text zu lernen. Da will ich gar nicht dran denken. Lasst uns erstmal auf unser Wiedersehen und die guten Nachrichten anstoßen, und danach befassen wir uns mit den schlechten.« Sie hob ihre Tasse. »Sag mal, Franz, haben wir auch noch was anderes zu trinken als dieses Krankenhausgesöff? Nichts gegen deinen Tee, aber ich schau mal, ob nicht noch was anderes im Kühlschrank ist.«

Alle lachten.

Kurz darauf kam sie mit einer Flasche Weißwein zurück. »Sag mal, wer hat denn da eine neue Weinquelle aufgetan? Ein Bio-Weißwein aus Landau? Von wem ist der?«

»Der ist … äh … sozusagen … Also ich hab den besorgt.« Dani wand sich und wurde feuerrot. »Ist das was Schlimmes? Ich meine … mögt ihr keinen deutschen Wein?«

Überrascht beschwichtigte Etta: »Der ist bestimmt gut. Ich kenne nur außer meinem Sohn niemanden, der für diese Weingegend ein Faible hat. Lustiger Zufall.« Sie sah Dani fragend an. »Ich mache den schnell auf, und dann feiern wir unser Zusammensein.«

Anders als die anderen ließ sich Isolde nur einen winzigen Schluck einschenken. Sie wirkte bedrückt und sagte, nachdem sie einander zugeprostet hatten: »Ich will uns ja nicht die Stimmung verderben, aber wenn wir keine Idee haben, wie wir die beiden Panzerschränke vor der Haustür wegbekommen, traue ich mich bald nicht mehr aus der Wohnung. Dieser Hund braucht mich nur anzuspringen, dann lande ich sofort im Krankenhaus.«

Pia rückte näher an Isolde und tätschelte ihr die Schulter. »Ich verstehe dich so gut. Ich hab ja auch Angst, mit Buddy an den beiden vorbeizugehen. Von Hilda ganz zu schweigen.«

»Die machen wirklich nichts weiter, als dass sie mit diesem Ungetüm neben der Haustür stehen?«, fragte Etta nach. »Ich meine, keine Kommentare, keine unflätigen Bemerkungen?«

»Das ist es ja gerade! Juristisch ist ihnen nichts vorzuwerfen. Der Hund trägt sogar einen Maulkorb.« Franz zupfte wütend an seiner Augenbraue.

»Und wenn wir versuchen, mit denen zu reden? Also vielleicht einfach ganz nett fragen, was sie wollen oder ob man ihnen helfen kann?«

Etta ahnte bereits, dass dies keine wirkliche Option war, und Isolde bestätigte ihre Vermutung: »Ich habe sie gefragt. Ganz freundlich und unvoreingenommen. Ich weiß nicht, wer mehr geknurrt hat, der Hund oder die Panzerschränke. Sie haben behauptet, sie seien hier, weil Herr Bunske sich in seinem Haus nicht mehr sicher fühle. Sie seien seine Freunde und wollten ein bisschen auf ihn aufpassen.«

Isolde hatte sich so weit vorgebeugt, dass sie im Eifer des Gefechts ihr Weinglas umstieß. Sie merkte es nicht einmal, sondern fuhr fort: »Mehr ist aus den beiden nicht herauszubekommen. Aber Bunske grinst mich seitdem immer ganz frech an, wenn ich ihm an den Postkästen begegne, und gestern hat er mich gefragt: ›Na, wie fühlt es sich an, wenn man merkt, dass man sich für die falsche Seite entschieden hat?‹ Der hat einen riesigen Zorn auf mich. Er hat doch immer behauptet, seine kranke Frau brauche Ruhe. Vor zwei Wochen habe ich sie im Wartezimmer meines Hausarztes getroffen. Da hat sie erzählt, dass sie schon seit Monaten nicht mehr hier wohnt. Sie hat ihn verlassen.«

»Was man mehr als verstehen kann«, knurrte Pia.

»Ich habe den Fehler gemacht, ihn darauf anzusprechen.« Isoldes Stimme wurde dünn. »Er war außer sich und hat gebrüllt, seine Frau sei ausgezogen, weil sie dieses Tollhaus nicht mehr ertragen habe.«

»Das ist der größte Blödsinn, den ich je gehört habe. Noch

jemand Wein?« Etta hielt die Weinflasche in die Höhe. Außer ihr selbst schien allen die Lust darauf vergangen zu sein.

Dani, die die ganze Zeit an ihrer Unterlippe genagt hatte, sagte: »Wenigstens für dich, Pia, und Buddy hätte ich eventuell eine Lösung. Später auch für Hilda. Ich habe doch noch den Hof-, Keller- und Haustürschlüssel meiner alten Wohnung. Wir könnten einfach durch den Hof und das andere Haus gehen, wenn wir rauswollen. Dann müssten wir diesen finsteren Gesellen nicht mehr über den Weg laufen. Nur für dich, Isolde, ist das nicht toll. Es sind leider ein paar Stufen zum Flur hinauf und dann zur Haustür wieder hinunter. Das ist mit Rollator nicht zu schaffen.«

»Immerhin ein kleiner Lichtblick.« Pia seufzte. »Und wenn wir für Isolde eine Rampe bauen?«

»Dafür ist es nebenan zu eng. Außerdem brauchen wir eine dauerhafte Lösung.« Dani ging auf und ab. »Vielleicht müsste man in der Straße so etwas wie eine Demo gegen Rechts organisieren. Das würde schon mal zeigen, dass wir uns nicht einschüchtern lassen.«

Etta ballte die Faust. Es konnte doch nicht sein, dass ihnen ein paar Widerlinge das Leben zur Hölle machten und keiner sich dagegen wehren konnte!

»'ne Demo halte ich für keine gute Idee«, dämpfte Pia die Aufbruchsstimmung. »Damit locken wir nur noch mehr Leute aus der Szene an. Man müsste sich was anderes einfallen lassen.«

Etta konnte die Gedanken in der Stille regelrecht durcheinanderwirbeln hören. Eine dicke Fliege stieß mit stoischer Dummheit immer wieder gegen eine Fensterscheibe und brummte aufgeregt vor sich hin. Im Hof lachte Sevim mit Ferhat, und in der Küche summte der Kühlschrank.

Pia brach das bedrückte Schweigen als Erste. »'ne Demo ist bestimmt keine gute Idee«, wiederholte sie, »aber wie wäre es mit einem Flashmob?«

»Einem was?« Isolde wirkte irritiert.

»Ein Flashmob. Das ist eine Versammlung von Menschen, die sich im Internet verabreden, zu einer bestimmten Zeit zusammen zu singen oder etwas aufzuführen. Ich habe schon einige ganz tolle Sachen im Internet gesehen.«

»Aha.« Etta war wenig begeistert. »Und dann gehen wir alle auf die Straße und singen zusammen *We shall overcome*, oder was? Und die Panzerschränke pissen sich vor Lachen in die Hose.«

Pia ließ sich nicht beeindrucken. »*We shall overcome* wäre schon mal ein Anfang. Aber ich gebe zu, das wäre nicht stark genug. Wir brauchen richtig viele Leute. So viele, dass die ganze Straße voll ist und die Polizei räumen muss. Dann muss sie alle auffordern, nach Hause zu gehen. Versteht ihr? *Alle* müssen gehen, sonst gibt's Ärger mit der Polizei. Dann müssen auch die Panzerschränke abdampfen.«

»Das hält für einen Tag, und dann stehen sie wieder da.« Etta war verärgert. *Was für eine blöde Idee!*

Franz hingegen sah auf. »So schlecht ist der Gedanke gar nicht. Die wollen uns einschüchtern. Wenn sie das Gefühl haben, wir sind einfach nur harmlose Spinner und dazu noch ganz viele, verlieren sie vielleicht die Lust, hier rumzustehen.«

»Genau, Franz!« Pia nickte. »Die müssten uns für eine Sekte oder so was halten. Gottes Kinder, ganz harmlos, aber lästig. Was ist eigentlich mit dem Prediger? Den müssten wir irgendwie hierherbekommen.«

Etta schüttelte sacht den Kopf. Seit vielen Jahren lief ein geistig verwirrter Mann durch die Stadt und predigte mit schäumendem Mund von Weltuntergang, Hölle und Gottes Rache. Alle Dortmunder kannten ihn und ließen ihn gewähren. Was der allerding bei einem Flashmob zu suchen haben sollte, erschloss sich ihr nicht.

Pia aber kam jetzt richtig in Fahrt. »Leute, das ist die Idee! Ich habe mal in einem Gospelchor gesungen. Wenn ich den bitte, herzukommen und noch jede Menge Leute mitzubringen, hätten wir die Straße voller singender Menschen. Und der Prediger wäre in seinem Element.«

»Bist du dir sicher, dass die mitmachen würden?« Auch Dani schien sich mittlerweile für Pias Idee zu erwärmen. »Und wie bekommen wir den Prediger zur richtigen Zeit hierher?«

Pia dachte nach. Dann hellte sich ihr Blick auf. »Taxi-Heri!«

Etta stöhnte. »Oh nein, nicht der jetzt auch noch! Was willst du dem denn erzählen? Dass vor unserem Haus ein *Tatort* gedreht wird und er und der Prediger eine Hauptrolle übernehmen sollen? Pia, ich hab langsam das Gefühl, du hast das Falsche geraucht.«

Dani sah Etta streng an. »Etta, du hast doch einen besonderen Draht zu Taxi-Heri. Ich bin mir sicher, dass du ihm gar nichts erklären müsstest. Er liest dir doch bestimmt jeden Wunsch von den Augen ab!«

Pia überging Danis Einwurf. »Eigentlich nicht schlecht, Ettas Idee«, sagte sie stattdessen. »Ich schlage vor, wir sagen Taxi-Heri die Wahrheit: dass wir ein Problem mit rechtem Gesindel in der Straße haben. Und dann sagen wir, das sei ganz schlecht für das Image der Stadt. Mehr nicht. Und dann fragen wir ihn, ob er bereit wäre, dir einen Gefallen zu tun. Dann lockt er den Prediger in sein Taxi, behauptet, dass eine Gemeinde auf seine Worte wartet, und bringt ihn hierhin. Das wird ein Riesending.«

»Genau!« Isolde strahlte. »Wir machen es wie damals die Flower-Power-Kids der Achtundsechziger, die den Soldaten Blumen in die Waffen gesteckt haben. Das ist eine hervorragende Idee, Pia. Wir überrollen die harten Jungs mit Gottes Wort und christlichen Gesängen. Damit können die bestimmt nicht umgehen. Und ich singe aus Leibeskräften aus dem offenen Fenster und krähe: ›Frieden, Frieden, Frieden.‹ Das ist denen bestimmt unheimlich. Vielleicht kann sich sogar jemand eine Kamera leihen und so tun, als würde das Ganze für einen Fernsehsender aufgezeichnet. Das wird ganz toll. Pia, du bist einfach die Kreativste von uns.«

Etta hatte zwar insgeheim noch immer Zweifel, war aber ob der Verrücktheit des Plans nicht mehr ganz abgeneigt.

Bis tief in die Nacht planten sie, wer welche Aufgaben übernehmen würde. Isolde war längst in ihrem Sessel eingenickt und wurde zu später Stunde von Franz in ihre Wohnung hinuntergetragen.

In der Tür winkte sie allen zu und lächelte. »Der Tag sollte dann We-shall-overcome-Bumske-Tag heißen. Ich liebe euch, ihr verrückten Hühner!«

Auch Etta war glücklich. *Ich bin wieder zu Hause,* dachte sie.

Glück und Glas

Dani hatte versprochen, sich an der Planung des Flashmobs zu beteiligen. Gleichzeitig fühlte sie sich seltsam distanziert, als wäre sie nur eine Zeugin, die nachts beobachtet, wie sich hinter den erleuchteten Fenstern einer Wohnung Dramen abspielen. Zwei Gefühle in ihr waren so übermächtig, dass sie alles andere verdrängten: das schlechte Gewissen, weil sie Etta etwas so Wichtiges aus ihrem Leben und dem ihres Sohnes verheimlichte – und die alles verzehrende Sehnsucht nach Eme. Es war, als habe jemand vergessen, den Wasserzulauf eines Whirlpools zuzudrehen. In ihr sprudelte und brodelte und schwappte es, und sie war völlig unfähig, sich längere Zeit auf irgendetwas anderes zu konzentrieren.

Eme ging es offenbar nicht anders. Sie telefonierten abends stundenlang, tagsüber überschütteten sie einander mit WhatsApp-Nachrichten. Sie schickten sich Emojis, Fotos und Sprachnachrichten, und jede noch so winzige Neuigkeit musste dem anderen direkt mitgeteilt werden. Damit sie nicht länger auf Heimlichtuerei angewiesen waren, drängte Eme darauf, dass Dani mit Etta sprach. Er bot ihr sogar an, nach Dortmund zu kommen und das Gespräch gemeinsam zu führen.

Schon bei diesem Angebot war Dani der Angstschweiß ausgebrochen. »Lass uns die Premiere abwarten«, bat sie. »Wenn wir sie überrumpeln, wird Etta alles sausen lassen. Und dann stecke ich klaftertief in der Klemme – emotional und juristisch. So blöd das klingt: Beruflich bin ich gerade auf deine Mutter angewiesen.«

Eme hatte geseufzt und sich lautstark geärgert, dass ausgerechnet Etta ihrer beider Liebesleben so ausbremsen konnte –

und das, »wo sie ihr ganzes Leben lang immer nur an sich gedacht hat«.

Auch vorhin hatte Eme bei ihrem Telefonat gejammert: »Ich muss dich endlich sehen! Ich denke ja schon fast, du bist nur ein Phantom, das ich mir eingebildet habe. Ich will nicht noch drei Wochen warten. Glaubst du etwa, Etta ist nach der Premiere nicht genauso in der Lage, alles über den Haufen zu schmeißen, nur weil nicht alle so funktionieren, wie sie es sich ausgedacht hat?«

»Ich hoffe, dass Etta in einer Welle von Euphorie schwimmt, wenn die Premiere ein Erfolg wird. Dann ist sie mit Sicherheit milder gestimmt als jetzt, wo sie durch den Premierendruck und den bevorstehenden Flashmob eh hochgradig angespannt ist.« Dani schnurrte wie ein junges Kätzchen. »Ich will dich doch auch unbedingt sehen. Ich gehe doch genauso kaputt vor Sehnsucht. Vielleicht kann ich vor der Premiere ja noch ein paar Tage zu dir kommen. Wir sind zwar mitten in den Proben, aber erst in der letzten Woche arbeiten wir mit unserem Regisseur.«

»Mach das!« Eme war sofort ganz aufgeregt. »Ich buche meine Termine so um, dass ich nur für dich da bin. Ich könnte dich auch meinem Sohn, seiner Frau und meinem entzückenden Enkelkind vorstellen. Bitte sag Ja, dann halte ich mir die Tage frei.«

Dani wurde es ganz warm, und ihre Knie fühlten sich weich wie Pudding an. »Deine Familie sollte ich besser erst kennenlernen, wenn Etta von uns weiß. Sonst fühlt sie sich noch schlimmer hintergangen, wenn sie irgendwann erfährt, dass alle von uns gewusst haben, nur sie nicht.«

»Etta, Etta, Etta! Ich kann's nicht mehr hören! Von deiner Bereitschaft zur Rücksichtnahme sollte sie sich mal eine Scheibe abschneiden«, grummelte Eme.

»Immerhin haben wir ihr zu verdanken, dass es dich überhaupt gibt«, beschwichtigte Dani ihn.

Sofort wurde Eme wieder weich. »Komm einfach, so schnell es geht, her«, bat er.

Dani beschloss, nur Pia den wahren Grund ihres Kurztrips zu verraten. Allen anderen gegenüber behauptete sie: »Ich brauche vor der Premiere noch mal eine Auszeit, um den Kopf freizubekommen, maximal drei Tage. Vielleicht schaue ich mal bei meiner Ältesten in Süddeutschland vorbei. Dann kann ich auch besser Text lernen.«

»Mach das, Liebes«, sagte Etta mit einer Zärtlichkeit, die bei Dani sofort das schlechte Gewissen triggerte. »Ich habe schon gemerkt, dass du ein bisschen durch den Wind bist. Du bist so unkonzentriert und in dich gekehrt. Wüsste ich nicht, dass es der Premierenstress ist, würde ich denken, du hast Liebeskummer. Immer hockst du in deinem Zimmer und hörst diese traurige Tangomusik, und du isst weniger als ein Spatz.« Sie ging auf Dani zu, nahm sie in den Arm und streichelte ihre Wange. »Mach dir keine Sorgen. Wir packen das zusammen, wirst du schon sehen. Wir sind zusammen ganz großartig. Du allein bist schon eine Granate auf der Bühne, und zusammen hauen wir sie alle weg!« Sie hielt einen Moment inne. »Bist du dir sicher, dass du allein fahren willst? Soll ich nicht lieber mitkommen und auf dich aufpassen? Sonst vergisst du noch zu essen.«

Ettas Fürsorglichkeit machte es Dani beinahe unerträglich. Zum Glück kam Franz ihr zu Hilfe. »Keine Angst, Etta«, beruhigte er. »Dani weiß genau, was für sie gut ist. Vor Premieren ist sie immer etwas merkwürdig, da lässt man sie am besten in Ruhe.«

Erleichtert ließ Dani sich am nächsten Morgen von Pia zum Zug bringen.

»Du fährst zu deinem Lover, stimmt's?«, fragte die, sobald sie im Auto saßen.

Dani nickte und hatte zu ihrem Erstaunen sofort Tränen in den Augen.

»Du wirst schon wissen, warum du ihn geheim halten musst«, fuhr Pia fort. »Aber eins kannst du Mister Mysteriös von mir ausrichten: Wenn er dir wehtut oder dir das Herz bricht, finde ich raus, wo er wohnt, und dann breche ich ihm alle Knochen, klar?«

Am Bahnsteig küssten sich beide zum Abschied auf die Wange, dann endlich stieg Dani in den ICE nach München.

* * *

Während Dani und Eme einige Stunden später am Münchner Hauptbahnhof ineinandersackten wie zwei Ertrinkende, die sich so gerade an Land hatten retten können, fuhr Pia in Dortmund ihren Laptop herunter und beschloss, für heute mit den Vorbereitungen des Flashmobs Schluss zu machen.

Auch in ihr schwappte ein Geheimnis hin und her, doch anders als bei Dani ähnelte es bei ihr eher einer Kinderbadewanne, in der warmes Wasser gemütlich hin und her plätscherte. Ein paar Tropfen waren dennoch schon über den Wannenrand gelaufen: Sie hatte es nicht mehr ausgehalten und Martha von dem Angebot der Produktionsfirma erzählt.

Martha hatte sich diebisch für Pia gefreut und gejubelt: »Bravo, meine Süße! Endlich bekommst du die Chance, die du verdienst. Und dieses Mal lässt du dich von nichts und niemandem aufhalten: nicht von Isi, nicht von deiner Mama, und schon gar nicht von egoistischen Freundinnen, die dich lieber für sich behalten wollen, als dir den Flug durch die bunte Welt zu gönnen. Spreiz deine Flügel und flieg los. Wenn du ein kleines Plätzchen in Hildas und meinem Leben behalten möchtest, stehen dir hier immer ein Zimmer und zwei Herzen zur Verfügung. Mach dein Ding, Liebes!«

Pia hatte sich ein paar Tränchen der Rührung weggewischt und lachend gesagt: »*Mach dein Ding*. Du klingst schon wie Udo Lindenberg.« Aber genau das würde sie nun tatsächlich tun.

Für heute Abend hatte sie sich mit Martha zum Fernsehen verabredet. Martha hatte sich im Internet schlaugemacht, welche vergleichbaren Fernsehformate es international bereits gab, und die wollten sie sich ein bisschen näher anschauen.

Pia wurde es warm ums Herz, wenn sie daran dachte, wie sehr Martha ihre Pläne unterstützte und daran Anteil nahm. So war es mit Isi nie gewesen.

Pia machte es sich im Sessel bequem. Ihre Beziehung zu Isi erschien ihr inzwischen in einem anderen Licht. Zwar war sie noch immer manchmal traurig, dass ihre große Liebe so hässlich zu Ende gegangen war, aber enge Freundschaften zu anderen hatten sie beide während ihrer Beziehung nie gepflegt. Lange hatte sie es nicht vermisst, doch nun war ihr Leben in eine andere Bahn geraten, und sie war aufgeregt und froh. Schon zweimal hatte sie sich mit dem Team der Produktionsfirma getroffen. Sie hatten miteinander gebrainstormt, Ideen entwickelt und wieder verworfen, und es tat gut, so viel Respekt und Wertschätzung entgegengebracht zu bekommen.

In einigen Tagen würde sie den Vertragsentwurf für ihre Mitarbeit bekommen. Pia hatte sich über sich selbst gewundert, als sie sich selbstbewusst und wie selbstverständlich sagen hörte: »Ich lasse ihn von meinem Anwalt prüfen und melde mich dann.«

»Ja, natürlich, mach das.« Mehr hatte man in Köln dazu nicht gesagt.

Pia hatte gar keinen Anwalt. Sie hatte nur gedacht, ihre Antwort klinge cooler und professioneller, als zu sagen, was ihr durch den Kopf schoss: *Megageil! Her damit, ich unterschreibe alles, wenn ich dann in diesem tollen Team mitarbeiten darf.*

Sie lächelte breit. Sobald sie den Vertrag hatte, würde sie ihr Geheimnis auch vor der WG lüften. Sie war gespannt, was Etta und Franz dazu sagen würden.

* * *

Auch in Franz schwappte ein kleines Geheimnis hin und her. Und das betraf nicht seine und Ettas heimliche Affäre, sondern vor allem Etta. Er hatte vor zwei Tagen Eleni in der Kurklinik besucht. Er war überrascht gewesen, in welch gutem Zustand er seine Ex dort angetroffen hatte. Sie hatte einen Schmerzmittelentzug hinter sich gebracht und hatte wieder einen ruhigeren und klaren Blick. Auch mit ihrer neuen Hüfte kam sie gut zurecht. Was ihn aber umgeworfen hatte, war ihre Ankündigung, nach der Kur eine Gesprächstherapie zu beginnen.

»Jedes Leben ist wie ein Dachboden, auf dem man altes Gerümpel und ausrangierte Möbel lagert. Dieses Gerümpel steht für all die traurigen und frustrierenden Erlebnisse und Traumata, mit denen man im Leben nicht gut fertiggeworden ist«, fasste sie die Erkenntnisse ihres Gesprächskreises während der Kur zusammen. »Um trotzdem weiter funktionieren zu können, haben die Menschen diese Erlebnisse verdrängt, also auf den Dachboden geräumt. Und irgendwann ist der Dachboden so voll, dass man sich nicht mehr bewegen kann, ohne sich schmerzhaft das Knie anzustoßen.«

Aufgekratzt sah Eleni ihn an: »Ich habe inzwischen begriffen, wie anstrengend es für dich mit mir gewesen sein muss. Mein Dachboden, verstehst du, *arkoudaki mou*, der ist so voll mit Gerümpel. Am schlimmsten war es für mich, als mein Mann meine Söhne mit nach Griechenland genommen hat. Ich habe damals keine andere Idee gehabt, als mich kaputtzuarbeiten. Und weil meine Hüfte Probleme gemacht hat, habe ich immer mehr Schmerzmittel genommen und wurde immer unglücklicher. Aber ich war nie deinetwegen unglücklich, verstehst du? Du warst immer mein Glück und mein Trost. Trotzdem habe ich dich als Blitzableiter benutzt. Das hat mir die Therapeutin erklärt. Das tut mir so leid. Und ich will mir, wenn ich wieder zu Hause bin, helfen lassen, den Dachboden zu entrümpeln. Ich arbeite dann nur noch wenige Stunden. Mein Sohn übernimmt den Imbiss, und ich unterstütze ihn nur ein bisschen.«

Vor lauter Eifer waren die Sätze aus ihr herausgepurzelt wie Kinder, die an einem Hang Purzelbäume schlagen und wegen des Gefälles plötzlich gar nicht mehr aufhören können zu rollen. »Ich will dich auch nicht drängen. Jedenfalls haben mir das alle gesagt: *Ich soll dich nicht drängen.* Ich hoffe, das schaffe ich, denn eigentlich würde ich dich sehr gern drängen. Wenn ich wüsste, dass du vielleicht, ganz vielleicht, zu mir zurückkommst, würde es mir leichter fallen.«

Sie hatte ihn mit ihren lebhaften tiefbraunen Augen so intensiv angeschaut, dass ihm kurzfristig alle Vorsätze entglitten waren. Er hatte sie umarmt, und ohne dass er hätte sagen können, von wem die Initiative ausgegangen war, hatten sie einander geküsst. Es hatte sich so vertraut und so schön angefühlt, dass sie, wären sie allein gewesen, wahrscheinlich miteinander im Bett gelandet wären.

So aber hatte Eleni in ihrer liebenswert theatralischen Art nur seine Hand genommen, sie auf ihr Herz gelegt und gesagt: »Spürst du, wie sehr du mir noch immer unter die Haut gehst?«

Er hatte Eleni nichts versprochen, aber im Grunde war beiden klar, dass sie irgendwann einen weiteren Versuch starten würden, ihre Beziehung fortzusetzen.

Unruhig ging Franz in seinem Zimmer auf und ab. Wann nur war der beste Zeitpunkt, um Etta offen und ehrlich zu sagen, was Stand der Dinge war? Er würde seine Affäre mit ihr beenden. Zum Glück waren sie nicht ineinander verliebt. Also konnte das Ende ihres Intermezzos für beide eigentlich kein Drama bedeuten.

Er war nur unschlüssig, ob er es nach dem Flashmob wagen oder erst nach der Premiere ansprechen sollte.

Um Etta nicht zu verunsichern, schlüpfte er nach wie vor ab und zu nachts in ihr Zimmer. Aber obwohl sie weiterhin miteinander schliefen und Ettas Orgasmus so sicher und leicht kam wie ein Sommerregen, war Franz innerlich oft unbeteiligt. Außerdem merkte er, dass er Ettas Geruch plötzlich nicht mehr so mochte. Um selbst ausreichend erregt zu sein, dachte er beim Vorspiel immer häufiger an Eleni, an ihre lebendigen Augen und ihre wundervoll weiche große Brust. Er fühlte sich dabei wie ein Doppelbetrüger. Auch wenn das wiederum in gewisser Hinsicht anregend war, entschied er sich, dass damit bald Schluss sein musste. Er war für doppelte Spielchen einfach nicht geeignet.

* * *

Etta war weit entfernt davon, ihr Geheimnis mit irgendjemandem zu teilen. Es glich keiner vollgelaufenen Badewanne, bei der jeden Moment Wasser über den Wannenrand plätschern könnte. Vielmehr war es, als ließe ein undichter Wasserhahn in unerwarteten Momenten einen Wassertropfen direkt in ihr Sonnengeflecht tröpfeln. Dann wurde ihr ganz warm, und sie fühlte, wie sich ein Lächeln in ihr Gesicht malte.

Dennoch musste dieses Geheimnis unter Verschluss bleiben, wollte sie jemand anderen nicht in Schwierigkeiten bringen. Eike! Der hatte sich endlich bei ihr gemeldet, nicht von seiner eigentlichen Handynummer aus, und auch nicht unter seinem richtigen Namen. Er hatte stattdessen ein Pseudonym benutzt, von dem er sicher sein konnte, dass Etta es sofort decodieren konnte.

Es ging auf ein Spiel zurück, das sie früher miteinander

getrieben hatten, als sie einander, wenn sie allein waren, mit »Herr Nackermann« und »Frau Qualle« angesprochen hatten. Das wiederum war aus einem Witz entstanden, in dem es einen Mann gab, der statt E immer A sagte. Ein alberner Witz, den außer ihnen kaum jemand lustig fand.

Als Etta nun völlig aus dem Nichts eine Textnachricht von einem fremden Handy bekam, in der sie mit »Frau Qualle« angesprochen wurde, hatte ihr Herz heftig geklopft.

Hallo, Frau Qualle. Du wirst mich hassen, und das zu Recht, hatte er geschrieben:

> *Dass ich dich hintergangen habe, ist unverzeihlich. Aber glaub mir, es tut mir unendlich leid, und das tat es schon in dem Moment, in dem ich mich wie ein Arsch benommen habe. Dieses Rabenaas, diese schlimme, hinterhältige Schlampe hat mich ausgenutzt, erpresst und fallen lassen. Hab ich verdient, ich weiß. Ich komme nach Deutschland zurück und werde mich selbst anzeigen. Was ich an Geld übrig habe, bekommst du vorher zurück, versprochen. Ich hoffe, Frau Qualle kann mir verzeihen, denn mein Leben wird, sobald ich zurück in D. bin, ohnehin furchtbar genug. Bussi und zehntausendfaches Sorry, Dein Nackermann.*

Etta war nicht allein deswegen erleichtert, weil sie einen Teil ihres Geldes zurückbekommen würde. Sie war vor allem froh, dass sie sich nicht völlig in Eike getäuscht hatte. Ja, er war ein schlimmer Lebemann, das war er schon immer gewesen. Und er war zu wirklich kriminellen Schlitzohrigkeiten fähig. Dennoch hatte sie nicht glauben können, dass er ihre langjährige Freundschaft einfach so und nur für seine junge Modell-Freundin derart mit Füßen treten würde. Dass er sich nun bei ihr gemeldet hatte und sich zu gegebener Zeit der Justiz stellen würde, nahm ihr eine große Last von der Seele.

Sie lächelte. Ein Gutes hatte Eikes Betrügerei immerhin gehabt: Ohne diesen ganzen durch sie ausgelösten Schlamassel wären ihr all die wunderbaren Menschen nicht begegnet, mit denen sie jetzt zusammenlebte und -arbeitete.

Sie freute sich so sehr auf die Premiere, dass die Euphorie darüber ihre Angst in den Hintergrund drängte. Natürlich hatte sie schon unzählige Male live vor Publikum auf der Bühne gestanden, ob in kleinen Boulevardkomödien oder bei Lesungen. Aber gemeinsam mit einer Freundin mit einem selbst geschriebenen Comedyprogramm auf den Brettern zu stehen war doch etwas ganz Besonderes.

Trotzdem schrieb sie an Eike:

Ich kann es kaum erwarten, Dich live zu beschimpfen und notfalls auch zu verprügeln. Du hast Dich nicht nur wie ein Arsch benommen, sondern mich beinahe in den Ruin getrieben. Und Rosi noch dazu. Mach Dich auf was gefasst! Aber melde Dich, sobald wir uns treffen können. Erzürnte Grüße, Frau Qualle.

Sie hatte inzwischen ihre Texte gelernt und auch ihre Soloparts bereits geprobt. Außerdem hatte sie sich zusammen mit Pia in die Planung des großen Ereignisses gestürzt. Dieser Flashmob, wie so etwas heutzutage wohl genannt wurde, würde eine große Sache werden. So viel stand bereits fest.

Sie hatten sich auf den kommenden Samstag geeinigt. Dann war Dani zurück in Dortmund, die Mitglieder von Pias ehemaligem Gospelchor hatten Zeit, und am Nachmittag wäre die Straße ausreichend belebt, um die nötige Aufmerksamkeit zu bekommen.

Franz sollte sich ab mittags in der Innenstadt auf die Suche nach dem Prediger machen und kurz vor 15 Uhr Tax-Heri dazurufen. Zusammen wollten sie den Prediger dann zum Ort des Geschehens kutschieren, hoffend, dass er sich mit dem Versprechen auf eine große Gemeinde ködern ließ.

Taxi-Heri war begeistert gewesen, als sie ihn um Hilfe gebeten hatten. »Für die Etta, da geh ich ma eben locker durch jedes Feuer«, hatte er gesagt. »Schließlich planen wir zusammen dat ganz, ganz großen Ding. Auf mich kann se zählen wie ein Taxameter.«

Isolde, Hilda und Martha würden das Ganze aus der Sicherheit von Isoldes Wohnung beobachten. Hilda fürchtete sich, wie erwartet, schrecklich vor dem Kampfhund der Panzerschränke und war, seit sie aus Dänemark zurück war, nur in Begleitung und durch den Ausgang des Nachbarhauses auf die Straße gegangen.

Sevim wollte ihren Sohn am Tag des Flashmobs bei einer Freundin unterbringen und hatte versprochen, danach wiederzukommen und sie zu unterstützen.

Etta knetete aufgeregt ihre Hände. Hoffentlich funktionierte Pias Plan!

* * *

Am Tag des großen Ereignisses summten alle in der WG durcheinander wie ein aufgescheuchter Bienenschwarm. Dani war gemeinsam mit Franz in die Innenstadt gegangen, um den Prediger aufzuspüren. Sie war nicht nur wegen des Flashmobs aufgeregt, sondern auch, weil sie seit gestern Abend nichts mehr von Eme gehört hatte.

Er hatte sie am frühen Abend angerufen, weil er zum ersten Mal auf seine kleine Enkelin aufpassen sollte, damit sein Sohn und dessen Frau ausgehen konnten. Während die kleine Loretta auf dem Boden ihres Kinderzimmers fröhlich mit bunten Klötzchen spielte, hatte er sie per Videoanruf kontaktiert. Die Kleine war zuckersüß, und Dani sah Eme an, wie verliebt er in sie war. Er hatte versprochen, sich noch einmal zu melden, sobald die Kleine eingeschlafen sein würde. Doch seither hatte sie nichts mehr von ihm gehört.

Vielleicht ist er ja beim Insbettbringen selbst eingeschlafen, versuchte Dani, sich zu beruhigen. Es half nicht viel, denn bisher hatte er ihr *immer* einen guten Morgen gewünscht und sich auch während des Tages mehrfach gemeldet.

Sie wusste, dass er manchmal nachts von Dämonen heimgesucht wurde. Obwohl sie sich noch nicht lange kannten, hatte er ihr gestanden, wie sehr es ihn immer noch quälte, dass er als Kind von einem zum anderen geschoben worden war. Er war auch deshalb nie sehr selbstbewusst gewesen, und sein Ansehen unter den anderen Jungen war erst gestiegen, als er sich im Fußballverein als vielversprechendes Talent erwies. Bis er mit zwölf Jahren einen schweren Fahrradunfall hatte, als er während eines Besuchs bei seiner Mutter mit dem Fahrrad in die Straßenbahnschienen geraten, gestürzt und von einem LKW angefahren worden war.

Es folgte ein langer Krankenhausaufenthalt, während dem sein insgesamt sechzehnmal gebrochenes Bein zusammengeflickt werden musste. Im Lauf der nächsten Jahre war er noch acht weitere Male operiert worden. Dennoch blieb das Bein ein wenig verkürzt, und sein leichtes Hinken hatte seinen Sportambitionen ein abruptes Ende bereitet.

»Du kannst dir nicht vorstellen, wie sich das für einen Jungen in der Pubertät anfühlt«, hatte er Dani erzählt. »Ich war eh immer etwas zu klein. Aber von da an war ich klein, dünn und habe gehinkt. Für mich war klar, dass ich nie eine Frau finden würde. Und als ich während meines Studiums Silvana kennenlernte, hätte ich nie gedacht, dass ich bei solch einem Klasseweib wie ihr überhaupt eine Chance hätte. Sie war groß, hatte eine tolle Figur und dickes weizenblondes Haar und arbeitete in einer Eisdiele in Schwabing. Ich habe in diesem Sommer so viel

Eis gegessen, dass ich kein Geld mehr für irgendetwas anderes hatte. Trotzdem hätte ich mich nie getraut, sie anzusprechen.«

Als Dani verwundert geschaut hatte, hatte er gelacht. »Hey, ich bin ein schüchterner Junge, schon vergessen?«

Zwar war Dani in sein Lachen eingefallen, dennoch ahnte sie, dass sein heute so selbstbewusstes Auftreten zumindest teilweise eine mühsam erschaffene Fassade war.

»Ich war am Boden zerstört, als mein Eisdielenschwarm plötzlich von der Bildfläche verschwand. Von einem Tag auf den anderen war eine andere Bedienung da. Als ich zwei Jahre später meiner Oma einen Seidenschal zum Geburtstag kaufen wollte, fiel ich fast in Ohnmacht, als meine Eisdielengöttin mich dort bediente. Ich bin flammend rot geworden und habe gestammelt: ›Ich kann aber jetzt nicht jeden Tag einen Schal kaufen, um dich wiederzusehen.‹ Silvana hat gelacht und mir auf den Kassenzettel ihre Telefonnummer notiert.«

»Dann war Silvana deine Traumfrau?«, hatte Dani gefragt. »Warum habt ihr euch dann getrennt?«

»Weil ich ein unglaublich doofer Schnösel bin, Dani. Ich war als junger Mann ein Arsch. Silvana und ich haben geheiratet, und nachdem wir zwei Kinder zusammen hatten, war ich mir ihrer irgendwie sicher.

Und irgendwann, als ich im Beruf erfolgreich war, wurde ich selbstbewusster. Außerdem merkte ich, dass ich einen Schlag bei Frauen hatte. Die fanden mich wohl irgendwie süß. *Der niedliche kleine Hinkefuß*. Sie haben es mir leicht gemacht, und ich gierte nach Bestätigung. Kurzum: Ich hatte Bettgeschichten. Kleine, schmuddelige, unbedeutende Geschichten. Armselig, ich weiß. Und Silvana kam mir irgendwann dahinter. Sie war da gerade Chefeinkäuferin eines Modehauses geworden. Sie gefiel ihrem Chef, der hat sie sich geschnappt, und zack, war ich nicht mehr der tolle Frauenschwarm mit zwei hübschen Kindern und einer attraktiven Frau, sondern der Loser, der sich mit seinem blöden Schwanz um alles gebracht hat. Silvana hat mich verachtet, und ich glaube, das tut sie noch heute. Die Kinder haben unter der Trennung gelitten, und ich habe mich selbst gehasst. Sei froh, dass du mich erst jetzt kennenlernst.«

Er atmete tief durch. »Inzwischen bin ich reif genug, um zu wissen, dass man sich sein Glück täglich neu verdienen muss. Du bist meine zweite Chance, Schöne. Das vermassele ich nicht noch einmal.«

Umso mehr wunderte sich Dani, dass Eme so gar nichts von sich hören ließ. Inzwischen war früher Nachmittag, und sie hatte bereits mehrmals versucht, ihn anzurufen, und ihm geschrieben, auch jetzt noch einmal. Gerade als sie ihr Handy wieder in die Hosentasche steckte, vibrierte es.

Hektisch drückte sie auf »Annehmen«, doch zu ihrer Enttäuschung war es Franz.

»Ich hab ihn«, raunte er leise in sein Handy. »Er ist gerade in der Münsterstraße und spricht vor einer Dönerbude. Ich bleibe dran und informiere Heri. Du kannst nach Hause gehen. Es läuft alles nach Plan.«

»Alles klar«, bestätigte Dani und machte sich auf den Heimweg. Als sie ihre Straße erreichte, sah sie erleichtert, dass sich dort bereits die ersten Leute sammelten. Die Panzerschränke standen nach wie vor neben dem Hauseingang und beobachteten in stoischer Abgestumpftheit das zunehmende Treiben in der Straße. Der hässliche Hund saß mit Maulkorb an der kurzen Leine zwischen ihnen, und wieder einmal bestätigte sich das alte Vorurteil, dass Hund und Herrchen sich oft ähnlich sehen.

Dani richtete sich auf, um Pia und Etta im Gewühl ausfindig zu machen. Da waren sie! Pia telefonierte, und Etta stand auf dem gegenüberliegenden Bürgersteig und gestikulierte heftig in Danis Richtung. Sie drängte die Gedanken an Eme und sein seltsames Schweigen zurück und ging zu Etta. »Franz hat ihn gefunden, und Heri weiß Bescheid«, berichtete sie. »Kurz vor drei bringen sie ihn her.«

Danach ging alles ganz schnell. Punkt zehn vor drei fingen die Ersten an, leise Gospelsongs zu summen. Mit jedem neuen Lied wurden sie lauter, und um vier nach drei tauchte endlich auch das Taxi mit Heri, Franz und dem Prediger auf. Während die drei ausstiegen, sangen alle ganz laut: *»Let my people go.«*

Isolde hatte das Fenster zur Straße inzwischen geöffnet und sang aus voller Kehle mit. Im Hintergrund sah Dani Martha, die mit Hilda im Arm auf die Straße starrte.

Der Prediger sah sich um und wirkte einen Augenblick völlig irritiert. Dann aber stieg er, ohne zu zögern, auf die Kiste, die er immer dabeihatte, und rief mit donnernder Stimme: »Er hört euch! Er hört euch! Ihr seid alle zur Verdammnis verurteilt. Ihr könnt singen, so laut ihr wollt. Eure Sünden könnt ihr damit nicht reinwaschen. Die Hölle wartet auf euch, ihr werdet im Feuer schmoren!«

Es folgten einige wütend ausgespiene Sätze in einer unverständlichen Sprache. Während er sich in Rage predigte, wurde der Gesang lauter und lauter. Die Straße füllte sich weiter, bis die Menschen dicht an dicht standen. Viele waren als Schaulustige eher zufällig hier, andere wirkten auf den Flashmob vorbereitet und waren offenbar gezielt hergekommen.

Isolde kreischte immer lauter: »Friede, Friede, Friede!«, und erinnerte Dani an den ewigen Weihnachtsengel in der Verfilmung des Böll-Romans *Und das nicht nur zur Weihnachtszeit.*

Was für eine Kakophonie! Dani schaute sich fassungslos um. Inzwischen kam keiner mehr durch. Autos hupten, der Chor sang, Isolde kreischte.

Im nächsten Moment flog ein Fenster von Bumskes Wohnung auf. Kurz wirkte er verwirrt, als wäre er in einem chaotischen Albtraum gelandet und schaffte es nicht, wach zu werden. Dann schrie er wie ein Besessener: »Ihr wollt mich wahnsinnig machen! Ich weiß, wer euch angestiftet hat. Ihr verrückten Affen!«

Durch sein Geschrei fühlte sich der Prediger offenbar angestachelt, denn er spuckte nun in voller Lautstärke Gift und Galle: »Seine Rache wird fürchterlich sein. Das Feuer der Verdammnis wird euch versengen!«

Als wäre das Chaos nicht schon groß genug, hob plötzlich auch noch der Kampfhund seinen Kopf und fing an zu heulen wie ein Wolf.

Hektisch wandte sich Bumske ab, offenbar, um zu telefonieren.

Hoffentlich ist er so berechenbar, wie wir alle denken, schoss es Dani durch den Kopf. *Wenn er jetzt die Polizei holt, haben wir gewonnen.*

Tatsächlich kam es genau so. Kurze Zeit später rückte die Polizei mit mehreren Einsatzwagen an. »Achtung, Achtung! Hier spricht die Polizei«, ertönte eine Durchsage. »Räumen Sie unverzüglich die Straße, und gehen Sie nach Hause. Diese Versammlung ist nicht angemeldet. Sie machen sich also strafbar. Wer nicht von sich aus geht, muss mit einer Anzeige rechnen.«

So schnell der Spuk gekommen war, so schnell löste er sich auch wieder auf. Die Mitglieder des Gospelchors verschwanden als Erste. Sie hatten sich in einem nahegelegenen Biergarten zum Nachglühen verabredet. Isolde schloss das Fenster, und auch die Schaulustigen zerstreuten sich. Dann endlich sahen auch die beiden Panzerschränke einander an, nickten einander zu und verschwanden ebenfalls um die nächste Straßenecke.

Bleibt nur noch die Frage, ob sie von ihrer zweifelhaften Mission die Nase endgültig vollhaben oder wiederkommen, dachte Dani, während sie beobachtete, wie Taxi-Heri den Prediger vorsichtig am Ellbogen nahm, ihn samt seiner Kiste ins Auto packte und davonbrauste.

Nur Bumske schrie weiter seine Wut heraus: »Sieht denn

keiner, was hier passiert? Erst war es nur das Irrenhaus, in dem ich wohne, jetzt haben die Wahnsinnigen schon die ganze Straße in ihren Fängen! Bald ist es die ganze Stadt, und keiner unternimmt was. Verhaftet die gefälligst! Alle einbuchten, versteht ihr? Hinter Gitter mit diesem Gesindel!« Ihm standen die Haare zu Berge, wodurch er fast noch verrückter aussah als der Prediger.

Erleichtert sah Dani, wie die Polizisten sich anschauten, sich unmissverständlich an die Stirn tippten und ebenfalls wegfuhren. Erst jetzt merkte sie, dass sie seit einiger Zeit die Luft angehalten hatte. Sie atmete tief aus und machte sich dann auf den Weg zum Biergarten, wo sie mit den anderen feiern wollte.

GLÜCKSSYMPHONIE IN MOLL UND DUR

Franz holte sich ein Weizenbier und setzte sich zu Pia und Dani, die bereits mit den anderen angestoßen hatten. Nur Etta war nicht in den Biergarten mitgekommen, sondern gleich in der Wohnung verschwunden. Massenaufläufe waren nicht ihr Ding, was bei ihrer Popularität verständlich war.

Franz grinste. Taxi-Heri war in seinem Element. Gerade erzählte er seiner begeisterten Zuhörerschaft, wie er dem Prediger, der anfangs nicht in sein Taxi hatte einsteigen wollen, mit strengem Ton gesagt hatte: »Gott ruft dich, und ich bin sein Chauffeur. Ich soll dich zu deiner Bestimmung bringen.«

Alle lachten. Eine junge Frau mit vielen Piercings und einem Salamander-Tattoo im Gesicht sagte: »Irgendwie trotzdem fies, den armen Prediger so zu instrumentalisieren.«

»Quatsch«, unterbrach sie eine andere Sängerin. Sie war stämmig, hatte einen dicken rotblonden Zopf und ein T-Shirt mit dem Slogan *Happy is the new rich*. »Der Prediger hatte doch die zehn Minuten seines Lebens«, befand sie. »So viele Zuhörer hatte der noch nie. Das wird der sein Lebtag nicht vergessen.«

Die anderen stimmten ihr zu. Franz hörte einfach nur zu. Er fühlte sich seltsam erschöpft. Das erste Bier hatte er genossen und in Ruhe getrunken, das zweite aber offenbar zu schnell folgen lassen. Innerlich war er schon lange aus den Gesprächen ausgestiegen. Er beobachtete schweigend und ließ den Nachmittag verrinnen. Nur die Stimmen in seinem Kopf zwitscherten wild durcheinander, und irgendwann hätte er sich am liebsten einfach hingelegt.

Er brauchte dringend etwas zu essen, um seinem Schwips etwas entgegenzusetzen. Da er weder eine Brezel noch einen Käseteller bestellen wollte, beschloss er, sich irgendwo anders etwas zu besorgen.

Wenig später stand er vor Elenis Imbiss. Was machte er hier? Eigentlich war er doch kein Freund von Pommes frites. Er schaute durch die Schaufensterscheibe nach innen, obwohl er wusste, dass Eleni noch nicht zurück war. Hinter der Theke arbeiteten Elenis Sohn und eine Aushilfe in stillem Einvernehmen. Der Laden war gut gefüllt.

Elenis Sohn kannte Franz kaum, und er bediente ihn mit derselben gelassenen Freundlichkeit wie alle anderen Kunden zuvor. Franz aß seine Pommes und fühlte sich gleich nicht mehr ganz so angetrunken. Dennoch entschied er, nicht in den Biergarten zurückzukehren, sondern nach Hause zu fahren. Vielleicht sollte er Isolde ein Eis mitbringen. Die Arme saß bestimmt wieder allein in ihrer Wohnung und würde sich freuen, wenn sie jemanden hatte, mit dem sie den aufregenden Tag Revue passieren lassen konnte.

Mit einer großen Portion Nusseis klingelte er wenig später an ihrer Tür.

»Ach Franz, das ist aber lieb!« Sichtlich gerührt bat Isolde ihn herein.

»Brauchst nicht aufzuessen«, sagte er, als er merkte, dass sie Mühe hatte, die große Portion mit Sahne zu bewältigen. »Wenn's dir zu viel ist, wirf es ruhig weg. Ich war nur so euphorisch, dass alles so toll geklappt hat.«

»Ihr seid alle einfach nur süß!«, erwiderte Isolde. Sie hatte einen kleinen Klecks Sahne auf der Nasenspitze, doch er sagte ihr nichts, weil es so nett aussah. »Es muss schön sein, in so einer Gemeinschaft zusammenzuwohnen«, fuhr sie fort. »Etta ist auch ganz verändert, viel zugänglicher als früher. Ich glaube wirklich, zusammen ist man weniger gemein.«

Franz schluckte trocken. Sein kleines Geheimnis rumorte in ihm wie ein Tier in einem zu engen Käfig.

Ich spreche gleich mit Etta, nahm er sich vor. *Ich bin für Geheimniskrämerei einfach nicht geschaffen. Und ab nächster Woche verdiene ich wieder so viel Geld, dass ich mir eine kleine Wohnung in Elenis Nähe suchen kann.* Laut sagte er: »Ja, wir sind eine tolle Gemeinschaft. Aber du gehörst doch inzwischen auch dazu, genau wie Hilda, Martha, Sevim und Ferhat.«

Isolde strahlte ihn an. »Ja, und das tut mir unglaublich gut. Und rate mal, was Etta mir heute Morgen angeboten hat?«

Ihr erwartungsvoller Blick rührte ihn. Er zuckte mit den Schultern. *Gleich muss ich duschen*, dachte er, als er den Schweißgeruch wahrnahm, der seinen Achselhöhlen entströmte.

»Etta will im Treppenhaus einen Treppenlift einbauen lassen.« Isoldes Stimme war brüchig vor Rührung. »Damit ich ohne Probleme, sooft ich will, nach oben kommen kann. Etta ist ein Engel.«

»Ja.« Franz stand auf. Er musste besagtem Engel jetzt reinen Wein einschenken. »Ich … ich gehe dann mal. War ein anstrengender Tag.«

Er verabschiedete sich von Isolde und ging mit pochendem Herzen die Treppe zur Wohnung hoch. Schon als er die Tür aufschloss, spürte er, dass irgendetwas nicht stimmte. Aus Ettas Zimmer drang ein Wimmern, das überhaupt nicht zu ihr passte. Es klang so verzweifelt und einsam wie bei einem Kind, das man allein im Krankenhaus zurückgelassen hat. Ohne zu zögern öffnete er die angelehnte Tür.

Etta hockte auf ihrem Bett, das Gesicht zur Wand gedreht und den Kopf auf die hochgezogenen Knie gelegt. Ihr gegenüber stand an die Wand gelehnt ein zierlicher Mann mit dunklen, von silbernen Strähnen durchzogenen Haaren. Sie waren nach hinten gekämmt und ließen den Blick frei auf ein ausdrucksvolles Gesicht mit großem Mund und dunklen Augen.

Die Augen wirkten fast schwarz vor mühsam unterdrückter Wut.

Neben dem Mann stand Dani. Sie wirkte seltsam zusammengesunken, und ihr Gesicht, das durch die vielen Sommersprossen immer lustig aussah, war blass wie die Wand, an der sie lehnte.

Franz setzte sich zu Etta und strich ihr über den Rücken. »Was ist denn passiert?«, fragte er leise.

Etta brauchte einen Augenblick, um zu erkennen, dass er es war, dann aber warf sie sich regelrecht in seine Arme. »Das hat er absichtlich gemacht, Franz! Das hat er nur gemacht, um mich so tief wie möglich zu treffen«, schluchzte sie. »Der würde über Leichen gehen, nur um mir eins auszuwischen. Und diese dumme Kuh, die … merkt noch nicht mal, dass er sie nur benutzt.«

Franz sah auf und schaute ratlos zu Dani.

»Mit der dummen Kuh bin ich gemeint.« Danis Stimme klang so trocken und tonlos, wie es sich anhört, wenn man mit dem Fuß Knäckebrot zertritt. »Sie glaubt, dass Eme nur mit mir –«

»Das glaub ich nicht, das *weiß* ich!«, schrie Etta.

Franz sah verwirrt zu dem Fremden. »Und Sie sind …?«

Der Mann stieß sich von der Wand ab und zog Dani in seine Arme. »Emanuel. Ich bin Ettas Sohn.«

An der vertrauten Geste, mit der Emanuel Dani an sich zog, erkannte Franz, was geschehen sein musste. Wenn der Mann Ettas Sohn war, dann schien dieser Sohn … mit Dani … »Oha!«, war das Einzige, was er hervorbrachte.

Emanuel streichelte Danis Arm. Dani wirkte völlig abwesend, hatte sich aber an ihn geschmiegt, als hätte sie Angst vor dem Ertrinken. »Etta glaubt immer, alles, was auf der Welt geschieht, geschieht nur ihretwegen«, sagte er. »Sie kommt einfach nicht auf die Idee, dass die Welt sich auch ohne ihr Dazutun weiterdreht.«

Etta entwand sich Franz' Arm und richtete sich auf. »Du hast mich immer und immer nur von dir weggestoßen. Egal, wie gut ich es mit dir gemeint habe, ich war immer die böse Hexe, und alle anderen waren gut und lieb.« Ihre Stimme wurde eisig. »Dass du nun ausgerechnet meine Freundin in dein Bett zerrst, mit der ich zudem beruflich etwas Neues anfangen wollte, ist der Gipfel der Gemeinheit.«

Etwas Neues anfangen wollte. In Franz' Ohr klingelte es. Das sah nicht gut aus. Wenn Etta das ernst meinte …

Im nächsten Moment sprach Etta aus, was Franz befürchtete: »Unsere Zusammenarbeit kannst du knicken, Dani«, sagte sie mit Grabesstimme. »Wenn du dich mit dem einlässt, seid ihr für mich beide gestorben.«

Panisch versuchte Franz, sie zu beschwichtigen: »Nicht, Etta«, bat er und zupfte hektisch an seiner Problemaugenbraue. »Zerschlag nicht mehr Porzellan als nötig. Wir sind alle erwachsen, und man kann über alles reden.«

»Das Porzellan ist doch längst zerschlagen!« Ettas Stimme überschlug sich.

In dem Moment kam auch Pia zurück. »Was ist denn hier los?«, fragte sie.

»Was hier *los* ist? Was hier *los* ist?« Etta kreischte nun wie ein Marktweib. »Unsere feine Freundin ist eine hinterhältige Intrigantin, das ist los!« Etta bekam vor lauter Wut kaum Luft. »Hinter meinem Rücken ist sie mit meinem Sohn in die Laken gekrochen. Mit dem Sohn ihrer eigenen *Freundin*. Einem Sohn, der fast ihr eigener sein könnte.«

»Etta!« Emanuels Stimme donnerte. »Darf ich dich daran erinnern, dass ich fast fünfzig Jahre alt bin?«

Pia sah von einem zum anderen. Auch bei ihr schien der Groschen zeitverzögert zu fallen. Schließlich atmete sie deutlich aus und sagte, genau wie Franz zuvor: »Oha!« Dann aber straffte sie sich. »Ich kann verstehen, dass das für dich eine

Überraschung ist, Etta, und zwar keine schöne. Aber …«, sie sah entschuldigend in Franz' Richtung und zuckte mit den Schultern, »aber vielleicht hilft es dir, wenn ich dich daran erinnere, dass auch du dir jemanden ins Bett geholt hast, der deutlich jünger ist als du.«

Franz schüttelte verzweifelt den Kopf. Das konnte doch nicht wahr sein!

»Ups«, bemerkte Pia völlig ungerührt. »Jetzt ist mir doch tatsächlich euer kleines Geheimnis rausgerutscht. Aber wisst ihr was? Ich finde es ganz schön link, wenn man selbst die Regel aufstellt, dass keiner in diesen heiligen Hallen Sex haben darf, und dann eine heimliche Affäre hat. Du solltest also vorsichtig sein, wenn du mit der Moralkeule um dich schlägst, Etta.«

»Das ist ja nun wirklich etwas ganz anderes«, protestierte Etta. Immerhin hatte sie sich ein wenig beruhigt.

Dafür wurde Franz bei dem entsetzten Blick, den Dani ihm zuwarf, heiß und kalt, und er spürte, wie sein Gesicht anfing zu glühen. Ausgerechnet jetzt musste er daran denken, dass seine Mutter ihn deswegen immer aufgezogen hatte. »Du hast wieder ein Gesicht wie der alte Osram«, hatte sie immer gespottet.

Franz konnte Dani anhören, wie fassungslos sie war. »Du hast mir doch gesagt, da wäre nichts«, sagte sie leise. »Ich habe dich doch gefragt, ob du dich in Etta verliebt hast. Und ich vertrauensseliges Schaf habe gedacht, dass Etta mit Taxi-Heri … dabei warst das du! Dich und Etta habe ich neulich in flagranti … und du sagst nichts. Was ist dir denn Freundschaft so wert?« Danis Stimme war heiser und kraftlos.

Franz wurde immer verlegener. »Das war nicht wirklich eine Lüge, Dani.« Er merkte selbst, wie kindlich naiv er wirken musste. »Ich habe doch nur gesagt, dass ich nicht in Etta verliebt bin, und das bin ich doch auch nicht. Versteh doch, Dani. Das mit Etta, das hatte keine emotionale Bedeutung, das war nur –«

»Genug Bedeutung, um uns alle zu hintergehen«, unterbrach sie ihn. »Wann hättest du es mir denn gesagt? Wie sollte das dann werden, wenn wir zusammen auf Tour …«

Franz schwitzte. Sein Hemd klebte an seinem Rücken. »Das ist es doch gerade!« Er merkte selbst, wie hektisch er die Worte herausschleuderte. »Ich wollte es vor der Premiere beenden. Damit wir alle … also, ich … Wir sind ja schließlich kein Liebespaar, also im eigentlichen Wortsinn … äh … oder so …« Er stockte, als er Ettas entsetzten Blick sah.

»Du wolltest diese *bedeutungslose* Geschichte also sowieso beenden.« Ihre Stimme schwoll mit jedem Wort mehr an. »Und wann bitte hättest du mir diese bedeutungslose Scheiße mitgeteilt, du Arschloch?«

Pia löste sich als Erste aus der Erstarrung. »So, Pause«, sagte sie. »Ich denke, wir müssen jetzt alle ein wenig zur Ruhe kommen. Etta und Franz haben als Erste etwas zu besprechen. Dani, Emanuel – ihr kommt mit.«

* * *

Sie saßen zu fünft in Marthas Wohnung um den Küchentisch. Sie war deutlich kleiner als Ettas Wohnung, die mit einem Durchbruch ums Eck ging und ins Nachbarhaus hineinragte, aber gemütlich und liebevoll eingerichtet. Dani registrierte es wie in Trance. Auch dass Pia sich in der Wohnung bewegte, als sei sie hier zu Hause, fiel ihr auf. Außer Hilda hatte beim Abendbrot kaum einer etwas gesagt oder viel gegessen, doch Pia hatte für alle Kakao gemacht und Martha leise über ihr WG-Chaos unterrichtet.

»Sie dürfen doch in deinem Gästezimmer schlafen, oder?«, hatte sie gefragt. »Wir müssen erst mal für räumliche Distanz sorgen, sonst fließt da heute Nacht Blut.«

Hilda, die sich freute, zu so später Stunde noch Kakao zu

bekommen, hatte Pias letzte Bemerkung missverstanden und fragte: »Ich habe auch meine Tage, Dani. Du blutest auch?«

Dani musste trotz allem lächeln. Sie wollte das Missverständnis nicht aufklären und nickte deshalb nur.

»Ihr könnt natürlich hierbleiben, ich habe aber nur ein recht schmales Bett im Gästezimmer«, gab Martha zu bedenken. »Ich weiß nicht, ob euch das zu zweit reicht.«

Eme sah Dani zerknirscht und zärtlich zugleich an. »Ich kann mit dir überall schlafen. Wenn's dir unbequem wird, lege ich mich einfach auf den Boden.«

Er hatte inzwischen verstanden, wie sehr seine spontane Idee, Etta die Wahrheit zu sagen, nach hinten losgegangen war. Er wirkte klein und zerknirscht, und das tat Dani leid. Sie war erleichtert, dass Eme aufgetaucht war, nachdem sie sich den ganzen Tag über Sorgen gemacht hatte, ob ihm etwas passiert war. Sie war entsetzt, wie tief der Graben zwischen ihm und Etta war – und sie hatte echte Panik, was nun aus ihrem und Ettas gemeinsamen Programm wurde.

Wenn Etta wirklich alles über Bord warf, gab es nur Verlierer. Noch einmal konnte Dani ihre Vorstellungen nicht einfach absagen. Allein auf die Bühne gehen, konnte sie allerdings auch nicht. Dass sie gemeinsam mit der berühmten Etta Glück auftreten würde, hatte den Kartenvorverkauf unglaublich befeuert.

Sie nippte an ihrem Kakao. Was sollte jetzt nur werden?

Auch die anderen schienen in Gedanken versunken zu sein und wirkten bedrückt und still. Nur Hilda genoss in schweigsamer Behaglichkeit den süßen Kakao.

Als Dani später neben Eme im engen Gästebett lag, fragte er: »Bist du sauer auf mich?«

Dani schüttelte den Kopf, was er im Dunklen nicht sehen konnte. Darum fügte sie leise hinzu: »Aber in Zukunft bitte keine Alleingänge mehr. Ich habe mir solche Sorgen um dich gemacht.«

»Wie hätte ich mich denn melden sollen?«, fragte er zurück. »Ich war ja auf der Autobahn. Ich hatte eine richtig beschissene Nacht und habe mir vorgenommen, jetzt ist endlich Schluss mit den Kellergeistern der Vergangenheit. Und ich wollte unsere Liebe nicht mehr verstecken. Es kann doch nicht sein, dass Etta mit ihrem heillosen Narzissmus –«

»Jetzt nicht«, unterbrach Dani ihn und küsste ihn. »Jetzt nicht. Lass uns versuchen zu schlafen. Ich bin wirklich am Ende.«

Irgendwann in der Nacht wachte sie auf, weil Eme nicht mehr neben ihr lag. Sie brauchte einen Moment, bis sie im Dunkeln erkannte, dass er mit dem Rücken an der Zimmertür saß und weinte.

* * *

In den nächsten Tagen umschlichen Etta, Dani, Pia und Franz einander wie Insassen einer Jugenderziehungsanstalt, die darauf warten, dass sie ihre Strafe bekommen. Etta redete mit niemandem mehr und sah plötzlich alt und verbittert aus. Dani hatte bei aller Sorge um ihre Tour großes Mitleid mit ihr, betrat die Wohnung nicht zusammen mit Eme und übernachtete weiter in Marthas Gästezimmer. Auch Franz sah schlimm aus und sprach wenig.

Eme verschwand zwischenzeitlich für zwei Tage nach Karlsruhe, wo er das Computersystem einer kleinen Firma umstellen musste. Als er wiederkam und merkte, dass sich die Situation nicht entspannt hatte, versuchte er, noch einmal mit Etta zu reden, doch sie gerieten sofort wieder aneinander.

Dani wusste nicht, wie es weitergehen sollte. Der Regisseur, der während der Woche vor der Premiere eigentlich mit ihr und Etta hatte arbeiten wollen, wartete auf ein Signal, dass es losgehen konnte. Dani hatte ihn trotz allem gebeten, sich bereitzuhalten. Ganz hatte sie die Hoffnung nicht aufgegeben, dass Ettas Professionalität über ihren Grimm siegen würde.

Schließlich kam sie in ihrer Verzweiflung auf die Idee, Ettas Freund Poldi in Berlin anzurufen.

Er war betroffen, als er hörte, was geschehen war. »Etta ist alles andere als nachtragend. Eigentlich kann man mit ihr Pferde stehlen«, erklärte er. »Es gibt nur einen wirklich wunden Punkt in ihrem Leben, und das ist das verkorkste Verhältnis zu Manuel. Sie hat ja nie die Hoffnung aufgegeben, dass sie sich doch noch einmal einander annähern. Es hat sie immer so geschmerzt, dass er sie zeitlebens nie Mama genannt hat. ›Etta bin ich für alle‹, hat sie immer gesagt. ›Aber nur für einen Menschen bin ich eine Mama. Und der weigert sich, mich so zu nennen.‹ Ich denke, Manuel müsste auf sie zugehen und sie mit ›Mama‹ ansprechen. Das könnte ihr Herz so berühren, dass die beiden noch einmal eine Chance haben.«

Dani war Poldi dankbar für seinen Rat. Vielleicht war das tatsächlich eine Möglichkeit. Eme aber rastete völlig aus: »Diese egozentrische Diva kann lange darauf warten, dass ich ihr die Absolution erteile. *Mama!* Dass ich nicht lache! Etta war Schauspielerin, sie war Celebrity, Freundin, Geliebte – alles in einer Person. Für *Mama* war in ihrem Leben kein Platz. Nie! Sie hat mich nur ein Mal besucht, als ich damals im Krankenhaus lag. *Ein Mal.* Kannst du dir das vorstellen? Ihr Sohn baut mit einem viel zu großen Fahrrad einen schlimmen Unfall, und die Diva lässt sich nur ein einziges Mal im Krankenhaus blicken! So was macht eine Mama einfach nicht.«

Dani spürte Emes Verzweiflung bis in jeden Winkel ihres Empathiezentrums. Auch ihre Mutter hatte eine seltsame Auffassung von Verantwortung gehabt. Gleichzeitig wusste sie, dass nichts heilen kann außer Versöhnung.

»Eme, mein Schatz.« Sie strich ihm behutsam über den Rücken. »Ich kann deine Wut und deine Verbitterung verstehen, glaub mir. Aber wenn du jemals wirklich zur Ruhe kommen willst, musst du dich mit Etta versöhnen. *Redet* miteinander. Frag sie, warum sie dich nicht besucht hat. Sag ihr, wie sehr du sie in all den Jahren vermisst hast. Tu es für dich. Und wenn du es dir selbst nicht wert bist, dann tu es für mich. Bitte!«

Als Dani Eme abends nach unten begleitete, zitterte sie vor Anspannung, Eme selbst war nassgeschwitzt. Während er an Ettas Tür klopfte, setzte Dani sich an den Wohnzimmertisch, um im Notfall einschreiten zu können.

»Nein«, kam es von innen dumpf.

Eme holte tief Luft, sah Dani an und sagte dann so laut, dass Etta es auf jeden Fall hören musste: »Bitte, Mama.«

Stille.

Dani hörte ihr eigenes Blut in den Ohren rauschen. Eme holte noch einmal tief Luft und sagte: »Mama, bitte! Lass uns reden.«

Weiterhin keine Antwort.

Eme drehte sich zu Dani und zuckte mit den Schultern. Das war wohl nichts. Im selben Moment hörten sie Etta laut aufschluchzen. Sie riss die Tür auf und zog ihren Sohn in die Arme. Eng umklammert standen sie da und weinten, und auch Dani spürte, wie ihr Tränen die Wangen hinunterflossen.

Nach einer gefühlten Ewigkeit zog Etta ihren Sohn in ihr Zimmer. »Du … du hast Mama gesagt«, stammelte sie.

»Ja, Mama«, wiederholte Eme. »Es gibt so viele Fragen und so viele Verletzungen. Wir müssen lernen, miteinander zu sprechen. Immer wieder. Langsam. Schritt für Schritt.« Seine Stimme klang ebenfalls zittrig.

»Ja, reden. Das ist ein Anfang, mein Junge. Worüber willst du denn mit mir reden?«

»Als Erstes darüber, warum du mich als Einzige nie Eme genannt hast, obwohl mir das als Kind so wichtig war.«

»Eme klingt so … irgendwie so albern. Das wollte mir nie über die Lippen. Ich war doch immer so stolz, einen Sohn zu haben. Dein Papa hat damals auf den Namen Emanuel bestanden. Manuel, das war mein Name für dich. Verstehst du. Ich wollte einen Namen für dich haben, der mir gehört.« Als Eme aufstöhnte, setzte sie schnell nach: »Wenn's dir so wichtig ist, nenn ich dich halt Eme. Was willst du denn noch wissen?«

Dani hörte an Ettas Ton, dass diese langsam wieder Boden unter die Füße bekam, und war erleichtert.

»Warum hast du mich damals nur ein Mal im Krankenhaus besucht?«

Oje, dachte Dani. *Typisch Eme! Muss wieder gleich mit der Tür ins Haus fallen. Hoffentlich geht das gut*!

Etta schien genau zu wissen, worauf Eme hinauswollte. »Du meinst, nach deinem Unfall?«

»Ja, natürlich nach meinem Unfall.«

Lange war nichts zu hören. Dani rutschte das Herz in die Hose. Angespannt neigte sie sich näher zur offenen Tür. Da endlich erklärte Etta leise: »Er hat's mir doch verboten.«

»Er?«, fragte Eme.

»Dein Vater. Nader hat mir die Schuld an deinem Unfall gegeben. Er hat mir gedroht, mich zu verklagen. Er wollte ein ganz großes Fass aufmachen, wenn ich dich nicht in Ruhe lasse: vernachlässigte Aufsichtspflicht, unsteter Lebenswandel, Drogenkonsum, Rabenmutter, er hat einfach nichts ausgelassen an Vorwürfen … Das wäre ein Riesenskandal gewesen. Ich wollte mich von ihm nicht erpressen lassen. Aber dann hat meine Mutter mich gebeten, die Sache nicht noch schlimmer zu machen. Sie hatte Angst, dass er dich wieder ganz zu sich holt. Dich zu verlieren – das hätte sie nicht verkraftet. Ich wusste nicht, was ich tun sollte.«

Dani spürte, dass ihre Anwesenheit nun nicht mehr nötig war. Sie ging in ihr Zimmer, suchte sich frische Sachen heraus und verschwand im Bad, um zu duschen. Das heiße Wasser tat gut. Sie merkte erst jetzt, wie verspannt sie gewesen war.

Als sie aus dem Bad kam, hörte sie Etta und Eme miteinander lachen, und als sie in die Küche verschwinden wollte, um sich ein Brot zu machen, rief Etta: »Dani, bist du das?«

Dani ging in Ettas Zimmer. Eme saß auf Ettas Bett. Mutter und Sohn wirkten erschöpft, aber geläutert.

»Machst du uns allen etwas zu essen?«, fragte Etta. Ein Friedensangebot. »Klopf mal bei Franz, und frag, ob er dir hilft. Er kocht besser als du. Wir müssen ja zusehen, wie wir aus dieser seltsamen Situation herauskommen. Eins sag ich aber gleich: Sollte ich euch beiden auch nur ein einziges Mal …«

»Nein!«, posaunten beide wie aus einem Mund.

Franz war erleichtert, als Dani ihn um Unterstützung in der Küche bat. »Frieden?«, fragte er leise.

»Sowieso«, antwortete Dani.

»Und die beiden?« Franz deutet mit dem Kopf Richtung Ettas Zimmer.

»Zumindest Waffenstillstand. Aber auf dem Weg zu Friedensverhandlungen«, antwortete Dani und machte sich daran, eine Zwiebel zu schneiden.

Noch nie hatte allen eine stinknormale Pasta pomodori so gut geschmeckt. Dani hatte einen Rotwein geöffnet, und sie hatten sich alle zaghaft zugeprostet. Als Pia später dazukam, blieb sie zunächst überrascht in der Wohnungstür stehen. »Ihr seid ja gut. Da wird gefeiert, und keiner lädt mich ein.«

Kurz darauf ließ auch sie ihr kleines Geheimnis aus dem Gefängnis.

»Das ist fantastisch!« Etta war begeistert. »Wir drei Mädel werden alle Geschichte schreiben: Du in Köln bei diesem Fernsehsender und Dani und ich in vier Tagen bei der Premiere.«

GLÜCK AUF

Am Premierentag war es zum ersten Mal richtig herbstlich. Kühler Wind trieb die allerersten Blätter vor sich her, als Pia vom Bäcker kam. Sie hatte Brötchen und Croissants geholt, aber letztlich saß sie allein am Frühstückstisch und ließ es sich schmecken. In der gesamten Wohnung war ein nervöses Vibrieren zu spüren. Etta und Dani hatten sich zu einem letzten Textdurchlauf in Ettas Zimmer zurückgezogen, und Franz telefonierte mit dem Hausmeister des Premierentheaters, um technische Details zu klären. Darum freute sie sich, als Hilda klingelte, um ihr beim Frühstück Gesellschaft zu leisten. Obwohl ihr als »Vorgruppe« von Etta und Dani eine wichtige Rolle zukam, wirkte sie kein bisschen aufgeregt, und Pia fragte sich, ob ihr die Situation, die sie heute Abend auf der Bühne antreffen würde, überhaupt klar war.

Als sie fertig gefrühstückt hatten, holte sie ein großes Sweatshirt aus ihrem Zimmer und legte es Hilda in den Schoß. »Da, für dich. Habe ich heute Nacht fertig geschneidert, damit du heute Abend auch richtig cool aussiehst.«

Hilda faltete das Sweatshirt auseinander und wirkte wenig beeindruckt. »Was steht denn da drauf?«, fragte sie und hielt das Shirt auf Armeslänge von sich weg.

»*Anders ist das neue Cool*«, antwortete Pia. »Gefällts dir?«

Hilda zuckte mit den Schultern. »Was soll das denn heißen?«

»Das soll heißen, dass es nicht wichtig ist, alles so wie die anderen zu machen und wie alle anderen auszusehen. Manche wollen immer nur cool wirken und merken gar nicht, wie anstrengend das sein kann.«

»Gerade hast du aber selbst noch gesagt, dass ich mit dem Hoody cool aussehe. Was denn jetzt? Ist cool denn jetzt cool oder nicht?«

Pia spürte, dass Hilda sie in einen Widerspruch verwickelt hatte, und setzte zu einer Erklärung an: »Da habe ich mich wohl blöd ausgedrückt, da hast du recht. Die meisten Rapper legen ja wirklich vor allen Dingen Wert darauf, cool zu wirken. Aber deine Maira ist anders. Die will darauf aufmerksam machen, dass cool nicht immer nur toll ist.«

»Aber Maira *ist* doch cool.« Hilda war sichtlich verwirrt.

»Klar, Maira ist cool, aber im Sinne von ›mutig‹. Die traut sich, Sachen aus- und anzusprechen, die andere Rapper sich nicht trauen. Also ist sie eigentlich nicht cool, sondern mutig. Und das meine ich auch mit dem Spruch auf deinem Hoody: dass wir immer zu uns selbst stehen sollen, auch wenn andere uns vielleicht nicht cool finden.«

Hilda setzte sich neben Buddy auf den Boden und kraulte ausgiebig seinen Bauch, was der Hund sichtlich genoss. »Meine Mama sagt immer: Cool ist der Kühlschrank«, erwiderte sie und kraulte weiter.

Pia musste lachen. »Da hat Martha natürlich recht. Also, einigen wir uns doch einfach darauf, dass du heute Abend schön aussehen wirst.«

»Dann ziehe ich lieber meinen Overall an«, entschied Hilda. »Den finde ich am schönsten.«

Pia seufzte und nahm den Hoody wieder an sich. »Wenn du den Overall anziehen möchtest, dann tu das. Am wichtigsten ist, dass du dich wohlfühlst und dich selbst schön findest. Wollen wir noch mal die ersten Zeilen zusammen üben?«

Sie sah Hilda prüfend an. Mit dem extrem schnellen, rhythmischen Sprechen, das beim Rapp nun mal dazugehört, tat sich Hilda manchmal etwas schwer. Je weniger sie darüber nachdachte, desto eher gelang es ihr, denn sie hatte ein gutes Gespür für Rhythmus. Aber heute Abend könnte ihr die Aufregung einen Streich spielen und sie aus dem Takt bringen.

»Ich hab genug geübt!« Hilda sprang auf und stellte sich in Rapperpose vor Pia auf. »Du glotzt und denkst: Was ist denn das für eine? Die sieht anders aus, voll schräg, ihr wisst schon, was ich meine. Halt den Ball flach, Mann, und glotz doch nicht so blöde. Wenn alle gleich ausseh'n, dann ist das doch nur öde. Ich bin anders, ja, das stimmt. Aber anders bist du auch. Wer wie alle sein will, spinnt – ist nicht mehr als ein Lauch …«

»Bravo, Hilda! Perfekt. Ich glaube, ich bin einfach nur ein bisschen nervös, darum habe ich gedacht, du wärst das auch.«

»Dann bist du auch nicht mehr als ein Lauch!« Hilda quietschte vergnügt über ihren eigenen Witz.

Pia spürte, dass ihr ein bisschen Bewegung guttun würde. »Hunderunde?«, fragte sie Hilda und war überrascht, wie begeistert die gleich zustimmte.

* * *

Dani war erstaunt, wie unglaublich aufgeregt sie war. Bislang hatte sie nicht zu übertriebenem Lampenfieber geneigt, aber nach einem halben Jahr Pause und mit einer Duopartnerin an ihrer Seite fühlte sie sich heute doch, als würde eine Ameisenstraße durch ihr Sonnengeflecht führen.

Sie hatte die Texte mit Etta zigmal durchgekaut und hätte sich im Grunde entspannen können, zumal Etta schon den ganzen Tag eher aufgeräumt wirkte. Auf deren Professionalität konnte sie sich also verlassen.

Es gibt wirklich keinen Grund, sich Sorgen zu machen, beschwor sie sich. Getrennt von Etta, die sich in ihren Raum zurückgezogen hatte, wartete sie in ihrer Garderobe darauf, dass Franz sie zum Soundcheck auf die Bühne rief.

Gerade als Dani fragen wollte, warum die technische Einrichtung so lange dauerte, klingelte ihr Handy.

»Habe ich dir schon Glück gewünscht?«, fragte Eme atemlos, sobald sie den Anruf angenommen hatte.

Dani musste lachen. »Ja, ich schätze so ungefähr tausend Mal. Du bist süß, Eme, aber mach mich nicht noch zusätzlich nervös. Du wirst ja heute Abend dabei sein, und wenn es aus irgendeinem Grund ein Flop wird, hast du noch reichlich Gelegenheit, bei mir und Etta Aufbauarbeit zu leisten.«

»Das ist das Einzige, was ich ganz sicher weiß: Das Publikum wird euch zu Füßen liegen. Ich am allermeisten. Ich bin auch ganz sicher pünktlich da. Soll ich gleich zu dir nach hinten kommen und dir Glück wünschen, oder willst du lieber in Ruhe gelassen werden?«

Dani lächelte. »Ich mache das Ganze jetzt schon seit über zwanzig Jahren, ich werde das Kind schon schaukeln. Aber vor der Vorstellung will ich niemanden sehen, selbst dich nicht. Sauer?«

»Kein bisschen!« Eme lachte leise. »Ich kenne die Empfindlichkeiten von Künstlerinnen seit meiner Kindheit, schon vergessen? Nein, Dani, im Ernst. Ich lasse dich jetzt in Ruhe und knabbere für mich allein an meinen Fingernägeln. Jetzt schicke ich dir tausend Küsse – und wenn was ist, ich bin auf Standby.«

Als Eme aufgelegt hatte, war ein winziges bisschen ihrer Nervosität von Dani abgefallen.

* * *

Der Soundcheck in dem wunderschönen Theater in Witten war kompliziert, doch Franz war in seinem Element und ließ nicht locker, bevor der Klang natürlich und sauber war. Endlich konnte er wieder zeigen, was in ihm steckte!

Der schwierigste Teil war die Tonprobe mit Hilda. Maira,

die Rapperin, deren Song Hilda heute Abend auf die Bühne bringen würde, hatte auf Pias Anfrage nicht nur erlaubt, dass diese ihr Stück perfomen durfte, sondern hatte Hilda sogar noch eine Videobotschaft geschickt und ihr Glück gewünscht. Entsprechend euphorisch war Hilda im Theater aufgekreuzt. Trotzdem gestaltete die Mikroprobe sich extrem kompliziert. Hilda hatte noch nie mit technischer Verstärkung gesungen und hielt das Mikro mal ganz nah, mal ganz weit weg. Unmöglich, das gut auszusteuern! Schließlich entschloss Franz sich, auch bei ihr ein Headset einzusetzen.

Hilda war nicht begeistert über die Bügelkonstruktion, weil sie Angst hatte, dadurch ihre Dreadlocks zu zerrupfen. Schließlich aber gab sie nach.

Und dann war es acht Uhr, und es ging los. Der Zuschauerraum war bis auf den letzten Platz besetzt. Eine erwartungsvolle Spannung lag in der Luft. Paula, Danis Managerin, tigerte hinter Franz' Mischpult auf und ab und machte Franz wahnsinnig.

»Jetzt setz dich doch endlich, Paula«, brummte er. »Es wird schon gutgehen.«

Sobald Hilda auf die Bühne trat, war Franz jedoch völlig absorbiert. Wie viel selbstbewusster Hilda auf einmal wirkte! Sie schien die Aufmerksamkeit geradezu zu genießen.

Er suchte Hildas Blick, nickte ihr zu und startete das Playback.

Aber, oh Schreck, gleich in der zweiten Zeile kam Hilda aus dem Rhythmus und verstotterte den Text: »Du siehst anders aus, völlig schräg …«, sang sie, statt »voll schräg«, und schon passte der Text nicht mehr zum Playback.

Ohne Rücksicht auf Verluste setzte Hilda einfach wieder von vorn an, und dann passte natürlich gar nichts mehr. Im Saal hätte man eine Stecknadel fallen hören können.

Auch Franz blieb das Herz stehen. *Die arme Hilda!*

Doch Hilda überraschte Franz ein weiteres Mal. Anstatt in Panik zu geraten, war sie abgeklärt wie ein Vollprofi, hob den Kopf und sagte in das Dunkel des Zuschauerraums hinein: »Das war nichts. Machen wir besser noch mal. Franz, mach von vorne!«

Das Publikum applaudierte, Hilda verbeugte sich. Franz startete das Playback neu, und dieses Mal traf Hilda den Einsatz und brachte den Rap unfallfrei über die Bühne.

Das Publikum tobte, und Hilda verbeugte sich wieder und wieder und schien gar nicht mehr von der Bühne herunterzuwollen.

Irgendwann trat Dani zu ihr. Franz zog schnell ihr Mikrofon hoch. »Hilda, das war toll, aber jetzt sind Etta und ich dran.«

»Geht klar!« Hilda grinste, machte ein Victory-Zeichen und verließ die Bühne, um sich in die erste Reihe zu setzen.

Dani wollte gerade wieder abgehen, als Etta auf die Bühne kam. Auch das war nicht abgesprochen. Sie bekam direkt zur Begrüßung einen tosenden Applaus.

Franz zog auch ihr Mikrofon auf, damit alle hören konnten, was Etta sagte: »Das könnte dir so passen, einfach ohne mich anzufangen. Wenn hier eine den Anfang machen darf, dann bin das ich. Alter geht vor Schönheit, schon vergessen?«

Dani wirkte im ersten Moment leicht verdattert, dann aber trat ein verschmitztes Funkeln in ihre Augen, und sie nahm den improvisierten Ball von Etta mit Begeisterung auf. »Ausgerechnet du sprichst hier vom Alter!«, empörte sie sich. »Das ist für dich doch sonst normalerweise ein Unwort.«

Etta drehte sich kokett um ihre eigene Achse. Auch sie schien den ungeplanten Anfang zu genießen. »Ich rede vom Alter nur, wenn ich dadurch Vorteile habe. Ansonsten sind wir natürlich beide nicht alt, sondern in Schönheit gereift.«

Dani nahm den Faden auf. »Puh, gereift? Das klingt aber auch ein bisschen wie Fallobst, findest du nicht?«

Die Leute lachten begeistert. Mit Sicherheit hätte niemand behaupten können, dass der Anfang nicht tatsächlich genau so geplant gewesen war.

Etta, die um einen Konter nie verlegen war, ging auf Danis Einwurf sofort ein: »Reifes Obst hat bekanntlich das intensivste Aroma. Und wenn die ein oder andere Druckstelle auftaucht, na, da haben wir Frauen ja heutzutage Möglichkeiten. Was die Natur verhunzt, das macht die Kunst.«

Wieder hatte Etta die Lacher auf ihrer Seite. Gleichzeitig hatte sie mit ihrem Spruch Dani die Möglichkeit gegeben, nun unauffällig in den eigentlich geplanten Dialog über das Altern überzugehen.

»Das ist jetzt aber hoffentlich kein Plädoyer für Schönheitsoperationen, Etta, oder?«

»Nun, sehen wir das mal so: Ein Oldtimer, der schon viel auf dem Tacho hat, der wird ja immer wertvoller. Trotzdem braucht er einen knackigen Mechaniker, der mit viel Liebe an ihm rumschraubt. Wenn du mich fragst: Ich habe nichts gegen knackige Mechaniker.«

Franz hörte Paula hinter sich kichern und war erleichtert.

Dani, die ganz offensichtlich völlig zu ihrer alten Bühnensouveränität zurückgefunden hatte, bewegte sich derweil in Richtung Bühnenkante und fragte ins Publikum: »Haben wir vielleicht einen Arzt hier im Saal? Äh, einen Mechaniker meine ich natürlich. Einen, der sich mit Oldtimern auskennt?«

Sie drehte sich zu Etta: »Nein, Etta, also wenn du ernsthaft über Schönheits-OPs oder Botox reden willst, dann ohne mich. Manche Frauen haben ihre Lippen so aufgespritzt, wenn eine von denen auf der *Titanic* gewesen wäre, von denen wäre keine ertrunken.«

Eine Pointe jagte die nächste. Etta und Dani funktionierten miteinander, als hätten sie nie etwas anderes gemacht, als zu zweit auf der Bühne zu stehen. Die Stimmung im Publikum war grandios. Lachsalven, Zwischenapplaus, Gejohle und Quietschen – es hätte nicht besser funktionieren können. Als dann auch noch ein älterer Herr aus dem Publikum rief: »Etta, ich will ein Kind von dir!«, war kein Halten mehr.

Paula hatte ihr nervöses Herumtigern inzwischen aufgegeben und lachte ganz entspannt mit. »Läuft«, flüsterte sie Franz zu. »Ich geh schnell eine rauchen.«

Franz nickte. Es lief tatsächlich, und er war so entspannt und glückselig wie schon lange nicht mehr.

Beim nicht enden wollenden Schlussapplaus kam Eme mit zwei gigantischen Blumensträußen auf die Bühne. Ihm folgte Pia, die einen weiteren Strauß für Hilda dabeihatte. Sie machte Hilda ein Zeichen, auf die Bühne zu kommen. Die aber machte sich gerade über einen gigantischen Pralinenkasten her, den Taxi-Heri ihr überreicht hatte, und rief kauend: »Bring mir die Blumen einfach mit, Pia.« Wieder hatte sie die Lacher auf ihrer Seite.

Als Etta und Dani sich beim Publikum bedankten, beim Regisseur, bei Paula und schließlich beim Veranstalter, dachte Franz einen kurzen Moment, sie hätten ihn im Eifer des Gefechts als Einzigen vergessen. Da aber hoben Etta und Dani zusammen ein großes Herz hoch: *Franz, wir lieben Dich. Danke.*

Da wusste er, dass beide ihm wirklich ganz und gar verziehen hatten.

Bei der anschließenden Premierenfeier redeten alle wild durcheinander. Hilda hatte den ersten winzigen Schluck Sekt ihres Lebens getrunken und gab immer wieder laut Passagen ihres Songs zum Besten.

Isolde hatte vor lauter Aufregung rote Wangen und klatschte immer wieder in die Hände.

Taxi-Heri hatte allen anderen ebenfalls riesige Pralinenkästen als Geschenk mitgebracht, und Martha hatte ihre liebe

Not, Hilda davon abzuhalten, ihre Schachtel komplett zu plündern.

Mitten in die überschäumende Fröhlichkeit hinein klopfte Etta an ihr Sektglas. »Meine Lieben, wir haben Großes auf die Beine gestellt …«, begann sie. Sie hatte Tränen in den Augen, und dieses Mal, war Franz sicher, waren es Tränen der Rührung. Er sah zu ihr hinüber.

»Sicherlich geht die Zeit unseres Zusammenwohnens langsam ihrem Ende entgegen«, sagte Etta gerade. »Dani hat in drei Wochen ihre eigene Wohnung wieder, auch Franz wird irgendwann ausziehen, und Pia ist ab nächstem Monat unter der Woche in Köln und wird dort ganz groß für Furore sorgen. Jetzt denkt ihr bestimmt, die arme Etta, was macht sie denn dann so ganz allein in ihrer großen Wohnung?«

Sie sah einen nach dem anderen an und lächelte. »Macht euch mal keine Sorgen. Isolde und ich haben letzte Woche einen Treppenlift ausgesucht. Sobald er eingebaut ist und funktioniert, wird Isolde bei mir einziehen. Denn einmal mehr habe ich heute gemerkt: Nichts ist so beglückend wie Gemeinschaft. Oder, wie du einmal gesagt hast, Pia: Das ist wie Liebe – nur krasser.«

ENDE

DANK

Mein aufrichtiger Dank geht an dieser Stelle an all meine Kolleginnen und Kollegen aus der Spaßvogelzunft, mit denen ich sowohl auf als auch hinter der Bühne schon so unglaublich viel Spaß hatte! Gute Gespräche, Trost, Zuspruch, Ermutigung und jede Menge Lachtränen habe ich euch zu verdanken. Ihr seid alle miteinander großartig. Am allermeisten danken aber möchte ich den beiden Ruhrpottikonen Gerburg Jahnke und Carmela de Feo und der Kölner Granate Carolin Kebekus, die sich unermüdlich um die Sichtbarkeit weiblichen Humors verdient machen. Ihr seid einfach nur umwerfend. Oder, wie man bei uns im Pott sagen würde: Ohne euch kein Wir!

Für Träume ist es nie zu spät

Tanja Huthmacher
IST DER LACK AB,
STREU KONFETTI DRAUF
Roman

448 Seiten
ISBN 978-3-404-18434-7

Die Kinder sind groß, die Ehe ist in die Jahre gekommen, und die 46-jährige Natalie fragt sich: Was nun? Umso mehr, als sie vor dem Überraschungsgeschenk ihres Gatten Julian zum zwanzigsten Jahrestag steht: eine Ackerscholle zum Selbstbepflanzen. Dabei ist sie zur Gartenfee nun wirklich nicht berufen. Lieber erfüllt sie sich endlich ihren lang gehegten Traum und tritt einer Theatergruppe bei. In Gesellschaft von sechs ganz unterschiedlichen Frauen nimmt schon bald ein furioses Stück Gestalt an. Natalie entdeckt sich selbst neu und blüht auf, während ihre Ehe im Sinkflug begriffen ist. Bis ein unerwartetes Ereignis sie vor eine folgenreiche Entscheidung stellt …

Lübbe